Walter Heinrich
Der Sonnenweg

Walter Heinrich

Der
Sonnenweg

Über die traditionelle Methode

**Verklärung und Erlösung im Vedânta,
bei Meister Eckhart und bei Schelling**

Neu herausgegeben mit einer Vorbemerkung
von
J. Hanns Pichler

Ansata-Verlag
Paul A. Zemp
Rosenstraße 24
CH-3800 Interlaken
Schweiz
1985

Fotomechanischer Nachdruck mit leicht vergrößertem
Satzspiegel der Originalausgaben der Stifterbibliothek,
Bände 33 (1954), 78a (1956), 78b (1959), 78c (1955),
Salzburg-Klosterneuburg

*Die unterschiedliche Druckqualität entspricht derjenigen
der Einzelbände, die dem Verlag für die Reproduktion
zur Verfügung gestanden haben.*

Copyright © 1985 by Ansata-Verlag, Interlaken
Alle Rechte vorbehalten

Gesamtherstellung: Zobrist & Hof AG, CH-Liestal

ISBN 3-7157-0081-5

Inhalt

Vorbemerkung zur Neuausgabe 9

Über die traditionelle Methode 15

Verklärung und Erlösung im Vedânta 71

Einleitung und Anmerkung über das Schrifttum . 73

A. Die Grundlagen 76
   1. Unzweiheit und Erlösung 76
   2. Die magische Versenkung als Weg zum
      Wissen und zur Erlösung 90
   3. Die eschatologischen Zustände 105

B. Die Seelenwanderung 110
   1. Die Texte 110
   2. Der Auszug der Seele und ihres Gefolges
      beim Tode
      (Von den Bestimmtheiten der Seele) 112
   3. Die Stationen des Väterweges
      (Die Schicksale der wandernden Seele) . . 113

C. Die Stufenerlösung des Götterweges 125
   1. Die Stationen des Götterweges und sein
      Ziel: Das Seelenreich Hiranyagarbhas . . . 126
   2. Die Zurücknahme der Welt dieses Zyklus:
      Pralaya 129
   3. Das Reich der Herrlichkeit, Aiçvaryam,
      und die Machtvollkommenheiten
      der Verklärten 132

D. Die Erlösung 138
   1. Der Tod des Erlösten 138
   2. Der bei Lebzeiten Erlöste 141
   3. Die Machtvollkommenheiten des Erlösten . 143

Erläuternder Zusatz 146
Die Lehre von den Schichten des Seins. Ihre
Bedeutung für die Eschatologie und die
magische Praxis 146
   1. Die Entwicklung der Tiefenschichtenlehre
      in den Texten 146
   2. Nähere Kennzeichnung der Schichten
      des Seins 156
   3. Die vier Seinsstände und die Eschatologie . 164
   4. Tiefenschichtenlehre und magische Praxis:
      Die Vorwegnahme der eschatologischen
      Zustände im Yoga 167

Verklärung und Erlösung bei Meister Eckhart . . 175

Einleitung und Kommentar über die Quellen . . . 177

A. Zur Einführung 180
   1. Von der Abgeschiedenheit und der
      Gottnatur der Seele 180
   2. Zur Begründung der Magie 189
   3. Vom Wege der Abgeschiedenheit und vom
      Zustande des Leibes in der Verzückung . . 206

B. Die Eschatologie Meister Eckharts 223
   1. Der Haupttext 223
   2. Die Lehre von der Forterhaltung 231
   3. Von der Verklärung und von der Einung
      mit der Gottheit 246

Schellings Lehre von den Letzten Dingen 257

Einleitung über den Zusammenhang der
Eschatologie mit der Metaphysik sowie über
jenen der Eschatologien untereinander 261

A. Ein Blick auf die Grundlagen 263
   1. Die All-Einheitslehre des absoluten
      Idealismus 263
   2. Von den Bestimmungen des Endlichen
      und von den Tiefenschichten des Seins . . 268
   3. Die intellektuale Anschauung
      als esoterisches Prinzip der
      Schellingischen Philosophie 271

B. Die Eschatologie Schellings auf der Grundlage
   seines Identitätssystems 289
   1. Die Unsterblichkeitslehre 289
   2. Die Erlösungslehre 293
   3. Über die Beziehungen zwischen diesseitigem und jenseitigem Zustande der Seele . 295

C. Die Lehre von den Letzten Dingen auf der
   Grundlage der Freiheitslehre 301
   1. Der Tod als Essentifikation. Die Lehre von
      der Geisterwelt 302
   2. Das Jüngste Gericht 310
   3. Würdigung der Übereinstimmung mit der
      Vedântalehre 315

D. Die letzte Gestalt der Schellingischen
   Eschatologie 326
   1. Blick auf die Spätlehre 326
   2. Die drei Zustände des Menschen: Diesseits,
      Geisterwelt, Verklärung 330
   3. Die Erhöhung 340

Die Ergebnisse 343

A. Die Übereinstimmung in den Grundlagen:
Der magische Idealismus 347

B. Zum Vergleich der Eschatologien 357
  1. Der Sinn des Lebens. Die Entmachtung des Todes 357
  2. Die posthume Verlängerung der menschlichen Individualität 359
  3. Der Stand der Verklärung 360
  4. Die Erlösung 362

Vorbemerkung zur Neuausgabe

Im Betreuernachwort zum Band „Meister Eckeharts mystische Philosophie" im Rahmen der Gesamtausgabe Othmar Spann bemerkt Otto Karrer, daß dieses Werk auf einer geistigen Wahlverwandtschaft Spanns beruhe, „die ihn mit dem deutschen Meister verband". Von seiner ersten wissenschaftlichen Veröffentlichung bis zur Niederschrift seines letzten Manuskriptes fehle in der Tat in kaum einer seiner Arbeiten irgendein Bezug auf Eckehart. „Er fand bei Meister Eckehart die Nähe zu seinen eigenen philosophischen Einsichten und etwas mehr, wovon man nicht zu Beliebigen spricht."[1]

Eine ähnlich ausgerichtete, ebenso in die Tiefen menschlichen Geistes lotende, wenn etwas anders vielleicht auch zu gewichtende „Wahlverwandtschaft" durchwirkt das Lebenswerk und Schaffen von Walter Heinrich. Von Jugend an spürbar bereits, war diese auf das Eschatologische, auf die Befassung mit den "Ursprüngen", mit den letzten Fragen nach der Sinngebung menschlicher Existenz gerichtet.

Davon gibt eine schon in frühen Jahren handschriftlich wie gestochen abgefaßte (erst im Nachlaß wieder aufgefundene) Exegese des Vaterunsers Zeugnis. Für jene, die Heinrich persönlich näherstanden, blieb hier-

---

[1] Vgl. Othmar Spann Gesamtausgabe, Bd. 18, Graz 1974, S. 267.

für kennzeichnend auch seine stets wache und sensible „Antenne", seine fortgesetzte Hingewandtheit zum diesbezüglich relevanten Schrifttum, wie dies unter anderem in zahlreichen einschlägigen Rezensionen belegt ist[2]; so etwa bildete bis zuletzt Mircea Eliades mehrbändiges und monumentales Spätwerk über die „Geschichte der religiösen Ideen" eine ihn buchstäblich bis an das Sterbebett, bis zu seinem Heimgang (am 25. Januar 1984) begleitende Lektüre.

Es zeugt hievon des weiteren, allein schon von der Themengebung her, der Anhang zur „Religionsphilosophie" Spanns über „Das Innerste und das Außenwerk der geschichtlichen Religionen", der inhaltlich für sich einen vertiefenden und weiterführenden Kommentar zu dem Bande selbst darstellt.[3] Kennzeichnend für geistige Gestalt wie für jenes schon erwähnte untrügliche Sensorium Heinrichs mag das diesbezüglich persönlich einmal ausgesprochene Bekenntnis auch sein, daß er neigungsgemäß – wäre der Gegenstand als universitäre Disziplin etabliert – am liebsten wohl „Okkultismus" studiert hätte, gemeint damit vor allem das Mystisch-Magische oder die Wurzeln und Grundlagen alles Religiösen schlechthin. Dieser seiner inneren Neigung ist er, wie im Rückblick heute festzustellen, dennoch gefolgt; er hat sie auf seine Weise außerdisziplinär gewissermaßen nachvollzogen – hat sie in gewissem Grade gelebt auch.

---

[2] Vgl. „Im Prisma des Geistes. Besprechungsaufsätze und ausgewählte Einzelrezensionen über sechs Jahrzehnte von Walter Heinrich", hg. v. J. Hanns Pichler, Graz 1982 (bes. Teil I: Mystik, Eschatologie, Philosophie und Tradition).

[3] Vgl. Othmar Spann Gesamtausgabe, Bd. 16, Graz 1970, S. 425–437.

Eindrücklichstes und nachhaltigstes Zeugnis all dessen geben davon schließlich Thema wie Inhalt vorliegenden Bandes über „Verklärung und Erlösung": als bewußte Befassung und Auseinandersetzung mit den „Letzten Dingen" und der „Lehre von der Versenkung". Eine Befassung also mit dem „jenseitigen Schicksal des Menschen", dem höchsten Gegenstand geistigen Ringens an sich, welcher „daher im Mittelpunkte aller Religionen und philosophischen Systeme" steht; einbezogen in jenen unversieglich gemeinsamen Strom und großen Bogen der Tradition, aus welchem — im Sinne eines Leopold Ziegler — die „Seelentümer sämtlicher Völker" genährt und befruchtet werden, aus dem so immer wieder „die Einheit aller Überlieferungen" unwiderruflich erfahren wird.[4]

Aufgrund dieses, im gegebenen Rahmen hier nur kurz skizzierten, Zusammenhanges erschien es — in Absprache und Einklang mit dem Verlage — für diese Neuausgabe nur konsequent und sinnvoll zugleich, sie durch die zusätzlich vorliegende Abhandlung Heinrichs „Über die traditionelle Methode" (als solche Leopold Ziegler zum 70. Geburtstag zugeeignet) inhaltlich zu ergänzen bzw. abzurunden; diese ist ebenfalls — so wie ursprünglich die Einzelabhandlungen über „Verklärung und Erlösung im Vedânta", „Verklärung und

---

[4] Vgl. hierzu Walter Heinrich: „Leopold Ziegler und die Tradition", in: Kairos. Zeitschrift für Religionswissenschaft und Theologie, X. Jg., Heft 4, Salzburg 1968; ferner, aus dem Lebenswerk Zieglers selbst, im gegebenen Zusammenhang insbesondere: „Überlieferung" (1936), 2. Aufl., München 1948; „Apollons letzte Epiphanie", Leipzig 1937; „Menschwerdung", 2 Bde., Olten 1948.

Erlösung bei Meister Eckhart" und „Schellings Lehre von den Letzten Dingen" – erschienen zunächst in der „Stifterbibliothek".[5]

Unter Anknüpfung an die „Vorläufer" und deren Eingebettetheit selbst wiederum in den großen geistesgeschichtlichen Strom der Ideenlehre, wird Darstellung und Exegese der traditionellen Methode vollzogen anhand dreier großer Gestalten und Künder der „Tradition": Julius Evola, René Guénon und Leopold Ziegler.[6] Im umfassenden Lebenswerk Zieglers liegt für Heinrich eine Art „Krönung" dieser Methode: als eine aus der Wesensschau der Tradition selbst her bestimmte metaphysische Anthropologie, als „Lehre vom Ewigen Menschen und zugleich auch vom Menschengeschlecht und seinem Schicksal überhaupt, den ‚verlorenen Anschluß wieder finden' zu lassen, ‚an die ... Gemeinüberlieferung'".[7]

Ein Verdienst und eine wohl bleibende Leistung Heinrichs stellt es zweifellos dar, anhand der im vorliegenden Bande nunmehr zusammengefaßten und

---

[5] Veröffentlicht als Bd. 33, Salzburg 1954; jene über „Vedânta", „Meister Eckhart" und „Schelling" als die Bde. 78a, b, c, Salzburg-Klosterneuburg 1955–59. Letztere wurden unter dem gemeinsamen Titel „Verklärung und Erlösung" später zusammengefaßt und – als Vorläufer sozusagen zu dieser Neuausgabe – in vereinigter Form herausgebracht, München o. J. (1962).

[6] Vgl. oben Anm. 4; weiter auch Walter Heinrich: „Guénon et la Méthode Traditionelle", in: René Guénon. Dossier concu et dirigé par Pierre-Marie Sigaud, Lausanne 1984, S. 157–167 (posthum).

[7] Walter Heinrich: „Über die traditionelle Methode", a.a.O., S. 50f.; im besonderen hiezu auch Leopold Ziegler: „Das Lehrgespräch vom Allgemeinen Menschen in sieben Abenden", Hamburg 1956.

inhaltlich zueinander sich fügenden Abhandlungen, den von Ziegler vorgezeichneten großen Bogen der Tradition seinerseits in dreifacher Hinsicht vertieft zu haben: in der Herstellung des spezifischen Bezuges zu den Upanischaden der indischen Philosophie, sodann zur Philosophie Meister Eckharts und schließlich zur Spätlehre Schellings, der darin alle „Maße und Räume dieses großen Geistesgebäudes ... schon ... aufgerissen und aufgerichtet" hatte. Es bedeutet dies zugleich die Herstellung des Bezuges zur Ideenlehre der Philosophia perennis generell sowie zur Ganzheitslehre Othmar Spanns im besonderen, die hiedurch nicht nur eine Berührung und Ineinsführung im Geistigen, sondern eine eigenständige Vertiefung und Anreicherung zusätzlich erfährt.

Für das geistige Schaffen und das Lebenswerk Heinrichs bildet so gesehen, wie aus intimer Werkkenntnis hiezu an anderer Stelle bereits vermerkt wurde, die Ganzheitslehre im Sinne Othmar Spanns gewissermaßen den Schlüssel zu den „Türen der Eschatologie", die traditionelle Methode selbst jedoch das verfahrensmäßige Rüstzeug „für die begriffliche Bewältigung". In enger geistiger „Verbundenheit mit Leopold Ziegler, dessen Wahlsohn er war, zu Evola und zu Guénon" sowie auf der Grundlage besonderen Verständnisses und damit Zuganges auch zur „Sprache der Symbolik" wird er so „ein Weg- und Vorbereiter, ein Glied jener goldenen Kette ... die uns die Zuversicht gibt, daß das Ende nicht absurd, sondern höchster Sinn sein wird": in der Lehre von der Verklärung und von der Erlösung und somit nicht, um mit Heinrich selbst zu sprechen, „als Lehre nur begrenzter philosophischer Spekulation", sondern als jene letzte Gewißheit, welche im „Glanz dieser aurea catena der

Tradition auch uns eine Quelle unzerstörbarer Gewißheit" zu werden vermag.[8]

In diesem Sinne und von diesem Geiste mitgetragen sei denn – eingedenk durchaus der Tatsache, daß davon „man nicht zu Beliebigen spricht" – die Neuausgabe dieses Bandes dem Zugang einer breiteren Leserschaft eröffnet und anvertraut. Daß die, wie erwähnt, ursprünglich einzeln aufbereiteten, inhaltlich jedoch als Glieder einer Kette zu einem Ganzen sich rundenden Abhandlungen im Rahmen dieser Ausgabe nunmehr vereint und zusammengefügt werden konnten, ist eine geistige Tat und ein Verdienst nicht zuletzt des betreuenden Verlages; vor allem seiner Inhaber, der Herren Dr. Hans Th. Hakl und Paul A. Zemp, für deren Initiative und umsichtige Beratung es zu danken gilt.

Wien, im Frühjahr 1985.　　　　　　　　　J. Hanns Pichler

---

[8] Vgl. Dominik Mach: „Walter Heinrich und die Eschatologie", in: Walter Heinrich zum 70. Geburtstage, gewidmet von seinen Freunden und Schülern, hg. v. J. Hanns Pichler, Graz 1973, S. 23–33 (im bes. S. 32f.).

WALTER HEINRICH

ÜBER DIE TRADITIONELLE METHODE

LEOPOLD ZIEGLER
ZUM 70. GEBURTSTAG

DIE traditionelle Methode mündet in den Traditionalismus. Daher ist sie hinsichtlich der Inhalte und Erkenntnisse, zu denen sie führt, und angesichts der Verhaltungsweisen, die sie begründet, noch weniger neutral als die ihr nächst verwandten Verfahren in Philosophie und Wissenschaft, die Ideenlehre und die Ganzheitslehre.

Mit der Ideenlehre ist die traditionelle Methode verwandt, weil auch sie das „Interferieren von Übergeschichte und Geschichte" lehrt (J. Evola); mit der Ganzheitslehre ist sie verwandt, weil ihr alle Teiltraditionen und alle deren Lebensäußerungen Glieder einer integralen Tradition sind (R. Guénon und L. Ziegler).

Die traditionelle Methode ist deshalb so wenig neutral, weil sie zu besonders weittragenden Folgerungen für die Erkenntnis über die menschliche Gesellschaft, die Kulturen und die Menschheitsgeschichte führt; Erkenntnisse, von denen man wohl sagen darf, daß ihre Tragweite in einem umgekehrten Verhältnis zur Weite des Kreises derer steht, die sie annehmen werden; die aber jenen, die sie annehmen, eine bestimmte unausweichliche Position im geistesgeschichtlichen Kampffelde, darüber hinaus aber auch zum Weltgeschehen überhaupt anweisen.

Warum dies so ist, soll im Verlaufe der Darlegungen über die traditionelle Methode und über die Gestalten, die sie in der Entwicklung durch ihre Hauptvertreter annahm, zu zeigen versucht werden.

Wollte man die beiden Ströme von Vorläufern der traditionellen Methode mit besonders kennzeichnenden Namen gewissermaßen etikettieren, müßte man für die eine Strömung Giambattista Vico (1668—1744) nennen: mit seiner Einbeziehung der Urzeit in die wissenschaftliche Betrachtung, seiner Dreiteilung der Geschichte in ein göttliches, ein heroisches und ein menschliches Zeitalter und seiner Heranziehung der Mythen für die Enträtselung der Urzeit.

Für die andere, uns näherstehende Strömung müßte man wohl den Hegel der Phänomenologie (1807) nennen. Denn diese — die Nachfahrin der Fichteschen Gnosogonie — ist zugleich zeitlose innere Geschichte des Bewußtseins und doch auch Entfaltung der geistesgeschichtlichen Grundverhaltensweisen der Menschheit, in denen sich diese zeitlose, innere Geschichte widerspiegelt, also auch hier ein „Interferieren von Übergeschichte und Geschichte", das übrigens auch bedeutsame verfahrenmäßige Auswirkungen hat. Man denke an Hegels Schau metaphysischer Potenzen, die mit Recht als die „gestalterfassende" Methode bezeichnet wurde (A. Baeumler, Hegels Geschichte der Philosophie, 1923, 5 f.).

Der große Durchbruch dieses zweiten, geistesgeschichtlich unvergleichlich mächtigeren Stromes muß aber wohl mit dem 12. Oktober 1815 datiert werden, als Schelling am Namenstage des Königs in der Akademie der Wissenschaften zu München die Festrede „Über die Gottheiten von Samothrake" hielt, die als „Beilage zu den Weltaltern" erschien

SCHELLINGS „WELTALTER"

— es war die letzte von Schelling veröffentlichte Einzelschrift (denn die „Weltalter" selbst waren nicht erschienen). Nun verschließt sich Schelling und wendet sich für fast vier Jahrzehnte seinem Haupt- und Spätwerke zu, der „Philosophie der Mythologie und Offenbarung", das eine der großartigsten Aufgipfelungen der traditionellen Methode genannt werden darf, die der Menschheit geschenkt wurde.

Die nichterschienenen „Weltalter" aber und die „Gottheiten von Samothrake" als deren erschienene Beilage sind ein Vorblick, ja ein Vorgriff auf dieses größte Werk Schellings. Dieser weiß das. Kuno Fischer berichtet, daß Schelling seinem Freunde Griese schreibt: „Es ist der erste Schritt zur Ausführung eines Plans, den ich Ihnen einst, wenn ich nicht irre, auf der unvergleichlichen Reise zwischen Dresden und Jena vorphantasiert oder vorgefaselt habe ... Jetzt ist einigermaßen Ernst daraus geworden, d. h. etwas davon könnte doch noch wahr werden." (Geschichte der neueren Philosophie, VII. Bd., Schellings Leben, Werke und Lehre, Heidelberg 1923[4], 150).

Die „Weltalter" oder „Aeonen" sind die Perioden der göttlichen Offenbarung: Vergangenheit, Gegenwart, Zukunft — nach göttlichem Maße gemessen — die Zeit vor, in und nach der Welt. Das Erleben Gottes im menschlichen Bewußtsein, die „Selbstoffenbarung Gottes", die Religion, die Zeit dieser Welt, hat wiederum zwei Perioden: Den theogonischen oder mythologischen Prozeß und die Offenbarung. Deswegen scheidet sich ja die Darstellung dieser Weltgeschichte Gottes, die „geschichtliche Philosophie", in die „Philosophie der Mythologie" und in die „Philosophie der Offenbarung". Hier haben wir also das „Interferieren von Übergeschichte und Geschichte" als d e n Ausgangspunkt der Weltbetrachtung: Das große und einzige Motiv und Thema der traditionellen Methode ist in der Geistesgeschichte wieder angeschlagen. Und dies in so gewaltigen Tönen, daß es nicht mehr verlorengehen kann und wird.

Schellings philosophische Tat kreist von nun ab einzig und allein um diese „Interferenz", um dieses „Zwischentragen" von Übergeschichte und Geschichte, ja um die Ableitung der Geschichte aus der Übergeschichte.

Es ist eine der großartigsten Bestätigungen für die Fruchtbarkeit der traditionellen Methode, deren Neubegründer von der rein philosophisch-spekulativen Seite her Schelling ist, daß dieser — f a s t könnte man sagen: allein geführt durch die philosophische Analyse, die er aus der Versenkung der „intellektuellen Anschauung" entfaltet, — in dem schlechthin entscheidenden Teile seines Gedankengebäudes, in seiner Eschatologie, also der Lehre vom jenseitigen Schicksal der menschlichen Seele und des ganzen Menschengeschlechtes, das Gleiche lehrt wie die großen traditionellen Kulturen einschließlich der abendländisch-christlichen.

Ganz zu schweigen davon, daß Schelling ein so tiefes Verständnis für den Ideengehalt und die entscheidenden geistesgeschichtlichen Ereignisse und Wendungen dieser traditionellen Kulturen erwies, das uns angesichts des Zustandes der Übersetzungen und der Quellenkritik in seiner Zeit immer wieder in ehrfürchtiges Erstaunen versetzen muß. Erst heute wird durch die Leistungen von R. Guénon offenbar, mit welcher Genialität Schelling in die Tiefen der indischen Kultur einzudringen vermochte, obwohl er die Upanischaden nur in der schier unleserlichen Gestalt der Oupnekhat kannte, einer sehr freien persischen Übersetzung von fünfzig Upanischaden (1656), die Anquetil Duperron Wort für Wort ins Lateinische übersetzt hatte (1801 f.), und die Schelling selbst eine unerfreuliche Lektüre nannte.

Trotz der gewaltigen Geistestat Schellings, deren Auswirkungen heute noch nicht abgeschlossen sind, knüpfte die wissenschaftliche und die Breitenwirkung einer Begründung der traditionellen Methode nicht an den philosophisch-spekulativen Entstehungsstrom, an die Philosophie des deutschen Idealismus und an den Namen Schelling an, sondern an den mythenwissenschaftlichen, an die deutsche Romantik und an den Namen J. J. Bachofen. Er ist der in der Wissenschaft und in der Geistesbewegung wirksam werdende Begründer der traditionellen Methode.

Die Schau des mythischen Symbolikers hatte den Kairos auf ihrer Seite. Der tiefe Gedankengang des mystischen Metaphysikers konnte keine Breitenwirkung erlangen, obwohl beide „im letzten Grund dem gleichen innersten (vom ‚ruhenden Symbol' umschlossenen) zentralen Ziele" zustrebten, wie erst kürzlich wieder M. Schröter in seinem Aufsatz „Mythus und Metaphysik bei Bachofen und Schelling" so schön gezeigt hat, indem er treffend von einem „Parallelismus zweier gleich ursprünglicher Verhaltungsweisen (der mythischen und der metaphysischen) zu einem und demselben Grund und Sinn des Daseins und des Lebens" spricht.

Im „Versuche über die Gräbersymbolik der

Alten" (Basel 1859) wird die traditionelle Methode von Bachofen bereits angewendet.

„Der Mythus ist die Exegese des Symbols. Er entrollt in einer Reihe äußerlich verbundener Handlungen, was jenes eigentlich in sich trägt... Den Inhalt der Mysterienlehre in Worten darzulegen, wäre Frevel gegen das oberste Gesetz; ihn durch Mythen darzustellen, ist der einzige erlaubte Weg. Darin wurzelt die Benützung des Mythenschatzes als Gräbersprache... Derselbe Mythenschatz, in welchem die alte Welt die frühesten Erinnerungen ihrer Geschichte, die ganze Summe ihrer physischen Erkenntnisse, das Gedächtnis früherer Schöpfungsperioden und gewaltiger Erdwandlungen niedergelegt hatte, derselbe wird nun zur Darstellung religiöser Wahrheiten, zur Veranschaulichung großer Naturgesetze, zum Ausdruck ethischer und moralischer Wahrheiten und zur Erregung trostreicher Ahnungen, die über die traurige Grenze des stofflichen Fatums hinausführen.

Das ruhende Symbol und die mythische Entfaltung desselben vertreten in den Gräbern Sprache und Schrift. Sie sind selbst die Sprache der Gräber... Diese Erscheinung hat einen tieferen Grund. Zu arm ist die menschliche Sprache, um die Fülle der Ahnungen, welche der Wechsel von Tod und Leben wachruft, und jene höheren Hoffnungen, die der Eingeweihte besitzt, in Worte zu kleiden. Nur das Symbol und der sich ihm anschließende Mythus können diesem edleren Bedürfnisse genügen. Das Symbol erweckt Ahnung, die Sprache kann nur erklären. Das Symbol schlägt alle Saiten des menschlichen Geistes zugleich an, die Sprache ist genötigt, sich immer nur einem einzigen Gedanken hinzugeben. Bis in die geheimsten Tiefen der Seele treibt das Symbol seine Wurzeln, die Sprache berührt wie ein leiser Windhauch die Oberfläche des Verständnisses. Die Sprache reiht einzelnes aneinander und bringt immer nur stückweise zum Bewußtsein, was, um allgewaltig zu ergreifen, notwendig mit e i n e m Blicke der Seele vorgeführt werden muß. Worte machen das Unendliche endlich, Symbole führen den Geist über die Grenzen der endlichen, werdenden, in das Reich der unendlichen, seienden Welt. Sie erregen Ahnungen, sind Zeichen des Unsagbaren, unerschöpflich wie dieses, mysteriös wie notwendig und ihrem Wesen nach jede Religion, eine stumme Rede, als solche der Ruhe des Grabes besonders entsprechend, unzugänglich dem Spotte und Zweifel, den unreifen Früchten der Weisheit." (Zitiert nach Manfred Schröter, Mythus und Metaphysik bei Bachofen und Schelling, 81 f.)

Zu voller Reife und Bewußtheit geklärt zeigt die neue Methode sich dann in dem Werke „Die Sage von Tanaquil. Eine Untersuchung über den Orientalismus in Rom und Italien" (Heidelberg 1870).

„Außer der Sprache und den Werken von Menschenhand bietet der vergleichenden Forschung noch eine dritte Klasse von Denkmälern, der Mythus, sich dar. Ja, dieser erteilt über die Frage des Kulturzusammenhanges unter den einzelnen Völkern die reichsten und zugleich die verläßlichsten Aufklärungen. Denn wenn auswandernde Stämme nicht selten mit der Heimat auch die Sprache wechseln, oder infolge schneller Rassenmischung sie bis zur Unkenntlichkeit entstellen, wenn andererseits die Produkte der Kunst und des

Gewerbefleißes von den Einflüssen örtlicher und klimatischer Umstände in besonderem Maße abhängig sind, so ändert dagegen kein Volk mit dem Sitze auch seinen Gott, seine religiösen Grundanschauungen und seine überlieferten kultischen Gebräuche. Der Mythus aber ist nichts anderes als die Darstellung der Volkserlebnisse im Lichte des religiösen Glaubens. Woraus der völlig sichere Schluß sich ergibt, daß die Übereinstimmung der Sagenidee und Sagenform für weitentlegene Länder einen Kulturzusammenhang dartut, der seinerseits ohne eine Wanderung der Völker unerklärbar bleiben würde." (Der Mythus von Orient und Occident. Eine Metaphysik der alten Welt aus den Werken von J. J. Bachofen. Mit einer Einleitung von Alfred Baeumler, herausgegeben von Manfred Schröter, München 1926, 540 f.)

Bachofen ist sich der Tragweite seiner Entdeckung eines neuen Verfahrens wohl bewußt. Hören wir weiter: „Wer der jetzt beendeten Analyse meiner Schrift mit einiger Aufmerksamkeit gefolgt ist, wird den Widerspruch, in welchem sie zu der herrschenden Betrachtungsweise steht, nicht verkennen. Er ist in der Tat kaum schroffer zu denken und sowohl in den Resultaten als in der Methode der Forschung ein durchgreifender. Die Resultate führen uns zu historischen Tatsachen zurück, die ein zum Dogma verhärtetes Vorurteil als abgetan betrachtet, und die doch dem Zusammenhang des großen Weltganges nicht fehlen können. Die Methode beruht auf einer Anschauung vom Wesen der Geschichte, durch welches dieses höchste Erscheinungsgebiet des göttlichen Gedankens dem tieferen der Naturbildungen nach seinem absoluten Ursprung, seiner

DIE NATURFORSCHENDE METHODE 27

Gesetzmäßigkeit, seinem Endzweck, mithin auch nach den Bedingungen seiner Erforschung zur Seite tritt.

Die naturforschende Methode unterscheidet sich von der modernen, die sich gern mit dem Namen der kritischen ziert, vornehmlich durch ihre Auffassung des Forschungsobjektes und die Stellung, die sie zu diesem einnimmt. In der ersteren Beziehung scheint mir folgendes unbestreitbar. Da es in der Natur des Menschen liegt, daß all sein Tun auf Erden in schneller Vergänglichkeit vorübereilt, so kann niemals das Ereignis selbst in seinem realen Verlaufe Gegenstand unserer Beobachtung bilden. Vielmehr muß, um das Flüchtige zu fixieren, die Tradition in das Mittel treten. Aber auch diese teilt die Natur des zugrundeliegenden Ereignisses. Gleich der äußeren Tat ist diese innere der Auffassung und der Überlieferungsgestaltung das Produkt einer vorübergehenden, keiner stabilen, ewig unwandelbaren Potenz, fließend und flüchtig wie die Handlung und daher gleich allem, worin Leben wirkt, selbst der Geschichte verfallen. Hieraus folgt, daß die historische Forschung immer vor einer geistigen, der Entwicklung und Fortbildung unterworfenen Erscheinung steht, daß die realen und idealen Elemente der Tradition nicht nebeneinander, sondern ineinander liegen, folglich einer Scheidung und Aussonderung sich entziehen, und daß schließlich für die Geschichte der Vergangenheit nie eine reale, aber stets eine geistige Wahrheit erlangt werden kann. Wenn eine prätensionsvolle Forschung mit der Frage, wie ist (beispielsweise bei der Thronbesteigung des älteren Tarquin oder des Königs Servius) alles in Wirklichkeit zugegangen?

vor die Überlieferung tritt, ... enthielte dies eine Billigung des falschen Gedankens, als drehe sich die Erforschung vergangener Zeiten um die Ermittlung der faktischen, nicht um die der geistigen Wahrheit, um die Empirie der Ereignisse, nicht um jene der in der Überlieferung enthaltenen Zeitgedanken.

... in allem Wissen, welches durch das Medium der Tradition, folgeweise des denkenden und gestaltenden Menschengeistes vermittelt wird, kann es sich nicht um die Realität der Tatsache, sondern um die der Auffassung, mithin niemals um die größere oder geringere Wahrscheinlichkeit, sei es der ganzen Handlung, sei es eines begleitenden Umstandes, sondern nur um die richtige Aufnahme des vermittelnden Faktors handeln.

Wie betrachtet nun die naturforschende Methode dieses Objekt, die Überlieferung? ... Die objektive Geschichtsforschung richtet ihre erste Sorge darauf, den Gegenstand der Untersuchung in seiner ungefälschten Reinheit darzustellen.... Nach dem Wesen der naturforschenden Methode ist ihr verboten, Fragen wie die, ob das Gesagte die Wahrscheinlichkeit für sich habe oder nicht, ob es vernünftig sei oder nicht, möglich oder nicht, logisch oder nicht, mit in den Kreis ihrer Erwägungen zu ziehen. Wird doch die Existenz eines Berichtes durch die Unglaublichkeit, Unmöglichkeit, fehlerhafte Logik seines Inhaltes nicht aufgehoben. Ausgeschlossen bleiben ebenso alle jene mit Hilfe eines mechanischen Formalismus durchgeführten Operationen, welche man durch den glänzenden Namen der Quellenkritik oder Quellenkontrolle zu empfehlen und als eine der höheren Funktionen des wissenschaftlichen Forschens zu betrachten pflegt. Als da sind die

DIE MITTEL DER FORSCHUNG

Wertloserklärung einer Überlieferung oder die Verdächtigung eines Schriftstellers aus dem Grunde eines verhältnismäßig späten Lebensalters, der Mangelhaftigkeit, Unnachweislichkeit oder sorglosen Benutzung älterer Quellen, die Auswahl einer einzelnen Autorität auf Kosten aller übrigen, die Verstümmelung der Berichte durch Anpreisung eines einzelnen Zuges, Verwerfung der übrigen oder Kombination der gebilligten Bruchstücke zu einer ganz neuen Erzählung, endlich die wirkliche oder eingebildete Pseudonymität des Autors. Denn alle Fragen, die man durch diese rein äußerlichen Mittel zu entscheiden sucht, finden ihre Lösung nicht auf dem philologischen Gebiete, sondern auf dem höheren der Ideenerklärung, welche die vorgängige ungeschmälerte und rückhaltlose Anerkennung des ganzen, von Verständigen und Unverständigen überlieferten Stoffes gebieterisch voraussetzt. Ich finde eine der obersten Ursachen der die Altertumsforschung immer mehr verwässernden Flachheit in der Herabwürdigung derselben zu einem Appendix der Sprachkunde, wodurch es dahin gekommen ist, daß man Silbenstecherei und Buchstabenkram nicht mehr als das Erste, sondern als das Letzte und Höchste betrachtet, und in den Wortformen eines eingebildeten Indogermanismus das Palladium für die richtige Erkenntnis des Fortganges der geschichtlichen Entwicklung zu besitzen allen Ernstes vermeint. Gegenüber dieser ungebührlichen Machterweiterung einer in ihrem Jugendmute doppelt anspruchsvollen Linguistik ist es geboten, die Mittel, durch welche die höchsten Ziele der historischen Forschung zu erreichen sind, genauer zu entwickeln.

Ich gelange dadurch zu der wichtigen Aufgabe der wahrhaft objektiven Geschichtsbetrachtung, nämlich zu der Frage nach der Behandlungsweise des auf die angegebene Art ermittelten Überlieferungsstoffes. Auch hier würde es mir schwerfallen, die Konsequenzen der naturforschenden Methode ohne Rücksichtnahme auf ihr Gegenteil ganz deutlich zu machen. Ich sage also nicht nur, daß wir jede in der Tradition gebotene Erscheinung als einen selbständigen, durch sein Dasein gerechtfertigten, in sich geschlossenen geistigen Organismus zu betrachten, jede nach dem Gesetze, aus welchem sie geworden ist, aufzufassen und keine Idee anders als durch sich selbst zu erläutern haben, sondern füge hinzu, daß die größte Versündigung gegen dieses Prinzip darin besteht, wenn wir den Objekten der Beobachtung uns selbst auferlegen, die eigenen Gedanken in die fremden Dinge hineintragen, statt die Ideen dieser in uns aufzunehmen, und so tadelnd und räsonierend gleichsam vor die Natur hintreten, statt uns ihr unterzuordnen und sie in ihrer ganzen Eigentümlichkeit zu erkennen. Soll mit diesen allgemeinen Aussprüchen die Erläuterung der einzelnen Anwendung sich verbinden, so ist wiederum das gegenwärtig zu halten, was über die Natur der Überlieferung früher bemerkt wurde. Da die Fixierung der stets flüchtigen Tat, so schließen wir, die Dazwischenkunft der Tradition verlangt, die Gestaltung dieser aber ein geistiges, von der Denkweise und von der intellektuellen Bildung einer bestimmten Zeit, folgeweise von einem festen Gesetz abhängiges Faktum ist, so kann die richtige Objektivität nur darin bestehen, aus der genauesten, rein sachlichen Beobachtung der Erscheinung zu der Erkenntnis des Bildungsgesetzes, aus dem sie hervorgewachsen ist, hindurchzudringen. Da ferner die Tradition infolge ihrer geistigen Natur gleich dem Geiste selbst unmöglich wechsellos und ohne Entwicklung sein kann, vielmehr den Umbildungen der Denkweise folgen muß und dadurch in dem Laufe der Jahrhunderte eine Reihe von Traditionsformen entsteht, deren jede von neuem einem bestimmten Bildungsgesetze folgt, so muß die Aufgabe der Erklärung, wie wir sie als Sache der richtigen Objektivität festgestellt haben, nicht nur einmal, sondern so oft, als verschiedene Erscheinungen vorliegen, gelöst werden. Wobei es hauptsächlich darauf ankommt, die einzelnen Glieder dieser Sukzession sorgfältig auseinander zu halten, das Bildungsgesetz eines jeden wiederum nur aus ihm selbst zu erkennen und in seiner eigenen Sprache auszudrücken. Da endlich die Fortentwicklung der Tradition wie die des menschlichen Geistes überhaupt nur eine allmähliche, folglich stets nur eine partielle sein kann und deshalb jede folgende Stufe aus alten traditionellen und neu hinzutretenden Gedanken gemischt sein wird, so folgt, daß eine echt objektive Betrachtung nie bei einer einzelnen Erscheinung und einer besonderen Zeit stehen bleiben, sondern jede mit der früheren und der späteren in Verbindung setzen, folglich die Einzeluntersuchung stets im Geiste des Ganzen unternehmen soll."

Und nun am Schlusse seiner bedeutenden Darlegung des neuen Verfahrens mündet der mythenforschende Romantiker ganz in die Geistesbahnen der philosophischen Analysis u n d Mystik, in jene Hegels und Schellings ein:

„Der Hauptgewinn unserer Methode liegt darin, daß wir durch sie zu einer inneren Konstruktion der Geschichte emporsteigen. Die historische Naturforschung erkennt die übereinander gelagerten Schichten der allmählich in die Erscheinung getretenen Geistesarten, weist jeder die ihr zugehörenden Reste an, zeigt die Genesis der Ideen, und führt, alle Stufen der Wirklichkeit durchschreitend, unseren Geist zum Anblick dessen, was er in der Sukzession der Zeiten gewesen, aber heute nicht mehr ist. Es entsteht ein wissenschaftlicher Bau, welchen weder Hypothesen, noch Probabilitäten, noch Ahnungen unsicher und wankend machen, der von allem subjektiven Meinen und Raten unabhängig, und von unten bis oben aus lauter Affirmationen zusammengesetzt ist. Das ideale Offenbarungsgebiet erhält eine gesetzmäßige Struktur, so fest und unwandelbar wie das Reale der physischen Weltentwicklung. Die Wahrheit wird in der notwendigen Verknüpfung aller Glieder und in dem Zusammenhang des Ganzen, nicht stückweise, erkannt. Sie ist jetzt auch nicht mehr die rein empirische der äußeren Tatsächlichkeit, sondern die höhere, im Grund einzig reale, geistige, die sich über die flüchtigen Dinge zu der in ihnen erschienenen Idee erhebt. So entspricht das Resultat dem Grundgedanken der Methode. Die Forschung erhält ein wissenschaftliches Prinzip und mit ihm ein festes Ziel, wie es die sogenannte kritische Schule nicht kennt." (A. a. O., 577—582).

Bachofen bezeichnet diese Methode hier in sehr bewußter Abhebung gegen Positivismus und Historismus als „historische Naturforschung", zweifellos in der Absicht, um die „gesetzmäßige

DIE ROMANTISCHE METHODE

Struktur" des Gegenstandes hervorzuheben, dessen Wesenheit „in der notwendigen Verknüpfung aller Glieder und in dem Zusammenhang des Ganzen, nicht stückweise" erkannt wird. Um zu zeigen, daß eben diese Wesenheit „nicht mehr die rein empirische der äußeren Tatsächlichkeit ist, sondern die höhere, im Grund einzig reale, geistige, die sich über die flüchtigen Dinge zu der in ihnen erschienenen Idee erhebt" (582).

Man könnte sie als die romantische Methode schlechthin bezeichnen oder eben, wie wir dies hier im Anschluß an J. Evola tun, als die traditionelle Methode, deren oben behauptete nahe Verwandtschaft mit der Ideen- und Ganzheitslehre gerade die Darlegungen Bachofens klar ins Licht stellen.

Noch bedeutsamer als diese traditionelle Methode aber sind ihre Ergebnisse. Indem Bachofen den „Ideenkreis der Tradition" als Ganzes, nicht das Historisch-Einzelhafte auf sich wirken läßt, entdeckt er die Erlebnisvorwelt der Menschheit mit ihren grundsätzlichen Verhaltensweisen: Der Widerstreit der stofflichen und der geistigen, der weiblichen und der männlichen, der gynaikokratischen und der paternalen, der chthonisch-tellurischen und der olympisch-apollinischen Mächte. Zeigt er die Möglichkeiten des weiblichen Daseins auf: Die demetrische, die amazonische und die aphroditische. Und jene des männlichen: die solarisch-apollinische, die lunarisch-dionysische und die poseidonisch-tellurisch-tyrannische. Entdeckungen, die in der Vorrede zu seinem Werk „Das Mutterrecht. Eine Untersuchung über die Gynaikokratie der alten Welt nach ihrer religiösen und rechtlichen Natur" (Stuttgart 1861) bereits großartig hervortreten und die dann bei J. Evola ungemein fruchtbar werden.

In der bereits erwähnten „Gräbersymbolik" heißt es bei Darlegung der Bedeutung der Leichenspiele des Zirkus: „Der Gedankenkreis, in welchem sich diese Vorstellungen bewegen, beherrscht auch alle übrigen Teile des Zirkus, alle damit verbundenen Heiligtümer, Kulte und Einrichtungen. Die Naturkraft in ihrer dreifachen, tellurischen, lunarischen, solarischen Stufenfolge, in ihrer doppelten, weiblich-passiven, männlich-aktiven Potenzierung, in ihrer zwiefachen Äußerung als belebende und als zerstörende Macht, hat in dem römischen Zirkus eine so vollkommene und so mannigfaltige Darstellung gefunden, daß er als wahres Pantheon gelten... konnte" (a. a. O., 444).

Allerdings — dies sei hier gegenüber den niemals abreißenden Mißdeutern Bachofens, besonders gegenüber jenen in gewissen antitraditionellen Lagern betont — kann man dem Werke, der Methode und den Entdeckungen Bachofens niemals gerecht werden, wenn man sie mit der Brille des Positivismus und des Historismus — gegen die sie sich ja wenden — und außerhalb ihres unlösbaren Zusammenhanges mit dem Traditionalismus betrachtet. Man verkehrt die „Schau des mythischen Symbolikers" in ihr Gegenteil, wenn man überall in frühzeitlichen Zuständen der menschlichen Gesellschaft das Mutterrecht als soziale Tatsache finden oder gar die Geschichte als einen Fortschritt vom Mutterrecht zum Patriarchat verfälschen will: Das „Interferieren von Übergeschichte und Geschichte" darf nicht zu dem geistigen Kurzschluß einer Verwechslung der metaphysischen Mächte und daher der ewig bestehenden Möglichkeiten mit den sozialen Tatsachen führen. Es gehört ja gerade zu den wesentlichen Einsichten der traditionellen Methode, daß es so etwas wie sozialen oder geschichtlichen Fortschritt wahrlich nicht gibt. Sicherlich hat die Darstellungsweise Bachofens manchmal zu einem Abgleiten in diesen Irrtum verlocken können.

Die Auswirkungen der Bachofenschen Methode und ihrer Ergebnisse auf die Geschichtsphilosophie und Soziologie nach ihm sind unabsehbar und heute noch lange nicht in ihrer vollen Tragweite erkannt: Das Kapitel Bachofen und die Soziologie ist noch nicht geschrieben. Ebensowenig wie das genau so wichtige: Schelling und die neuere Geschichtsphilosophie einschließlich der russischen Geschichtsphilosophie (vgl. A. von Schelting, Rußland und Europa im russischen Geschichtsdenken, Basel 1948).

Baeumler streift in einer Fußnote seiner Einleitung zur Bachofen-Ausgabe (a. a. O., CCIV) die Wirkung Bachofens auf F. Tönnies (Gemeinschaft und Gesellschaft, 1887), verfolgt aber nicht weiter, wie tiefgreifend die soziologischen Kategorien von Tönnies „Gemeinschaft" und „Gesellschaft" sowohl im positiven und noch mehr im negativen Sinne die gesamte neuere und neueste Soziologie und Geschichtsphilosophie beeinflußt haben. Wohl aber hat Baeumler recht mit dem Hinweis, daß die Wurzeln dieser Lehre in der Romantik und besonders bei Bachofen liegen. So verzerrt-einseitige und daher im weiteren irreführende Gestalt sie auch bereits in der Tönnies'schen Fassung angenommen hatte, so entscheidend ist das Gewicht dieser Lehre im Bereiche der sozialen Prinzipien und gesellschaftswissenschaftlichen Verfahren für die Gegenüberstellung von Individualismus und Kollektivismus einerseits und ganzheitlicher Auffassung als Begründung des richtigen Verhältnisses von Persönlichkeit und Gemeinschaft andererseits.

Wir müssen nun die weitere Einwirkung der vom Metaphysiker Schelling und vom Mythologen Bachofen begründeten oder wiederbegründeten traditionellen Methode auf die Wissenschaften und die gesamte Geisteskultur überhaupt und damit auch große Namen überspringen. (Überdies finden sich in der eben erwähnten Baeumlerschen Vorrede zum Bachofen-Mythus wichtige Hinweise.)

Wir wenden uns dem Dreigestirn der Hauptvertreter der traditionellen Methode zu. Es sind dies: der Franzose René Guénon, der Italiener Julius Evola und der Deutsche Leopold Ziegler.

René Guénon ist am 7. Januar des Jahres 1951 in Ägypten im Alter von nur 62 Jahren gestorben. Evola schreibt von ihm: „Für ihn gibt es kaum einen Ersatz; er hat viele beeinflußt, ich weiß aber von keinem, der auf demselben Niveau sein Werk fortsetzen könnte. Die Sache ist für mich unheimlich, da ich nicht denken kann, daß er schon alles gegeben hat, was er geben konnte, um Licht in diese trübe Zeit zu bringen."

Guénon ist einer der größten Gelehrten unserer Zeit auf dem Gebiete der vergleichenden Religionswissenschaft und Metaphysik gewesen — von wahrhaft erstaunlicher Sprachkenntnis. Er war mehr als das: ein wahrhaft Eingeweihter, der „einer noch lebendigen Gesamtüberlieferung der Menschheit dort nachzuspüren plant, wo sie sich noch auf mündliche Mitteilung stützt" (Ziegler, Überlieferung, 1936, 265).

INTEGRALE TRADITION

An ihm und seinem Werke zeigt sich die Überlegenheit der traditionellen Methode in hellstem Lichte. Sein Hauptanliegen ist der Nachweis einer integralen Tradition. „Integral" bedeutet im Sinne Guénons zweierlei: Daß diese Tradition eine Ganzheit sei, von der alle Teiltraditionen, also die hohen Kulturen der Menschheitsgeschichte, und alle deren Lebensäußerungen nur Glieder sind. Daß sie aber nicht nur eine Ganzheit sei, sondern eine heile, unzerstörbare und daher lebendige Ganzheit sei.

Ein grandioser Gedanke, der dann von Leopold Ziegler vollgültig aufgenommen wird.

Die bedeutendste Leistung Guénons liegt in der erwähnten Lehre von der integralen Tradition und allen ihren Folgerungen. Diese Lehre findet ihre Darstellung besonders in dem Werke „Le Roi du Monde" (Paris und Mailand 1927).

Die zweite, nicht geringere, unmittelbar mit der ersten verknüpfte Leistung besteht darin, daß Guénon durch sein umfangreiches literarisches Werk dem Abendlande das Tor zur östlichen Tradition in einer Weise öffnete, wie dies bisher noch nicht geschehen war. Als das führende Werk in diesem Bereiche erscheint uns „L'Homme et son devenir selon le Vêdânta" (Paris 1925, Bari 1937).

Dieses Werk bringt zugleich einen Kommentar zu der für die abendländische Metaphysik und Verfahrenlehre u. E. sehr entscheidenden Lehre von den Tiefschichten des Seins, deren Bedeutung ich in meinem Beitrage zur Spann-Festschrift „Die Verfahrenlehre als Wegweiser für die Wissenschaften und die Kultur" (Wien 1950, 36 f) zu würdigen versuchte.

38 SCHLÜSSEL ZUR INDISCHEN METAPHYSIK

Außer diesen Werken stammen von Guénon eine Reihe von Schriften, von denen L. Ziegler mit Recht sagt, daß er sie „in vielerlei Hinsicht als epochal bewertet sehen möchte". Die wichtigsten sind folgende: Introduction générale à l'étude des doctrines hindoues, Paris 1921, 1932²; Orient et Occident, Paris 1924; La crise du Monde Moderne, Paris 1928, bisher leider das einzige ins Deutsche übersetzte Werk Guénons; Autorité spirituelle et pouvoir temporel, Paris 1929; Le Symbolisme de la croix, Paris 1931; Les états multiples de l'être, Paris 1932; Le règne du nombre et les signes des temps, Paris 1945; Aperçus sur l'initiation (ebda); La grande Diade, Paris 1946. Zahlreiche Studien Guénons finden sich in den Zeitschriften „Voile d'Isis" und „Études Traditionelles", Paris (Chacornac).

Ihre besondere Fruchtbarkeit erweist die traditionelle Methode in Guénons bereits erwähntem Werk „L'Homme et son devenir selon le Vêdânta".

Es ist der Schlüssel zur indischen Metaphysik. Kein zweites Buch könnte mit dem gleichen Recht in dieser Weise gekennzeichnet werden. Erst nach dem Studium Guénons fällt es selbst dem langjährigen Kenner der heiligen Bücher der Inder, nämlich der Upanischaden und des Mahabharatham, sowie auch der großen Kommentare zu ihnen wie Schuppen von den Augen. Plötzlich liegen die bisher nur geahnten Zusammenhänge in kristallner Klarheit da. Das rührt daher, daß diese heiligen Werke der Inder in ihrer heutigen Gestalt erst der sehr späte Niederschlag einer jahrtausendalten mündlichen Weitergabe sind; daß sie zu wirklichem Verständnis nur in dieser mündlichen Überlieferung aufblühten, daß aber Guénons traditionelle Methode

DIE HEILIGE ARCHE

den Schlüssel zu dieser verschlossenen Weisheit der Alten darbietet, indem sie von sich aus wiederum den Anschluß an die Lehren der Tradition überhaupt gewinnt.

Gerüstet mit seinem schier übermenschlichen philologischen Wissen dringt Guénon in die Weisheiten ein, die den Kern der Hochkulturen der Menschheit bilden: in deren Metaphysik, Religion und Eschatologie. Die Durchleuchtung der allen diesen traditionellen Kulturen gemeinsamen Symbole, Riten, Mythen, metaphysischen und eschatologischen Dogmen bezieht Zusammenhänge in das Blickfeld der vergleichenden Metaphysik und Religionswissenschaft ein, die bisher von deren kühnsten Vertretern nur geahnt wurden.

Auch das Vêdânta-Werk Guénons begnügt sich nicht damit, die traditionellen Lehren der Inder zu entwickeln, sondern nimmt Bezug auf die traditionellen Lehren aller Zeiten. Besonders in den Anmerkungen und Fußnoten des Vêdânta-Buches finden sich Studien von größter Erheblichkeit und Bedeutung, vor allem für die Analogien und Beziehungen zwischen der Bibel und dem Vêda, diesen beiden Quellen der Orthodoxie, und im allgemeinen zwischen den Traditionen des Abendlandes, des Morgenlandes und dem Katholizismus, der — so sagt der italienische Übersetzer des Vêdânta-Buches in seinem Vorworte, damit die oftmals von Guénon selbst ausgesprochene These wiederholend — in seinen Symbolen, seinen Riten, wenn nicht im Geiste seiner Repräsentanten, unbezweifelbare Werte einer höheren Realität in sich trägt und bewahrt, welche die heilige Arche darstellen konnten oder dies wenigstens könnten, die durch die Jahrhunderte, verborgen, die Keime und Möglichkeiten einer neuen und normalen hierarchischen Ordnung bewahrt hat.

Das Vêdânta-Werk Guénons gliedert sich in vier Hauptteile.

Ein einleitender bringt die Generalia über den Vêdânta, über das „göttliche Wissen" oder die reine Metaphysik der Inder, also über jenes Lehrgut, das hauptsächlich in den Upanischaden erhalten ist: das Brahman-Wissen, welches das Nichtwissen zu zerstören bestimmt ist, und die Betrachtung Brahmas oder des höchsten Prinzips der Gottheit in sich schließt.

Der zweite Hauptteil entwickelt die Grundlage der reinen Metaphysik des Vêdânta.

Zunächst wird die grundsätzliche Unterscheidung zwischen dem Selbst — dem Prinzip des Seins (Persönlichkeit allerdings im metaphysischen Sinne) — und dem Ich (der Individualität) vorgetragen. Das Selbst (Âtma) ist das Prinzip, vermöge dessen alle Status des Seins existieren. Entscheidend ist, daß die metaphysische Lehre mehrfache Status (Schichten, Tiefenschichten, Ebenen) des Seins unterscheidet. Es sind dies vier Status:

1. Der universale Status der Nicht-Manifestation — Brahma-Âtma.

2. Der universale Status der Manifestation, allerdings einer informalen (also ein überindividualer Zustand) — (Ishvara — der Herr aller überhaupt möglichen Schöpfungen oder Manifestationen).

3. Ein individualer (also nicht mehr universaler) Status, der einer formalen (gestalthaften) Manifestation, allerdings ein feiner, nicht grobkörperhafter, vielmehr außerkörperlicher Zustand —

(Hiranyagarbha —, der Herr dieser unserer Welt).

4. Ein individualer Status einer formalen Manifestation, aber grobkörperhafter Art, das ist z. B. jener der körperhaft-materiellen menschlichen Individualität.

Ferner wird in dieser metaphysischen Grundlegung gezeigt, daß das Wesenszentrum des menschlichen Seins der „Sitz" des Brahman, also des höchsten Prinzips selbst ist; daß also Âtman identisch sei mit Brahman: Die Verwirklichung dieser höchsten Identität wird mittels des Yoga, das heißt der innigen und wesenhaften Einung des Seins mit dem göttlichen Prinzip vollzogen. Diese Einung besteht potentiell oder virtuell immer, es handelt sich für das individuale Sein darum, tatsächlich Kenntnis zu nehmen von dem, was es wahrhaft und von Ewigkeit her ist. Dies und nichts anderes tut der Yogin, damit das Wissen erlangend, in dem allein die Lehre des Vêdânta besteht: das Wissen von der Identität oder Einheit von Selbst und Gottheit — eng verbunden mit dem Wissen um die mehrfachen Status oder Tiefenschichten des Seins. Es ist das Wissen von der „Unzweiheit": Der Vêdânta ist die metaphysische Lehre von der Nichtdualität (adwaitavada).

Die weiteren Untersuchungen der Grundlegung bringen die metaphysische Anthropologie und Pneumatologie der Inder in einer Klarheit, die alle bisherigen Darstellungen, einschließlich jener Max Müllers und Paul Deussens, übertrifft — auch hier immer wieder erleuchtende Analogien aus der gesamten Tradition der Menschheit vorführend, so der chinesischen, der hebräischen, der islamitischen, der christlichen und anderer. Immer wieder die eben herausgestellten Schritte der Manifestation sowohl im Makrokosmos der Schöpfung wie im Mikrokosmos der Menschen erweisend.

Der dritte Hauptteil zeigt die verschiedenen Bedingungen (oder Bestimmtheiten) des Âtman im menschlichen Sein, führt also die Lehre von den Seinsebenen weiter. Auch hier wird ein in seinen Folgerungen ungemein bedeutsames Lehrstück das erstemal in den okzidentalen Wissensbereich eingeführt, das für Metaphysik und Tiefenpsychologie, für Eschatologie und Versenkungslehre fast unerschöpflich ist. Die bisherige Behandlung ging über die der Erwähnung einer Kuriosität oder gar Absurdität nicht hinaus. Auch die verdienstvollen Übersetzer der Quellen stellen nicht einmal die einschlägigen Nachweise zusammen. Guénon gibt einen umfassenden Kommentar, der außer den bereits erwähnten Wissensgebieten auch die indische Gottes- und Götterlehre sowie die Kult- und Gebetslehre, ferner von neuem auch die Schöpfungslehre und Anthropologie lichtvoll ordnet und durchdringt, der aber auch neue Gesichtspunkte zur Ideenlehre erbringt.

Im wesentlichen handelt es sich um jene Lehre, der zufolge den oben erwähnten Status oder Tiefenschichten des Seins entsprechungsweise gewisse Geisteszustände des menschlichen Daseins zugeordnet werden; wir kehren nun die obige Reihenfolge um und beginnen mit der zuletzt genannten Seinsebene; es entspricht dann:

Dem grobkörperhaften Zustand — das W a c h s e i n ;
dem feinen Zustand des Seins — das T r ä u m e n ;
dem überindividualen, zeugerischen — der T i e f s c h l a f (als ein ekstatischer Status);

INDISCHE ESCHATOLOGIE 43

dem universalen der Nicht-Manifestation — der
„Vierte" (Turyam).

Im vierten Hauptteil seines Werkes stellt Guénon
die indische Eschatologie dar. (Unter
„Indisch" versteht Guénon immer die orthodoxen
Lehren Indiens, die im Rahmen der Vêda bleiben,
also nicht — wie etwa der in einem Exkurse ge-
würdigte Buddhismus — der Heterodoxie verfallen).
In einer Luzidität, die bisher wiederum von keiner
Darstellung erreicht wurde, und die allein auf
Grund der in den ersten drei Hauptteilen er-
arbeiteten Einsichten in die Gottes- und Schöpfungslehre, in die metaphysische Anthropologie und in
die Lehre von den Seinsebenen möglich ist, analy-
siert Guénon die Möglichkeiten des jenseitigen
Schicksals der menschlichen Seele und des Menschengeschlechtes als Ganzes, wie sie in den Quellen
unterschieden werden. Hinsichtlich der Verwirklichung der höchsten Identität, das heißt der Ver-
einung mit Brahman, entwickeln die heiligen Bücher
folgendes:

I.

Verwirklichung der höchsten Identität während
des Lebens (Jivan mukti) durch den Yogin, der im
Augenblick des Todes befreit ist und keine
Zwischenstufen mehr zu durchlaufen braucht. (Allgemein gilt, daß der Tod für die traditionellen
Lehren lediglich das Verlassen eines Status und
ein Eingehen in einen anderen ist, die Trennung
vom dichten oder groben Leibe, dem nur die Rolle
eines Ausgangspunktes, bzw. Werkzeuges zukommt.)

II.

Völlige Befreiung im Augenblick des Todes selbst
(vidêha-mukti).

III.

Wird der „Vierte", das heißt der höchste Zustand, weder gemäß I. noch gemäß II. erreicht, bleibt die „Stufenerlösung des Götterweges" (deva-yana) durch Übergang in die subtile Form (wobei eine Rücknahme „Reabsorption" der individualen Vermögen des Wachzustandes vor sich geht), es tritt eine zeitlich unbestimmte Verlängerung der menschlichen Individualität ein. Die Seele, die kraft des durch die Meditation erlangten Bewußtseins- oder Erkenntniszustandes den „Strom der Formen" (die „Sphäre des Mondes") überschritten hat, erlangt damit virtuelle Unsterblichkeit. Für ihr künftiges Schicksal gibt es zwei Möglichkeiten:

1. Sie verharrt im subtilen Zustande, im Reiche des Herrn dieser Welt (hiranyagarbha, der auch taijasa, d. h. der Leuchtende heißt), bis zu dessen endgültiger, allgemeiner Aufhebung im pralaya, d. h. dem Ende des Zyklus (das „Jüngste Gericht", „Die Auferstehung der Toten"); und nun geht sie in das Reich der Herrlichkeit ein (aishwarya — das Reich Ishwaras — des Herrn aller Welten. Von Ishwara, dem Schöpfergott, heißt es: „Er ist der Herr des Alls, er ist der Allwissende, er ist der innere Lenker, er ist die Wiege des Weltalls, denn er ist die Schöpfung und der Vergang der Wesen", Mandûkya-Upanishad 6).

2. Die Seele muß nicht bis zum pralaya, der Auflösung der Welt dieses Zyklus, warten, sondern erlangt die transzendenten Zustände („die Himmel", d. h. höhere ekstatische Seinsweisen, entsprechungsweise zugeordnet dem Status des „Tiefschlafes") kraft höherer Erkenntnis schon früher.

IV.

Da die posthumen Zustände von dem hier in diesem Leben oder im Augenblicke des Todes erlangten Erkenntnisgrade abhängen (Erkenntnis nicht als Intelligenz, sondern als Wissen, d. h. Tiefe der Versenkung oder Sammlung), kann der Nicht-Wissende auch die virtuelle Unsterblichkeit des Götterweges nicht erreichen. Er geht den Väterweg (pitriyâna), d. h. er überschreitet den Bereich der Manifestation individualer Art nicht: Dieses Nicht-bis-zur-zeugerischen-Seinsebene-Vorstoßen, „diese Notwendigkeit der Rückkehr — wenn auch nicht zu einem menschlich-individualen Zustande" — liegt dem Mythus der Seelenwanderung zugrunde, der durch Guénon — im Gegensatz zur üblichen Primitivität der Auslegungen — eine geniale Auflösung findet.

Es ist nicht übertrieben, wenn behauptet wird, daß die Lehre von den Letzten Dingen, an sich wohl die Krönung der reinen Metaphysik, nur an wenigen Höhepunkten der menschlichen Geistesgeschichte zu jener Klarheit erblüht wie in den Upanischaden. Daß aber deren Exegese durch Renè Guénon jenen tiefsten Auslegungen an die Seite zu stellen ist, wie sie die christliche Eschatologie bei Meister Eckhart und bei Schelling gefunden hat.

Durch diese Leistung wird Guénons Werk mehr als ein Schlüssel zu den Heiligen Schriften der Inder!

Der zweite große Vertreter der traditionellen Methode ist Julius Evola. Seine entscheidende Leistung ist die Weiterführung dieses Verfahrens und die Ausschöpfung von allen dessen Möglichkeiten in Wiederanknüpfung an Bachofen, dessen Erkenntnisse aber durch die Ergebnisse Evolas wohl überhöht werden: Dies geschieht besonders in dem Werke „Rivolta contro il mondo moderno" (Mailand 1933, 1951[2]; deutsch Stuttgart—Berlin 1935).

Von Evola stammt der Begriff „traditionelle Methode" — oder, wie er selbst übersetzt: „traditionsgebundene Methode" — und einige wahrhaft lichtvolle Beispiele für deren Anwendung: Besonders fesselnd in seinem Werke „Il mistero del Graal e la traditione ghibellina dell'Impero" (Das Geheimnis des Grals und die ghibellinische Tradition des Reiches, Bari 1937) und in dem Buche „La Traditione Ermetica nei suoi simboli, nelle sua dottrina e nelle sua ‚Arte Regia'" (Die Hermetische Tradition in ihren Symbolen, ihrer Lehre und ihrer „Königlichen Kunst", Bari 1931).

(Vom Standpunkte seiner Archetypenlehre rückt neuerdings Jung die hermetisch-alchimistischen Symbole in seinem Werk „Psychologie und Alchemie", Zürich 1944, in das wissenschaftliche Blickfeld und stellt gewisse Bezüge zu traditionellen Lehren her, die uns allerdings erst durch die Evolaschen Deutungen des Hermetismus und der „Alchemie" völlig geklärt scheinen. Vgl. Il mistero del Graal, p. 171 f.: „Uns scheint, daß der Hermetismus das Erbe der Riten und initiatischen Handlungen sammelte, die ursprünglich in einer sehr strengen Beziehung mit der tatsächlichen königlichen Würde selbst standen und ein Privileg bestimmter Herrscherkasten blieben. [In Ägypten, im Iran und in bestimmtem Maße auch in Griechenland.] In seiner Entwicklung in der Form der ‚Alchemie' im Abendland jedoch verband er sich mit keinem bestimmten Versuch, unmittelbar ins Spiel der geschichtlichen

ANKNÜPFUNG AN ÖSTLICHE TRADITION

Kräfte zum Zwecke eines Kontaktes zwischen einer gegebenen geschichtlichen Macht und dem unsichtbaren ‚Zentrum' einzugreifen. Die königliche Tradition im immateriellen Sinne des Wortes setzte sich mit der Ars Regia in den Grenzen einer besonderen initiatischen Verwirklichung einer Schar von Einzelnen über den Zusammenbruch der mittelalterlichen Kultur und des Sacrum Imperium hinweg fort".)

Sehr bedeutende Leistungen vollbrachte Evola durch die Vertiefung der Anknüpfung an die östliche Tradition, die vor allem seinen Werken „L'Uomo come Potenza", in der zweiten Auflage unter dem Titel „Lo Yoga della Potenza, Saggio sui Tantra" (Mailand 1949) erschienen, und „La Dottrina del Risveglio, Saggio sull' ascesi Buddhista" (Bari 1943, London 1950) zu danken ist — beides umfassende, auf eine bewunderungswürdige Quellenkenntnis gestützte Darstellungen über die indische Selbstverwirklichungs- und Versenkungspraxis, mit denen im englischen Sprachbereiche die Werke John Woodroffe's (Pseudonym: A. Avalon), im Deutschen aber keine einzige wissenschaftliche Veröffentlichung zu vergleichen sind.

Von Evola stammt noch eine große Anzahl anderer Werke; wichtig sind davon: Saggi sull' idealismo magico (Todi); Teoria dell' Individuo assoluto (Milano); Il mito del sangue (Milano); Maschera e volto dello spiritualismo contemporaneo (Milano); Introduzione alla magia quale scienza dell' Io.

Die Methode, die Evola in dem erwähnten Werke über den Gralsmythus (Il mistero del Graal..., 1937, 12 ff.) anwendet und in der von ihm durchgesehenen deutschen Übersetzung als „traditionsgebundene" bezeichnet, besteht darin, aus den verschiedenen Traditionen die metaphysischen Bezüge, die sich in ihren Lehren, Symbolen, Riten und Sagen sowie Einrichtungen finden (= das „Thema"), zusammenzutragen, wobei der grundsätzliche Bezug auf eine Urtradition (= das „Urthema") als Leitlinie dient. Diese Urtradition wird einerseits vorausgesetzt, andererseits enthüllt sie sich aber auch im Laufe der Darstellung — die zeigt, wie sie sich in den verschiedenen einzelnen Traditionen arteigen auswirkt, — immer deutlicher.

So wird dargetan, daß das Auftauchen der Gralssage um 1200, daß die mittelalterliche Kaisersage ebenfalls wirksame politisch-geschichtliche Mächte sind. Sie sind ebenso wie die Mythen der Antike der Ausdruck höherer Wahrheit, die Widerspiegelung des Metaphysisch-Realen. Tatsächliche Staatsgestaltung, ausgestaltete Staatslehre und unterbewußte, latente Staatssehnsucht (Mythus) interferieren. Die Mythen, Sagen, prophetischen Worte verhalten sich so zur logisch-politischen Formulierung und Doktrin wie die Traumsymbole und die unterbewußte Spontaneität zum Wachbewußtsein (125).

Evola sagt: „Wesensbestimmend für die Methode, die wir im Gegensatz zur profan-empirischen oder kritisch-intellektualistischen Betrachtungsweise der modernen Forschung ‚traditionsgebundene' nennen wollen, ist die Hervorhebung des universellen Charakters einer Lehre oder eines Sinnbildes, indem es mit entsprechenden Elementen anderer Traditionen in Verbindung gebracht wird. Damit wird das Vorhandensein eines Bedeutungsgehaltes festgestellt, der höherstehend und ursprünglicher ist als jede seiner unterschiedlichen und doch gleichbedeutenden symbolischen Ausdrucksweisen, wie sie den Überlieferungen und Kulturen der verschiedenen Völker eigen sind. Außerdem kann die eine Tradition mehr als die anderen einem gemeinsamen Bedeutungsgehalt vollkommenen und durchsichtigen Ausdruck verliehen haben: So bildet dieses Vergleichsverfahren die fruchtbarste Methode, um Ideen zu erfassen und in metaphysischer Reinheit zu begreifen, die anderswo in dunklerer und nur in verstümmelter Form aufgetaucht sind.

Die ‚moderne' Forschung... übersieht in ihrer Ahnungslosigkeit den Umstand, daß die Entsprechung und Übertragung auch auf ganz anderen Wegen als auf dem gewöhnlichen erfolgen kann, also ohne die Sonderbedingtheiten des Raumes, der Zeit und des materiellen sichtbaren Kontaktes, wo immer Einflüsse in Frage kommen, die aus einer tiefgründigeren Ebene hervorgehen als der des Oberflächenbewußtseins.

Ist z. B. ein Gelehrter dazu gekommen, die Übereinstimmung gewisser Motive aus dem Gralszyklus mit anderen Themen festzustellen..., dient ihm die Übereinstimmung überhaupt nicht zur Beleuchtung der einen Überlieferung durch die andere, zum Verständnis dieser Überlieferung durch das universale, metaphysische und übergeschichtliche Element, wie es sich eventuell im entsprechenden Sinnbild der anderen Tradition mit größerer Deutlichkeit darstellt. ... Ein solches Verfahren ist eigentlich nichts anderes als eine zufällige Übersiedlung von dem einen zum anderen Punkt einer zweidimensionalen Perspektive, n i c h t die Suche nach dem Punkt, der besser als jeder andere uns von den beiden Dimensionen der Oberfläche zur dritten der Tiefe hinführt und so als der einzige grundlegende Bezugspunkt betrachtet werden kann.

Es gibt Symbole, die in ihrer Bedingtheit durch unwandelbare metaphysische Grundprinzipien und das Gesetz des analogen Ausdruckes nichts Konventionelles und ‚Erdichtetes' an sich haben. Es kann geschehen, daß in der Geschichte bestimmte Situationen oder Gestalten in gewissem Maße bewußt oder unbewußt solche Symbole oder Grundsätze verkörpern. Geschichte und Übergeschichte fließen dann zusammen und ergänzen sich gegenseitig. Auf solche Gestalten oder Situationen überträgt die Volksphantasie unwillkürlich die Züge des Mythos, gerade auf Grund der Tatsache, daß gewissermaßen die Wirklichkeit symbolisch und das Symbol Wirklichkeit geworden ist. Angesichts solcher Fälle begeht die euhemeristische Deutung also eine völlige Verkehrung der wahren Abhängigkeitsverhältnisse. Das Primäre ist hier der Mythos. Die geschichtliche Gestalt, die historische Gegebenheit usw. sind das Sekundäre, sie sind nur Ausdrucksformen, die im Grunde nebensächlich, hinfällig sind, beschränkt auf die Rolle einer Gelegenheitsursache. In den Sagen oder Erzählungen, die sie zum Gegenstande haben, sind solche Gestalten nur dazu bestimmt, das ihnen entsprechende Prinzip auf das Kollektivbewußtsein eines gegebenen geschichtlichen Klimas einwirken zu lassen."

Über den „geschichtlichen ‚Ort' des Gralsgeheimnisses" heißt es: „Die gesamten, sich eigentlich auf den Gral beziehenden Texte bieten die Wiederholung einiger weniger Hauptmotive, die durch die

EINE ÜBERGESCHICHTLICHE WIRKLICHKEIT 51

Symbolik ritterlicher Gestalten und Unternehmungen zum Ausdruck kommen. Es handelt sich hier im wesentlichen um die Themen des **Urzentrums**, **einer Prüfung**, **einer Suche und geistigen Eroberung**, einer **Thronfolge** oder **Wiederherstellung** eines Reiches, die manchmal die Züge einer **heilenden** oder **rächenden** Tat annimmt. Parsival, Gawain, Galahad, Ogier, Lanzelot, Pered usw. sind nur verschiedene Namen für einen einzigen Typus. Gleichbedeutende Gestalten und Spielarten desselben Motives sind ebenso König Arthus, Josef von Arimathia, Priesterkönig Johannes, der Fischerkönig usw. und dasselbe läßt sich von den verschiedenen Burgen, Schlössern, Inseln, Königreichen, unzugänglichen und abenteuerlichen Gegenden sagen, die in den Erzählungen in endloser Reihe vorbeiziehen.

Wir haben schon angedeutet, daß diese ganze Gestaltenwelt prinzipiell die Bedeutung eines Mysteriums im eigentlichen, d. h. initiatischen Sinne hat oder zu haben fähig ist. Wegen der spezifischen Art, nach welcher diese Hauptmotive Form angenommen haben, dürfen wir jedoch im Gralszyklus die Stelle erblicken, wo eine übergeschichtliche Wirklichkeit sozusagen in das Geschichtliche hereinbricht und die Sinnbilder des initiatischen Mysteriums sich am engsten mit dem wirren, aber gewaltigen Gefühl verbanden, daß die geheimen, geistigen und politischen Spannungen eines ganzen Zeitalters — des ökumenisch-kaiserlichen Mittelalters im allgemeinen — in der Erfüllung dieses Mysteriums ihre Lösung hätten finden können.

Aus dieser ideellen Lage hat der Gralszyklus dem

Wesen nach Form und Leben gezogen. Heraufbeschworene übergeschichtliche Ursymbole begegnen der emporsteigenden Bewegung einer geschichtlichen Tradition in einem Punkte des Gleichgewichtes, um den sich in einer kurzen Zeitspanne ein Stoff verschiedenartiger Natur und Herkunft kristallisierte, auf Grund seiner Fähigkeit, ein gemeinsames Leitmotiv zum Ausdruck zu bringen. Wir werden also vom Gedanken einer grundlegenden inneren E i n h e i t der verschiedenen Texte hinter der Mannigfaltigkeit ihrer Gestalten, Sinnbilder und Abenteuer auszugehen haben und die latente Fähigkeit des einen Textes aufdecken, einen anderen zu beleuchten oder zu ergänzen, um so zu einer vollständigen Klarstellung der Hauptthemen zu gelangen.

Wäre es hier unsere Aufgabe, die in Frage stehenden Themen auf ihre universalen übergeschichtlichen Bedeutungen und auf eine umfassende Metaphysik der Geschichte zurückzuführen, dann hätten wir zu wiederholen, was wir bereits in einem anderen Werke — „Erhebung wider die moderne Welt" — dargestellt haben. An dieser Stelle werden wir uns deshalb darauf beschränken, die Hauptgedanken anzuführen, die für das wahre Verständnis der geschichtlichen wie auch übergeschichtlichen Bedeutung des Gralsgeheimnisses unentbehrlich sind." (Aus den Seiten 10 bis 15 des Manuskriptes der deutschen Übersetzung).

Bezeichnend für die Methode Evolas sind Stellen wie die folgende aus dem Gralsbuche: „Aber ebenso wie das Herrschertum Alexanders so erscheint auch das Reich Roms auf rätselhafte Weise von der Legende mit denselben Sinnbildern gekennzeichnet worden zu sein, wie sie in der Gralssage wieder auftauchen: Als pignus imperii, Pfand für die Unvergänglichkeit Roms hatte Numa vom olympischen Gott einen Schild (ancile) erhalten. Dieser Schild soll von einem Meteorstein, also einem ‚Himmelsstein' gewonnen worden sein, und zugleich habe er einer alten Schale für Ambrosia — die Nahrung der Unsterblichen — entsprochen. Der Schild wurde vom Kollegium der Salier aufbewahrt, die zugleich die Lanze (hasta) besaßen und in der Zwölfzahl waren. Nun haben wir gesehen, daß dieselbe ‚solare' Zahl im Orden der Tafelrunde des Grals selbst vorherrscht; und der Himmelsstein, die überirdische Speise spendende Schale, die Lanze, alle diese für die nordisch-mittelalterliche Sage bedeutsamen Gegenstände finden sich also schon als schicksalhafte ‚Wahr-Zeichen', die auf das Mysterium der Ursprünge Roms als kaiserlich-universalen Mittelpunkt hindeuten. Es war dies eine fast magisch zu nennende Übereinstimmung der Bedeutungsgehalte." (89 f.).

Ein entscheidendes Anliegen dieser Methode ist, einen Bezug zwischen den imperialen Vorgängen und jenen sub specie interioritatis, also jenen der Selbstverwirklichung, aufzudecken, da Herrschaft immer an transzendente, übernatürliche Qualität geknüpft ist und alles andere den Verfall in das Weiblich-Lunarische oder ins Titanisch-Kriegerische einer rein materiellen Männlichkeit bedeutet — jene Gefahren, denen die Versuche einer heroischen Wiederherstellung des ursprünglich Olympisch-Solarischen ausgesetzt sind.

Ist ferner der Nachweis der tiefen Zuversicht in die Unvergänglichkeit des Transzendenten, das bleibt und lebt, selbst wenn seine imperialen Formen verletzt sind. (Amfortas und Titurel leben weiter: „Der Gral, also wohl das Amt, dessen Vertreter er immer noch ist, hält ihn am Leben... die gefallenen Könige haben... ein unnatürlich verlängertes Leben... sie können nicht sterben, bevor der Vorherbestimmte eintrifft. Es soll damit zum Ausdruck kommen, daß sich das Regnum in dieser Zwischenzeit selbst überlebt und ein bloß formales Dasein führt. Der Auftrag, dessen Träger der verwundete oder gelähmte oder erblindete Herrscher ist, bleibt in latentem Zustand bis zur Heraufkunft des Wiederherstellers.") (99).

Der unzerreißbare Zusammenhang zwischen Königtum und magischer Vollendung, Reich und Himmel, Diesseits und Jenseits, Mikrokosmos und Makrokosmos, Herrschaft und Selbstverwirklichung in der „Königlichen Kunst", wird in durch alle Quellen des Gralszyklus hindurchgehender Übereinstimmung dargetan. Der Gralszyklus enthüllt sich als einer der großartigsten Niederschläge der solaren Tradition.

„Die Vorstellung der Unsichtbarkeit oder Unzugänglichkeit symbolischer Orte, Gestalten oder Gegenstände, die nur die Form sind, in welcher die Überlieferungen der verschiedenen Völker die Erinnerung an das Urzentrum bewahrt haben, — diese Vorstellung bedeutet, wie gesagt, den Übergang einer Hierarchie vom Offenbaren zum Okkulten — was aber nicht besagen will, daß sie deshalb als minder wirklich zu betrachten wäre. Die Gralsherrschaft als Zentrum, zu dem — wie es bei Wolfram heißt — die ‚Auserwählten' aus allen Völkern berufen sind, von dem aus Ritter nach fernen Ländern

DAS GHIBELLINISCHE MITTELALTER 55

‚in geheimen Sendungen' ziehen und das ‚Pflanzgarten der Könige' ist, d. h. der Sitz, von wo nach verschiedenen Ländern Könige ausgesandt werden, von denen niemand weiß, ‚woher' sie wirklich kommen, welches ihre ‚Rasse' und welches ihr ‚Name' ist, das unzugängliche und unantastbare Gralsreich bleibt eine Wirklichkeit, auch wenn es an keinen Ort, an keine sichtbare Organisation, an kein weltliches Reich gebunden werden kann. Dieses Reich ist eine Heimat, der man durch eine von der physischen verschiedene Geburt, durch eine von der weltlichen verschiedenen Würde angehört, eine Heimat, die in unzerreißbarer Kette Männer vereint, mögen sie auch in der Welt, im Raume, in der Zeit unter den verschiedenen Völkern als zerstreut erscheinen... In solch esoterischem Sinne ist das Gralsreich ebenso wie das Arthusreich, das Reich des Priesters Johannes, Thule, Avalon usw. stets vorhanden.... In seiner ‚polaren' Eigenart ist dieses Reich unbeweglich. Es kommt demnach der Strömung der Geschichte nicht jeweils näher oder ferner. Vielmehr sind es die Strömungen der Geschichte, die Menschen und die Reiche der Menschen, die sich ihm mehr oder weniger anzunähern vermögen.

Nun schien zu einer gewissen Zeit das ghibellinische Mittelalter in hohem Maße die Voraussetzungen zu einer solchen Annäherung aufzuweisen und sozusagen den geschichtlich-geistigen Stoff zu bieten, vermittels dessen das Gralsreich nicht nur okkult, sondern auch sichtbar, wie in den Ursprüngen, zu einer innerlichen, zugleich aber auch äußerlichen Wirklichkeit würde. Auf diesem Wege läßt sich die Auffassung vertreten, daß der Gral die Krönung des mittelalterlichen Kaisermythos und das höchste Glaubensbekenntnis des Ghibellinentums bildete. Ein solches Bekenntnis lebte eher als diffuse Stimmung denn als an einem bestimmten Punkt — und es kam weniger durch das reflektierende Bewußtsein und durch die einseitige politische Ideologie jener Zeit als durch die Sage und den Mythos zum Durchbruch. Desgleichen drückt sich oft, was sich am tiefsten und gefährlichsten im Einzelnen bewegt, weniger durch die Formbildung des Wachbewußtseins aus, als vielmehr durch die Symbolik des Traums und der unterbewußten Ursprünglichkeit." (Übersetzung 121 f.).

Es sei erlaubt, die letzte Stelle in eigener Übersetzung, unmittelbar aus dem Original zu bringen, wo sie noch ursprünglicher erscheint:

„In seinem ‚polaren' Charakter ist dieses Reich unbeweglich. Es reicht nicht einmal mehr oder weniger nachbarlich an die verschiedenen Punkte des Stromes der Geschichte heran, sondern es ist dieser Strom der Geschichte selbst. Es sind vielmehr die Menschen und das Reich der Menschen, die jetzt mehr oder dann weniger nahe an es heranreichen können. Für einen bestimmten Zeitlauf schien das ghibellinische Mittelalter einen Höchstpunkt der Annäherung darzustellen, eine solche Substanz, die es mit sich brachte, daß das Gralsreich vom Verborgenen offenbar wurde, sich offen darlebte, zugleich als eine innere und äußere Wirklichkeit, und sein Königtum initiatisch und geschichtlich wurde, wie es in den uranfänglichen Kreisläufen der Kultur (der Menschheit) der Fall war. So kann man sagen, der Gral stelle in höchstem Maße die Krönung des imperialen Mythos des Mittelalters dar, das äußerste Bekenntnis des Glaubens des großen

Ghibellinentums, der mehr als Stimmung und Lebensluft als an einem gegebenen Orte lebte, mehr erblühte durch Sage und phantastische oder ‚apokalyptische' Darstellung und nicht so sehr durch das reflektierende Bewußtsein und die logisch-politische Formel" (124 f.).

Guénon und Evola schöpfen nun so stark und so eigenwillig aus der östlichen Tradition — von der Evola ja auch das Mittelalter durchtränkt behauptet, wie sich eben zeigte — daß sich dieser Eigenständigkeit und Haltung gegenüber die europäische Wissenschaft von heute vielleicht noch als gegen Verstiegenheiten und Absurditäten verschließen konnte. Dies gelingt aber dem Werke Leopold Zieglers gegenüber nicht mehr. Hier heißt es Stellung nehmen. Ziegler verfügt nicht nur über das gesamte Rüstzeug dieser Wissenschaft von heute, sondern er erhebt seine Stimme in steter kritischer Auseinandersetzung mit dieser Wissenschaft. T. v. Borodajkewycz hat bezüglich der Überwindung des Historismus durch das Werk Leopold Zieglers schon einleuchtende Nachweise vorgebracht. Diese Nachweise gelten für die Leistung der traditionellen Methode im allgemeinen. Volks- und Völkerkunde bleiben auf die Dauer im Positivismus stecken, denn der Historismus ist nichts anderes als eine Form des Positivismus. Beide sind damit zur Unfruchtbarkeit verurteilt, wenn sie die Anregungen und die Ergebnisse der traditionellen Methode, besonders in jener Gestalt, wie sie uns im Werke Leopold Zieglers entgegentritt, in den Wind schlagen.

So erscheint uns das Werk Leopold Zieglers als die Krönung dieser traditionellen Methode. Deren Folgerungen treten nun für die abendländische

Welt klar zutage. Das Bergwerk der Volks- und Völkerkunde, der Soziologie und Religionswissenschaft, in dessen Schächten und Stollen sich die Menschen unserer Zeit nicht mehr zurechtzufinden vermögen, wird nun ausgewertet und durchleuchtet. Ziegler gewinnt den für viele Menschen so eindrucksvollen und grundsätzlich wohl unentbehrlichen Anschluß an die abendländische Wissenschaft: Sein wissenschaftliches Werk ist daher für viele wirklichkeitsnäher als die Leistungen von Guénon und Evola, seine Überzeugungskraft durchschlagender. Allerdings braucht ein Lebenswerk von der Tiefe und den Ausmaßen des Zieglerschen — besonders in unserer Zeit — wohl seine Zeit, bis es wirksam wird. Aber es bedarf ja der Zeit nicht, vielmehr bedarf die Zeit seiner.

Schon im Werke „Das Heilige Reich der Deutschen" (Darmstadt 1925) bedient sich Leopold Ziegler der traditionellen Methode in souveräner Weise. Großartig wird das Hereinragen der Übergeschichte in die Geschichte dargetan.

Übrigens zeigt sich hier bereits die Bedeutung Schellings auch für Ziegler.

Unendlich eindrucksvoll wird die diese ganze Richtung krönende Leistung Zieglers aber in dem Zyklus seiner Werke, der mit „Überlieferung" (Leipzig 1936) beginnt und über „Apollons letzte Epiphanie" (ebenda 1937) nach langem Schweigen seinen großartigen Abschluß in dem zweibändigen Werke „Menschwerdung" (Olten 1948) und — in weiterführender fruchtbarer Anwendung dieser metaphysischen Anthropologie als der Lehre vom Ewigen Menschen bis in die Staats- und Gesellschaftslehre hinein — in dem Buche „Von Platons

Staatheit zum christlichen Staat" (Olten 1948) findet.

Für die schier unüberschaubare Reihe von Werken, auf die der am 30. April 1951 Siebzigjährige als auf die Frucht seines schöpferischen Lebens zurückblicken kann, muß ihm Europa, muß ihm die Welt zu tiefstem Danke verpflichtet sein: Jedes einzelne von ihnen ist ein Geschenk wie ein kostbarer Stein: Bereichernd, zu leidenschaftlicher Anteilnahme bewegend, beglückend in seiner tiefschürfend-bescheidenen Art: Mag man nun die Dissertation „Der abendländische Rationalismus und der Eros" (Jena und Leipzig 1905) hernehmen und hier bereits die Klauen des Löwen bewundern — obwohl Ziegler in seiner für ihn so kennzeichnenden Bescheidenheit davon sagt, sie sei ebenso schlecht wie ihr Titel (Mein Leben in „Dienst an der Arbeit". Zur Einführung in die Philosophie Leopold Zieglers, Darmstadt 1925, 166) oder die leider so wenig bekannte und so anregende Vorträge-Sammlung „Zwischen Mensch und Wirtschaft" (Darmstadt 1927).

Dieses wahrhaft umfassende Lebenswerk Leopold Zieglers, dessen Reichweite von der Wirtschaft bis zur Religionsphilosophie nur mit dem so ganz anderen und doch in der Tiefe so verwandten Lebenswerke Othmar Spanns verglichen werden könnte, kann natürlich vom hier angelegten Richtmaß der traditionellen Methode in keiner Weise erschöpfend gekennzeichnet werden. Trotzdem erscheint es uns von hier aus als von einer wichtigen Seite anvisiert, und die so angebahnte geistige Zuortung, die es hiedurch — wenn auch vereinseitigend — erfährt, mag gewisse geistesgeschichtliche Zusammenhänge beleuchten, die uns dessen wert erscheinen. Vielleicht kann es für die Zeit in manchem bedeutsam sein: Schelling und die Philosophie des deutschen Idealismus, Bachofen und die Romantik, Guénon, Evola, Ziegler und die traditionelle Methode; und in gewissen Bezügen Othmar Spann und die Ganzheitslehre in lebendiger Gegenseitigkeit zu schauen.

In Zieglers „Überlieferung" erreicht die traditionelle Methode im wissenschaftlich-analytischen Bereiche, in seiner „Menschwerdung" in philosophisch-synthetischer Beziehung ihre Höhepunkte — zweifellos im deutschen Sprachbereiche, wahrscheinlich aber auch darüber hinaus.

Wir beschränken uns hier — gemäß der mehr verfahrenswissenschaftlichen Zielsetzung — auf einige Nachweise für den ersten analytischen Bereich.

Auch Ziegler geht von der These aus: „Es werden die Seelentümer sämtlicher Völker von demselben unterirdischen Strome derselben Überlieferung genährt und gespeist, und das ist es, was alle wirklich ‚Eingeweihten' immer wieder als die Einheit aller Überlieferungen unwiderleglich erfahren" (Überlieferung 246).

„Gleichviel also, ob wir den Inder befragen, den Hellenen oder den Hebräer — in einem erwählten Zeitpunkte haben augenscheinlich die Völker gleicher Altersreife von Gott den gleichen Wink empfangen, der sie in die Ichbinheit des Herrn einweiht. Sie alle zur Rechten und Linken finden sich unterwiesen, daß der lebendige Gott im actus purus der Selbsterkenntnis sein bloßes An-Sich zum Für-Sich steigert und so, auf diesem Wege, der Gott der Wahrheit wird: der Weg, die Wahrheit und das Leben, wie es im Evangelium mit vollkommener

DIE EUROPÄISCHE WISSENSCHAFT 61

Genauigkeit heißt... Daß aber dann kurz vor dem endgültigen Überlieferungsbruch des Abendlandes, und jetzt schon fast ‚am letzten in diesen Tagen', der Hegel der Phänomenologie diese Metamorphose des Gottes zu sich selbst noch einmal, und diesmal zwar als eine Art ‚Welt-Geschichte von innen' schreiben durfte, gibt ihm nicht nur seinen Rang unter allen ‚den Erinnerern eines großen Königs', sondern gibt uns obendrein eine Gewähr für den ursprünglichen Gleichsinn einer dem Osten wie dem Westen geoffenbarten ‚reinen Lehre vom wahren Gott' " (268 f.).

Ganz wie Guénon, dessen Schriften, wie wir hörten, Ziegler „in vielerlei Hinsicht als epochal bewertet sehen möchte" (265) — und Evola ist auch für ihn der strenge Zusammenhang zwischen dem Mythos und den Vorgängen sub specie interioritatis gegeben, weil „mythische Bilder wesenhaft immer auch verauswärtigte Seelenvorgänge sind" (254 und vor allem 261 über „Den Lichtweg üben!").

Aber ein Neues, ein Anderes ist in Europa heraufgekommen: die europäische Wissenschaft.

„Nicht so, daß das Dasein der Wissenschaft als solcher Europa und Asien trennte! Sondern es ist das völlig andere, daß sich in Europa die Wissenschaft als ein Aussage- und Urteilsgefüge sui generis gegen die religiöse Überlieferung verselbständigt, während sie in Asien ein für allemal die bloße Zutat und Beigabe jener ‚reinen Lehre' bleibt, die in der geistigen Anschauung des wahren Gottes gipfelt... Nie hat Asien den Begriff jemals sich selber, seinem Wesen und Unwesen überlassen, nie hat es der Wissenschaft ein förmliches Eigenleben zugestanden. Zusammen mit den Riten, zusammen mit den Mythen bildet auch die Wissenschaft nur einen lebendigen Teil am Ganzen aller Heiltümer und Weistümer, die man viel weniger erlernen und ‚studieren' kann, als daß man nach Maßgabe der seelisch-geistigen Gesamtreife in sie ‚eingeweiht' wird" (302).

Diese neue, ganz andere Lage des Okzidents kann aber nicht beirren! Die Tradition bleibt in ihrer höchsten Aufgipfelung die ununterbrochene „Selbstoffenbarung des wahren Seins und lebendigen Gottes, die mit der reinen Lehre einerlei ist und die wirkliche ‚Orthodoxie' bildet". „Denn wie sich einerseits das menschliche Urwissen immer nur in Gestalt eines Geheimwissens zum größten und wichtigsten Teile fort und fort erhält, so schließt anderseits jedes Geheimwissen irgendwie Urwissen in sich, irgend ein Bruchstück jener ununterbrochenen Selbstoffenbarung." „Jener Strom mündlicher Überlieferungen ... der die Jahrtausende in zahllosen nährenden Adern unterspült und, solange er nicht versiegt, die heiligen Schriften der Völker vor dem traurigen Geschick bewahrt, wie Inseln eines versandeten Flußbettes in unfruchtbarer Einzelung zu verharren und von den kommunizierenden Wassern des Lebens für immer abgeschnitten zu bleiben" (410).

Die Aufgabe der „traditionellen Methode" aber ist und bleibt von dieser Wesenschau der Tradition her — trotz der, ja gerade in der Begegnung mit dem abendländischen Geiste und mit dem Geiste der abendländischen Wissenschaft im besonderen — nichts anderes, als die metaphysische Anthropologie, die Lehre vom Ewigen Menschen und zugleich auch vom Menschengeschlecht und seinem Schicksal überhaupt, den „verlorenen Anschluß wieder finden" zu lassen „an die im Alten Testament zur Rückbildung gebrachte Anthropologie der orientalischen Gemeinüberlieferung" (425).

So schließt sich die von uns durchmessene Geschichte der traditionellen Methode jetzt zum Kreise: Zieglers „Überlieferung" stellt die Aufgabe und sein Werk „Menschwerdung", die grandiose Vater-Unser-Interpretation, bringt diese Aufgabe zum Abschluß. Die gleiche Aufgabe, die sich Schelling, der große Ahnherr dieser Methode, gestellt und die auch er in seiner Spätlehre in so gewaltigem Anstieg gelöst hatte.

Aber es ist nicht nur ein Kreis, sondern es ist eine Aufstufung, denn nun sind die Früchte eines Jahrhunderts abendländischer Wissenschaft eingebracht in dieses Werk: Alle Maße und Räume dieses großen Geistesgebäudes waren zwar schon von Schelling aufgerissen und aufgerichtet. Jetzt aber sind die Gemächer dieses Gebäudes reich gefüllt mit den Schätzen der Arbeit eines Jahrhunderts. Dieses Jahrhundert lernte die heiligen Bücher aller Völker lesen — nicht zuletzt unter der Führung der Sachwalter der traditionellen Methode — und erhellte so seine „schwache und ferne Ahnung, daß Gott überhaupt eine jenseitige Geschichte habe, und daß Protos und Eschatos Adam irgendwie einigen Wesens seien, Sündenfall und Erlösung zutiefst Taten und Werke desselben Ewigen Menschen Adam Christus" (425). Daß „die evangelische Parusie des Ewigen Menschen und Sohnes grundsätzlich nur der letzte Akt eines einzigen, vor-, in- und außerweltlichen Dramas darstellt"; „das Evangelium bloß den wirklich ‚biographischen' Ausschnitt aus der metabiographischen Geschichte des Ewigen Menschen zur Wiedergabe bringt" (426).

Zwar „räumt das Evangelium dem Glaubendürfen, Glaubenkönnen allerdings den Vorrang ein vor jedem eigentlichen ‚Erkennen', das ist ‚Zeugen', welches seinerseits auf einem Urwissen, auf einer Uroffenbarung fußt, deren selbst der gefallene Mensch niemals völlig verlustig gehen konnte" (427). „Zwar ist es der Glaube, der die unverbrüchliche Zuversicht vermittelt, Gott sei in ‚diesem' Christus Jesus Mensch geworden, ... Aber auf der anderen Seite ist es eben der evangelische Glaube als ein ... an die Existenzialität des Menschensohnes gefesselter Glaube, der seine selbsterrichtete Schranke zu durchbrechen gezwungen erscheint, weil er seinerseits auf die ergänzende Leistung existenziell nicht gefesselter Erkenntnis angewiesen ist. Und diese ergänzende Leistung, wie könnte es anders sein, fällt wesenhaft doch jener innerlich gestuften Teilhabe der einzelnen Gläubigen am ‚Urwissen' zur Last, welches wir in zweierlei Gestalt, einmal als ein sinnbildlich-hindeutendes, mythisch-symbolisches (exoterisches W. H.) kennengelernt haben, dann aber als ein unmittelbar einlösendes und absolutes Wissen (esoterisches W. H.) im Akte der Identifikation des Erkennenden mit dem Erkannten, des Denkens mit dem Sein, des Ich mit dem Ich, wie ihn der Gottesname Jahve vollkommen zum Ausdruck bringt und wie ihn der Menschensohn an mehreren Stellen des Johannes-Evangeliums für sich selbst bekräftigt ... nach den höchst eigenen Worten des evangelischen Herrn gibt es außer der Offenbarung im Fleische eine

Offenbarung im Geiste und in der Wahrheit, zu ihrem Teil von der Geschichtlichkeit Christi ebenso unabhängig wie von der Geschichtlichkeit des Christentums... Gott hat sich als Mensch geoffenbart — wir setzen unser Seelenheil an dieses Glaubenswagnis. Aber das hat ihn nicht gehindert, sich daneben in einer niemals abreißenden Kette von Überlieferungen zu offenbaren, die zu bezeugen die Seher der Völker niemals müde werden" (430 f.).

Ebenso wie Guénon und Evola enthüllt auch Zieglers Gedankenführung die Beziehung zur Gesamtüberlieferung als schicksalhaft für das Abendland: „... bei dem Zusammenprall des Christentums mit dem Islam, wie er dem europäischen Mittelalter sein Gepräge gibt, ... pochen die Boten einer orientalischen Religion mit einem eigenen Anspruch auf Universalität, ja auf Katholizität an die Pforten des Abendlandes. Jetzt nötigen persisch-arabische Vermittler, ihrerseits im Besitze des antiken Erbes, vor allem aber im Besitze des Aristoteles, dem widerspenstigen Westen ein erstes Bewußtsein auf von einer Tradition, die den Horizont der griechisch-römischen Klassik gesprengt hat und mit religiösen Randgebilden vom Schlage des Mithrazismus, des Manichäismus nicht mehr auf eine Stufe gestellt werden kann. Jetzt zum erstenmal bekommt es das Christentum mit einer fremden Überlieferung zu tun, deren esoterischer Kern dem fernsten, dem mittleren und dem nahen Osten gemeinsam ist und derart dem christlichen Westen China und Indien, Persien und Arabien als eine Welt für sich gegenüberstellt.

Die beiden Religionen, die beiden Traditionen erweisen sich für einander als unüberwindlich, und genau besehen ist das die Situation, in der sich das Christentum heute noch befindet. Hat doch der einzelne Christ, und mit ihm die ganze Christenheit, nur eigentlich noch die Wahl zwischen zwei Möglichkeiten. Entweder er betrachtet sich in seiner Eigenschaft als Christ als den auserwählten und ausschließlichen Empfänger sowohl der Offenbarung im Fleische wie der Offenbarung im Geiste, als den auserwählten und ausschließlichen Empfänger der Wahrheit überhaupt — und damit zeiht er Asiens Gesamtüberlieferung, von welcher der Islam eine früheste Ahnung übermittelt, des Irrtums und der Selbsttäuschung, des Afterglaubens und der Abgötterei. Oder aber der Christ hebt sich zu der höheren Anschauung empor, es sei diese dem Großteil der Menschheit zugewiesene Überlieferung grundsätzlich als das Werk der ‚anderen' Offenbarung zuzulassen, die christliche Offenbarung ergänzend und erweiternd, ohne ihr ernsthaft zu widersprechen, es wäre denn an der Oberfläche, — und damit stellt er sich selbst auch schon die fast unausdenkbar große und schwierige Aufgabe, die ihm geläufige Offenbarung des menschgewordenen Gottes mit jener tatsächlich ‚ökumenischen' Offenbarung der Völker und Heiden fortschreitend in Einklang zu bringen, und so den Riesenplan einer neuen Katholizität zu fassen, die den bisher allzu streng an Rom gefesselten Begriff des Katholischen ‚weltenweit' über sich hinaustreibt.

Sprechen wir hiebei von einer Wahl, die der Christ in dieser Situation zu treffen habe, dann klingt dies allerdings wie eine leere Beschönigung. In Wirklichkeit gibt es hier schlechterdings nichts zu wählen. In Wirklichkeit schrumpft die Freiheit der Entscheidung zwischen jenem Entweder-Oder auf die schlichte Notwendigkeit zusammen, wohl oder übel das bloße Oder anzunehmen. Gewiß! Solange der Westen die Überlieferung des Ostens, solange er in Sonderheit dessen heilige Schriften überhaupt noch nicht kannte, oder doch nur in verstümmelten, mißverstandenen und entstellenden Wiedergaben, mochte es hingehen, daß er sich mit seiner eigenen Überlieferung als der einzigen brüstet, auf die der Begriff Offenbarung tatsächlich anwendbar wäre. Seitdem jedoch die Urkunden des Ostens in steigender Anzahl von uns selbst gesammelt und vor uns ausgebreitet werden; seitdem sogar der eine oder der andere Europäer schon heute die mündlichen Unterweisungen des Orients aufsucht, um in einer mehr authentischen Auslegung asiatischer Texte nicht länger europäisch auszuschweifen oder abzuirren (hier wären Namen wie Richard Wilhelm, Alexandra David-Neel, Arthur Avalon, René Guénon anzuführen); seitdem eben Guénon das Wort von der integralen Tradition, von der heilen und heiligen Überlieferung, in die Diskussion der Völker geworfen hat, nicht wie einen Zankapfel zwar, der das zerrissene Abendland künftig noch heftiger in sich zerreißen soll, sondern wie ein Samenkorn, welches im Gemüt der Stillen Wurzel faßt, austreibt und keimt: seither ist auf keinen Fall mehr statthaft, Jking und Taoteking, Upanischaden und Vêdânta, Yogasûtras und Bhagavadgîtâ, Avesta und Koran mit christlicher Überheblichkeit kurzerhand als heidnisch beiseite zu schieben, als sei damit etwas von Belang ausgesagt oder geurteilt ... Wir mögen uns drehen oder wenden, so kommen wir heute nicht länger um die Tatsache herum, daß die integrale Tradition als solche durchwegs auf Gottes Selbstoffenbarung im Geist und in der Wahrheit beruht. Und je bälder sich der Christ zu dem Entschlusse durchkämpft, die einzelnen Überlieferungen des Orients als in sich gleichwertige Spielarten einer einzigen, uns freilich nicht mehr zugänglichen Uroffenbarung zu nehmen, desto besser wird er in der Zukunft selber fahren" (438 ff.).

„Doch unter gewissen Bedingungen, ... die in der Hauptsache auf eine Anerkennung des offenbarenden Charakters auch der asiatischen Traditionen hinauslaufen, könnte der Orient auch heute noch, sobald wir es nur ernstlich wollten, in diese alte Bresche (nämlich „der verschollenen und unterdrückten Anthropologie" als der Lehre vom Ewigen Menschen und zugleich der Praxis des „den Lichtweg Übens" W. H.) springen. Hat doch im Unterschied zum Okzident der Orient in seiner ganzen Ausbreitung vom Chinesischen Meere bis zum Persischen Golf und weiterhin bis zur Nordküste Afrikas das urtümliche Bild vom Ewigen Menschen in zeitloser Unverwüstlichkeit und Frische bewahrt, und nicht nur bewahrt, sondern zu jener reinen Lehre dogmatisch und doxisch abgeklärt, die im Gegensatz zu der wissenschaftlichen Anthropologie, um welche sich gegenwärtig die deutsche Philosophie im Anschluß an Kierkegaard bemüht, ihr hieratisches Gepräge niemals verloren hat. Bisher hat allerdings der Osten so wenig wie der Westen diesen unendlichen Vorteil genutzt und aus ihm die befreiende Folgerung gezogen, daß diese Anthropologie den sämtlichen Gipfelreligionen ihre allgemeinsame und allverpflichtende Erkenntnisgrundlage gäbe. Weder der Osten noch der Westen hat es bisher gewagt, den mächtigen Gedanken einmal ganz in Ruhe zu überlegen und ihn mit Unbefangenheit zu prüfen, daß hier tatsächlich die Möglichkeit einer neuen Ökumene winke, die Möglichkeit einer neuen Katholizität, mit der verglichen sich die Ökumene der hellenistischen Stoa oder die Katholizität des ekklesiastischen Rom im besten Falle wie schüchterne Anläufe ausnehmen würden. Denn nur dem unheilbar Geschichtsblinden kann es ja heute noch entgehen, daß die religiöse Auseinandersetzung zwischen Europa und Asien bereits mitten im Gange ist: und daß es vom Ergebnis dieser Auseinandersetzung abhängt, ob die bisherige Entfremdung zwischen Morgen- und Abendland eine endgültige sein wird auf Erden oder nicht" (445).

Hier sind endgültig durch Leopold Zieglers Lebenswerk Aufgabe und Programm der traditionellen Methode klar herausgestellt. Und angesichts dieses Programms ist es wohl begreiflich, warum am Eingange unserer Prüfung dieser Methode und der Besinnung auf ihre führenden Vertreter behauptet wurde, diese Methode sei geistesgeschichtlich noch viel weniger neutral als die ihr so nahe verschwisterten der Ideen- und der Ganzheitslehre. Die traditionelle Methode benützt die wissenschaftlichen Verfahren und verarbeitet ihre Ergebnisse; sie selbst aber ist zu allererst eine metaphysische Haltung. Dies mehr als ein wissenschaftliches Verfahren. Sie steht an der vordersten Front des Kampfes der Geister, aber ihr Tun besteht trotz allem im Nicht-Tun!

WALTER HEINRICH

VERKLÄRUNG UND ERLÖSUNG IM VEDÂNTA

EINLEITUNG UND ANMERKUNG ÜBER DAS SCHRIFTTUM

Die Lehre von den Letzten Dingen: vom jenseitigen Schicksal des Menschen und von der Zukunft des Menschengeschlechtes als Ganzen, bildet den höchsten Gegenstand des geistigen Ringens der Menschheit. Sie steht daher im Mittelpunkte aller Religionen und philosophischen Systeme. Die vorliegende Studie will diese Lehre von den Letzten Dingen, die Eschatologie der indischen Menschheit aus den Quellenschriften selbst darlegen.

Der erstrebten Kürze wegen wird hier — soweit dies überhaupt möglich — darauf verzichtet, die Eschatologie aus dem Zusammenhange des religiösen und philosophischen Ganzen zu entwickeln, in dem sie in den Upanischaden und in dem aus diesen entspringenden Geistesstrome steht, der die indoarische Kultur durch Jahrhunderte, ja Jahrtausende hindurch befruchtet und getragen hat. Es kann auch nur ein abgerundetes Bild dieser Haltung zu Welt und Jenseits gegeben werden, wie es nach langer Entwicklung vorliegt, ohne auf diese Entwicklung selbst, auf Einzelzüge und Verschiedenheiten der Texte und Kommentare einzugehen. Nur soll kein fremder Zug in dieses Bild hineingetragen werden. Das Bestreben war, wo es nur irgend anging, die Texte selbst sprechen zu lassen.

Möge der Leser über den vielen Zitaten nicht ermüden, möge er sich in sie vertiefen. Es sei mir nicht als Unbescheidenheit ausgelegt, wenn ich versichere, daß in den Texten noch viel mehr steht, als ich in meinen dürftigen Auslegungen herauszuholen vermochte. Fast steht es so mit den heiligen Schriften der Inder, wie mit der Seele selbst: „Ihre Tiefe wirst Du nie ergründen."

Die wichtigste Quelle für die Darlegungen über den Vedânta sind die Upanischaden. Diese sind der philosophische Teil des Veda, der göttlichen Offenbarung oder der unmittelbaren Inspiration (Çruti). Wir zitieren aus Paul Deussen, Sechzig Upanischads des Veda, Leipzig 1921[3] (abgekürzt: U).

Die für uns wichtigsten Upanischaden sind: Chândogya-Up. (abgek.: Chând.), Brihadâranyaka-Up. (Brih.) und Mândûkya-Up. (Mând.).

Nicht als göttliche Offenbarung, aber als Überlieferung (smriti, d. h. „Gedächtnis", und ist die Frucht einer mittelbaren Geistesarbeit) betrachten die Inder die Epen, besonders das Mahâbhâratam, im Folgenden zitiert nach P. Deussen, Vier philosopische Texte des Mahâbhâratam, Leipzig 1922[2] (abgek.: M), und zwar ist daraus (Bhagavadgîtâ: VI, Mokshadharma: XII, Anugîtâ: XIV.

Für die Dogmatik des Vedânta ist am wichtigsten Deussens Werk über Çañkara: Das System des Vedânta nach den Brahma-Sûtras des Bâdarâyana und dem Kommentare des Çañkara über dieselben als ein Compendium der Dogmatik des Brahmanismus vom Standpunkte des Çañkara aus. Leipzig 1883 (abgek.: V mit den Seitenangaben des Deussenschen Werkes auch bei Çañkara-Zitaten) (erschien in 4. Aufl. 1920).

Ein Schlüssel zur gesamten Metaphysik des Vedânta ist die Einführung von R. Guénon, L'Uomo e il suo divenire secondo il Vedânta, ediz. ital. di

DAS SCHRIFTTUM

Corr. Podd, Bari 1937 (abgek.: G). Die französische Ausgabe von Guénons Vedânta-Werk erschien in Paris: 1925, 2. Aufl. 1941.

Für die magische Praxis überhaupt — nicht nur für die darin vorwiegend behandelten Sonderrichtungen des tantrischen Yoga — aufschlußreich ist die Darstellung von J. Evola, L'Uomo come potenza. I Tantri nella loro metafisica e nei loro metodi di autorealizzazione magica. Todi-Roma, o. J. (abgek.: E). Die zweite Auflage dieses Werkes von J. Evola erschien unter dem Titel: Lo Yoga della Potenza (Saggio sui Tantra). Frat. Bocca, Mailand 1949.

A. DIE GRUNDLAGEN

1. Unzweiheit und Erlösung

Für den indischen Menschen der frühen und der hohen Zeit seiner Kultur, ja für den Inder aller Zeiten, soweit er an seiner metaphysischen Tradition festhielt, hat das Leben in dieser Welt den einzigen Sinn: Bereitung der Vereinigung mit Gott zu sein. Diese Einung mit Gott ist ein Geistes- und Seinszustand, der nicht durch Verhältnisse des gewöhnlichen Bewußtseins zu kennzeichnen ist, wie etwa Ahnung und Glauben, Gottesverehrung und -furcht, Gottesdienst durch Opfer, Gebet und sittliches Verhalten. In diesen allen ist und bleibt Gott ein vom Menschen und seinem Bewußtsein Gesondertes; Einung mit Gott ist nichts von alledem, sondern Verwirklichung der Identität mit dem Höchsten, Vergottung durch „Eingang" ins Absolute, ins Transzendente.

Diese vollkommene Einung ist der höchste Zustand, denn alle übrigen, auch die höheren Zustände der magischen Versenkung und der mystischen Verzückung sind von ihm, diesem höchst- und tiefsten Seinsstande befaßt. Sie sind oberflächlicher als er, sie sind dem gewöhnlichen Zustande näher, dem menschlichen Wachbewußtsein, wie es mit dem Leben dieses unseres groben Leibes verbunden ist, ähnlicher. Alle diese Zustände sind noch bedingt, durch Bestimmungen eingeengt, nur der höchste Stand ist wahrhaft unbedingt: Er ist die Befreiung, die Erlösung.

Sinn des Lebens ist also Bereitung der Erlösung. Das entscheidende, ja das einzige Hindernis der Erlösung als der Verwirklichung der Identität mit Brahman — Brahman heißt wörtlich die „Anschwellung", das „Gebet", als „der zum Heiligen, Göttlichen emporstrebende Wille des Menschen" (V 128), d. h. also die im Gebete erfolgende Wesenserhöhung — ist der Sturz in die Nicht-Identität, wie sie das Welttreiben darstellt, also der Zustand des normalen Bewußtseins des Menschen mit seinem Verhaftetsein an den grobmateriellen Leib und die ebenso beschaffene Außenwelt; wie sie aber auch noch erhöhte Geisteszustände darstellen, die zwar schon eine Erhebung über dieses Welttreiben, aber noch nicht dessen endgültige Überwindung sind. Nur wegen des Verstricktseins in niedere, noch bedingte Zustände wird der höchste Seinsstand nicht verwirklicht. Die Gesamtheit der bedingten Geisteszustände ist das Nichtwissen (Avidyâ), die Freiheit von ihm das Wissen (Vidyâ).

Worin besteht nur dieses Wissen? Es besteht nicht etwa in einem rationalen oder intellektuellen Verhalten eines Subjektes gegenüber einem Objekte,[1] es besteht vielmehr in der Verwirklichung des höchsten Seinsstandes = Einung mit der Gottheit = Erlösung. Es ist Innewerdung dessen, was vor und über allem Seienden ist und daher oft auch als das „Nicht-

---

[1] Besitzt ein Wesen das Wissen, so ist sein Selbst identisch mit Brahman; in diesem Wissen selbst besteht die höchste Identität. Allerdings kann dieses Wissen nicht eine unterscheidende und Bestimmtheiten feststellende Erkenntnis sein, denn das Brahman könnte niemals Gegenstand einer solchen Erkenntnis werden. Wir werden sehen, daß Schelling ähnlich feststellt, das Absolute könne einzig und allein in der intellektualen Anschauung erkannt werden.

seiende", das „Über Sein und Nichtsein Erhabene"
bezeichnet wird. Dieses Wissen ist Verwirklichung
eines Zustandes, in dem nichts anderes ist denn die
Gottheit. Diese, das Brahman, allein ist das Seiende,[1]
alles andere ist das nicht Seiende. Die Welt der
Dinge, aber auch Erde, Luftraum und Himmel (die
„Dreiwelt"), also auch die höheren Welten, auch die
Geistwesen und die Götter, alles dieses ist in Wahrheit nicht, nur das Eine ist.

Die „Umwandlung" dieses Einen in die Vielheit
der Dinge und Erscheinungen ist nur Blendwerk,
Schein und Täuschung, ist die Mâyâ, die für Wirklichkeit zu nehmen Nichtwissen ist.[2] „An Worte sich
klammernd ist die Umwandlung, ein bloßer Name"
heißt es immer wieder in Chând. 6, 1, 3—5 und 4,
1—4, der nach Deussen ältesten Stelle über die Nichtrealität der vielheitlichen Welt. „Dasjenige, fürwahr, woraus diese Wesen entstehen, wodurch sie,
entstanden, leben, worein sie, dahinscheidend, wie-

---

[1] In Wahrheit ist das Brahman das überschreitende
Sein, also das höchste Prinzip; als das Sein ist Brahman
nur das Prinzip der Manifestation. Noch richtiger ist
die Bestimmung: das Brahman ist über Sein und Nicht-Sein, Brahman als das höchste Prinzip überschreitet das
Prinzip der Manifestation (Sein) und das der Nicht-Manifestation (Nicht-Sein).

[2] Das Illusorische des bedingten und manifestierten
Seins gilt in bezug auf die höchste Realität. In sich selbst
genommen ist dieses manifestierte Sein real, aber eben
von einer Realität minderen Grades, so daß Guénon mit
Recht sagt, es sei gleichzeitig im gewissen Sinne real
und in einem anderen Illusion, Blendwerk, Erscheinung
(G 30 u. 53). Mâyâ hat daher eine zweifache Bedeutung:
einmal ist es die Allmacht des höchsten Prinzips (die
Shakti des Brahman); getrennt von diesem betrachtet
ist es die „Große Täuschung" (G 76 f.).

der eingehen, das suche zu erkennen, das ist das Brahman" (Taittirîya-Up. 3, 1.).[1]

Besonders schroff vertritt den Standpunkt der Unwahrheit (Vaitathyam) der empirischen Realität, der Nichtvielheit (Advaitam = Unzweiheit) und des Nichtwerdens (Ajâti) Gaudapâda, der Verfasser der Kârikâ zur Mândûkya-Up.; wir bringen einige Stellen aus diesem berühmten Werke:

> „Wie ein Strick, nicht erkannt deutlich
> Im Dunkeln, falsch wird vorgestellt
> Als Schlange, als ein Strich Wassers,
> So wird falsch vorgestellt das Selbst
> (Âtman)."

> „Wie, wenn der Strick erkannt deutlich,
> Und die falsche Vorstellung weicht,
> Er nur Strick bleibt unzweiheitlich,
> So, wenn deutlich erkannt, das Selbst"
> (Mând.-Kâr. 2, 17 f.).

> „Wir Traum und Blendwerk man ansieht
> Wie eine Wüstenspiegelung,
> So sieht an das Weltganze,
> Wer des Vedânta kundig ist" (ebda. 2, 31).

---

[1] Wir wollen diesem Texte gleich einen anderen aus der Bhagavadgîtâ hinzufügen, der zeigt, daß es sich bei der Nicht-Dualität und All-Einheit nicht um einen in Wahrheit immer antimetaphysischen Pantheismus handelt: „Von mir in der Gestalt des Unentfalteten ist diese ganze Welt ausgebreitet worden. Alle Wesen werden von mir, nicht aber werde ich von ihnen befaßt... Und doch werden auch wieder die Wesen nicht von mir befaßt, da siehst du meine göttliche Zauberkunst: Ich trage die Wesen und bin doch nicht in den Wesen befaßt, mein Selbst ist der Bildner der Wesen" (M. VI, 33, 4 f.).

Im dritten Teil des Werkes, genannt Advaitam, die „Zweiheitslosigkeit", gibt Gaudapâda eine Anweisung zum Durchschauen des Weltblendwerkes und zur Erlangung des Erlösungswissens, die Lehre vom Asparçayoga, dem „Ungefühl-Yoga", der darin besteht, daß durch Niederhaltung des Manas, des Organes des Vorstellens und Wollens, die Existenz der Dinge im Bewußtsein ausgelöscht wird:

„Alles wird nur im Geist sichtbar,
Was als Vielheit hier geht und steht;
Und wenn der Geist von sich selbst kommt,
Ist die Vielheit nicht sichtbar mehr."

„Sobald der Geist nicht mehr vorstellt,
Weil ihm aufging das Âtman-Sein,
Nimmt, als Nichtgeist, er nicht mehr wahr,
Weil nichts mehr wahrzunehmen bleibt."

„Als ewig wandellos Wissen,
Vom Gewußten verschieden nicht,
Das Brahman wird gewußt allzeit,
Vom Ew'gen Ew'ges wird gewußt."

„Dieser Vorgang besteht darin,
Daß zwangsweis alle Regungen
Des Geistes unterdrückt werden, —
Anders ist es im tiefen Schlaf."

„Der Geist erlischt im Tiefschlafe,
Nicht erlischt er, wenn unterdrückt,
Sondern Brahman, das furchtlose,
Wird er, ganz nur Erkenntnislicht,"

„Das ew'ge, schlaf- und traumlose,
Das ohne Namen und Gestalt,
‚Mit eins aufleuchtend' (Chând. 8, 4, 1),
                              allwissend, —
Ihm gilt keine Verehrung mehr."...

Das heißt der Ungefühl-Yoga." (Ebda. 3, 31—36.)

Der vierte Teil, genannt Alâtaçânti, „die Beilegung des Feuerbrandes", bringt einen großartigen Vergleich: Wie ein an einem Ende glimmender Holzspan nur durch Umschwingen, gewissermaßen aus dem Nichts, einen Funkenkreis entstehen läßt, so entsteht die Welt aus der Schwingung des Bewußtseins allein (vgl. 4, 47—52):

„Wie Funkenschwingung den Schein gibt
Gerader und krummer Linien,
So den Schein Bewußtseinsschwingung
Von Auffassen und Auffasser."

„Wie ungeschwungen der Funke
Nicht erscheint, nicht entsteht (als Kreis),
So Bewußtsein ungeschwungen
Erscheint nicht und entsteht auch nicht."

„Schwingt der Funke, so kommt der Schein
Nicht von außen her irgendwie,
Nicht von anderm als dem Schwingen,
Nicht ist Zuwachs dem Funken er."

„Schwingt Erkenntnis, so kommt der Schein
Nicht von außen her irgendwie,

ATMAN UND MAYA

Nicht von anderem als dem Schwingen,
Nicht ist Bewußtseinszuwachs er."
(Ebda. 4, 47—49 u. 51.)

Prajâpati, der Herr der Natur, der niemals lügt, belehrt die Götter in der esoterischen Nrisinha — uttara — Tâpanîya-Up. (9) (Abgek. Nris.): „Denn es ist kein Beweis möglich für das Vorhandensein einer Zweiheit und nur der zweitlose Âtman ist beweisbar. Nur durch die Mâyâ ist gleichsam ein anderes; aber der Âtman allein ist das Höchste, und er ist auch alles Vorhandene;... Die ganze Welt aber ist Nichtwissen, ist jene Mâyâ. Der Âtman aber ist das höchste Selbst und durch sich selbst leuchtend. Er erkennt und erkennt doch nicht; denn sein Erkennen ist objektlos, ist Innewerdung... nur aus Seiendheit bestehend ist die ganze Welt, das Seiende aber ist das von jeher vorhandene Brahman; denn nicht anderes wird hienieden durch Innewerdung erkannt; aber kein Nichtwissen ist möglich in dem durch Innewerdung erkannten Âtman, dem selbstleuchtenden, Allzuschauer seienden, unwandelbaren, zweitlosen. Schaut schon hienieden das reine Sein, und daß alles andere nichtseiend ist, denn es ist die Wahrheit! Also ist das von jeher, als Ursprunglose, in sich selbst Ruhende, ganz aus Wonne und Denken Bestehende bewiesen /durch Innewerdung/, da es doch unbeweisbar ist /durch Reflexion/ (Nris. 9: U 797 ff.).

Nur die Gottheit ist, nur das Eine ist und Alles ist Eines. Dieses also ist das Wissen (Vidya): Die Innewerdung (anubhava) der alleinigen Realität des Brahman == Âtman (Âtman heißt das Selbst, die

DAS SELBST

Seele, die gleich Gott ist).[1] Erlangt kann dieses Wissen aber nur auf einem einzigen Wege werden: Durch Vertiefung in unser Selbst, denn der Âtman ist unser eigenes Selbst. Das wahre Wissen ist also inneres Schauen, ist Verwirklichung höherer Zustände und endlich des höchst- und tiefsten Seinsstandes, der Identität des individuellen mit dem höchsten Âtman = Brahman.

Wir müssen in den Texten allerdings, um sie völlig zu durchdringen, wohl unterscheiden zwischen dem individuellen Ich und dem Selbst oder dem Wesen. Das erste ist das Manifestierte und als solches immer vorübergehend und mehr oder weniger zufällig, das zweite aber ist das diese Manifestation überschreitende Prinzip des Individuums: Die Persönlichkeit als Überindividuales und noch mehr als die Persönlichkeit, nämlich das Ewige selbst. Denn die Persönlichkeit (Personalität im Gegensatz zu Individualität) ist ja nichts anderes als eine Bestimmtheit dieses Ewigen oder des höchsten Seins selbst, das im Sanskrit Âtman oder Paramâtman heißt, während das zerstörbare Ich Jîvâtman genannt wird und lediglich eine teilhafte Ma-

---

[1] Çañkara lehrt in der Âtma-Bodha: „Der Yogin, dessen Intellekt vollendet ist, schaut alle Dinge als in sich selbst befaßt und nimmt so durch das Auge der Erkenntnis wahr, daß jedes Ding der Âtman sei. Guénon fügt zu diesem Begriffe „Auge der Erkenntnis" = „Inâna-chakçus" hinzu, daß man ihn genau mit intellektualer Anschauung („Intuizione intellettuale") übersetzen könnte (vgl. G 191). Wir haben hier die Parallele zu dem Erkenntnisprinzip, das wir als Grundlage der Schellingschen Philosophie wiederfinden werden: Die intellektuale Anschauung oder unmittelbare Innewerdung im Gegensatze zur rationalen und diskursiven Erkenntnis.

nifestation des Selbst im Zentrum der menschlichen Individualität darstellt.

Man könnte Âtman mit All-Geist verdeutlichen; in Stellen, wo es nicht im Nominativ steht, heißt es wörtlich: „Sich selbst." Es ist aber dabei nicht an das Selbstische, an etwas Individualisiertes zu denken, sondern an das alles Individualisierte überschreitende Prinzip. Identifikation mit diesem Selbst, das also das Sein, z. B. ein menschliches Individuum, in a l l e n Schichten seines Seins umfaßt und in deren tiefster und zugleich höchster eins ist mit der Gottheit, ist „Universalisation" (Verganzung als Einswerdung mit dem All-Geist) (vgl. G 21 ff.). Trotz mißverständlicher Stellen — besonders bei Çañkara — muß der Auffassung entgegengetreten werden, als ob Vergottung das Auslöschen der Persönlichkeit bedeutete! Dann hätte die Lehre vom Schicksal nach dem Tode keinen Sinn mehr. Klar wird diese Unterscheidung zwischen Individualität (mit allen den ihr möglichen Seinsweisen, die ja nicht nur auf das Dasein im groben Leibe beschränkt sind) und Personalität oder Selbst (ebenfalls mit a l l e n Schichten des Seins) erst durch die später entwickelte Lehre von den Tiefenschichten des Seins.

Das ist nun die eigentliche Frucht des Wissens: Diese Erkenntnis der Identität unserer Seele mit der Gottheit, eine Erkenntnis, die zugleich Verwirklichung dieser Einheit ist. Weil allein Gott ist, ist auch die Unterscheidung zwischen Gott (Brahman) und der individuellen Seele nur ein Werk des Nichtwissens, das die höchste Seele nur mittels der Bestimmtheiten (Upâdhis), die aber Blendwerk sind, als individuelle Seele auffaßt. Die Verschiedenheit zwischen Gott und Seele ist nur Schein. Das Wesen hat seine ursprüngliche Identität mit der Gottheit (mit Brahman) nur vergessen und hält nun das empirische Ich für sein Selbst. Die Erlösung ist Durchschauen dieses Scheins, ist Durchbruch zum wahren Selbst, das die Gottheit ist.

Die vielleicht „älteste Stelle, in der mit vollem Bewußtsein das große Grunddogma der Vedântalehre, die Identität des Brahman mit dem Âtman, Gottes mit der Seele, ausgesprochen wird" (U 109), ist die Lehre des Çândilya (Chând. 3, 14, 1—4): „Gewißlich, dieses Weltall ist Brahman;... Geist ist sein Stoff, Leben sein Leib, Licht seine Gestalt; sein Ratschluß ist Wahrheit, sein Selbst die Unendlichkeit /wörtl.: der Äther/... Dieser ist meine Seele (Âtman) im inneren Herzen, kleiner als ein Reiskorn oder Gerstenkorn oder Senfkorn oder Hirsekorn oder eines Hirskornes Kern; — dieser ist meine Seele im innern Herzen, größer als die Erde, größer als der Luftraum, größer als der Himmel, größer als diese Welten.[1] Der Allwirkende, Allwünschende, Allriechende, Allschmeckende, das All-Umfassende, Schweigende, Unbekümmerte, dieser ist meine Seele im innern Herzen, dieser ist das Brahman, zu ihm werde ich, von hier abscheidend, eingehen. — Wem dieses ward, fürwahr, der zweifelt nicht! Also sprach Çândilya, — Çândilya."

---

[1] Erde, Luftraum, Himmel ist die „Dreiwelt". Eine später zu behandelnde Lehre, die von den Schichten des Seins, vorwegnehmend, fügen wir hinzu: Die „Erde" bedeutet den Bereich der groben Manifestation, der „Luftraum" jenen der feinen, „Himmel" jenen der Ideenwelt, d. h. der überindividualen und nichtgestalthaften Manifestation; das Brahman ist größer als diese Welten: es ist alles Manifestierte überschreitend, wahrhaft unbedingt

Da Gott alles ist, so ist auch die Seele Alles. „... Die Seele ist diese ganze Welt. Wer also sieht und denkt und erkennt, an der Seele sich freuend, mit ihr spielend, mit ihr sich paarend und ergötzend, derselbige ist autonom (svarâj) und ihm ist in allen Welten Freiheit (kâmacâra); die es aber anders als so ansehen, die sind heteronom (anyarâjan), vergänglicher Seligkeit, und ihnen ist in allen Welten Unfreiheit (akâmacâra)" (Chând. 7, 25, 2).

Daher lehrt Yâjñavalkya, der große Weise der Brih.-Up., daß nichts anderes als der Âtman der „Faden (sutram) sei, durch welchen alle Welten und alle Wesen von außen zusammengehalten" und der „Lenker (antaryâmin), durch welchen alle Teile der Natur, alle Wesen und alle Organe von innen regiert werden" (U 439): „Der, in der Erde wohnend, von der Erde verschieden ist, den die Erde nicht kennt, dessen Leib die Erde ist, der die Erde innerlich regiert, der ist deine Seele, der innere Lenker, der unsterbliche" und nachdem diese Formel 21mal für die verschiedenen Erscheinungen der Natur und des Lebens wiederholt wurde, heißt es: „Er ist sehend nicht gesehen, hörend nicht gehört, verstehend nicht verstanden, erkennend nicht erkannt. Nicht gibt es außer ihm einen Sehenden, nicht gibt es außer ihm einen Hörenden, nicht gibt es außer ihm einen Verstehenden, nicht gibt es außer ihm einen Erkennenden. Er ist deine Seele, der innere Lenker, der unsterbliche. — Was von ihm verschieden, das ist leidvoll" (Brih. 3, 7, 3—23).

Dasselbe lehrt endlich die berühmte, neunmal wiederholte Formel der Chând. 6, 8—16. „Was jene Feinheit ist, ein Bestehen aus dem ist dieses Weltall, das ist das Reale, das ist die Seele, das bist du, o Çvetaketu!" D. h. die Feinheit oder Unerkennbarkeit, in der die behandelte rätselhafte Erscheinung wurzelt, ist das Seiende; die ganze Welt ist nur Seiendes, alles andere ist, wie wir schon hörten, „an Worte sich klammernd, ein bloßer Name"; dieses höchste Seiende ging aber als individuelle Seele in diese ganze Welt ein und ist daher auch im Angeredeten, in Çvetaketu, dem sein Vater dieses höchste Geheimnis anvertraut; Das bist Du — tat tvam asi — „die Summe aller Upanischadlehren" (U 157).

Nach all diesen Nachweisen, die den Zusammenhang von All-Einheitslehre (Advaitismus: advaita — vâda oder Lehre von der Nicht-Dualität) und Erlösung erhellen, wird uns die Definition verständlich, die der große Kommentator Çañkara von der Erlösung gibt (V 4—33): „Jenes im absoluten Sinne reale, allerhöchste, ewige, wie der Äther alldurchdringende, aller Veränderlichkeit entrückte, allgenugsame, ungeteilte, seiner Natur nach sich selbst als Licht dienende /Sein/, in welchem kein Gutes und kein Böses, keine Wirkung, keine Vergangenheit, Gegenwart oder Zukunft statthat, — dieses unkörperliche /Sein/ heißt Erlösung."

Der Stand der Erlösung ist das Brahman selbst. Das Eins-Werden mit ihm ein Zum-Bewußtsein-Kommen eines von jeher schon Vorhandenen:

„Alle Wesen sind ursprünglich
Urerweckte (âdibuddha), das ist gewiß; —
Wer dieses sich genug sein läßt,
der ist reif zur Unsterblichkeit."

(Mând.-Kâr. 4, 92.)

Diese Unsterblichkeit ist der in einer unserer Textstellen als Innewerdung bezeichnete Seinsstand, wobei wir uns von der aller empirischen Erkenntnis anhaftenden Trennung von Schauendem und Geschautem freimachen müssen, denn sie sind hier ein und dasselbe.

In immer neuem Anlaufe versuchen die heiligen Texte, dieses Erlösungswissen — das nur erlebbar und in Worte nicht faßbar ist — doch zu bestimmen, hiebei eine Art „negativer Theologie" entwickelnd: „Er aber, der Ātman, ist nicht so und ist nicht so (neti, neti). Er ist ungreifbar, denn er wird nicht gegriffen, unzerstörbar, denn er wird nicht zerstört; unhaftbar, denn es haftet nichts an ihm; er ist nicht gebunden, er wankt nicht, er leidet keinen Schaden!" (Brih. 3, 9, 26 = 4, 2, 4.) In der Kena-Up. 11 f. heißt es:

> „Nur wer es nicht erkennt, kennt es,
> Wer es erkennt, der weiß es nicht, —
> Nicht erkannt vom Erkennenden,
> Erkannt vom Nicht-Erkennenden!"

> „In wem es aufwacht, der weiß es
> Und findet die Unsterblichkeit;
> Daß er es selbst ist, gibt Kraft ihm,
> Daß er dies weiß, Unsterblichkeit."

Die schon erwähnte Nris.-Up. (7) sagt: „Aber was ist die Innewerdung? Sie ist dieses und ist dieses nicht, so kann man, nicht mit Worten, sondern nur durch die Innewerdung selbst antworten. Ebenso kann man das Denken und die Wonne nicht durch Worte erklären, sondern nur verstehen, indem man sie inne wird. So muß auch alles andere in der Welt /das Denken und die Wonne, aus dem es besteht, selbst inne werden/. Dies ist die höchste Wonne" (U 793). Deutlicher kann wohl das nicht ausgedrückt werden, was wir die „theoretische Unvollziehbarkeit" dieses „Wissens" nennen möchten, das ein nur praktisch zu verwirklichendes Sein ist: „Wahrlich, wer dieses höchste Brahman kennt, der wird zu Brahman" (Mundaka-Up. 3, 2, 9).

Çañkara fügt zu diesen Lehren der Offenbarung hinzu: „... daß sofort mit der Brahmavidyâ, und ohne daß zwischen beiden noch eine andere Wirkung läge, die Erlösung erfolgt, daß das Schauen des Brahman und das Werden zur Seele des Weltalls gleichzeitig eintreten; denn die Erlösung ist ja nichts anderes als unser wahres, von Ewigkeit her bestehendes Sein, nur daß dasselbe uns durch das Nichtwissen verborgen blieb; daher auch die Erkenntnis des Âtman als Frucht nicht irgend etwas Neues hervorzubringen, sondern nur die Hemmungen der Erlösung zu heben hat. Diese Erkenntnis des Âtman ist somit kein Werden zu etwas, kein Betreiben von etwas, kein sich Befassen mit irgend einem Tun... sie kann daher nicht durch die Tätigkeit des Forschens oder die des Verehrens bewirkt werden, und auch die Schrift bringt dieselbe nur in dem Sinne hervor, als sie die Hemmungen dieser Erkenntnis, nämlich die aus dem Nichtwissen entspringende Spaltung in Erkennenden, Erkenntnis und zu Erkennendes beseitigt" (V 441).

2. Die magische Versenkung als Weg zum Wissen und zur Erlösung

Die gebrachten Stellen der Schrift über das Erlösungswissen, die Anweisung der Mând.-Kârikâ über den „Ungefühl-Yoga", die Lehre von der Innewerdung bezeugen, daß der Weg zum Wissen und damit zur Erlösung der einer steten magischen Praxis ist, die das ganze Leben erfüllt und einen übermenschlichen Heroismus erfordert: Die Königsweisen (rishis), die göttlichen Könige der Vorzeit gingen diesen Weg — daher sind meist Könige und Kriegerfürsten die ersten Lehrer der Brahmanen — und hatten nur wenige Folger. Sie erlangten die göttliche Offenbarung und gaben sie — im Akte einer magischen Initiation — dem Sohne oder Schüler weiter; „einem geliebten Sohne und anhänglichen Schüler ist diese geheime Satzung zu überliefern, keinem andern, wer es auch sei" (M XII, 246, 19).

Lange Zeit, oft das ganze Leben hindurch, hat dieser Nachfolger im Lebensstadium des Schülers (Brahmacârin) verbracht, erst am Ende der Lehrzeit ist er völlig in die Geheimlehre eingeweiht und hat besonders in den Upanischads die Grundlage für die Zerstörung des Nichtwissens erhalten: immer in mündlicher Belehrung — auch nachdem schon schriftliche Texte vorhanden waren — zur Sicherung einer wirklichen Teilnahme an der Tradition durch die Folge der Zeiten, wie auch die langen Lehrerlisten am Ende der großen Upanischaden beweisen. Als esoterisches, als Geheimwissen wird

ESOTERIK UND EXOTERIK

deren Inhalt von Mund zu Mund tradiert, erst sehr spät kommt es zu schriftlicher Aufzeichnung.

Das Nichtsein des Welttreibens, das alleinige Sein des All-Einen ist zwar eine unbedingt gültige Wahrheit, aber diese ist nur in einem erhöhten Zustande zu schauen. Diesem metaphysischen, auch „Standpunkt der Realität" (paramârtha-avasthâ) genannt, steht daher ein exoterisches, niederes Wissen, oft auch „Standpunkt des Welttreibens" (vyavahâra-avasthâ) genannt, gegenüber (V 292 f.). Das entfaltete Vedânta-System ist vom Anfange bis zum Ende von diesem Gegensatz von Esoterik und Exoterik durchwaltet — wobei es sich nicht um verschiedene Lehren, sondern um zwei Ansichten der gleichen Lehre handelt — und in seinem Kommentare zur Chând.-Up. enthüllt Çañkara die Motive der exoterischen Lehre mit folgenden Worten: „Denn ein von Raum, Attributen, Hingehen, Belohnung und Verschiedenheit freies, im höchsten Sinne seiendes Brahman scheint den langsamen Geistern so gut wie ein Nichtseiendes zu sein. Darum denkt die Schrift: laß sie erst nur auf der Fährte des Seienden sich befinden, dann werde ich sie allmählich auch zur Erfassung des im höchsten Sinne Seienden bringen" (V 171).

Mit einer in der Menschheitsgeschichte niemals wieder verwirklichten Folgerichtigkeit haben die Inder mit dieser metaphysischen Welthaltung Ernst gemacht. Ihre bis heute gültige Kastenordnung, ebenso ihre durch Jahrtausende hindurch verwirklichte oder als Ideal angestrebte Ordnung der Lebensstadien (der vier âcramas: Brahmacârin oder Brahmanschüler, Grihastha oder Hausvater, Vânaprastha — Waldeinsiedler, Sannyâsin — heiliger

Bettler)[1] sind nur aus den metaphysischen Voraussetzungen begreiflich. Sie sind der Beweis dafür, daß allein die durch das Streben nach Erlösung bestimmte Welthaltung mit allen ihren Folgerungen — auch einschließlich der exoterischen Lehren wie z. B. des Seelenwanderungsmythos — die gesamte Lebensordnung und Gesellschaftsverfassung Indiens geprägt hat.

Die Erlösung kann in keiner Weise durch Werke oder durch moralisches Verhalten erlangt werden, denn ihr Seinsstand ist durch beides völlig unberührbar.[2] Wäre dem anders, so wäre dieser Zustand nicht ewig, sondern selbst vergänglich (durch Verbrauch der Werke), nicht absolut, sondern abgestuft (wegen des verschiedenen Wertes dieser Werke).

---

[1] Der Brahmacârin, der das Heilige Wissen studiert, ist Schüler eines Guru, eines Führers; der Name Sannyâsin wird oft auch für den gebraucht, der als Sâdhu die vollkommene Verwirklichung (sâdhanu) erlangt hat und ativarnâcrami ist, d. h. außerhalb aller Kasten und Lebensstadien des irdischen Daseins.
Die vollkommene Lebensbahn des irdischen Menschen besteht im Durchschreiten dieser vier Lebensstadien (âcramas)!

[2] Das Wissen hat die Frucht in sich selbst, nämlich als wahres Wissen die Erlösung, die Tat hat die Frucht immer außerhalb ihrer selbst, Tat und Werkfrucht sind immer vorübergehend und augenblicksbedingt; das Wissen dauernd und endgültig. Die Aktionen und Riten, die die Erlösung fördern, sind immer nur Stützen, zusätzliche und lediglich mithelfende Mittel; auch die magische Praxis und ihre Riten sind nichts anderes, wenigstens nach dem Vedânta, während sie z. B. für die Jaina wesentliche Elemente der Selbstverwirklichung darstellen (vgl. G 189, 173 f., 154). Aber wir sehen ja, daß auch die Erfüllung der im Veda vorgeschriebenen Riten nicht zur Erlösung unmittelbar, sondern lediglich auf den Götterweg führt.

Die Werkfrucht liegt immer in einem Zukünftigen, sie fordert also ein Wiedergeborenwerden und Wiedersterben, die Erlösung aber ist gerade das Nichtmehr-sterben-Können, die Befreiung von der Notwendigkeit der Wiederbekörperung und des Immerwieder-sterben-Müssens, welches eben das Los der mit den Werkfrüchten belasteten Seele des Nichterlösten ist. Die Unsterblichkeit des Erlösten (amritatvam) ist also viel mehr als „das Hinausreichen (über den Leib)" (vyatiraka) (V 309 f.).

Als ein völliger Umbruch kommt die Erlösung über das Wesen: In die Nacht des Nichtwissens bricht das Licht des Wissens herein, als ein absolut Überseiendes, mit dem Dasein überhaupt nicht zusammenhängendes, als transzendentes Ereignis. Wie das lähmende Entsetzen von dem weicht, der erkennt, daß er in der Finsternis einen herabfallenden Strick fälschlich für eine Schlange hielt, als dem gegenüber tausendfach gesteigerte Befreiung überkommt den Menschen die Erlösung. Wir begreifen nun, warum das Nichtwissen geradezu als „Seelenmord" bezeichnet werden kann.

> „Ja, dämonisch ist dies Weltall,
> Von blinder Finsternis bedeckt!
> Darein geh'n nach dem Tode alle,
> Die ihre Seele mordeten" (Îçâ-Up. 3).

Gute Werke und sittliches Verhalten sind lediglich mithelfende und erleichternde Voraussetzungen, sie sind die Eingangspforte zur Erlösung. Daher heißt es in den Yoga-Sûtras des Patañjali von den beiden ersten Gliedern des Yoga: „Nichtschädigung, Wahrhaftigkeit, Nichtstehlen, Keuschheit und Besitzlosigkeit bilden die Zucht" (2, 30). „Reinheit, Genügsamkeit, Askese, Studium und Gottergebenheit bilden die Selbstzucht" (2, 32) (Übers. b. Deussen, Allgem. Gesch. d. Philosophie, I 3, 563). Die Maitrâyana-Up. sagt (6, 34):

„Wie du gesinnt bist, so bist du, —..."

„Wenn der Geist nur so anhänglich,
Wie er an Sinnendinge ist,
Ebenso wäre an Brahman,
Wer würde nicht von Bindung frei!" (U 357.)

Der eigentliche Weg der Erlösung ist jener der Sammlung und Versenkung, den man auch den Weg des magischen Aufschwunges oder der magischen Selbstverwirklichung nennen könnte. Es ist der Weg des Yoga. (Yoga heißt wörtlich „Verbindung", nämlich mit dem Höchsten; der gleiche Stamm wie das lat. jungere und das deutsche Joch). Wir können es uns nicht verwehren, hier eine Bemerkung Schellings wiederzugeben, die dessen tiefe Geistesverwandtschaft mit den Indern beweist; er übersetzt Yoga mit „Innigkeit" und sagt: „Ich glaube übrigens..., daß die Kraft, womit der Mensch jene Innigkeit behauptet, die ihn zu Gott erhebt, die Gott gleich macht, daß diese Kraft keineswegs als eine bloß subjektive betrachtet wird. Colebrocke bemerkt ausdrücklich, das Yoga sei eine Kraft in der Gottheit selbst. Der Innige behauptet unter den Wechselfällen und wandelbaren Erscheinungen dieser versatilen Welt die Einheit mit keiner anderen Kraft, als mit welcher auch die Gottheit mitten in der Zertrennung der Eigenschaften und Potenzen, durch welche allein diese sinnenfällige Welt möglich ist, ihre ewige Einheit behauptet. ... Was in den theosophischen Teilen der Veda schon als das höchste Ziel vorgestellt wurde, Unifikation des menschlichen Wesens mit Gott, ist also auch, nur mannichfaltiger ausgebildet und dargestellt, der letzte Inhalt der Yogalehre, wie sie in der Bhagavadgîtâ vorgetragen ist" (Philos. d. Mythologie, SW II 2, 490).

Dieser Weg des Yoga war zweifellos von allem Anfang an die wahrhaft esoterische Lehre der Veden.[1] Wird doch schon in Chând. (7, 6, 1 f.) das Sinnen (dhyânam), also die Kontemplation, gepriesen: „Das Sinnen (dhyânam), fürwahr, ist größer als der Gedanke; es sinnt gleichsam die Erde, es sinnt gleichsam der Luftraum, es sinnt gleichsam der Himmel, es sinnen gleichsam die Wasser, es sinnen gleichsam die Berge, es sinnen gleichsam die Götter und Menschen. Darum die, so unter den Menschen Großheit erlangten, die haben die Gabe des Sinnens gleichsam als ihren Anteil erhalten... Wer das Sinnen als Brahman verehrt, soweit sich das Sinnen erstreckt, so weit wird dem ein Umherschweifen nach Belieben zuteil, darum daß er das Sinnen als das Brahman verehrt."

---

[1] Im Mokshadharma heißt es daher: „Man mag alle Veden studieren und keusch sein, aber damit, daß man den Rigveda, Yajurveda und Sâmaveda kennt, ist man noch kein wahrer Zwiegeborener. Wer aber sich allen Wesen verwandt fühlt, allwissend und alle Veden kennend und frei von Verlangen ist, der stirbt nie und von ihm kann man nicht sagen, daß er kein wahrer Zwiegeborener sei" (M XII, 251, 2 f.). Hier wird also eindeutig auf höhere Zustände hingewiesen. Kurz vorher wird daher „die Konzentration des Manas und der Sinne die höchste Askese" genannt. „Dies ist wichtiger als alle anderen Pflichten, dieses wird die höchste Pflicht genannt" (M XII, 250, 4).

Wenn auch der schriftliche Niederschlag dieser „praktischen Seite" der Metaphysik in den Upanischaden spärlich ausfiel — erfolgte doch die schriftliche Festlegung auch der theoretischen Metaphysik spät und wohl niemals vollkommen —, so kann die Weisheit der Upanischaden nur dann ausgeschöpft werden, wenn mit all den vorhandenen Hinweisen auf die Magie Ernst gemacht wird, wenn die metaphysischen Lehren durch eine magische Kunstlehre (eine „techne" der magischen Selbstverwirklichung) ergänzt werden. „Der Standpunkt der höchsten Realität" ist „theoretisch unvollziehbar", allein in der Magie als „praktischer Metaphysik" (Roger Bacon) wird er verwirklicht. Selbst wenn man beiseite läßt, welche gewaltige Rolle der Yoga in seinen verschiedenen Entfaltungen in der indischen Geisteskultur innehat; ferner, daß alle diese späteren, selbständigen Yogarichtungen vom Brahmanismus als orthodox betrachtet wurden, was für viele andere religiöse und philosophische Richtungen nicht der Fall war; wird es bei Vertiefung in diese Welt bald einleuchten, daß der Vedânta ohne die Annahme einer alles durchwaltenden magischen Sinngebung völlig unverstanden bleiben muß.

Es ist dies jener Weg des Yoga, den Patañjali in seinen klassischen Yoga-Sûtras (2, 28 ff.) als achtgliedrigen schildert, indem er neben den schon erwähnten beiden Gliedern der Zucht und der Selbstzucht noch unterscheidet: Sitzen (bestimmte Körperhaltung); Atemregelung; Einziehen der Organe (pratyâhâra: etwa durch Ausschaltung aller Sinneseindrücke innere Stille herbeiführen); Fesselung dharânâ: Fixierung des Geistes auf einen Gegenstand); Meditation (dhyânam: kontemplativer Aufschwung); Versenkung (samâdhi: sobald die eigene Individualität erlischt und die Kontemplation lediglich das Objekt widerspiegelt: Rapport mit der inneren Wesenheit der Dinge).

Es ist jener Weg, auf dem zu diesen mehr meditativ-intellektuellen Verfahren der Geistes- und Willensreinigung (dhyâna oder jñana-Yoga), wie sie dem Vedânta und Sâñkhyam nahestehen, die Mantra-Disziplinen (Reinigung des Wortes) und jene des Hatha-Kundalini-Yoga (Reinigung der Elemente) hinzutraten, die Tantra-Richtungen, die nicht nur den Geist, sondern auch die physiologischen Kräfte, besonders die Zeugungskraft, zur Befreiung und Verklärung des Körpers verwerten. Jener Weg der Abwendung (separatio) von der Sinneswelt und der Versenkung ins eigene Selbst, der zu einer planvollen Kunst der Verwirklichung höherer Geisteszustände ausgestaltet wird, und den die Esoterik aller Kulturen und — wenn auch auf niedrigere Grade der übernormalen Entfaltung beschränkt — die Mystik aller Zeiten gekannt haben und gegangen sind.[1]

---

[1] Über die anderen Richtungen in der indischen Eschatologie und Metaphysik sowie über die Stellung des Çañkara im besonderen. An mancher Stelle der Abhandlung mag wohl der Wunsch nach einem bunteren und vollständigeren Bilde der indischen Eschatologie und wohl auch der Metaphysik aufsteigen. Aber welcher philosophische Gedanke, welches metaphysische Lehrgebäude ist von diesem philosophischesten aller Völker nicht vorgedacht worden! Wie hätte dann die Absicht der Arbeit, wie ihre Geschlossenheit und Einheit gewahrt bleiben sollen! Auch ist mit dem von den Upanischaden ausgehenden Geistesstrome der wahrhaft zentrale und entscheidende der altindischen Metaphysik und Eschatologie

Grundlage alles diesseitigen Ringens um die Erlösung ist die Gewißheit: daß der im diesseitigen Leben erreichte Grad des Wissens, daß der hier er-

---

getroffen. Ja noch mehr: Es wirkt dieser Geistesstrom ungebrochen weiter in der hinduistischen Philosophie, wofür ja gerade die fast anderthalb Jahrtausende nach den großen Vorläufern Çândilya und Yâjñavalkya einsetzende idealistische Erneuerungsbewegung des Cankara (788—830) ein Beispiel bietet. Er wirkt sogar am Grunde der neubuddhistischen Philosophie weiter, die ebenso wie der Buddhismus selbst den in der brahmanischen Tradition stehenden Indern als heterodox gilt.

Was aber die Stellung der Vedânta-, d. h. der Upanischaden-Metaphysik anlangt, muß man wohl H. Gomperz recht geben: Der Grundgedanke der Upanischaden ist eigentlich kein Grundgedanke, sondern ein Grunderlebnis, das bei seiner begrifflichen Fassung und Verarbeitung die größten Schwierigkeiten ergibt und sich in mehrere metaphysische Richtungen aufspaltet. Wie aber auch dieses Erlebnis verarbeitet werde, immer führt der gleiche Weg zu ihm: Der Yoga. Allerdings muß zwischen Yoga als Versenkungsverfahren — das immer grundsätzlich dasselbe ist und bleibt — und Yoga als philosophisches System, d. i. ein bestimmtes dualistisches Lehrgebäude, scharf unterschieden werden. (H. Gomperz, Die indische Theosophie, Jena 1925, 215.)

Innerhalb der mannigfaltigen metaphysischen Lehrgebäude stellt Çañkara nur eine bestimmte, stark umkämpfte Richtung dar. Gegen ihn besonders wird der Vorwurf des Pantheismus erhoben. Man tut aber P. Deussen Unrecht, wenn man sagt, er hätte gerade deshalb Çañkara übersetzt. In Wahrheit gibt es — bei gerechter Würdigung aller Vorwürfe gegen Çañkaras Kommentar — keinen besseren Schlüssel zur Vedânta-Lehre und zur gesamten indischen Metaphysik als eben diesen Çañkara. Darüber sind sich ansonsten sehr verschieden ausgerichtete Verfasser einig: H. Gomperz nennt Çañkaras Kommentar das „Haupt- und Grundwerk des indischen Idealismus" (420). L. Ziegler nannt Çañkara „den eigentlichen Wiederhersteller der brahmanischen Über-

langte Geisteszustand für das Schicksal nach dem Tode entscheidend sei. Er allein ist das wahre Wesen des Menschen und bleibt daher auch über

---

lieferung auf dem indischen Festlande, den gewaltigen Gegenspieler und Überwinder Buddhos" (Überlieferung, 446) und pflichtet „ohne Vorbehalt seinem Gewährsmann Guénon bei, wenn dieser, hier ausnahmsweise sogar mit Paul Deussen einig, in dem unbekannt wie langen Zeitraum zwischen dem Vêda, den Upanischaden und dem Vedânta doch nur eine einzige allenthalben mit sich selbst übereinstimmende Grundlehre gewahrt, welche ihrerseits nicht einmal durch die buddhistische Häresie erschüttert oder gar aus ihren Angeln gehoben werden konnte" (446).

Diese bedeutsame Stellung Çañkaras in der indischen Geisteswelt läßt ihn in jeder Arbeit stark hervortreten; doch konnte er gerade im eschatologischen Thema nicht tonangebend sein, da er in die Irre geführt hätte: Angesichts seiner Vernachlässigung der Mândûkya-Upanischad mit ihrer Lehre von den Schichten des Seins und der — wahrscheinlich damit zusammenhängenden — Vermengung von Hiranyagarbha-Reich und aiçvaryam sowie des Außerachtlassens der Pralaya-Lehre. (Die Mândûkya-Upanischad wird von Çañkara nicht zitiert, dagegen die Mândûkya-Kârikâ des Gaudapâda.

Das wichtigste Argument gegen eine Erweiterung meiner obigen Darstellung auch auf andere — auch nur altindische — Lehrgebäude aber war doch die Tatsache, daß diesbezüglich auf berufenere Verfasser und Quellen verwiesen werden kann.

Am Beginn des so schwierigen Weges der vergleichenden Erforschung der Eschatologien — an dessen Ende heute vorläufig R. Guénon und die von ihm Beeinflußten halten — steht F. Max Müller mit seinem schönen Werke: Theosophie oder psychologische Religion. (Aus dem Engl. v. M. Winternitz, Leipzig 1895, bes. 4. u. 5. Vorles., 86 ff. u. 112 ff., sowie 8. bis 10. Vorles., S. 230 ff.)

Dann liegen eine Anzahl von Büchern berufener Indologen vor, welche christliche Mystik, ja z. T. ausdrücklich Meister Eckhart, mit der indischen, z. T. gerade mit Çañ-

den Tod hinaus forterhalten. „Fürwahr, aus Einsicht (kratu) ist der Mensch gebildet; wie seine Einsicht ist in dieser Welt, danach wird der Mensch,

---

kara, vergleichen: So R. Otto, West-Östliche Mystik, Vergleich und Unterscheidung zur Wesensdeutung (Gotha 1929²: Ein Vergleich der Mystik Cankaras und Meister Eckharts, bei dem Otto besondere Sorgfalt auf den Nachweis verwendet, daß beide Meister „ihres Orts gläubige Theisten sind, daß ihre Mystik sich wölbt über theistischem Grund", S. 188). Ferner: H. W. Schomerus, Meister Eckehart und Manikka-Vašagar, Mystik auf deutschem und indischem Boden (Gütersloh 1936: Manikka-Vašagar ist ein Mystiker des südindischen Sivaismus des 7. oder 8. Jhdt. nach Christus, der jedoch ebenfalls auf die Upanischaden zurückgeht). Vom gleichen Verfasser: Indische und christliche Enderwartung und Erlösungshoffnung (Gütersloh 1941: Infolge vorwiegend nihilistischer Auslegung durch Schomerus, der gar keine Affinität zur Mystik hat, wird eine „generelle Eschatologie" für die Inder überhaupt in Abrede und dem „autosoterischen Charakter des indischen der theosoterische Charakter des christlichen Erlösungsweges" gegenübergestellt; vgl 53 f., 77 f., 141 ff., 201 ff., 241 ff., 310 f.).

Tief in das Wesen der indischen Mystik leuchten drei Werke von J. W. Hauer. — Zwei für deren früheste Zeiten: Der Vratya, Untersuchungen über die nichtbrahmanische Religion Altindiens. 1. Bd.: Die Vratya als nichtbrahmanische Kultgenossenschaften arischer Herkunft (Stuttgart 1922). Und: Die Anfänge der Yoga-Praxis im alten Indien. Eine Untersuchung über die Wurzeln der indischen Mystik (Stuttgart 1922). Das dritte führt herauf bis zu deren Reifezeit: Der Yoga als Heilweg nach den indischen Quellen dargestellt. 1. T.: Einleitung zur Geschichte des Yoga und zu seinen Texten mit einer Verdeutschung der sog. Yoga-Merksprüche des Patañjali (Stuttgart 1932).

Welche Werke man aus der großen Literatur über die Mystik und die Religionen der Inder noch nennen sollte, ist nicht leicht zu entscheiden: Den besten Überblick vermitteln wohl die beiden Indologen H. Oldenberg. Die

wenn er dahingeschieden ist; darum möge man trachten nach Einsicht" (Chând. 3, 14, 1). Der hier erlangte Seinsstand bedingt: ob der Mensch Erlösung

---

Lehre der Upanischaden und die Anfänge des Buddhismus (Göttingen 1915) und H. v. Glasenapp, Die Religionen Indiens (Stuttgart 1943). (Von diesem auch: Unsterblichkeit und Erlösung in den indischen Religionen, Halle a. S. 1938.) Zutritt zu den Quellen eröffnen die Bände des Religionsgeschichtlichen Lehrbuchs (Tübingen 1908[1], 1927[2]) und der Sacred Books of the East (Oxford 1879 ff.).

Für die Philosophie der Inder seien genannt: Das Werk des Altmeisters P. Deussen, Allgemeine Geschichte der Philosophie mit besonderer Berücksichtigung der Religionen, 1. Bd.: 1. Abt.: Philos. d. Veda bis auf die Upanischads (Leipzig 1920[4]); 2. Abt.: Die Philos. d. Upanischads (1919[3]); 3. Abt.: Die nachvedische Philos. d. Inder (1920[3]) (trotz der Schopenhauerischen und daher pantheistischen Festlegung immer noch unentbehrlich). Das Buch des Nichtindologen H. Gomperz, Die indische Theosophie (Jena 1925). Als Abschluß der philologischen und sachlichen Analyse der wichtigsten Quellen: O. Strauß, Indische Philosophie (München 1925). Als Überblick: H. v. Glasenapp, Entwicklungsstufen des indischen Denkens. Untersuchungen über die Philosophie der Brahmanen und Buddhisten (Halle a. S. 1940).

In diesem Zusammenhange sei noch eine Bemerkung über Schellings Verhältnis zu den Indern erlaubt. Was immer Schelling in seinem gewaltigen Werke, bes. in „Philosophie der Mythologie und Offenbarung", über die Inder sagt, zeigt ihn — trotz der damals fehlenden Erschlossenheit der Quellen — als den den Indern adaequatesten philosophischen Geist des Abendlandes. Ehrfurchtsvolles Staunen erregen seine Darlegungen: So über den Vedantismus: „Die contemplative und praktische Richtung der Upanischads ist eher ein Streben nach Befreiung vom mythologischen Prozeß als nach der Durchführung desselben" (SW II 2, 481); über den Yoga (wofür Schelling „Innigkeit" zu übersetzen vorschlägt) (ebda. 487 f.); ferner über die im indischen Bewußtsein nebeneinander liegenden religiösen Möglichkeiten und

DIE ENTMACHTUNG DES TODES

erreicht oder solche Geisteszustände, die endlich die Möglichkeit dieser in sich schließen; ob er in menschlichen Bewußtseinszuständen verharren muß oder gar in niedrigere herabsinkt.

Der Tod, der nichts anderes bedeutet als die Trennung vom groben Leibe — wohlgemerkt: nicht vom Leibe überhaupt — ist für das Wesen des Menschen von durchaus nachgeordneter Bedeutung.[1] „Dieser

---

Bereiche (ebda. 460—520): 1. Der die Inder als Volk gestaltende mythologische Prozeß durch Brahma - Siva - Vishnu, der in ein Nebeneinander mehrerer Mythologien auseinanderbricht; 2. der in den esoterisch-mystischen Teilen der Veden vorliegende Vedânta des Brahmanismus mit den später daraus abstammenden philosophischen Systemen (Sankhya, Yoga), welcher die Antwort auf den Ausgang des mythologischen Prozesses in Indien darstellt: jene „bis zur Verrücktheit gehende Unificationstheorie der Upanischads" (518) als Reaktion gegen die Zerreißung des indischen Bewußtseins in diesem mythologischen Prozeß; 3. der Buddhismus: eine der Zendlehre, also dem persischen dualistischen Moralismus als einer antimythologischen Bewegung entsprechende Revolution. — Eine m. E. bis heute noch, angesichts des damaligen Standes seiner Quellenkenntnis, nicht hoch genug zu bewundernde Analyse der indischen Welt!

[1] Diese metaphysische Haltung, die wir die Entmachtung des Todes nennen möchten, wurzelt in dem Wissen, daß der Tod nichts anderes bedeute als einen Wechsel des Seinszustandes; als solcher tritt er in eine Entsprechung zur Geburt, die den Anfang, während er das Ende eines Zyklus des individualen Daseins darstellt. Betrachten wir aber die Verkettung der verschiedenen Seinszustände eines und desselben Wesens untereinander, so wird der Tod in dem einen Seinsstande zur Geburt im anderen, der Berührungspunkt oder der Übergang der beiden Seinsstände oder Zyklen (vgl. G 129 u. 139).

Aber noch von einem höheren Gesichtspunkte eröffnet sich ein Blick auf diese Entmachtung des Todes: Von der vollendeten Befreiung oder der Erlösung her gesehen

Leib freilich stirbt, wenn er vom Leben verlassen wird, nicht aber stirbt das Leben" (Chând. 6, 11, 3).

Deussen bemerkt mit Recht, daß „die Untrennbarkeit von Seele und Leben dem Inder selbstverständlich ist, sofern beide im Sanskrit (nicht zufällig, sondern vermöge der philosophischen Anlage der Sprache) durch dasselbe Wort jîva bezeichnet werden" (U 158). „Wer in dieser Weise mit Erkenntnis gesättigt, furchtlos und wunschlos ist, für den ist der Tod nicht ein Zustand, der ihn überkommt, sondern er überkommt den Tod" (M XII, 245, 21). „Große Angst besteht nicht mehr für den Wissenden, die große Angst, welche der Nicht-Wissende vor dem Jenseits hat" (ebda. 249, 12).

Es könnte gar nicht daran gedacht werden, daß das Selbst nicht über den groben Leib hinausbestehe, sagt Çañkara, vielmehr muß dessen Fortbestehen über den Leib hinaus angenommen werden, „weil es in seinem (des Leibes) Sein nicht das Sein hat" (V 311).

Andererseits ist der Tod oder richtiger: die um ihn gelagerten Ereignisse, wie jede Scheidung (Krisis), bedeutungsvoll. Besonders herrscht Überein-

---

ist zwischen dem lebenden und dem verstorbenen Menschen kein Unterschied; diese Befreiung kann auch bei Lebzeiten erlangt werden, denn weder der grobe Leib noch andere Bestimmtheiten, die dem höchsten Seinsstande gegenüber zufällig und nichtig sind, können ein Hindernis für sie sein.

Guénon verweist hier auf einen bedeutsamen Unterschied zwischen dem indischen und dem abendländischreligiösen Erlösungsbegriff: ohne jedes Schwanken kennt der erste eine Erlösung bei Lebzeiten (vidêha-mukti) ebenso wie in jedem anderen Seinsstande als Ausgangspunkt (vgl. dazu G 178 f.).

stimmung in der Würdigung des Todes- oder Sterbeerlebnisses. Dieses setzt vermöge der Befreiung vom groben Leibe den Geist in den Stand, die Frucht des gesamten Lebens zusammenzunehmen und als „Wegzehrung" in den posthumen Weg einzubringen, sodaß dessen Schicksal durch die Sterbestunde und die um den Tod gelagerten inneren Ereignisse in besonderer Weise geprägt wird. Daher die religiös-sakramentalen Hilfen sich auf diese Zeit vor allem beziehen, wie auch die sogenannten Totenbücher anderer Traditionen (Tibet, Ägypten) beweisen.

Deshalb erklärt Çañkara, daß die Erlangung der jenseitigen Frucht von den Vorstellungen beim Sterben abhängig ist (V 450), denn auch die Schrift sagt: „mit welcher Gesinnung der Mensch aus dieser Welt abscheidet, mit der Gesinnung gehet er, nachdem er abgeschieden, in jene Welt ein" (Catapatha-brâhmaṇam 10, 6, 3, 1). Ebenso lehrt die Nâdabindu-Up., daß das erlangt wird, worüber man in der Todesstunde meditiert und gibt Anweisungen über Meditationsobjekte beim Sterben (U 643 ff.). „Denn an welches Sein denkend, einer zur Endzeit den Leib verläßt, zu diesem Sein geht er ein, o Kuntîsohn, indem er jedesmal zu dessen Natur umgestaltet wird" (M VI, 32, 6). „Derjenige, welcher, und wäre es auch nur beim letzten Aushauche, zur Zeit des Endes gleichmütig auf alles blickt und sich auf den Âtman zurückzieht, der ist reif für die Unsterblichkeit (M XIV, 48, 2).

3. Die eschatologischen Zustände

Die Erlösung kann schon bei Lebzeiten verwirklicht sein (jîvan-mukti): durch den Yogin, von dem es in der Paramahansa-Up. (1) heißt: „All sein Denken ist allezeit bei mir; darum bin auch ich allezeit in ihm." „Wie die Töpferscheibe noch eine Weile fortrollt, auch nachdem das Gefäß fertig geworden ist, so besteht auch das Leben nach der Erlösung noch fort, da in ihr kein Grund für die Hemmung des einmal vorhandenen Schwunges inmitten desselben enthalten ist" (V 459).

Die Erlösung kann im Augenblicke des Todes selbst eintreten (vidêha-mukti). Wieder zeigt sich die Bedeutung der Sterbestunde.

Nur ausnahmsweise wird die übermenschliche Tat der Selbstverwirklichung bei Lebzeiten glücken; selten auch jene Reife erlangt werden, die nach dem Tode unmittelbar zum höchsten Seinsstande führt. Wir hören, daß dem Wissen der Geisteszustand jenes Frommen gegenübersteht, der in seiner Meditation nicht die Gottheit selbst (das attributlose Brahman — nirgunam brahma), sondern nur Gott als Schöpfer (das attributhafte — sagunam brahma) erreicht, der nicht den überreligiösen Stand der Identität verwirklicht, sondern lediglich den der religiösen Verehrung.[1] Er vermag die Nichtigkeit der Er-

---

[1] „Die Unsterblichkeit (amritam) ist das Ergebnis der einfachen Meditation (upâsanâ), während der die individuellen Fesseln, die eine Folge der Unwissenheit sind, noch nicht völlig zerrissen werden können"; so gibt Guénon den Inhalt der Brahma-Sûtra 4, 2, 1—7 wieder (G 138). An anderen Stellen seiner Einführung in den

scheinungswelt nicht zu durchschauen und weiß infolgedessen das Brahman nicht als das Selbst in sich, sondern als Gott sich gegenüber und verehrt es durch Frömmigkeit (Verehrung ist „dasjenige, was eine mit Ehrfurcht verbundene Steigerung des Glaubens bewirkt") (V 472).

Diese Verehrer des attributhaften Brahman, für deren Erkenntnis Gott Gegenstand bleibt, haben zwar auch meditiert, aber nur mittels eines Symboles (V 473), oder nur auf teilhaft-aktivem oder passiv-mystischem Wege, was alles keine vollkommene metaphysische Verwirklichung gewähren kann (G 165, 168 f.). Sie haben nur die niederen Gestalten oder Potenzen der Gottheit, nicht diese selbst erkannt und können deshalb nur mit diesen Vereinigung erlangen, nicht aber „die (alles auf einen Punkt beziehende), vollkommene Erkenntnis" erreichen (samyagdarçanam) (V 472, 533).

Diese nur exoterisch wissenden Frommen erlangen nicht unmittelbar die Erlösung, sondern haben ein anderes Schicksal: die Gang- oder Stufenerlösung (kramamukti), weil es sich um ein Hingehen

---

Vedânta weist derselbe Verfasser darauf hin, daß die Meditation und jede teilhafte Kontemplation (dhyâna), vor allem aber die nur passive Kontemplation, wie sie in mystischen Zuständen verwirklicht wird, immer nur beschränkte und bedingte Ergebnisse zeitigen können; besonders die mystischen Erlebnisse hätten immer noch Beziehung zum Kosmisch-Individualen, also zur Manifestation und zur Individuation, weshalb sie nicht zur Erlösung als der transzendenten, metaphysischen Verwirklichung führten (G 165, 168, 176).

Wir sehen immer von neuem, wie radikal die Hinwendung zum Transzendenten in der indischen Eschatologie ist.

zum Brahman oder um eine stufenweise Erlösung handelt. Ihr Weg wird der **Götterweg** (devayâna) genannt.

Aber auch das exoterische Wissen ist durchaus nicht allgemein, so wenig wie die Meditation, die selbst in der indischen Welt eine Ausnahme bleibt. Den Erkennenden des höchsten und der niederen Grade steht die große Masse der Nicht-Erkennenden gegenüber. Ihr Zustand des völligen Nichtwissens (das exoterische Bewußtsein war nur ein bezügliches Nichtwissen, nämlich gemessen am höchsten Brahmanwissen) ist jener der Verstrickung in die Welt des Empirischen, die zugleich eine solche des Individualen ist, der Verkörperung, des Willens zum teilhaftig-bedingten Dasein, des dunklen Dranges zum Leben. Ihn nennen die Inder schlechthin „Durst", „der durch kein Wasser zu stillen, der nur umso brennender wird wie das Feuer durch Holzscheite" (M XII 180, 26); in dessen „Banden die ganze Welt befangen sich wie ein Rad im Kreise dreht" (ebda. 217, 34).

Was ist naheliegender, als daß dieser „Durst" über den Tod hinaus forterhalten bleibt und auch im Jenseits einen Geisteszustand begründet, der durch Illusion und Wiederverkörperungsdrang gekennzeichnet ist, dem Unsterblichkeit im Sinne des Nichtmehr-sterben-Müssens verwehrt, vielmehr Leben und Wiedertod bestimmt sind, Tod, von dem es so tief heißt, daß er seinem Wesen nach Begierde ist „(M Sanasujâta-parvan, 41, 7).

Dieses eschatologische Schicksal wird durch den Mythos von der **Seelenwanderung** oder die Lehre vom Samsâra (wörtl.: „der zum Ausgangspunkte Zurückkehrende" = sam, „Lauf" = sar;

U 916) gekennzeichnet. Sie fehlt in den vedischen Hymnen, ist also kein ursprüngliches Erzeugnis des indischen Geistes, hat aber schon in den Upanischaden ihren klassischen Niederschlag in der Fünffeuer- und Zweiweglehre gefunden (Brih. 6, 2 u. Chând. 5, 3—10) und vom indischen Geiste völlig Besitz ergriffen, obwohl sie zu der esoterischen Erlösungslehre (Yâjñavalkya-Lehre: Brih. 4, 4, 6—23) im schroffen Widerspruche steht. Sie bleibt exoterisches Geistesgut: in Wahrheit ist der Samsâra wie die Welt überhaupt und wie die (wandernde) individuelle Seele Illusion, Nicht-Seiendes. Für den niedrigeren Bewußtseinszustand aber ist die Seelenwanderung als die Notwendigkeit der Reinkarnation Realität.

Diese Notwendigkeit (nicht die Möglichkeit) hat erst jenes Wesen überwunden, das in höheren Geisteszuständen verweilt, denn es beherrscht vermöge dieser den Grund aller Inkarnation und hat daher die Macht, von diesem Seinsstande aus alle seine Inkarnationen zu überschauen und sich nicht mehr zu inkarnieren (vgl. E 237).

Das Schicksal der Seelenwanderung haben vor allem die nur Werktätigen, welche die auf die altvedischen Götter bezüglichen Opfer- und Werkdienste erfüllen: Sie erfahren es auf dem **Väterwege** (Pitriyâna), indem sie für die Werke mit jenseitiger Frucht Vergeltung im Jenseits, für jene mit diesseitiger Frucht eine neue Geburt auf Erden erlangen (V 419).

Frühzeitig schon wurde in den Texten innerhalb der großen, der Seelenwanderung unterworfenen Klasse der Nichtwissenden zwischen Guten und Bösen unterschieden: Die Guten sind dann die schon genannten Werktätigen, die in den mythologischen Prozeß des Polytheismus verstrickt bleiben. Die anderen haben weder Wissen noch Werke aufzuweisen oder nur böse Werke. Über ihr Schicksal bestehen in den Texten Unstimmigkeiten, auf die einzugehen hier unlohnend ist — wie auch die Stufen der allmählich sich entwickelnden Seelenwanderungslehre vernachlässigt werden (vgl. dazu Deussen U 139 f. u. 500 ff.). Jedenfalls bleiben auch die Bösen dem Zwange der Wiederverkörperung unterworfen, nur daß diese sie in tiefere menschliche Schichten, in die untersten Kasten oder in Tier- und Pflanzenleiber, also in nichtmenschliche individuale Zustände, verbannt (Lehre vom sogenannten „dritten Ort"). Außerdem steht ihr Aufenthalt im Jenseits, wenigstens nach Çaṅkaras Auffassung von den Höllenstrafen (V 394 f. u. 411 ff.), im Zeichen der Strafe, jene der Werktätigen aber in dem des Lohnes, nämlich der Seligkeit auf dem Monde.

Die Eschatologie des Vedânta kennt demnach folgende Möglichkeiten des Schicksals nach dem Tode, die sich nach dem hier im Diesseits erlangten Geisteszustande richten:

Erlösung, die bei Lebzeiten (Jîvan-mukti) oder im Augenblick des Todes selbst (Vidêha-mukti) erfolgen kann.

Götterweg (devayâna), der erst über Zwischenzustände zum letzten Ziele führt und daher eine Stufenerlösung (kramamukti) darstellt.

Wiederverkörperung in der Seelenwanderung für jene, die den Väterweg (pitriyâna) gingen oder an den sogenannten „dritten Ort" verbannt wurden.

B. DIE SEELENWANDERUNG

1. Die Texte

Um in die Vorstellungswelt der Quellen einzuführen, bringen wir zunächst den Haupttext über die Seelenwanderung und zugleich — da mit diesem verknüpft — auch jenen über den Götterweg (also die Stufenerlösung, die wir erst im nächsten Abschnitte behandeln). Diese „Zweiweglehre" findet sich in engerer Fassung: Brih. 6, 2, 15—16; und in erweiterter, Zusätze aufweisender: Chând. 5, 10.

Brih. heißt es: „Die nun, welche solches also wissen, und jene dort, welche im Walde Glauben und Wahrheit üben, die gehen ein in die Flamme /des Leichenfeuers/, aus der Flamme in den Tag, aus dem Tage in die lichte Hälfte des Monats, aus der lichten Hälfte des Monats in das Halbjahr, in welchem die Sonne nordwärts geht, aus dem Halbjahr, in welchem die Sonne nordwärts geht, in die Götterwelt, aus der Götterwelt in die Sonne, aus der Sonne in die Blitzregion; zu ihnen, wenn sie in die Blitzregion gelangt sind, gesellet sich ein Mann, ein intelligibler; der führt sie in die Brahmanwelten. Dort in den Brahmanwelten bewohnen sie die höchsten Fernen. Für solche ist keine Wiederkehr.

Hingegen diejenigen, welche durch Opfer, Almosen und Askese die /Himmels/-Welten erwerben, die gehen ein in den Rauch /des Leichenfeuers/, aus dem Rauche in die Nacht, aus der Nacht in die dunkle Hälfte des Monats, aus der dunklen Hälfte des Monats in das Halbjahr, in dem die Sonne südwärts geht, aus dem Halbjahre in die Väterwelt, aus der Väterwelt in den Mond. Wenn sie in den Mond gelangt sind, werden sie Nahrung: daselbst, gleichwie man den König Soma mit den Worten: ‚schwill an und schwinde' genießt, also werden sie von den Göttern genossen. Selbige, nachdem dieses verstrichen, so gehen sie ein hier in den Äther, aus dem Äther in den Wind, aus dem Winde in den Regen, aus dem Regen in die Erde. Nachdem sie in die Erde gelangt, so werden sie zu Nahrung und werden abermals in dem Mannfeuer geopfert und in dem Weibfeuer gezeugt und erstehen aufs neue zu den Welten. In dieser Weise laufen sie um im Kreise.

Aber die, welche diese beiden Pfade nicht kennen, die werden zu dem, was da kreucht und fleugt und was da beißet."

Einen ähnlichen Text gibt Chând. 5, 10; zusätzlich heißt es hier: „Welche nun hier einen erfreulichen Wandel haben, für die ist Aussicht, daß sie in einen erfreulichen Mutterschoß eingehen, einen Brahmanenschoß, oder Kschatriyaschoß oder Vaiçyaschoß; — die aber hier einen stinkenden Wandel haben, für die ist Aussicht, daß sie in einen stinkenden Mutterschoß eingehen, einen Hundeschoß, einen Schweineschoß oder einen Çandâlaschoß (Chând. 5, 10, 7). Dem letzten Absatze von Brih. entsprechend heißt es hier: „Aber auf keinem dieser beiden Wege befindlich sind jene winzigen, immerfort wiederkehrenden Wesen, bei denen es heißt: ‚Werde geboren und stirb.' Dieses ist der dritte Ort.

Darum wird jene Welt nicht voll."

2. Der Auszug der Seele und ihres Gefolges beim Tode

/Die Lehre von den Bestimmtheiten der Seele/

Was ist nun das über den groben Leib, der beim Tode verlassen wird, Hinausreichende, das „Unsterbliche", das sich auf den Väterweg begibt? Es ist die Gesamtheit der Bestimmtheiten (upâdhis: Max Müller übersetzt: „beschränkende Bedingungen", „Umgebungen oder Behinderungen"), die der Grund der Individualisierung der Seele sind — außer dem groben Leibe selbst. Diese Bestimmtheiten verhüllen das wahre Wesen der Seele, so daß sie sich selbst nicht kennt. Sie machen das höchste Brahman zur Einzelseele (jîva) — vergleichbar mit Gefäßen, die den Weltraum in Einzelräumen einschränken; so lehrt Mând.-Kâr.:

„Der Atman gleicht dem Weltraum,
Der Jîva gleicht dem Raum im Topf,
Die Töpfe sind die Leibstoffe,
Was ‚entstehen' heißt, dies Gleichnis zeigt." (3,3)

Die individualisierenden Bestimmtheiten lassen sich in drei Gruppen sondern: Erstens der grobe Leib (bestehend aus den schon gemischten Elementen). Er besteht nur bis zum Tode.

Zweitens jene Bestimmtheit, die die Frucht des Empfindens und Handels in diesem Leben ist, das eben verlassen wird. Sie, die moralische Bestimmtheit (karmaâçraya),[1] prägt das Schicksal der Seele

---

[1] Karma hat eine doppelte Bedeutung: erstens Handeln überhaupt, also in allen seinen Formen; zweitens rituales

Paul Thaisson — Burg Hohenzollern, Schwäbische Alb

Der aktuelle Rat aus Ihrer Apotheke

Mundhygiene in Erkältungszeiten

Jetzt macht uns das Wetter oder die trockene Zimmerluft anfällig für allerlei Beschwerden. Wer sich für abhärtende Maßnahmen im Badezimmer (Bürstenmassage, kühles Abduschen oder Ganzwaschungen) genügend Zeit nimmt, kann manches abwehren. Ganz besonders wichtig aber ist die Mundhygiene. Mundspülungen zwischendurch mit desinfizierenden Lösungen oder Tees (z.B. Thymiantee), gewissenhafte Zahnreinigung und Gurgeln beugen Erkältungskrankheiten vor, denn der Mund (aber auch die Nase) sind die Einlasspforten für viele Keime. Eine gesunde Schleimhaut, die feucht ist und gut durchblutet wird, wehrt diese Keime weitgehend ab. Sorgen Sie auch für eine genügend hohe Luftfeuchtigkeit in den Räumen. Im Schlafzimmer ist dies z.B. durch Aufhängen mit Kamillentee getränkter Tücher zu erreichen.

DER JENSEITIGE CHARAKTER

auf dem Väterwege und später im neuen Leben der Wiederverkörperung, in welche die Seele ja zurückkehren muß. Sie stellt den „wechselnden Teil" des Gefolges der Seele dar, da er „nach jedem Leben als ein Neues, früher nicht Dagewesenes (apûrvam) die Seele geleitet" (Deussen, V 352): „die transzendentalen Inklinationen, vermöge deren ein bestimmtes Wesen eben jenes ist, welches es ist, und in einer teilhaften Erfahrung lebt und nicht in einer anderen" (E 309).

Man könnte es auch den transzendentalen oder jenseitigen Charakter nennen, da er die Seele im Jenseits geleitet und von dort aus auch noch deren neuerliche Wiederverkörperung prägt. Diese zweite, wechselnde, werkhafte Bestimmtheit allein ist es, die die Rückkehr zum Erdendasein nötig macht: „Vermöge des Werkes wird man nach dem Tode geboren als ein Körperhafter, Sechzehnteilhafter, durch das Wissen wird man geboren als das Ewige, Unoffenbare, Unsterbliche" (M XII, 241, 8).

Die dritte Gruppe von Bestimmtheiten ist jene, die die Seele durch alle Lebensläufe ihrer Wanderung hindurch unveränderlich bekleidet und begleitet, nicht wechselnd, solange die Seele dem Schicksale des Väterweges, des Samsâra überhaupt unterworfen bleibt. Sie wird gebildet: Durch den

---

Handeln, wie es im Veda vorgeschrieben ist. Aber auch dieses rituale Handeln, ja die Gesamtheit der Riten, ist für das Brahman-Wissen, das Erlösung ist, nur eine Stütze. Kein Tun führt aus dem Bereiche des Tuns heraus. Die Verwirklichung des Yoga, die zur wahrhaften Befreiung führt, ist ein „Handeln ohne zu handeln": sie ist eben magische Selbstverwirklichung. Ebenso wie die Riten sind auch Lehren und Symbole lediglich Stützen der Selbstverwirklichung.

feinen Leib (sûkshma-çarîram) und durch das Gesamt der Lebensorgane (prânas im weiteren Sinne), u. zw. jener des bewußten und jener des unbewußten Lebens. Das System des bewußten Lebens machen aus: die fünf Erkenntnisorgane (buddhi-indriyâni) (Gehör, Gesicht, Geruch, Geschmack, Gefühl); die fünf Tatorgane (karma-indriyâni) (die Verrichtungen von Rede, Händen, Füßen, Zeugungs- und Ausscheidungsorganen);[1] schließlich das Innen- oder Zentralorgan, d. i. die die vorhergenannten Vermögen oder Sinne leitende Intelligenz (meist Manas genannt, aber auch Buddhi);[2] innerhalb dieses Zentralorganes werden oft wieder besondere

---

[1] Die Vermögen oder Verrichtungen der Erkenntnis- und der Tatorgane gehören in den Bereich des feinen Leibes, die Organe selbst zum groben Leibe. Das Manas gehört zur feinen Manifestation.

[2] Genauer: Buddhi ist die Kraft des vernünftigen Denkens und Handelns, der höhere Intellekt (Nous), als das höchste Vermögen des Ich, auch Mahat, das große Prinzip, das Groß- oder Ober-Ich genannt; es ist der das Individuum mit dem Selbst als der geistigen Sonne verbindende Strahl (etwa dem Eckhartischen Fünklein vergleichbar); unter der Buddhi steht Ahañkâra (der Ichmacher), d. h. das Ichbewußtsein, die ichbildende oder Ichheitskraft; unter beiden erst das Innenorgan, Manas, die Kraft der Überlegung. Wenn unter dessen Teilverrichtungen wiederum eine Buddhi genannt wird, so darf diese nicht mit dem transzendenten höheren Intellekt, oben Mahat = Nous genannt, verwechselt werden (G 59, 106²; vgl. auch H. Gomperz, a. a. O., 412 f.!).

Die Kraft des vernünftigen Denkens und Handelns (Entscheidungskraft: buddhi), die Ichheit (ahañkâra), die Überlegungskraft (manas), die zehn Vermögen (die Erkenntnis- und die Tatorgane: buddhi — und karma — indriyâni) und endlich die fünf Fein- oder Reinstoffe (das Hörbare, das Fühlbare, das Sichtbare, das Schmeckbare und das Riechbare) — nicht zu verwechseln mit den fünf

Verrichtungen unterschieden: Verstand-Überlegen: Manas; Entscheiden: Buddhi; Ichvorstellung: Ahañkâra usw. (V 352. u. 356 ff.).

Das System des unbewußten Lebens besteht aus dem Prâna im engeren Sinne (Hauptlebensodem = Mukhya Prâna), der in fünf Verzweigungen zerfällt, denen in verschiedenen Schriftstellen verschiedene Teilverrichtungen zugeordnet werden; hauptsächlich jene des Ausatmens, Einatmens, des Kreislaufes von Blut und Säften, der Verdauung und endlich jene Verrichtung, die beim Tode den Auszug der Seele aus dem Leibe bewerkstelligt. Dieser Lebensodem hat den Vorrang vor allen übrigen Bestimmtheiten und erscheint „im Leben des Organismus als der der Seele entgegengesetzte Pol, als der Sammelherd der Upâdhis und somit als der Zentralpunkt alles dessen, was die Seele zur individuellen Seele macht und ihre ursprüngliche Gottwesenheit verdunkelt" (V 367). Es scheint daher kein Zufall zu sein, daß die magische Praxis u. a. gerade auf das allmähliche Zurückführen des Odems zu einem immer tiefergeschöpften Rhythmus hinausläuft, ja schließlich auf dessen Aufhören im völligen Außersichsein, im Scheintode.

Hinzuzufügen ist, daß alle die dauerhaften Bestimmtheiten der Seele objektive, nicht individuale

---

Grob- oder Mischstoffen (Luft, Wind, Feuer, Wasser, Erde) — bilden zusammen — also ohne die Grobstoffe! — das, was die Inder Linga nennen. Gomperz übersetzt: Seelenbestimmtheit, Individualität; Deussen im Çañkara-Kommentare übersetzt: Merkmal (V 98. 296). „Merkmal" des Seins nur vom Standpunkt des Nichtwissens, dem Brahman daher als „Merkmal" in Wahrheit nicht zukommend!

Prinzipien sind, weshalb nach indischer Auffassung allen diesen Verrichtungen, bzw. Organen Götter zur Vorsteherschaft zugeordnet sind oder sie in einer tiefen Sicht der Dinge geradezu selbst als Götter angesehen werden, indem eine vollkommene Entsprechung zwischen Makro- und Mikrokosmos hergestellt wird.

Für die Eschatologie, aber auch für die Lehre vom Menschen überhaupt sowie für die magische Praxis von großer Bedeutung ist die Lehre vom feinen Leibe. Çañkara nennt ihn „die Feinteile der Elemente, welche den Samen des Leibes bilden" (V 400), weil bei der Wiederverkörperung der künftige große Leib aus diesen elementaren Keimen wie aus einem Samen hervorgeht. Dieser Feinleib ist der Träger der Seele und der mit ihr ausziehenden Bestimmtheiten des übrigen elementar-dauerhaften und werkhaft-wechselnden Gesamts.

Beim Tode des Nichterlösten zieht also nicht die Seele allein aus, sondern die Seele u n d ihr Gefolge. Nicht der Leib schlechthin wird von der Seele getrennt, sondern das Wesenhafte des Leibes vereinigt sich mit seiner Herrscherin, der Seele, und zieht mit ihr aus, zurück bleibt nur das Unwesentliche des Leibes, das Grobe.

Das Leben selbst und alle Lebensorgane, denen beim Tode die Götter, ihre bisherigen Vorsteher, ihre Mithilfe entziehen, wandern mit der Seele. So kehrt z. B. die Verrichtung des Sehens (dessen Gottheit) zur Sonne zurück, woher sie entstammt, das körperliche Auge loslassend, „so wie eine Mangofrucht, eine Feige, eine Beere ihren Stiel losläßt" (Brih. 4, 3, 36), das seelische Organ des Sehens aber versammelt sich mit den anderen Organen und dem

Prâna, dem Leben selbst, im Herzen um den Âtman: „Und gleichwie zu einem Fürsten, wenn er fortziehen will, die Vornehmen und die Polizeileute und die Wagenlenker und Dorfschulzen sich zusammenscharen, also auch scharen zur Zeit des Endes zu der Seele alle Lebensorgane sich zusammen, ... sie aber nimmt diese Kraftelemente in sich auf und ziehet sich zurück auf das Herz; der Geist aber, der im Auge wohnte, kehrt nach auswärts zurück; ... Alsdann wird die Spitze des Herzens leuchtend; aus dieser, nachdem sie leuchtend geworden, ziehet der Âtman (die Seele) aus, sei es durch das Auge oder durch den Schädel oder durch andere Körperteile. Indem er auszieht, zieht das Leben mit aus. Er ist von Erkenntnisart und alles, was von Erkenntnisart ist, ziehet ihm nach" (Brih. 4, 3, 38 bis 4, 4, 2).[1] Chând. 6, 8, 6, heißt es: „Bei diesem Menschen, o Teurer, wenn er dahinscheidet, geht die Rede ein in das Manas, das Manas in den Prâna, der Prâna in die Glut, die Glut in die höchste Gottheit."

Es wird hier gelehrt, daß „eine Zusammenrollung der Organe stattfindet", indem die Erkenntnis- und Tatorgane — hier stellvertretend durch die Rede allein bezeichnet —, in das sie beherrschende innere oder Denkorgan eingehen, dieses in den Lebensodem als den Führer aller Organe, dieser in

---

[1] Der eigentliche „Aufenthalt" der Seele (jîvâtman) und damit das Zentrum der Individualität wird durch das Herz symbolisiert, das aber als Feinzentrum, als feines Organ aufgefaßt werden muß, also nicht mit dem grobkörperlichen Herzen zusammenfällt. (Zur esoterischen Lehre vom Leibe, die in den Quellen entwickelt wird, vgl. E 251 ff.)

die individuelle Seele (V 398), diese in den feinen Leib, der hier — wiederum stellvertretend — durch die Glut als eines der fünf Feinelemente bezeichnet ist, aus denen der Feinleib besteht. Nicht zufällig wird gerade die Glut (tejas) gewählt, da sie den stärksten Bezug auf den Zustand hat, in den nun das Wesen eintritt, den licht- und wärmehaften der Subtilität, des Feinleibes (Taijasa, d. h. der Lichte).

3. Die Stationen des Väterweges
/Die Schicksale der wandernden Seele/

Die Stationen des Väterweges, den nun die Seele mit ihrem Gefolge, „bekleidet" vom feinen Leibe, dahinzieht, sind: 1. Der Rauch (des Leichenfeuers), 2. die Nacht, 3. die Monatshälfte des abnehmenden Mondes, 4. die Jahreshälfte, wo die Tage abnehmen, 5. die Väterwelt, 6. der Äther (nur Chând.), 7. der Mond.

Die Kommentare erklären, daß es sich um die Gottheiten dieser Erscheinungen handelt. Schon dieser Hinweis zeigt, daß weder Zeitabschnitte noch Räume[1] gemeint sind, sondern verschiedene Seinsweisen des feinen Zustandes, (denen infolge einer das All durchwaltenden Entsprechung wohl auch Zeitphasen oder Räume in bestimmter Weise zugeordnet sein mögen, worauf ebenfalls die Vorsteherschaft von Göttern hindeutet).

---

[1] Räume können schon deshalb nicht gemeint sein, weil das Wesen in diesem seinem posthumen Zustande als einem solchen des feinen Seins nicht mehr der Bedingung des Raumes unterworfen ist, weil es **überräumlich** ist.

Die Sphäre des Mondes, die das höchste Ziel der den Väterweg gehenden Seele ist und als solches die „Wegscheide des Götterpfades und des Väterpfades", wird in ihrem Charakter offenbar, wenn wir wissen, daß sie in anderen Traditionen (China) als der „Strom der Formen" bezeichnet wird, also als die Grenze des Bereiches der Individuation (G 140$_2$, 156; 89 f., 160$_2$).[1] Kaushîtaki-Up. (1, 2) lehrt: „Alle, die aus dieser Welt abscheiden, gehen /zunächst/ sämtlich zum Monde; durch ihre Leben wird seine zunehmende Hälfte angeschwellt, und vermöge seiner abnehmenden Hälfte befördert er sie /auf dem Pitriyâna/ zu einer /abermaligen/ Geburt.

Aber der Mond ist auch die Pforte zur Himmelswelt /auch der Devayâna führt über den Mond/; und wer ihm auf seine Fragen antworten kann, den läßt er über sich hinaus gelangen. Hingegen wer ihm nicht antworten kann, den läßt er /in dem schwindenden, aus zurückkehrenden Seelen bestehenden Teil/, zu Regen geworden, herabregnen. Der wird hienieden ... wiederum geboren, je nach seinem Werke, je nach seinem Wissen."

---

[1] Die Sphäre des Mondes stellt nach der Kommentierung Guénons das „kosmische Gedächtnis" dar, den Bereich der „Väter" oder „Ahnen" als der Wesen des vorangehenden und der Schöpfer des jetzigen Zyklus (G 157). Jedenfalls handelt es sich um die Abgrenzung der höheren, nicht-individualen von den niederen, individualen Seinszuständen, wobei wir bei diesen letzten nicht nur an körperhafte zu denken haben, sondern auch an außerkörperhafte (die posthumen sind ja außer der Weise des groben Leibes); aber auch nicht nur an menschlich-individuale, sondern auch an nicht-menschliche Seinszustände.

Sehr bedeutsam ist in dieser Upanischad auch, daß die geprüfte Seele sich mit dem prüfenden Regenten des betreffenden „Reiches", in das sie gelangt — erst ist es der Mond, dann auf dem Götterwege Brahman selbst — identifizieren muß: „Dann fragt ihn Brahman: ‚Wer bist Du?'" — Dann soll er antworten: ‚Jahreszeit bin ich, jahreszeitentsprossen bin ich, aus dem Äther als Wiege geboren, als Same des Weibes, als Kraft des Jahres, als eines jeglichen Wesens Selbst. Eines jeglichen Wesens Selbst bist Du; und was du bist, das bin ich" (Kaushîtaki-Up. 1, 5 f.). Dies scheint uns ein klarer Beweis dafür, daß es sich um Geisteszustände der Seele handelt, zu denen diese sich aufzuschwingen, in denen sie sich zu behaupten hat.

Die den Väterweg gehenden Seelen können den „Strom der Formen" nicht überschreiten, sie verharren in der Mondsphäre und werden von der Individualität nicht befreit — wie schließlich die Seelen auf dem Götterwege —, daher besteht für sie die Notwendigkeit der Rückkehr zur Manifestation individualer — sei es menschlicher oder nichtmenschlicher — Art.[1] Sie gehen in einen Zustand ein, der sich zwar vorübergehenderweise nicht in dem groben Leibe manifestiert, aber dem Wesen nach — also in Seinsweise und Geisteszustand — durchaus nicht von dessen Bestimmtheit unterschieden ist.

Und dieses Verhaftetbleiben in einem Status des

---

[1] Über das Problem einer Rückkehr zu menschlich-individualen Seinsweisen vgl. Anmerkung 1 auf S. 59; auf jeden Fall ist der Väterweg ein Weg der „Wiederkehr", keinesfalls ein solcher der „Nichtwiederkehr" wie der helle Götterweg (M VI, 32, 23—26).

Seins und des Geistes (des Wissens und Liebens und Wollens), der der Verkörperung im groben Leibe immer noch zugeordnet ist, dieses den Bereich der sinnlichen Äußerung Nicht-verlassen-Können, das faßt eben das indische Bewußtsein — erfüllt von der tiefen Weisheit, daß ein bestimmtes Wissen und Wollen auch ein gleichartig bestimmtes Sein ist, daß der Drang nach Bekörperung eben auch zur Wiederverkörperung führt, — in dem Mythos von der Seelenwanderung, von dem Gebanntsein in den Kreis der Bekörperung.

Das bedeutet lediglich eine Anwendung der allgemeinen Erkenntnis der Forterhaltung des Wesens, der Kontinuität des diesseitigen Geisteszustandes im Jenseits, oder — in anderem Aspekte — die Entmachtung (Relativierung) des Todes, der am W e s e n in Wahrheit nichts zu ändern vermag. Er schließt zwar durch die Befreiung vom groben Leibe Möglichkeiten der Erhöhung in sich, aber die Seele muß die Reife haben, diese zu ergreifen. Zur W e s e n s w a n d l u n g als einer metaphysischen Tatsache sind also tiefergreifende Ereignisse nötig als das — bestenfalls auslösende und mithelfende — physische Ereignis des Todes. Daher hat, wer hier nichts im Wesen erlangte, noch einen weiten Weg vor sich, bevor von ihm gilt: „Durch mancherlei Geburt geläutert, geht endlich er den höchsten Gang" (M VI, 30, 45).

Auf dem Monde, dessen Zu- und Abnehmen nach diesem Glauben und dieser Symbolik mit dem Empor- und Herabsteigen der Seelen zusammenhängt, genießen die Seelen der Frommen, die den Väterweg gingen, vorübergehende Seligkeit. Das „Genossenwerden" durch die Götter, die ja nicht essen und trinken, ist zugleich das Genießen der Frucht ihrer Werke von seiten der Seelen dieser Frommen, von denen Brih. (1, 4, 10) sagt: „Wer nun eine andere Gottheit /als den Ātman, das Selbst/ verehrt und spricht: ‚Eine andre ist sie und ein andrer bin ich', der ist nicht weise; sondern er ist gleich als wie ein Haustier der Götter." „Haustiere der Götter" bleiben diese Wesen also auch in ihrer Seligkeit.

Die Götter aber zehren die Frucht der Werke nicht völlig auf, es bleibt bei der Vergeltung ein Rest, d. h. also, der in dieser Seligkeit verwirklichte Seinsstand bringt keine völlige Ablösung vom Werkhaft-Sinnlichen und demnach keine Befreiung vom Individualen. Das gilt nicht nur für die Seligkeit als Vergeltung der guten Werke, sondern auch für die in einzelnen Fassungen angenommenen jenseitigen Höllenstrafen, die zur Bestrafung durch das Schicksal des „Dritten Ortes" noch hinzutreten (V 411 ff.). Dieser Rest, herrührend aus den Werken mit diesseitiger Frucht, die eben im folgenden Dasein abgegolten werden müssen, diese trotz Aufenthaltes im Jenseits verbleibende werkhafte Bestimmtheit ist der Grund der neuerlichen Verkörperung: alles Irdisch-Werkhafte weist einen Zug der Verstrickung in Egoismus auf, dieser aber ist die zur Bekörperung führende Begierde, der „Durst", der Leben, aber auch Tod ist. Und Gott bindet sich, wenn er das neue Schicksal für das kommende Leben über die Seele verhängt, an die Werke, an diesen Werkrest des früheren Lebens.

Die Seele sinkt also auf einem ähnlichen Wege, wie sie emporgestiegen, wieder herab: Hindurch durch Äther, Wind, Rauch, Wolke, Regen, Pflanze, männlichen Samen und Mutterschoß. Wieder sind es nicht die Naturerscheinungen selbst, sondern Beschaffenheiten, Seinsstände der Seele, die ja nicht selbst zur Pflanze und zum Samen wird bei diesem Durchgange, falls ihr eine Wiederverkörperung menschlicher Art bestimmt ist. Anders ist es bei jenen Seelen, die als Strafe zu Tier- und Pflanzendasein verkörpert werden, was ebenso möglich ist wie das Wiedergeborenwerden als einer der Götter.[1]

So schließt die Lehre von der Seelenwanderung zugleich eine großartige, auch sittlich hochbedeutsame Verbildlichung der Verwandtschaft, ja durchgängigen Gemeinschaft alles Lebendigen: der Götter, Menschen, Tiere und Pflanzen, in sich — auch für jene, die des esoterischen Wissens von der All-Einheit alles Seins nicht fähig sind. So bleibt trotz des Nebeneinanders oder besser Übereinanders

---

[1] Nach Auffassung Guénons bedeutet die gesamte Symbolik des Väterweges und der Seelenwanderung nichts anderes als den Zwang, andere Seinszustände der individualen Manifestation durchlaufen zu müssen, also keine Befreiung von der individualen Seinsweise erlangt zu haben (G 156). Er meint allerdings, daß es sich in keiner Weise um eine Rückkehr zu m e n s c h l i c h e m Dasein handeln könne, sondern lediglich zu einem dieser menschlichen Seinsweise entsprechenden individualen, also einzelhaften Sein; aber eine Rückkehr zu der gleichen Seinsbedingung, die das Wesen bereits durchlaufen hat, lehnt Guénon entschieden ab — im Gegensatze zu den herkömmlichen Reinkarnationstheorien und zum primitiven Seelenwanderungsglauben (G 139 f., 158 und 167_1).

Wir haben es jedenfalls für richtig gehalten, die Quellen selbst sprechen zu lassen und darauf hinzuweisen, daß das, was sie sagen, Symbole für Geistes- und Seinszustände sind; sowie, daß die Seelenwanderungslehre ein Mythos sei, d. h. aber zweifellos eine Realität des menschlichen Bewußtseins.

eines esoterisch-überreligiösen und eines exoterisch-religiösen Weltbildes die indische Kultur eine Einheit, die sich aus dem Metaphysisch-Transzendenten über das Religiös-Kultische bis in die Sittlichkeit und Gesellschaftsverfassung ungeteilt fortsetzt.

Die Geltung dieses Weltbildes auch im neueren Indien, aber auch die Vereinigung von Überreligion und Religion enthüllt ein bezeichnender Ausspruch Rama Krishnas: „Ich habe stundenlang das höchste Brahman erfahren, bin aber, weil ich nicht immer dort bin, hier notwendig und inbrünstig Gottesverehrer." (Angeführt in der schönen Studie Alfred Geigers, Die indoarische Gesellschaftsordnung, Tübingen 1935, S. 29.)

C. DIE STUFENLÖSUNG DES GÖTTERWEGES

Den Haupttext über den Götterweg (Brih. 6, 2, 15 und Chând. 5, 10, 3—7) brachten wir schon im Zusammenhange mit jenem vom Väterwege. Der Unterschied der beiden „Pfade" setzt schon beim Auszuge der Seele in der Sterbestunde ein. Denn während beim Nichtwissenden die Seele durch verschiedene Teile des Körpers auszieht, zieht sie bei den exoterisch Wissenden durch das Haupt. Daher heißt es:

„Hundert und eine sind des Herzens Adern;
Von diesen leitet eine nach dem Haupte;
Auf ihr steigt auf, wer zur Unsterblichkeit geht.
Nach allen Seiten Ausgang sind die andern,
— Ausgang sind die andern."
(Chând. 8, 6, 6 = Kâthaka-Up. 6, 16.)

Diese 101ste Ader — es handelt sich dabei um die Ströme der subtilen Energie im Leibe (nâdî) — heißt „Sushumnâ, die Geleiterin des Prâna" (Maitrâyana-Up. 6, 21) und spielt in der magischen Praxis des Yoga eine entscheidende Rolle (vgl. z. B. U 633 u. 666). „Durch der Sushumnâ glänzend Tor die Schädelwölbung durchbrechend" (Yogaçikhâ-Up. 7) tritt der exoterisch Wissende nun den Götterweg an, auf jenem „Strahl" emporsteigend, der die „Kopfader" dauernd mit der (geistigen) Sonne verbindet (Chând. 8, 6, 2).[1]

---

[1] Diese geistige Sonne ist Îçvara, also Âtman als das universale Sein oder der Schöpferherr aller Welten; der

1. Die Stationen des Götterweges und sein Ziel:

Das Seelenreich Hiranyagarbhas

Die „Stationen" des Götterweges werden in verschiedenen Quellen verschieden bezeichnet. So Chând. 4, 16, 5 und 5, 10, 1 f.: 1. Die Flamme, 2. der Tag, 3. die lichte Hälfte des Monats, wo also der Mond zunimmt, 4. das Halbjahr, in welchem die Sonne nordwärts gehet, 5. das Jahr (Brih. 6, 2, 15 steht hier die Götterwelt), 6. die Sonne, 7. der Mond (fehlt Brih.), 8. die Blitzregion, 9. die Brahmanwelten.

Çañkara stellt in Vermittlung mit dem Texte der Kaushîtaki-Up. (1, 3) die Stationen folgendermaßen dar (V 475): 1. Die Flamme = Agniloka (das Reich des Feuergottes), 2. der Tag, 3. die Monatshälfte, wo der Mond zunimmt, 4. die Jahreshälfte, wo die Tage zunehmen, 5. das Jahr, 6. die Götterwelt, 7. Vâyuloka (das Reich des Windgottes), 8. die Sonne, 9. der Mond, 10. der Blitz, 11. Varunaloka, 12. Indraloka, 13. Prajâpatiloka, 14. Brahman, d. h. Brahmaloka oder das Reich Hiranyagarbhas, des geistigen Herrn der Welt dieses Zyklus.

Es ist das Ziel des Götterweges also nicht das

„Strahl" dieser geistigen Sonne ist also eine „Emanation" Ātmans bzw. Brahmans selbst (entsprechend dem überindividualen Prinzip der Buddhi, des höheren Intellektes) und symbolisiert die dauernde Verbindung des Einzelwesens mit dem Universalgeiste, die entweder eine virtuelle oder tatsächliche Rückverbindung ist — je nach dem geistigen Zustande des Individuums, also je nach der Tiefe seines Wissens (vgl. dazu G 153 f. u. 168).

höchste Brahman, sondern eine Potenz desselben, daher schon attributhaftes, bedingtes Brahman, u. zw. jenes, das als persönlich gedachter Schöpfer dieser jetzigen Welt der groben und der feinen Manifestation angesehen wird.

Hiranyagarbha heißt wörtlich „der goldene Keim", d. h. das Lebensgesamt und der kosmische Intellekt als geistig-seelisches Ausgangsprinzip der Welt dieses Zyklus und des gesamten Lebens in ihr (G 107).

Beim Götterwege wird es noch offensichtlicher, daß die Stationen nicht Zeitabschnitte, Räume und Naturerscheinungen sind, sondern Sinnbilder verschiedener Seinsweisen, nämlich jenseitiger Zustände. Dabei sind die Zeitabschnitte, die Elemente, die „Reiche" bzw. „Welten" (-loka) nach Art einer transzendentalen „Übertragung" des Irdischen „in die außerkörperhaften Verlängerungen des menschlichen Zustandes" zu denken (vgl. G 159 ff.).[1]

Wie wir schon oben im Zusammenhange mit der Kaushîtaki-Up. 1, 5 f. darlegten, wird der wirkliche Besitz dieser Seinsstände durch die Seele nur erlangt, sobald sie sich mittels und kraft ihrer Er-

---

[1] Über die Symbolik des Götterweges finden sich lichtvolle Ausführungen bei Guénon, dessen größtes Verdienst mir darin zu bestehen scheint, daß er jeden Naturalismus aus der Upanischaden-Auslegung verbannt wissen will: alle Naturerscheinungen sind nichts anderes als Symbole für eine Wirklichkeit und Wahrheit höherer Ordnung. Jede naturalistische Auffassung bedeutet eine Umkehrung des wahren Bezuges zwischen Welt und Überwelt, und verwechselt das Symbol mit dem, was es bedeutet, das Zeichen mit der Sache oder der bezeichneten Idee (G 162 f.). So verweist Guénon z. B. darauf, daß vidyut (= Blitz), die gleiche Wurzel vid wie vidyâ (= Wissen) hat; wie der Blitz die Finsternis erleuchtet, so ist das Wissen eine innere Erleuchtung (G 160_3).

kenntnis mit den betreffenden Prinzipien und Regenten dieser „Reiche" zu identifizieren vermag.

Çañkara sagt in seinem Kommentare, daß diese Stationen weder Wegezeichen noch Stätten des Genießens seien, sondern Führer, die die Seele zu Brahman geleiten. Die Seele sei in diesem Zustande, wo alle ihre Organe zusammengerollt sind, der Leitung bedürftig, die eben die den genannten Erscheinungen vorstehenden Gottheiten übernehmen (V 476).

Dieser Götterweg führt über die Mondsphäre, den „Strom der Formen" hinaus. Das bedeutet, daß die Seele — anders als auf dem Väterwege — einen Seinsstatus erreicht, von dem aus eine Rückkehr in die körperhafte Welt, ja in die der Individuation überhaupt, nicht mehr erfolgt.[1] Mögen auch alle Zustände des Götterweges noch bedingte sein — da sie nicht die höchste Identität verwirklichen —, so wird mit dem Verlassen des „Stromes der Formen" das erlangt, was Guénon „virtuelle Unsterblichkeit" nennt (G 139 f.), weil dieser Zustand der „posthumen Verlängerung der Individualität" die

[1] Der menschlich-individuale Zustand ist als beköpertes (bes. als grobkörperhaftes) Dasein folgenden Bedingungen unterworfen: Zeit, Raum, Zahl (quantifizierte Materie), Form und Leben. Die nichtmenschlich-individualen Zustände werden durch andere Daseinsbedingungen bestimmt sein, die Form oder Gestalt wird jedoch immer zu diesen Seinswesen gehören müssen, solange es sich um individuale Zustände überhaupt handelt. Die Stufenerlösung überhebt aber die Notwendigkeit jedweder Individuation, denn sie bedeutet Wesenserhöhung ins Überindividuale, „Transformation" im Sinne der Überschreitung des Bereiches der Formen, wenn auch noch nicht Erlösung selbst als Befreiung von allen Bestimmt- und Bedingtheiten (G 186 f.).

Möglichkeit der wirklichen Unsterblichkeit in sich schließt. Diese Möglichkeit ist zweifacher Art, wie sich im folgenden zeigen soll.

2. Die Zurücknahme der Welt dieses Zyklus: Pralaya

Der Götterweg, der ein lichter Pfad ist, bedeutet den Übergang des Wesens in die feine und leuchtende Seinsebene: es ist gleichsam in Hiranyagarbha „inkorporiert",[1] in einem überräumlichen und überzeitlichen, wenn auch nicht außerzeitlichen Seelenreiche — wir mögen wohl an den Hades der Antike denken — in dem der Geist an die Feinform gebunden, also noch in einem Zustande individualer Art bleibt.

Dieses (dem Stande des Traumschlafes entsprechende) „Fortwähren" der Individualität (Guénon nennt es auch „perpetuita", 132) kann nun bis zum Ende des augenblicklichen Zyklus dauern, dessen Herr, Hiranyagarbha, ja Regent dieses Seelenreiches ist. Das Ende der jetzigen Welt heißt „Pralaya", d. h. das „völlige Hinschwinden", die Auflösung oder Wiederzurücknahme der Schöpfung dieses unseres augenblicklichen Seinsstandes, „die Absorption der Welt zu Anfang der Weltnacht, nachdem der Tag dahin ist, und in der Îçvara dieses Weltall zu seinem

---

[1] Die „Befassung" in Hiranyagarbha ist natürlich nicht körperlich zu verstehen, sondern als geistige Zentrierung auf eine Mitte hin, die noch durchaus nicht das höchste Prinzip darstellt; es ist lediglich Ausweitung der menschlichen Individualität, nicht deren Überwindung durch Erhöhung des Wesens ins Überindividuelle oder gar Transzendente (vgl. G 164).

eigenen, überaus feinen Selbste macht" (M XII, 233, 1).

Dieses Pralaya ist für die ganze Welt, was der Tod — oft auch upâdhi-pralaya, d. h. Zurücknahme der Bestimmtheiten genannt — für das Einzelwesen ist. Daher weisen auch die Vorgänge bei beiden Ereignissen, dem makrokosmischen und dem mikrokosmischen, nämlich die Zurücknahme der Prinzipien, der Elemente und der Seelenvermögen, in der Schilderung große Ähnlichkeiten auf. Da nun die Welt des augenblicklichen Zyklus, die Welt Hiranyagarbhas, gerade durch den jetzt verwirklichten individualen Seinsstand menschlicher Art gekennzeichnet ist (G 143), im Pralaya aber diese gesamte Welt Hiranyagarbhas zurückgenommen wird, bedeutet dieses zugleich auch das Ende des Seelenreiches, also des „Fortwährens" in der posthumen Verlängerung der Individualität, das die Lichtwesen des Götterweges hatten. Auch sie gehen im Pralaya, das dem christlichen Jüngsten Gerichte entspricht, in einen höheren (nicht-individualen) Seinsstand über. Daher heißt es in der „Überlieferung" (V 477):

„Nachdem der Welt Auflösung ist gekommen,
Und Gottes auch, dann gehen, im Verein
mit ihm, das Selbst erlangend, alle Frommen
In jenes höchste der Gefilde ein."

„Jenes höchste der Gefilde", „dort, wo des Vishnu höchster Schritt" (Kâthaka-Up. 3, 9), ist das Reich Îçvaras, des Herrn aller Welten (also nicht nur jener des jetzigen großen Zyklus wie Hiranyagarbha).

Trotz Unklarheit der Quellen möchte ich aus vielen gewichtigen Gründen, die teilweise noch in der folgenden Darstellung aufscheinen werden, mit Guénon annehmen, daß es sich auch hier noch nicht um Erlösung, also um Einung mit dem höchsten Brahman handelt, wohl aber um wahrhaft höhere Seinsstände, denen gegenüber die Inkorporation in Hiranyagarbha, also der „Aufenthalt im Seelenreiche" (Brahmaloka), lediglich einen Zwischenhimmel darstellt.

Nun zur zweiten Möglichkeit, die der Götterweg den Wesen eröffnet. Diese besteht darin, daß sie nicht bis zum Pralaya warten müssen, also bis zur allgemeinen Krisis, sondern daß sie — gewissermaßen aus eigener Kraft des Aufschwunges auf dem Götterwege — höhere oder den höchsten Zustand erlangen: also nicht am Ende des Zyklus, sondern noch innerhalb der „posthumen Verlängerung der Individualität" (G 144), deren Sinn sich so noch tiefer enthüllen würde als die Möglichkeit, jene hier im Diesseits nicht erlangte Vertiefung nachzuholen. Allerdings auch lediglich von der Grundlage der hier verwirklichten Meditationskraft aus, diese verstärkend und bewährend.

Außer dem bis zum Pralaya verschobenen Aufstiege für die Wesen des Götterweges noch diese zweite Möglichkeit eines unmittelbaren Anstieges — also vor dem Pralaya — anzunehmen, scheint mir dem Geiste der Quellen durchaus angemessen.

3. Das Reich der Herrlichkeit, Aiçvaryam, und die Machtvollkommenheiten der Verklärten

Welches sind die Zustände der Seele nach dem Pralaya? Sie können als die im eigentlichen Sinne höheren Zustände bezeichnet werden, die „höheren Himmel" im Vergleiche zu den „Zwischenhimmeln" des Seelenreiches. Der subtile, daher noch individuale Stand des Seins wird nun verlassen, die Wesen gehen in das Reich Îçvaras ein, des universalen Seins als des Prinzips jeder überhaupt möglichen Manifestation: Brahmans in Gestalt des Herrn und Schöpfers aller Welten.

Nochmals sei festgehalten, daß dieses „Eingehen" ein Bild ist für die Wesenserhöhung, die darin besteht, daß die Seele erkennt: das Prinzip, der „Regent" ihres bisherigen Seinsstandes, Hiranyagarbha, sei von einem gehobenen, der Seele nun erschlossenen Aspekte aus identisch mit dem Herrn des Seins überhaupt, mit Îçvara. Da dies noch nicht die Erlösung, d. h. die Einung mit dem Höchsten (attributlosen = nirgunam brahma) ist, besteht für die Seele auch aus diesem ihrem augenblicklich nicht manifestierten Zustande des Îçvarareiches die Möglichkeit einer Rückkehr zur Manifestation. Diese kann aber — nach dem Pralaya — nicht mehr eine solche eines Zyklus individualer Art sein, sondern lediglich eine Rückkehr zu einem Zyklus eines „informalen und überindividualen Status" (G 166 f., 176 u. ö.). Guénon bezeichnet den so erlangten Seinsstand als „höhere Zustände, aber nicht vollkommene Einung" (169); als „Reintegration in passiver Weise" (143 f.), nach der Art des Tiefschlafes im

DIE NATURVERKLÄRUNG

Schoße des Brahman, während die höchste Identität eine „Reintegration in aktiver Weise" darstelle. Wir erinnern uns, daß der Götterweg ja die Frucht eines lediglich niederen, exoterischen Wissens ist, daher auch nur das diesem erschwingliche niedere, attributhafte Brahman, Îçvara als eine Potenz des Höchsten, erreicht werden kann.

Da die Zurücknahme der Welt dieses Zyklus im Pralaya eine allgemeine Krisis darstellt, bezieht sie sich nicht nur auf die Seelen, sondern auf die gesamte Schöpfung, also auch auf die Natur. Auch diese wird nun zurückgenommen und kann in einem höheren Zustande „wiedergebracht" werden, so daß hier der Gedanke einer Naturverklärung anklingt: Denn diese Wiederbringung kann n a c h dem Eingange in das Reich des Îçvara nicht mehr als eine Manifestation in grob-materieller Form mit ihrem Ausschlusse des Subtil-Lichthaften erfolgen.

Nach Îçvara, dem Herrn, wird der Seinsstand der in dessen Reich eingegangenen Wesen Aiçvaryam:[1] das Herrsein, die Herrscherlichkeit, die Herrlichkeit genannt. Nach der Kennzeichnung der Kommentare könnte man ihn auch als „V e r k l ä r u n g" auffassen.

Es genügt in diesem Reiche der Verklärung der bloße Gedanke, der bloße Wunsch, um das Gewünschte zu verwirklichen. Da der Wünschende ein Wissender geworden ist, ist sein Wünschen ein wahrhaftes, nicht mehr mit Unwahrheit zugedeckt wie bei den Nichtwissenden. „Wer ... von hinnen

---

[1] „Aiçvaryam" bedeutet: mit den Wesenszügen (Attributen) des Îçvara versehen, teilnehmend an der Wesenheit desselben.

scheidet, nachdem er die Seele erkannt hat und jene wahrhaften Wünsche, dem wird zuteil in allen Welten ein Leben der Freiheit" (Chând. 8, 1, 6). „Welches Ziel er immer begehren, was er immer wünschen mag, das erstehet ihm auf seinen Wunsch und wird ihm zuteil, des ist er fröhlich" (ebda. 8, 2, 10). So ist das Aiçvaryam ein Zustand wahrer Freiheit (V 479 f.).

In der Anugîtâ heißt es über diesen Zustand: „Schon als Menschen alles Böse hinter sich lassend und von Kummer befreit, erlangen diese Weisen den Himmel und schaffen sich dort Verkörperungen /nach Belieben/. Schöpferkraft, Beherrschung der Wesen, Leichtigkeit /und die übrigen Siddhis = Machtvollkommenheiten/ verschaffen sich auf ihren Wunsch diese Hochherzigen, gleichwie Götter alle drei Himmel durchziehend; Aufwärtsströmende können sie heißen, und Götter, die ihre Gestalt wandeln, werden sie genannt, da sie sich vermöge ihrer Natur verwandeln können, nachdem sie zum Himmel gelangt sind, in dieses oder jenes. Was sie immer wünschen mögen, das verschaffen sie sich bald so, bald so" (M XIV, 38, 11—14).

Im Mokshadharma (M XII, 192, 6—25) wird „jene heilige, friedvolle und freudvolle höhere Welt" geschildert, die „auf der nördlichen Seite der Himâlaya, der heiligen, mit allen Trefflichkeiten ausgestatteten sich befindet", eine Darlegung, die sich m. E. ebenfalls auf das Aiçvaryam als auf ein Fortleben des natürlichen Lebens auf höherer geistiger Stufe, also auf dessen „Ideierung" oder Verklärung beziehen könnte. Daß es sich unzweifelhaft um einen Stand der Verklärung handelt, beweist aber der Mythos von Çvetadvîpa, der „weißen Insel im Norden", die der Aufenthalt der Seligen, Gottschauenden ist, die mit allen Zügen der Verklärung ausgestattet sind (vgl. M XII, 338, 27 ff.; 340, 1 ff.; 341, 128 f.).

Auf Grund der Schriftstelle: „Er ist einfach, ist dreifach" (Chând. 7, 26, 2), was ein Körperhaftes voraussetzt, entsteht in der Vedânta-Theologie ein bezeichnender Streit darüber, ob die Wesen in der Herrlichkeit mit Leib und Sinnen ausgestattet seien. Bâdarâyana nimmt an, daß der Herrliche nach Belieben in körperlicher oder körperloser Weise bestehen könne und Cañkara fügt dem hinzu: wie ein Licht sich in mehrere Lichter zerteilen kann, so kann der zur Herrlichkeit Eingegangene in den verschiedenen Körpern zugleich sein, sein Âtman regiert diese, indem er mittels einer Teilung der Upâdhis (Bestimmtheiten) in sie eingeht; wie ja auch in den Lehrbüchern des Yoga eine solche Verbindung des Yogin mit mehreren Leibern gelehrt werde (V 480). Diese uns sonderbar anmutenden Spekulationen werden begreiflicher, wenn wir der Lehre gedenken, der zufolge das in diesen Bereich des Überindividualen, in die Ideenwelt gelangte Wesen den Grund der Inkarnationen erreicht und damit alle Bekörperungen in seiner Gewalt hat (vgl. E 236 f.): Was zugleich ja bedeutet, der Notwendigkeit der „Reinkarnation" (Seelenwanderung) enthoben zu sein.

Die Herrlichen sind mit den größten Machtvollkommenheiten ausgestattet (V: bhûtis oder siddhis), die sich übrigens nach der Lehre mit jenen decken, die der Yoga gewährt. So nennt Gaudapâda jene, die die Herrschaft über die Natur verleihen, bestehend in der Fähigkeit, 1. sich atomklein, 2. sich leicht, 3. groß zu machen, 4. an alles zu reichen,

5. jeden Wunsch zu verwirklichen, 6. alle Wesen mit seinem Willen zu regieren, 7. Schöpferkraft zu besitzen, 8. alles zu durchdringen bzw. in alles einzugehen (zur Sâñkhyakârikâ 23; vgl. ferner M XII, 318, 6 f.; die Yoga-Sûtras des Patañjali 3, 16—55; Vedavyâsa dazu 3, 44; V: 40 u. 481₁). Auch diese acht Vollkommenheiten weisen — wenigstens teilweise — auf einen verklärten Leib hin.

Die Herrschaft der Herrlichen erstreckt sich unbeschränkt auf alles, lediglich die Regierung der Welten selbst bleibt Îçvara, dem Herrn dieses Reiches selbst, vorbehalten. Das zeigt aber, daß auch dieser dem Genusse der Herrlichkeit des Herrn gleichende Zustand noch ein bedingter Seinsstand ist. Çañkara sagt daher: „... wenn auch die Herrlichkeit zu Ende geht, so... gehen sie, wenn das umgewandelte Brahman aufhört, mitsamt seinem Vorsteher in das höchste ein. Nämlich, nachdem die Finsternis /ihres Nichtwissens/ durch die vollendete Erkenntnis (Samyagdarçanam) verscheucht worden ist, so tut sich ihnen als höchstes Ziel das ewige, vollendete Nirvânam auf; zu diesem nehmen sie ihre Zuflucht, und darum ist auch für solche, welche sich unter den Schutz des attributhaften Brahman stellen, gewißlich keine Wiederkehr" (483). Auch sie sind nun zum All-Einen zurückgebracht.

Alle diese zahlreichen Hinweise lassen uns so das Reich der Herrlichkeit als ein solches der Verklärung erscheinen, in dem die vorher einseitigen, weil auseinandergebrochenen Zustände: der grobe im Diesseits und der feine im Seelenreiche, überhöht und zur Einheit gebracht werden, die zumindest die Möglichkeit einer Glorifizierung in sich schließt. Bedeutungsvoll ist, daß Çañkara gerade in diesem Zusammenhange (V 481) auf Rigveda 10, 90, 3 verweist, wo es heißt:

„So groß die Majestät ist der Natur,
So ist doch größer noch der Geist erhoben,
Ein Fuß von ihm sind alle Wesen nur,
Drei Füße sind Unsterblichkeit da droben."

Sollte diesen drei „Füßen", die „Unsterblichkeit da droben" sind, nicht zuzuordnen sein: Das Seelenreich Hiranyagarbhas, das Verklärungsreich Içvaras, die Erlösung als Identität mit Brahman, dem Höchsten. Denn über der Herrlichkeit steht noch die Erlösung.

D. DIE ERLÖSUNG

1. Der Tod des Erlösten

Nachdem die Schrift das Sterben des Nichterlösten und die Schicksale seiner Seele im Jenseits geschildert hat (Brih. 4, 3, 35—4, 4, 6), wendet sie sich der Erlösung zu.

Da heißt es nun (Brih. 4, 4, 6 f.): „Nunmehr von dem Nichtverlangenden. Wer ohne Verlangen, frei von Verlangen, gestillten Verlangens, selbst sein Verlangen ist, dessen Lebensgeister ziehen nicht aus; sondern Brahman ist er, und im Brahman geht er auf. Darüber ist dieser Vers:

> Wenn alle Leidenschaft schwindet,
> Die nistet in des Menschen Herz,
> Dann wird, wer sterblich, unsterblich,
> Schon hier erlangt das Brahman er.

Wie eine Schlangenhaut tot und abgeworfen auf einem Ameisenhaufen liegt, also liegt dann dieser Körper; aber das Körperlose, das Unsterbliche, das Leben ist lauter Brahman, ist lauter Licht."

Und weiter in der wohl schönsten Stelle über die Erlösung (Brih. 4, 4, 22 ff.): „Wahrlich, dieses große ungeborene Selbst ist unter den Lebensorganen, jener aus Erkenntnis bestehende /selbstleuchtende Geist/! Hier inwendig im Herzen ist ein Raum, darin liegt er, der Herr des Weltalls, der Gebieter des Weltalls, der Fürst des Weltalls; er wird nicht höher durch gute Werke, er wird nicht geringer durch böse Werke; er ist der Herr des Weltalls, er ist der Gebieter der Wesen, er ist der Hüter der Wesen, er ist die Brücke, welche diese Welten auseinanderhält, daß sie nicht verfließen. Ihn suchen durch Vedastudium die Brahmanen zu erkennen, durch Opfer, durch Almosen, durch Bußen, durch Fasten; wer ihn erkannt hat, der wird ein Muni. Zu ihm auch pilgern hin die Pilger, als die nach der Heimat sich sehnen. Dieses wußten die Altvordern, wenn sie nicht nach Nachkommenschaft begehrten und sprachen: ‚Wozu brauchen wir Nachkommen, wir, deren Seele diese Welt ist!'... Darum, wer solches weiß, der ist beruhigt, bezähmt, entsagend, geduldig und gesammelt; nur in sich selbst sieht er das Selbst, alles sieht er an als das Selbst; nicht überwindet ihn das Böse, er überwindet alles Böse, nicht verbrennet ihn das Böse, er verbrennet alles Böse; frei von Bösem, frei von Leidenschaft und frei von Zweifel, wird er ein Brahmana, o König er, dessen Welt das Brahman ist."

Mundaka-Up. faßt diese Lehren Yâjñavalkyas in den Vers (2, 2, 8):

> „Wer jenes Höchst- und Tiefste schaut,
> Dem spaltet sich des Herzens Knoten,
> Dem lösen alle Zweifel sich,
> Und seine Werke werden Nichts."

Und noch philosophischer verheißt Kaivalya-Up. (23 f.):

> „Wer so gefunden hat den höchsten Âtman
> Im tiefsten Herzen, ohne Teile, zweitlos,
> Allschauend, frei von Sein und frei von
>   Nichtsein,
> Dem wird zuteil der reine, höchste Âtman."

Schon im Haupttexte (Brih.) fällt uns ein bemerkenswerter Unterschied auf zwischen dem Tode des Nichterlösten, dessen Seele mit ihrem Gefolge auszieht, und jenem des Erlösten: „dessen Lebensgeister ziehen nicht aus." Schon vorher (Brih. 3, 2, 11) hatte Yâjñavalka eine Auswanderung der Lebensgeister verneint. Und die Tradition sagt: „Wer auf alle Wesen hinblickt als einer, der zum Selbste aller Wesen geworden ist, an dessen Weg werden sogar die Götter irre, verfolgend des Spurlosen Spur" (M XII, 270, 22).

„Aber gleichwie diese Ströme fließend zum Ozean ihren Gang nehmen und, in den Ozean gelangt, untergehen, wie ihre Namen und Gestalten verschwimmen und es nur noch Ozean heißt, also auch geschieht es bei diesem Allschauenden, daß jene sechzehn Teile zum Purusha ihren Gang nehmen und, in den Purusha gelangt, untergehen; ihre Namen und Gestalten verschwimmen, und es heißt nur noch der Purusha, der aber verharrt ohne Teile und unsterblich" (Praçna-Up. 6, 5). Die sechzehn Teile, die zum Purusha, d. h. dem Geiste und Herrn, gehen, sind die Bestimmtheiten als Grund der Individuation.

Dieser Unterschied zwischen dem Tode des Nichterlösten und des Erlösten ist völlig einleuchtend: Erlösung als Verwirklichung der höchsten Identität heißt Befreiung von jeder Individuations- N o t w e n d i g k e i t. Grund aller Individuation aber sind die Bestimmtheiten, deren Gesamt die Seele des Nichterlösten weiterbegleitet als „Samen" neuer Manifestationsweisen. Anders beim Erlösten: er ist über die Notwendigkeit jeglicher Manifestation erhaben, daher löst sich die Ursache der Individuation — nicht aber die Personalität, der Persönlichlichkeitsgrund —, das Gesamt der Bestimmtheiten r e s t l o s auf. Wie der Strom in den Ozean, geht er in die Ungeteiltheit des Brahman ein. Ja, diese Auflösung kann soweit gehen, daß auch der grobe Leib beim Tode verschwindet.

Die Lehre berichtet über solche Fälle eines übernormalen Todes. Man denke z. B. an den wunderbaren Bericht über den Flug Çukas zum Himmel (M XII, 334). Der schon bei Lebzeiten Erlöste kann — das Aiçvaryam gewissermaßen im Augenblicke des Todes schon vorwegnehmend — verklärt werden und unmittelbar die Einung mit Brahman erreichen (vgl. auch G 146_2). Daher braucht er die verschiedenen höheren Zustände (des Götterweges) nicht zu durchlaufen, denn die Verwirklichung der höchsten Identität schließt sie alle in sich (G 177). Dies gilt für beide Fälle der Erlösung, die wir bereits erwähnten: die im Augenblicke des Todes eintretende (vidêha-mukti)[1] und die während des Lebens des Yogin oder Muni erfolgende, so daß dieser beim Tode schon erlöst ist (jîvan-mukti).

2. Der bei Lebzeiten Erlöste

Eine großartige Schilderung des bei Lebzeiten Erlösten findet sich M XII, 236, 14 ff. u. bes. 22—27: „Wenn er dazu geworden ist, so wird ihm vermöge der Gottherrlichkeit über das Erdartige Schöpfer-

---

[1] Erlösung oder absolute Befreiung heißt im Sanskrit Mukti oder Moksha, der Erlöste heißt Yogi oder Muni. Das letzte Wort bedeutet der Einzige (vgl. das griechische Monos); er hat die vollendete Einsamkeit, d. h. das Eine und Einzige Sein, erreicht; was der Solitär unter den Diamanten, ist der Muni unter den Weisen.

kraft verliehen, und wie der unwandelbare Prajâpati schafft er aus seinem Leibe die Geschöpfe.... Die Erde vermag er ganz allein zu erschüttern, indem er, wie die Schrift sagt, zur Qualität des Windes geworden ist. Wenn er zum Äther geworden ist, so erglänzt er in ihm, indem er seine Farbe annimmt, oder von der Farbe /abstehend/ macht er sich unsichtbar... Hat er erst das Ichbewußtsein (den Ahankâra) überwunden, so sind alle jene fünf /Elemente/ seinem Willen untertan. Dann gewinnt er, indem auch die Buddhi (das Innenorgan der Erkenntnis und des Willens W. H.) überwunden wurde, die Herrschaft über jene in ihm vorhandenen Sechs /die fünf seinen Körper bildenden Elemente und den Ahankâra/, und es überkommt ihn der volle fleckenlose Glanz. Und ebenso geht dann sein Entfaltetes in den unentfalteten Atman ein, aus welchem die Welt ausströmt und durch welchen sie den Namen des Entfalteten erlangt."

Da der Yogin in der magischen Selbstverwirklichung — wie wir noch sehen werden — die eschatologischen Zustände vorwegnimmt, wirft dieser Text zugleich ein bedeutsames Licht auf den Zustand der Herrlichkeit (Aiçvaryam) (übrigens m. M. auch auf die Stationen des Götterweges) und seine Machtvollkommenheiten. Deren Grund liegt vor allem im Erreichen der zeugerischen, nicht individuierten Seinsebene, jenes „unentfalteten Ātman, aus welchem die Welt ausströmt". Die Wendung „es überkommt ihn der volle, fleckenlose Glanz" zeigt einen Zustand der Verklärung an. Ganz folgerichtig heißt es am Schlusse dieses Adhyâya 236: „Wer, die Gottherrlichkeit als Yoga überschreitend, über sie hinausgelangt, der wird erlöst" (40).

An einer anderen wichtigen Stelle über die Erlösung, die wir später noch behandeln werden, heißt es: „so... erhebt sich die Vollberuhigung (d. h. die Seele im Zustande der Erlösung) aus diesem Leibe, gehet ein in das höchste Licht und tritt dadurch hervor in eigener Gestalt" (Chând. 8, 12, 3): Die Einung mit Brahman ist also ein Hervortreten der Seele in eigener Gestalt, denn jetzt erst wird die Gestalt offenbar, die das Selbst seinem wahren Wesen nach ist; die tiefste Schichte des Seins tritt hervor: das lautere Selbst ohne alle Hüllen, Bestimmtheiten und Zutaten.

3. Die Machtvollkommenheiten des Erlösten

Der Stand der Erlösung überhöht alle übrigen Seinsstände, er befaßt sie und ihre Machtvollkommenheiten in sich, wenn auch der Erlöste auf deren Ausübung verzichtet.[1] Das so oft mißverstandene Nirvânam bezeichnet das Gegenteil von Leere und Passivität, nämlich die höchste Fülle des Seins: den wahrhaft göttlichen Stand des alles sein und alles tun Könnens und des nichts Tuns. Dasselbe be-

---

[1] Die Machtvollkommenheiten des Erlösten sind lediglich eine „Zutat", ein „Überschuß" (G 173 u. 179: „per sovrappiu; d. h. „noch überdies"), denn die vollkommene Verwirklichung (sâdhana) und Verganzung des Wesens umschließt als dauernde und unveränderliche Möglichkeiten alle übrigen Seinsstände, seien sie nun manifestierte oder nicht (. 146, 159, 179): als transzendentes Sein ist es zugleich das Vor-Sein geworden, und zwar für alle Wesenheiten überhaupt; es besitzt bzw. ist der Atman in seiner ganzen Fülle.

deutet auch der Ausdruck des nichtattributhaften Brahman (nirgunam brahma) oder des Unentfalteten, das in seiner Unendlichkeit und Transzendenz Sein (als Möglichkeit der Manifestation oder Schöpfung) und Nicht-Sein (die Möglichkeit der Nicht-Manifestation) zugleich ist. „Das Entfaltete hat als Endpunkt den Tod, das soll man wissen, das Unentfaltete ist die unsterbliche Stätte" (M XII, 217, 2).

Die Quellen und die Lehre machen mit dieser Auffassung, daß der höchste Seinsstand der Erlösung alle übrigen einschließlich ihrer Machtfülle befasse, durchaus Ernst, sie kennen daher:

1. Die Fähigkeit, das Bewußtsein der eigenen Identität von den Bedingungen der Bekörperung völlig freizumachen, also die Ebene des Individuierenden selbst, des sogenannten „Ursachenleibes" (kârana-çarîra), zu erreichen und damit eine über allen Individuationen erhöhte Dimension — was ja gerade der Notwendigkeit fernerer Bekörperungen überhebt.

2. Damit verbunden die dauernde Fähigkeit oder Möglichkeit zur körperhaften Manifestation, weshalb — wie schon erwähnt — Çañkara lehrt, daß die Seligen sich nach Belieben bekörpern oder in körperlicher Weise bestehen können, also selbst über das Pralaya hinaus die Bekörperung in eigener Gewalt haben; weshalb ferner gelehrt wird, daß auch der Erlöste im Dienst einer Mission einen Körper annehmen könne (V 464f. u. 468).

3. Die (relative) Unsterblichkeit eines bestimmten Leibes als das Vermögen, über dessen Leben und Dauer zu gebieten (vgl. M XII, 199, 18—27; 207, 37; 302, 41; auch 344, 40); auch eine Verlängerung des

Lebens durch magische Regeneration kann wohl angenommen werden, ähnlich jenen Bestrebungen der Alchemie (in Brih. 6, 3, 7—12 scheint mir eine solche als Wirkung des Rührtrankes angedeutet, indem sechsmal wiederholt wird: „Selbst wenn man ihn auf einen dürren Baumstamm gösse, so würden seine Äste wachsen und seine Blätter sprießen"). (Vgl. zu diesen mit den erwähnten Fähigkeiten und Vollkommenheiten verbundenen Abwandlungen des Unsterblichkeitsbegriffes: E 236 f. und C. della Riviera, Il mondo magico degli eroi 1605, herausgeg. von Evola, Bari 1932, 126$_1$).

Eine wahrhaft übermenschliche Größe leuchtet uns aus dieser Erlösungslehre entgegen, der ungezählte Generationen nachlebten. Der Weise verschmäht alle Herrlichkeiten dieser Welt — und es waren zahllose Könige unter denen, die heilige Bettler wurden —; er verschmäht die Rückkehr zur Individuation, zu der ihn der Väterweg zurückgeleiten würde; er verschmäht das stille Seelenreich Hiranyagarbhas; er verschmäht selbst die herrscherliche Herrlichkeit in Içvaras Reich; er weiß, dieses alles ist Täuschung. Er kennt nur ein Ziel: den höchsten Gang der Vergottung.

ERLÄUTERNDER ZUSATZ

Die Lehre von den Schichten des Seins. Ihre Bedeutung für die Eschatologie und die magische Praxis

Zum Schlusse soll die Eschatologie des Vedânta noch von einer anderen Seite her beleuchtet werden, die im Bisherigen öfter schon berührt wurde: vom Gesichtspunkte jener Lehrstücke, die als die Lehre von den Tiefenschichten des Seins bezeichnet werden könnten. Sie wird an zahlreichen Stellen der indischen Offenbarung und Überlieferung angezogen, von denen wir hier die wichtigsten betrachten wollen.

1. Die Entwicklung der Tiefenschichtenlehre in den Texten

Schon in den frühesten Upanischaden stoßen wir auf diese Lehre. Schon in Chând.[1] (8, 7—12) belehrt Prajâpati den Indra und den Dämonenfürsten und gibt auf die Frage, was das Selbst sei, vier sich vertiefende Antworten: 1. Das Selbst sei der materielle Leib („der Mann, der so in dem Auge gesehen wird", also das Spiegelbild des Körpers. — Die Dämonen geben sich mit dieser Antwort zufrieden!) 2. Antwort: „Jener /Geist/, der im Traume fröhlich umherschweift, der ist das Selbst"; —

---

[1] Chând. ist die Upanischad des Samaveda, des Veda der Gesänge.

„aber es ist doch, als wenn es Unliebes erführe, hierin kann ich nichts Tröstliches erblicken", sagt Indra unbefriedigt. — 3. „Wenn einer so eingeschlafen ist ganz und gar und völlig zur Ruhe gekommen, daß er kein Traumbild erkennt, das ist das Selbst." — „Ach, da kennt doch nun einer in diesem Zustande sich selber nicht und weiß nicht, daß er dieser ist, noch auch kennt er die anderen Wesen! In Vernichtung ist er eingegangen; hierin kann ich nichts Tröstliches erblicken." Das die einwendende Überlegung des Indra. — 4. „Freilich steht es so damit, ...ich will dir aber dasselbe noch weiter erklären; doch ist es nicht anderswo, als in diesem zu finden", sagt darauf Prajâpati und verrät so, daß der Tiefenschlaf noch ein Geheimnis enthalte (dessen Besitz Indra dann zum Könige der Götter erhebt!): Dieses über den Tiefschlaf Hinausweisende ist die Vollberuhigung des Geistes, aber unter Aufrechterhaltung der Bewußtheit: „O Maghavan, sterblich, fürwahr, ist dieser Körper, vom Tode besessen; er ist der Wohnplatz für jenes unsterbliche, körperlose Selbst. Besessen wird der Bekörperte von Lust und Schmerz; denn weil er bekörpert ist, ist keine Abwehr möglich der Lust und des Schmerzes. Den Körperlosen aber berühren Lust und Schmerz nicht. — Körperlos ist der Wind; die Wolke, der Blitz, der Donner sind körperlos. Sowie nun diese aus dem Weltraume /in welchem sie, wie die Seele im Leibe, gebunden sind/ sich erheben, eingehen in das höchste Licht und dadurch hervortreten in ihrer eignen Gestalt, so auch erhebt sich diese Vollberuhigung aus diesem Leibe, gehet ein in das höchste Licht und tritt dadurch hervor in eigner Gestalt; das ist der höchste Geist" (Chând. 8, 12, 1—3). (Wir haben eine andere Auffassung dieser Stelle als Deussen, der diese Vollberuhigung noch für den Zustand des Tiefschlafes hält, obwohl er an anderem Orte zugibt, daß es sich um die Erlösung handle: V 466). — Diese Vollberuhigung „ist nicht anderswo", als im Tiefschlafe zu finden, d. h. sie hat Eigenschaften mit diesem gemeinsam: das Schweigen der Sinne und des Verstandes; sie hat aber auch den Stand des Tiefschlafes überschreitende Eigenschaften: die Selbstbehauptung des Ich.

Dieser Zustand — wir werden gleich sehen, daß es der sogen. „Vierte" (Turîyam) der Mândûkya-Up. ist — kann allerdings nur in der Erhebung des Selbstes, der magischen Ekstase, verwirklicht werden, während die anderen drei Zustände (Wachen im materiellen Leibe, Träumen, Tiefschlaf) Wirklichkeiten normaler Art sind.

Allerdings ist auch ihre Ausstattung mit bewußter Selbstbehauptung des Ich, also auch ihre übernormale Durchdringung in der magischen Praxis möglich, auch Traum und Tiefschlaf werden dann — durch Mitdabeibleiben der Bewußtheit — umgestaltet: der Traumschlaf wird — wie wir sehen werden — als die „feine" Seinsebene e r l e b t und der Tiefschlaf als jene des „Sameseins" (der Ideen). Das Ich tritt in diese Seinsebenen aktiv, nicht mehr lediglich unbewußt-passiv ein wie im normalen Traum- und Tiefschlafzustande. Daß es solche Unterschiede gibt, beweist schon die Tatsache, daß z. B. prophetische Träume durchaus anders erlebt werden als gewöhnliche.

Noch klarer tritt das Geheimnis des auch den Tiefschlaf überschreitenden Geistes- und Seinszustandes in jenem Gespräche zwischen Janaka und Yâjñavalkya hervor, das den Höhepunkt der Brihadâranyaka-Upanischad[1] und zugleich den der gesamten Upanischaden überhaupt darstellt; in jenem schon teilweise zitierten Gespräche über den Âtman in den Zuständen des Wachens, des Traumes, des Tiefschlafes und der Erlösung, wobei — wie wir noch zu erklären haben werden — besonders für die Erlösung selbst zwischen Zuständen bei Lebzeiten und posthumen nicht immer bestimmt unterschieden wird. Schon in seinem Aufbau und in seiner ganzen Anlage ist dieses Gespräch (Brih. 4, 3 u. 4) durch ein stets tieferes Eindringen in immer geheimnisvollere Schichten des Seins gekennzeichnet.

Auf die Frage nach dem Selbst heißt es: „Es ist unter den Lebensorganen der aus Erkenntnis bestehende, in dem Herzen innerlich leuchtende Geist. Dieser durchwandert, derselbe bleibend, beide Welten /diese Welt im Wachen und im Traume, jene, die Brahmanwelt, im Tiefschlafe oder Tode/; es ist, als ob er sänne, es ist, als ob er umherschweift /in Wahrheit ist der Âtman ohne individuelle Erkenntnis und Bewegung/; denn wenn er Tiefschlaf geworden ist, so übersteigt er diese Welt... Zwei Zustände sind dieses Geistes: der gegenwärtige und der in der anderen Welt; ein mittlerer Zustand, als dritter, ist der des Schlafes. Wenn er in diesem mittleren Zustande weilt, so schaut er jene beiden Zustände, den gegenwärtigen /im Traume/ und den in der anderen Welt /im Tiefschlafe/. Je nachdem er nun

---

[1] Sie ist die Upanischad des weißen Yajurveda, des Veda der Opfersprüche.

/einschlafend/ einen Anlauf nimmt gegen den Zustand der andern Welt, diesem Anlaufe entsprechend bekommt er beide zu schauen, die Übel /dieser Welt, im Traum/ und die Wonne /jener Welt, im Tiefschlafe/." (Brih. 4, 3, 7 u. 9.)

Nun wird geschildert, wie der Ātman als Weltschöpfer sich im Traume eine zweite Welt aufbaut und — die Freiheit des Traumzustandes kennzeichnend — wie die Seele im Traume den Leib verläßt, um nach Belieben in der Welt umherzuschweifen. „Unsterblich schweift er, wo es ihm beliebt, der gold'ge Geist, der ein'ge Wandervogel." (4, 3, 12.)

Endlich erlangt er im Tiefschlafe jene Wesensform, „in der er über das Verlangen erhaben, von Übel frei und ohne Furcht ist, ... dann ist Unberührtheit vom Guten und Unberührtheit vom Bösen, dann hat er überwunden alle Qualen seines Herzens ... Wenn er dann nicht erkennt, so ist er doch erkennend, obschon er nicht erkennt; denn für den Erkennenden ist keine Unterbrechung des Erkennens, weil er unvergänglich ist; aber es ist kein zweites außer ihm, kein anderes, von ihm verschiedenes, das er erkennen könnte" (4, 3, 21 f. u. 30).

Nachdem Yâjñavalkya — im Zusammenhange mit der Lehre vom Tiefschlafe — das Sterben des Nichterlösten und das Schicksal der nichterlösten Seele nach dem Tode geschildert hat, kommt er zur Erlösungslehre, deren Texte wir zum Teil schon brachten: die Erlösung — trete sie nun nach dem Tode oder noch während des Lebens ein — ist der den Tiefschlaf überschreitende Zustand, heißt es doch: „nur in sich selbst sieht er das Selbst, alles sieht er an als das Selbst" (4, 4, 23).

Den deutlichsten Niederschlag findet diese Lehre

MÂNDÛKYA

von den Schichten des Seins in der Mândûkya-Up., von der es, als ein Ausspruch des Vishnu selbst — heißt: „Mândûkya schon allein hinreicht für den Erlösung Wünschenden" (U 552).[1]

Wir bringen die wichtigsten Stellen daraus: „Denn dies alles ist Brahman, Brahman aber ist dieser Âtman (die Seele), und dieser Âtman ist vielfach. — Der im Stande des Wachens befindliche, nach außen erkennende, ... das Grobe genießende Vaiçvânara ist sein erstes Viertel. — Der im Stande des Träumens befindliche, nach innen erkennende, ... das Auserlesene genießende Taijasa ist sein zweites Viertel. — Der Zustand, ‚wo er eingeschlafen, keine Begierde mehr empfindet und kein Traumbild schaut', ist der Tiefschlaf. Der im Stande des Tiefschlafes befindliche ‚einsgewordene', ‚durch und durch ganz aus Erkenntnis bestehende', ‚aus Wonne bestehende', die Wonne genießende, das Bewußtsein als Mund habende Prâjña ist sein drittes Viertel. ‚Er ist der Herr des Alls', er ist ‚der Allwissende', er ist ‚der innere Lenker', er ist die Wiege des Weltalls, denn er ist ‚Schöpfung und Vergang' der Wesen.[2]

Nicht nach innen erkennend und nicht nach außen erkennend, noch nach beiden Seiten erkennend, auch nicht durch und durch aus Erkenntnis bestehend, weder bewußt noch unbewußt, — unsichtbar, unbetastbar, ungreifbar, uncharakterisierbar,

---

[1] Sie stellt den Höhepunkt der reinen Vedânta-Upanischaden dar.
[2] Das in ‚ ' Stehende sind Zitate, und zwar der Reihe nach aus: Brih. 4, 3, 19; 4, 4, 2; 4, 5, 13; Taitt. 2, 5; Brih. 4, 4, 22; Mund. 1, 1, 9; Brih. 3, 7 u. Kâth. 6, 11.

undenkbar, unbezeichenbar, nur in der Gewißheit des eigenen Selbstes gegründet, die ganze Weltausbreitung auslöschend, beruhigt, selig, zweitlos, — das ist das vierte Viertel, das ist der Âtman, den soll man erkennen. — Moralos [1] ist der Vierte, unbetastbare, die ganze Weltausbreitung auslöschende, selige, zweitlose. Der geht mit seinem /individuellen/ Selbste in das /Höchste/ Selbst ein, wer solches weiß, — wer solches weiß" (Mând. 2—7 u. 12).

Als Kommentar zu diesem Texte bringen wir noch Mând.-Kârikâ 4, 87—88:

„Wahrnehmungshaft und objekthaft
Ist die zweithafte Weltlichkeit (Wachen);
Wahrnehmungshaft und objektlos
Ist geläuterte Weltlichkeit (Traum)."

„Wahrnehmungslos und objektlos,
Das heißt die Überweltlichkeit;
Ihr Subjekt ist zugleich Objekt,
So lehrten Weise aller Zeit."

„Subjekt und die drei Objekte (4, 87—88)
Stufenweise als in sich erkannt, —
Daraus entsteht die Allschauung,
Allerwärts des Hochsinnigen."

Auch die Lehre der Taittirîya-Up. 2 von den Hüllen (koças) des Âtman ist eine Tiefenschichtenlehre. Diese Hüllen sind die nahrungsartige (annamaya), d. i. die materielle Natur; die odemartige (prânamaya), das Lebensprinzip der ersten; die manas-

---

[1] Ihm entspricht keine Mora des heiligen Lautes Om (a-u-m), der die ganze Welt ausdrückt.

artige (manomaya); die erkenntnisartige (vijñāmaya); endlich die innerste, als das eigene Ich erlebte, aus Wonne bestehende (ânandamaya).[1]

In der am meisten ausgebildeten Gestalt liegt diese Lehre von den Seinsebenen in der späten Nrisinha-uttara-tâpanîya-Up. vor,[2] die allerdings die Mând.-Texte zum größten Teile einfach übernimmt, die Lehre aber doch weiterbildet. Wir bringen — unter teilweiser Weglassung der Mând.-Formeln — vor allem die Weiterbildungen (der übernommene Mând.-Text steht in , '):

„ ‚Dieser Âtman ist vierfach. Der im Stande des Wachens befindliche‘, Grobes erkennende, ... vierwesentliche Viçva, ‚Vaiçvânara ist sein erstes Viertel‘ — ‚der im Stande des Träumens befindliche‘, Feines erkennende, ... das Feine genießende, vierwesentliche ‚Taijasa‘, Hiranyagarbha ‚ist sein zweites Viertel‘... Der im Stande des Tiefschlafes befindliche ‚einsgewordene‘ ‚ ... vierwesentliche Prajña‘, Îçvara, ‚ist sein drittes Viertel‘... Alle diese drei sind in Wahrheit nur Tiefschlaf, Traum und bloße Täuschung; denn der Âtman hat als einzigen Geschmack das Denken.

Was aber weiter den Vierten betrifft, so ist auch er vierwesentlich, sofern in dem Turîya (Vierten)

---

[1] Die erste Hülle bezieht sich auf den groben Leib, drei Hüllen auf das feine Sein, die fünfte, aus Wonne bestehende, wiederum auf die ihrem Wesen nach einheitliche Schicht der dritten Seinsebene. Es ist sehr bedeutungsvoll, daß das feine Sein mehrere Hüllen zugeordnet erhält, woraus sich ergibt, daß eine Mehrheit von Möglichkeiten oder Zuständen in dieser Seinsschicht besteht (vgl. G 128 u. 29).

[2] Sie gehört zu den Vishnu-Upanischaden, in denen der Monotheismus gesiegt hat.

jeder der drei andern einmündet vermöge /der ihnen allen einwohnenden Eigenschaften/ Eingewoben, Bejaher, Bejahung und Indifferenz. Und auch von diesen sind die drei /ersten/ nur Tiefschlaf und Traum und bloße Täuschung; denn er der /Âtman/ hat als einzigen Geschmack das Denken ... und auch der Îçvara, (der persönliche Gott) wird verschlungen von dem Turîya (dem Vierten), — von dem Turîya!" (Nris. 1).

Nachdem im zweiten Khanda die ersten drei Zustände ebenso wie in der Mând.-Up. auf die drei Moren (u, a, m) des Pranava, des heiligen Om-Lautes, bezogen worden sind und die vier Seinsstände im besonderen noch gekennzeichnet wurden als: Grobes (Grobessein), Feines (Feinessein), Same (Samesein-Einheit) und Zuschauer (Zuschauersein) fährt der Text fort: „Weiter der Turîya, welcher auch den Îçvara, (den persönlichen Gott) verschlingt als Selbstherr, selbst Îçvara, selbstleuchtend, ist vierwesentlich als ota, anujñâtri, anujñâ und avikalpa. — Denn ota /‚eingewoben‘ der Welt/ ist der Âtman ähnlich wie die ganze Welt zur Endzeit den Gluten des Zeitfeuers und der Sonne. — Und anujñâtri (Bejaher) dieser Welt ist der Âtman, weil er ihr sein Selbst hingibt und /dadurch/ diese Welt sichtbar macht — nämlich zu seinem Selbste /welches lichtartig ist/ macht — wie die Sonne das Dunkle. — Und anujñâ (Bejahung) als einzigen Geschmack hat der Âtman, weil er seiner Natur nach reines Denken ist, vergleichbar dem Feuer, nachdem es den Brennstoff verzehrt hat. — Und avikalpa (Indifferenz) ist der Âtman, sofern er von Worten und Gedanken nicht erreichbar ist" (Nris. 2).

Im letzten Kapitel (9), dessen wichtigste Stellen

DIE WEITERBILDUNGEN DER LEHRE 155

wir oben schon brachten, wird nochmals gezeigt, daß nur „der vierte des vierten" (Turîya — turîya) — avikalpa, d. h. Indifferenz genannt, „weil er ohne zweiten ist" (Nris. 8 d) — die wahre Realität ist: der Atman in seinem wahren Sein, nur durch Innewerdung (anubhava) in unserem tiefsten Selbst zu finden (vgl. U 778 f.).

Die gegenüber Mând. wichtigsten **Weiterbildungen** in dieser abschließenden Gestalt unserer Lehre sind also folgende:

1. Daß jeder der drei ersten Zustände mit allen vier Zuständen vermischt ist; also grob (Wachen), fein (Traum), Same (Tiefschlaf) und Turîya (Zuschauer) ist; das bedeutet der Ausdruck vierwesentlich des Textes. 2. Daß im Vierten Seinsstande, dem Turîya, wiederum Zustände unterschieden werden: a) Eingewoben (die ganze Welt durchziehend); b) Bejaher oder Einwilliger (allein das Geistige, „das Denken macht diese ganze wesenlose Welt wesenhaft" Nris. 88); c) Bejahung (das Geistige nun als Überpersönliches); d) Indifferenz oder Unterschiedlosigkeit. 3. Daß diese Seinsstände eine nähere Kennzeichnung erfahren, besonders dadurch, daß: der grobe Zustand oder das Wachen ausdrücklich als „Viçva", der Individuelle, bezeichnet wird; der feine Zustand oder das Träumen dem Hiranyagarbha, d. h. dem kosmischen Intellekte als dem Herrn dieser Welt zugeordnet wird; der Tiefschlaf endlich, die Samen- oder Ursachwelt, die Einheit, dem Içvara, dem Herrn als Schöpfer aller Welten; es wird daher verständlich, warum es heißt: „Auch der Içvara wird verschlungen von dem Turîyam", nämlich dem Transzendenten (vgl. dazu auch U 778 f.).

Überblicken wir diesen Auszug aus den Texten, müssen wir es als sehr bedeutsam bezeichnen, daß dort, wo die ältesten Upanischaden ihren Höhepunkt erreichen, eine Tiefenschichtenlehre gegeben wird; daß die Mând.-Up., als die allein schon zur Erlösung hinreichende gepriesen, der Darlegung dieser Lehre allein dient; daß unter den spätesten Upanischaden jene, die ihre Aufgabe in der Belehrung über die Tiefenschichten des Seins erblicken, sich geradezu als Geheimlehren geben (nämlich Nris.[1] und Râma-uttara-tapanîya-Up. bes. 3). Das beweist wohl genugsam, wie wichtig diese Lehre sein muß.

2. Nähere Kennzeichnung der Schichten des Seins

Was enthält also diese geheimnisvolle Lehre eigentlich? Wie wir schon beim Brih.-Texte andeuteten, enthält sie einen merkwürdigen, aus der Tiefe der inneren Erfahrung herrührenden Befund, der wohl erstaunlich ist und von weitesttragenden Folgen für den Menschen und seine Geisteskultur, wenn er ernst genommen wird, wie die Inder das taten. Dieser Befund besagt folgendes: Es gibt ein Oberflächen-Sein, den Zustand unseres Wachbe-

---

[1] Nrisinha-uttara-tâpanîya-Up. heißt wörtlich: Die Geheimlehre, betreffend die asketische Hingabe (= wörtl.: das Glühen) an Nrisinha, d. i. der Mannlöwe, der Götterlöwe = Vishnu oder Râma (d. i. der altvedische Sonnengott, der Gott des Monotheismus) — wobei die „uttara"-Up. ausdrücklich die esoterische sein will (vgl. U 753 f. u. 777 ff.).

DIE VIER SCHICHTEN

wußtseins und groben Leibes mit der Erscheinungswelt, die Gegenstand dieses unseres Wachbewußtseins ist und — ebenfalls grobmateriell — unserem groben Leibe entspricht: **Das grobe Sein** (I).

Hinter oder unter dieser Oberflächen-Welt liegt ein zweites Sein, in dem dieses erste — als in seinem Lebensprinzipe — wurzelt,[1] dem Träumen und der Traumwelt mit ihrer Gesetzmäßigkeit zugeordnet, der feine Leib und **das feine Sein** (II).

Diese Schichten sind wiederum in einer tieferen gegründet: es ist — entsprechend dem Zustande des Tiefschlafes — das Einheitlich — oder Einssein, der „Ursachleib", die **Samen-(Ideen-)welt** (III).

Im Tiefschlafe werden Subjekt und Objekt zur Einheit, aber es erlischt das Bewußtsein. In dem darüberhinausreichenden Zustande geschieht diese Einswerdung unter Forterhaltung der Bewußtheit: es ist der „Vierte" oder **Turîyam** (turîya âtman heißt das vierte Selbst oder turîyam sthânam heißt der vierte Zustand): Das Zuschauersein oder das höchst- und tiefste Sein, **die Gottheit** selbst (IV).

Zur Vorbereitung für das Folgende müssen wir diese Seinsstände, die Guénon „die Bedingungen des Âtman im menschlichen Dasein" nennt, die aber neben ihrem mikrokosmischen auch einen makrokosmischen Bezug haben, nämlich für die Welt als Ganzes gelten, noch näher zu kennzeichnen versuchen.

---

[1] In gewissem Sinne läßt sich behaupten, das feine Sein bringe das grobe hervor, zumindest für den Bereich des menschlichen Leibes. Auch für die anderen Seinsschichten bestehen ähnliche Verhältnisse (vgl. G 55 f.).

DAS WACHEN

Die **erste** „Bedingung" des Ātman ist der Stand des Wachens. Nach Çañkara wacht die Seele, „wenn sie zufolge der Verbindung mit den verschiedenen vom Verstande (Manas) ausgehenden Bestimmtheiten (Upâdhis) /den Sinnenorganen: 10 Indriyas/ die Sinnendinge ergreift und ihren Verschiedenheiten nachgeht" (V 369). Sie ist der Aufseher im Käfige des Leibes und der Organe (V 202). Dieses Wachbewußtsein ist mit dem groben Leibe des Menschen (sthûla-çarîra) verbunden.

In der Natur entsprechen ihm die grobmaterielle Erscheinungswelt und die „großen Elemente" (mahabhûtani), d. h. die schon gemischten Elemente. Viçva heißt der „Individuelle", Vaiçvarana[1] ist der „Allverbreitete", allen Gemeinsame, der „Universale Mensch als Genius der Art" (G 97) und Regent der körperhaften Welt.

Insgesamt handelt es sich also um die stoffliche Ebene der schöpferischen Macht (= çakti), um den grob-individualen Stand der Manifestation.[2]

Die **zweite** „Bedingung" des Ātman ist der Zustand des Träumens oder Traumschlafes. Hier ruhen die Sinne, das Denken (Manas) aber bleibt in Tätigkeit. „Wenn beim Ruhen der Sinnesorgane das Manas nicht ruht, sondern sich mit den Objekten beschäftigt, so heißt das ein Traumgesicht" (M XII, 276, 24). Obwohl auch hier noch das wahre Wesen

---

[1] Die erste „Bedingung" ist der Ātman, insofern er zugleich „alles" (= Viçva) ist — nämlich als Personalität — und auch „Mensch" (= nara) — nämlich als Individualität (jîvâtman) (vgl. G 96₃).

[2] „Das Grobe genießend" heißt: Sein Bereich ist die Welt der groben Manifestation.

des Geistes durch seine Verbindung mit den Bestimmtheiten zugedeckt ist, ist er doch unvergleichlich freier als im Wachen: er entnimmt „aus dieser allenthaltenden Welt, das Bauholz (Mâtrâm, materiem), fällt es selbst und baut es selber auf vermöge seines eigenen Glanzes, seines eigenen Lichtes; — und wenn er so schläft, dann dient dieser Geist sich selbst als Licht" (Brih. 4, 3, 9). Zu dieser Freiheit des Aufbaues einer zweiten, nicht an Raum und Zeit gebundenen Welt (V 370; M XII, 216, 14) tritt die Möglichkeit des Umherschweifens in der Welt und jene der Schau des Zukünftigen, wenigstens in bestimmten Träumen. Schon dieser wegen sind die Träume nicht völlig illusorisch, überdies ist aber auch die Weltausbreitung selbst Illusion, nur daß diese „bis zur Erkenntnis der Seele als Brahman fortbesteht, während die Traumausbreitung täglich widerlegt wird" (V 372). Im Traum weilt die Seele in den Adern, worunter die Energieströme des feinen Leibes zu verstehen sind (nâdis).

Der Traumwelt entsprechen der feine Leib des Menschen (sûkshma oder linga-çarîra),[1] in der Natur

---

[1] Man darf mit diesem „feinen Leibe" keine materiellen Vorstellungen verbinden, denn er unterliegt den Bedingungen der Verräumlichung nicht; er ist weder ein „Doppel" noch ein „Modell" des groben Leibes, sondern dessen „immaterielle Wurzel". Guénon nennt ihn „das formale Prototyp der Individuation" (in Übersetzung des Sanskritwortes pinda, das nach ihm nicht den körperhaften Embryo bezeichnet) (G 142 f.). Der subtile Status überhaupt ist nach ihm der Bereich der Seele,' Psyche, nicht jener des Geistes bzw. der Ideen, Nous-Buddhi (G 106$_2$). Ihm entsprechen die — vor allem posthumen — außerkörperhaften ιWeisen der Individualität, nicht aber die wirklich überindividualen Zustände (G 101).

überhaupt die feinen Elemente (tanmâtra). Taijasa heißt der Lichte, Feurige, also jenes Subtile, das sich auf der grobkörperlichen Ebene als tejas, d. h. die Glut oder Körperwärme, bemerkbar macht. Herr dieses Seinsstandes ist Hiranyagarbha („der goldene Keim", die kosmische Intelligenz als „Weltseele").

Wir wissen, daß der Feinleib Träger oder Stütze der Seele ist (solange sie noch nicht von allen Bestimmtheiten befreit und daher erlöst ist). Wir sahen auch, daß diese Seele bis zum Pralaya in Hiranyagarbha als dem Herrn des Seelenreiches inkorporiert ist, nach Weise eines Traumzustandes auf höherer Ebene (daher mit gesteigerten Möglichkeiten dieses Traumzustandes z. B. hinsichtlich der Zukunftsschau und der Erkenntnis des Feinen: M XII, 253, 1—4).

Dieser zweite Seinsstand ist der Bereich der subtil-individualen Manifestation, die feine Ebene der Macht.[1]

---

[1] „Auserlesenes genießend" bedeutet eben die Welt der feinen Manifestation. Wir müssen das feine Sein durchaus als Zwischenzustand betrachten: einmal zwischen Wachen und Tiefschlaf, das andere Mal zwischen Leben und höheren Geisteszuständen („Erde" und „Himmel"). Daher ist auch ein Unterschied zwischen dem feinen Sein bei Lebzeiten (Traumzustand) und jenem nach dem Tode, also in seinen posthumen Modifikationen (G 128 u. 141 f.). Bei Lebzeiten ist der feine Leib an den groben in zweifacher Weise gebunden: durch das Blut hinsichtlich seiner wärmehaften Qualität und durch das Nervensystem vermöge seiner lichthaften Beschaffenheit, was beides Taijasa bezeichnet (G 103). Posthum aber ist die feine Form die des Überganges, der Zurücknahme oder „Einfaltung" der individualen Vermögen vom Manifestierten zum Nichtmanifestierten (G 127 u. 130).

DER TIEFSCHLAF

Die d r i t t e „Bedingung" des Ātman ist der Stand des Tiefschlafes. Nach indischer Auffassung wird die Seele im Tiefschlafe vorübergehend eins mit Brahman: „Wenn es heißt, daß der Mensch schlafe, dann ist er mit dem Seienden, o Teurer, zur Vereinigung gelangt. Zu sich selbst ist er eingegangen" (Chând. 6, 8, 1). Sinne und Verstand tauchen in den Lebensodem, die Seele hingegen in das — wie es symbolisch heißt — im Äther des Herzens weilende Brahman selbst ein: sie ist nun von sämtlichen Bestimmtheiten vorübergehend frei, von Brahman nicht mehr verschieden. Jedes Einschlafen ist ein Anlauf auf das Brahman zu, dessen Wonne bei genügender Stärke dieses Anlaufes erreicht wird; es wird nicht die Erkenntnis überhaupt aufgehoben, sondern nur die individuelle Erkenntnis der Unterschiedenheiten.

Wie schon erwähnt, beruht diese Lehre auf der übernormalen Erfahrung der magischen Versenkung, in der eben dieses Fortbestehen der Erkenntnis erlebt wird. Dadurch, daß das Ich des Initiierten sich selbst behauptet in diesen Zuständen, erfahren sie eine „Verrückung" in die Tiefe, die sie mit Bewußtheit ausstattet. Die Lehre spricht in diesem Bereiche von kârana-çarîra, d. h. Ursachleib, wobei allerdings nicht mehr an einen individualen und gestalthaften Leib (wie beim groben und feinen Leibe) zu denken ist, sondern an die Idee des Menschen selbst, an das initiatische „Wir". Guénon verweist mit Recht auf die Ähnlichkeit von Tiefschlaf, Tod und Ekstase als außer- und überindividualer Zustände (G 93 f.).

Die Quellen bezeichnen diesen Zustand als „einsgeworden" (Mând. 1, 5 zitiert aus Brih. 4, 4, 2; vgl.

auch Mând.-Kâr. 1, 13), „einheitlich" (Nris. 1), als „Same" oder „Samesein" (ib. 2). Diese Samen- oder Ursachwelt ist nichts anderes als der zeugerische Grund alles Seins selbst, die Welt der Ideen oder Ganzheiten. Prâjña wird die Seele im Tiefschlafe genannt, d. h. Bewußtsein.[1] Içvara ist diesem Seinsstande zugeordnet.

Wir wissen, daß die Seelen der Frommen nach dem Pralaya zu ihm eingehen, gemeinsam mit der gesamten Welt dieses Zyklus, zu ihm, dem „Herrn aller Welten".[2]

---

[1] Prâjña (oder Prajñâna-ghana) ist das Gesamtbewußtsein (Chit), das ohne Vermittlungen, außerhalb und jenseits aller besonderen Bedingungen erkennt; das ein überindividuales ist (zum Unterschiede vom unterscheidenden, diskursiven Bewußtsein des Wach- und Traumzustandes: vinâna). Es ist als solches identisch mit Içvara (bzw. auch mit Buddhi als transzendentem Prinzip, das allerdings in Beziehung zur Manifestation und zur Individuation steht). Die oben (Mând. 6) ausgesprochene Allwissenheit rührt daher, daß im All-Bewußtsein als der All-Ursache alle Wirkungen unmittelbar gegenwärtig sind. Als das Universale Sein ist er der selbst unbewegte und in der Fülle seines Tuns selbst untätige innere Lenker (antar-yâmîn) für alle Möglichkeiten aller seiner verschiedenen Seinsstände: des überindividualen, des feinen und des groben („Himmel, Luftraum, Erde" umspannend); die uranfängliche Wurzel (yoni: Mutterschoß), Ursprung (probhava) und Ende (apyaya) aller Wesen, deren Gesamtheit befassend (vgl. G 115).

[2] Içvara oder das Universale Sein, also das Prinzip aller Schöpfung überhaupt, wird im Sanskrit saviçeça genannt, d. h. „die Unterschiedenheiten befassend"; während das höchste Prinzip selbst, also der vierte Seinsstand prapanchaupaçama ist, d. h. „ohne irgend eine Spur von Entfaltung zur Manifestation hin", also ohne jeden Bezug auf Schöpfung und Manifestation (G 172). Içvara als der unmittelbar Bedingende und Bestimmende ist selbst

Dieser dritte Seinsstand ist der Bereich des Überindividualen und Schöpferischen, die zeugerische Ebene der Macht („stato causale et informale", G 109 ff.), das Reich der Ideen, der Gedanken Gottes, des Schöpfers, und der „Mütter" alles Seins.

Der v i e r t e, der höchst- und tiefste Stand des Seins ist das völlig unbedingte, transzendente Höchste, nicht mehr gesehen als Schöpfer, sondern erhaben über Sein und Nichtsein, „jenes Reiche, Ganze, das Träger, Wonne, teillos zu erkennen, in dem der Stände Dreiheit kommt zur Ruhe" (Kaivalya-Up. 14). „Wenn, unter Wegfall der drei ge-

---

noch bedingt (G 170), die Einheit, die in ihm verwirklicht ist, ist selbst noch eine Bestimmtheit (G 54).

Dieses Einssein oder die metaphysische Einheit Içvaras muß so vorgestellt werden, daß sie die Vielheit oder Unterschiedenheit in sich befaßt: im „Universalen Sein" sind alle Wesen in ihrer Personalität (also ihrem idealen Sein nach) eins, ohne ineinander zu verfließen; sie sind unterschieden, ohne in Getrenntheit voneinander zu verharren (G 173); ein Seinsstand, der eben als überindividual und nicht formhaft bezeichnet werden kann.

Von diesen Feststellungen her fällt aber ein bedeutsames Licht auf den Zustand der Verklärung, sie erfordern eine esoterische Auffassung von diesem und damit auch von der sogenannten „Auferstehung der Toten" (vgl. G 179$_1$ u. 182). Diese Begriffe bezeichnen einen Seinsstand, der über jenen individualen Zuständen liegt, von denen jeweils der eine mit dem andern unvereinbar sein muß, während dies für den überindividualen Stand nicht mehr der Fall ist und für ihn diese Abgesondertheit, Einzelhaftigkeit überwunden ist. Die Kommentare sagen daher, das Wesen könne im Aiçvaryam ohne Leib, bekörpert oder zugleich in mehreren Körpern sein — nach seinem Belieben. Die Schellingische Lehre über diesen Verklärungszustand vermag unsere Möglichkeiten der Erkenntnis bedeutsam zu vertiefen.

nannten Zustände, das dem Sein als Zuschauer gegenüberstehende Geistige nur noch selbst als eine von allem Sein befreite Unterschiedlosigkeit besteht, so heißt dieses Geistige das Turîyam (das Vierte)" (Sarva-upanishad-sâra 8). „Ewig alles der Vierte schaut" (Mând.-Kâr. 1, 12): Daher in den Quellen der Zuschauer genannt und verwirklicht in der unmittelbaren Innewerdung der magischen Selbstverwirklichung, als deren Vollendung er Erlösung ist.

3. Die vier Seinsstände und die Eschatologie

Der Bezug dieser metaphysischen Lehre von den Seinsschichten zur Eschatologie ist leicht einzusehen. Wie das bekörperte Sein unter dem Gesetze dieser Tiefenschichtung steht und diese auch im Diesseits erfahrbar ist, so auch das vom groben Leibe befreite Sein. Es ergeben sich sodann folgende Entsprechungen: Das diesseitige Leben in Wachbewußtsein und grobem Leibe entspricht der ersten Bedingung des Âtman, der ersten Schichte des Seins.

Da die Beziehungen zwischen dem Stande des Traumschlafes und dem feinen Sein angenommen werden, andererseits aber die Verlängerung der menschlichen Individualität nach dem Tode im Zeichen des feinen Leibes steht, so entsprechen diese eschatologischen Zustände der zweiten Schichte des Seins: Sei es nun, daß das Wesen auf dem Väterwege die Sphäre des Mondes bis zur Wiederbekörperung bewohnt, sei es, daß es auf dem Götterwege in jenem Übergangs- und Schwebezustande

DAS ESCHATOLOGISCHE SCHICKSAL 165

der Inkorporation in Hiranyagarbha bis zum Pralaya verharrt. Daher auch dessen Regentschaft über diese Seinsebene überhaupt.

Die wahrhaft höheren Zustände in der Herrlichkeit (Aiçvaryam) mit ihren Machtvollkommenheiten stellen die dritte Bedingung des Âtman dar, das Reich des Überindividual-Zeugerischen, der Ideen. Wir lesen in den Quellen, daß die Erlangung dieser höheren Zustände jeder Rückkehrnotwendigkeit zur individualen Manifestation überhebt, also das Sein nach der Weise der Welt des jetzigen Zyklus überschreitet.

Das Turîyam aber ist die Seinsweise des höchsten Brahman und der Erlösten.

Wenn wir uns noch einmal an die Lehre von den Bestimmtheiten (upâdhis) erinnern, könnte man auch sagen: Das eschatologische Schicksal besteht in dem Abstreifen der Bestimmtheiten, die der Grund der Individuation sind. Geschieht deren Ablegung im höchsten geistigen Aufschwunge in E i n e m Zuge, so wird die Erlösung verwirklicht. Geht sie allmählich vor sich, durchläuft die Seele diese Seinsstände und wird stufenweise von ihren Bestimmtheiten wie von Verhüllungen, die ihr wahres Sein verdecken, entkleidet. Stufenweise Erlösung ist also stufenweise Enthüllung des Wesens. Çañkara lehrt: Durch die Bestimmtheiten wird das höchste Brahman zum niedrigen, wie es den Gegenstand der Verehrung bildet, also zu Îçvara, dem Schöpfergott. Doch sind dessen Bestimmtheiten im Gegensatze zu jenen der individuellen Seele vollkommen. Durch die Bestimmtheiten wird das niedrige Brahman zur Naturausbreitung, durch sie endlich zur individuellen Seele (V 327 f.). D. h. also:

ENTHÜLLUNG

Durch die Annahme von Bestimmtheiten, durch eine „Umhüllung" wird das Höchste manifestiert in einem „Oberflächlicheren", das Transzendente zum Schöpfergott Îçvara. Dieser, wiederum „umhüllt, ist diese natürliche Welt in ihrem subtilen Bestande (Hiranyagarbha). Und diese, neuerdings umkleidet, ist der Bereich der grob-materiellen Bekörperung der individuellen Seele.

Die Seele hat in ihrem eschatologischen Schicksale diesen Schöpfungsgang in umgekehrter Richtung zu gehen, einen Gang der Verunmittelbarung zurück in ihre wahre Heimat. Dann ist das Feine, das vom Groben sich scheidet und in die tiefere, weniger oberflächlichere Ebene eingeht, dort teilweise doch nur wieder Bestimmtheit — Umhüllung eines Tieferen: Der dichte Leib ist „Hülle" des feinen, dieser — inkorporiert in seinen Herrn — ist „Hülle" des Îçvara, dieser des Brahman. Das „verhüllte" Tiefere ist „Same" des verhüllenden Oberflächlicheren, der weniger tiefe Stand des Seins hat seinen schöpferischen oder Urstand im Gottnäheren. Daher heißt es vom Erlösten, „daß in ihm die Samenkraft durch das Wissen verbrannt ist" (V 246 u. 298).

4. Tiefenschichtenlehre und magische Praxis: Die Vorwegnahme der eschatologischen Zustände im Yoga

Auf den Zusammenhang zwischen der behandelten Lehre und der magischen Praxis deuteten wir schon hin. Es ist zunächst ganz offensichtlich, daß das Turîyam der höchste Stand des Yogin ist, die magische Selbstverwirklichung bei Lebzeiten. Aber auch die anderen Seinsschichten sind bedeutungsvoll für den Weg des Yogin, denn er durchschreitet den Stand des Traumes und des Tiefschlafes mit Bewußtheit, unter Behauptung seiner selbst, auch ihnen gewissermaßen ein Turîya-Artiges mitteilend. Man kann die magische Praxis auch kennzeichnen als eine fortschreitende Trennung („separatio") von den Bestimmtheiten, eine sich steigernde Desidentifikation vom niederen Sein und Identifikation mit dem höheren bis zur schließlichen Erlangung der höchsten Identität.

Dieser Weg des Yoga, der magischen Selbstverwirklichung, ist die Erlangung der tieferen Seinsschichten unter Beibehaltung der Selbstbewußtheit — ein Ziel, dem planvoll ausgebildete Verfahren der Versenkung oder übernormalen Entfaltung dienen. Wir verstehen nun, warum an der von uns schon zitierten Stelle der Mând.-Kârikâ (3, 31 ff.) die Tiefenschichtenlehre in Verbindung mit dem Yoga (dem sogenannten Ungefühl-Yoga) vorgetragen wird.

Als besonders eindrucksvollen Hinweis für den Zusammenhang zwischen der Metaphysik der Seinsschichten und der magischen Praxis bringen wir in freier auszugsweiser Übersetzung einen Ausschnitt aus dem Tantra-Werke Evolas, wo eine der Grundübungen des Tantrischen Yoga besprochen wird.

Grundsätzlich geht es um die Erweckung der im Menschen angelegten schöpferischen Kraft, welche die Tantras Kundalinî (d. h. die Schlangenkraft) nennen, vor allem mittels des Prâna, d. h. des immer mehr entstofflichten Atmungsvorganges.

Für die Anfangstechnik dieser „Atemübung" (prânâsâdhana), die allerdings nicht das geringste mit Atemgymnastik zu tun hat, heißt es etwa folgendermaßen (E 270 f.): Es gelte, den Atmungsakt immer mehr aus der Tiefe heraufzunehmen. Den vier hierarchischen Ebenen der schöpferischen Macht: der stofflichen, der feinen, der zeugerischen und der transzendenten, entsprechen nach Evolas Darlegungen im Körper folgende Organsysteme: der stofflichen Ebene das Gehirn, der feinen Ebene das übrige, besonders das unbewußte Nervensystem, der zeugerischen Ebene der Blutkreislauf und das Knochensystem. Auf geistigem Gebiete entsprechen diesen Ebenen in der Macht: das Wachbewußtsein, der Traum, der Schlaf und der Scheintod. Der Atem hat nun für jede dieser Ebenen eine entsprechende teilhafte Verrichtung und „Tiefe". Im sâdhana (d. h. der Yogaübung der Selbstverwirklichung) muß der Mensch allmählich in jene anderen Tiefen herabsteigen, die dem Traum, dem Schlafe, dem Scheintod entsprechen.

Durch den e r s t e n Schritt verwirklicht das Bewußtsein als seinen Zustand dasjenige, was stofflich das nervöse System im Zusammenhang mit dem lymphatischen ist: in einem Zustand der kraftvoll schwingenden Feinheit („sottigliezza vibratile"), ähnlich dem des Traumes, erblühen die formenden Bilder (Gesichte, samskâra), welche durch das Nervensystem oder besser durch nervöse Tönung („toni") die innersekretorischen Drüsen beeinflussen, welche die Vorgänge des Wachstums und der Körperbildung leiten. Dem entspricht, daß der Sinn von sich selbst vom Gehirne zum Kehlkopfe getragen wird.

Im z w e i t e n Schritte, entsprechend der Festsetzung des Sinnes von sich im Herzen, verwirklicht sich im Bewußtsein jene Tönung des Prâna, auf den sich der Blutkreislauf stützt: Man befindet sich an der Wurzel des emotionalen Lebens, in der sonnenhaften Welt der zeugerischen und formbildenden Initiative, die sich dann über das nervöse und durch dieses hindurch über das lymphatische System widerspiegelt; es ist jenes Leben, von dem das von den Menschen als Gefühl und Emotion erfahrenen lediglich eine blasse, mondhafte Widerspiegelung darstellt. Hier wird der Prâna als etwas empfunden, das das gesamte körperliche Sein bis zu den innerlichsten Partien in sich selbst befaßt und einschließt; in einer Gesammeltheit, die entgegengesetzt jener Zerstreuung — jener fluktuierenden, lichthaften Lösung —, welche die dem vorhergehenden Zustande eigentümliche Tönung darstellt.

Im l e t z t e n Stadium, entsprechend dem Knochensystem, hört der Atem auf. Dieses Stadium löst sich im Bewußtsein wie ein Zustand der Wärme auf, die dann heiß und verschlingend wird. Dieses ist die Stätte des Willens in seiner eigenen kosmischen

Form, von der jene im normalen Bewußtsein erfahrene nur ein Oberflächen- und Randbild darstellt. Hier überschreitet dann der Prâna sich selbst und löst sich in die Flamme der erweckten Kundalinî auf. Bei diesen Stadien handelt es sich um eine Kontinuität, um Grade aufeinander folgender Vertiefungsschritte.

Um dies alles zu verwirklichen, muß man sich von dem normalen Atem aus gehen lassen, in völliger innerer Stille und Neutralisation, aber ohne den Punkt der Mitwisserschaft, das Mitdabeisein des Bewußtseins zu verlieren. Es gilt, sich den Veränderungen des Rhythmus anzupassen, die sich zeigen, durch das Bewußtsein hindurchzugehen und sich zu behaupten; an der Ebene des Tiefschlafes angekommen, ganz stark und organisch das Auflösende zu verlassen und die Durchdringung mit dem Atem, besser: dem Prâna zu w o l l e n, bis man zur Grenze einer reinen Konzentrizität mit sich bzw. auf sich selbst gelangt, zum Sinn des reinen: Ich bin. Dann auch diese Grenze zu verlassen und sich zu vertiefen.

So Evola in seinem Berichte über diese Anfangsübung des tantrischen Yoga, dem er hinzufügt, daß hier die gleichen Anweisungen gegeben werden wie in dem alchemistischen Satze: „Visita interiora terrae et rectificando invenies occultum lapidem veram medicinam." Man könnte diese Aufforderung zum „Abstiege in die Unterwelt", „in die Hölle des Merkur", wie die alchemistischen Schriften sich auszudrücken pflegen, etwa übersetzen: „Gehe ins Innerste deines Leibes ein und, dieses reinigend und verklärend, wirst du den verborgenen ‚Stein der Weisen' finden, das wahre Lebenselixier."

KULT UND RITUAL

Der tantrische Yoga stellt eine der extremsten Weiterentfaltungen des Gedankens der magischen Selbstverwirklichung dar, aber gerade deshalb fällt von ihm aus ein grelles Licht auch auf die geistige Haltung des Vedânta selbst, die u. E. auch die Grundlage dieser so oft verkannten tantrischen Sondergestalt bildet. Im Gangharva-Tantra heißt es z. B.: „Eine Person kann eine Gottheit nicht anbeten, solange sie selbst ein Nicht-Gott ist."

Und Evola kennzeichnet auf Grund dieser und zahlloser ähnlicher Lehren der Quellen die Tantras folgenderweise: „Die Gottheit ist etwas, was der Mensch verwirklichen muß. Der Kult in seiner höheren Form hat die Bedeutung: sich zum Gotte zu machen, apotheothenai. Und das Ritual ist die Gesamtheit der Technik, die sich einer solchen Verwirklichung zuwendet. An Brahman glauben, bedeutet dem Sâdhaka (d. i. der Yogin der Tantra-Richtung W. H.) glauben, daß er sich zum Brahman machen könne, daß er Brahman werden könne" (E 155 f.).

Wenn nun der Zusammenhang der Lehre von den Tiefenschichten des Seins mit der Eschatologie einerseits und mit der magischen Selbstverwirklichung andererseits besteht — und der Wortlaut ebensowohl wie der Geist der Quellen lassen darüber keinen Zweifel — so muß bedeutsamerweise daraus gefolgert werden: Die in der magischen Versenkung verwirklichten und die eschatologischen Zustände sind die gleichen. Die eschatologischen Erlebnisse und Seinsstände der Seele werden in der magischen Praxis vorweggenommen.

Daß dieses Gesetz der Vorwegnahme der eschatologischen Zustände im Yoga eine universale, alle

Seinsebenen umfassende Gültigkeit hat, erhellt für den Vedânta aus folgenden Tatsachen: 1. Der Yogin gebietet über den feinen Leib (vgl. z. B. M XII, 253, 1—7). 2. Die Machtvollkommenheiten des Yogin — auch bei Lebzeiten — und der Seligen in der Herrlichkeit (Aiçvaryam) sind nach der Lehre, worauf wir öfter hinweisen konnten, die gleichen. (Im schon erwähnten tantrischen Yoga gilt als Endziel der Aufbau eines kosmischen, unzerstörbaren Leibes; E 292). 3. Endlich aus der Tatsache, daß es eine Erlösung bei Lebzeiten (jîvanmukti) gibt: Der vollendete Yogin, der Muni, hat das Turîyam erlangt, er ist mit dem höchsten Brahman vereint.

Wir verstehen daher erst jetzt, weshalb die Quellen oft zwischen der Kennzeichnung magischer und eschatologischer Zustände und ihrer Machtvollkommenheiten schwanken (was übrigens nicht nur im Vedânta, sondern auch bei Meister Eckhart der Fall ist). Einfach deshalb, weil es sich um wesenhaft gleiche innere Erfahrungen handelt, weil der Adept die eschatologischen Seinsstände vorwegnimmt: die Gesetzmäßigkeiten des groben Leibes und Seins werden in der magischen Selbstverwirklichung in Schwebe gesetzt (suspendiert). Beim Tode aber, bei Anfang des eschatologischen Dramas, werden sie überhaupt verlassen. Das eine ist ein zeitweiliger, das andere der endgültige „Tod". Aber ein solcher vorübergehender Tod sind auch Tiefschlaf und Ohnmacht, die von der Ekstase, der magischen Versenkung, nur durch die allerdings entscheidende Aufhebung der Bewußtheit abgehoben sind.

Nun ist aber auch die Quelle jener übernatürlichen, höheren Erfahrung aufgedeckt, aus der alle eschatologischen Vorstellungen und Lehren fließen: die magische Selbstverwirklichung.[1]

Sollte aber mit diesem Gesetze der Vorwegnahme des eschatologischen Schicksals und der damit verbundenen Erlösung selbst nicht überhaupt das Prinzip der hohen initiatischen Kulte, der Mysterien, ja aller esoterischen Religion schlechthin bezeichnet sein?

Zum Schlusse noch Eines: Sind diese metaphysischen und eschatologischen Lehren, die wir — getreulich nach den Quellen — vorführten, nicht Verstiegenheiten, weder erfahrbare noch überprüfbare Spekulationen? Und was läge wohl gerade dem Menschen von heute näher als eine solche Meinung! —

Wer aber kann die Grenzen der Erfahrung ausmessen, die der Vertiefung ins Innere der menschlichen Seele sich erschließen mag! Wer kann die Tiefen der Seele überhaupt ergründen! Besonders in einer ihren Ursprüngen noch nahen Menschheit wie es die vedische gewesen ist! Woher die unerschütterliche Gewißheit aller der vielen Generationen der indoarischen Menschheit über diese Letzten Dinge? Woher die Unmittelbarkeit, mit der über all das als über Erfahrenes und immer von neuem zu Erfahrendes berichtet wird? Woher die Gewalt,

---

[1] Die Gewißheit des in der magisch-mystischen Versenkung Erschauten wird damit die Grundfrage aller Eschatologie. Çañkara hat sich mit seinem auf der nächsten Seite angeführten Satze die Beantwortung vielleicht zu leicht gemacht. Man vergleiche aber dazu vor allem die Darlegung O. Spanns in seinem Werke „Religionsphilosophie", Wien 1947, wohl auch jene A. Magers in seinem Buche „Mystik als seelische Wirklichkeit" (Graz, Salzburg, v. J., 1947).

mit der diese Geisteshaltung das gesamte indische Leben der Jahrtausende prägte? Woher darüber hinaus die Übereinstimmung der verschiedenen Zeiten, der verschiedenen Völker und — wie wir noch für einen begrenzten Bereich zeigen werden — auch der verschiedenen Religionen? — Möge auf diese vielen Fragen ein berufener Inder selbst antworten, Çañkara (V 460), der so oft unser Gewährsmann gewesen: „Hier ist überhaupt nicht zu streiten; denn wie könnte einer, der sich in seines Herzens Überzeugung als Brahman weiß, wenn er auch im Leibe ist, von einem andern widerlegt werden."

WALTER HEINRICH

VERKLÄRUNG UND ERLÖSUNG BEI MEISTER ECKHART

SALZBURG-KLOSTERNEUBURG

EINLEITUNG UND ANMERKUNG ÜBER DIE QUELLEN

Die Eschatologie oder die Lehre von den Letzten Dingen — wörtlich: von den Äußersten Dingen — handelt vom jenseitigen Schicksal des Menschen und von der Bestimmung des Menschengeschlechtes als Ganzem.

Diese Letzten oder Äußersten Dinge sind zukünftige Dinge. Aber der Grund für diese Zukunft wird in der Gegenwart gelegt, in dieser unserer Welt: Das hier Erreichte ist von entscheidender Bedeutung. Das spricht die tiefsinnige Lehre Meister Eckharts von der Forterhaltung aus, die das Herzstück seiner Eschatologie bildet.

Die vorliegende Studie will die Eschatologie Meister Eckharts aus seinem Gesamtwerk — unter getreulichem Festhalten des Wortlautes von dessen Texten — herausschälen. Zitiert wird nur aus: Meister Eckhart, herausgegeben von Franz Pfeiffer, Göttingen 1924, 4., unveränderte Auflage, photomechanischer Neudruck der Auflage von 1857 (z. B.: 470, 25 bedeutet, daß das betreffende Zitat auf Seite 470, Zeile 25 dieses Werkes beginnt).

Da sich die Hauptstelle über die Eschatologie in dem Traktate „Daz ist Swester Katrei Meister Ekehartes Tohter von Strâzburg" befindet (Pfeiffer, 448—475), tritt die Frage der Echtheit dieses Traktates in den Vordergrund. Es wurden von philologischer Seite Bedenken gegen die Autorschaft Eckharts erhoben. Aber es ist sehr zweifelhaft, wie weit diese berechtigt sind: Besonders nach den textkritischen Untersuchungen, die der Ausgabe der Deutschen Forschungsgemeinschaft (W. Kohlhammer-Verlag, Stuttgart-Berlin 1936 ff.) zugrundeliegen, müssen m. E. alle diese Bedenken wohl völlig verstummen. Erklärt doch J. Quint: „So ist insbesondere fast die gesamte Ausgabe Franz Pfeiffers, wenigstens, was die Predigten und Traktate angeht, durch neue Funde im Register (nämlich der neuen Eckhartfunde, W. H.) vertreten" (Meister Eckhart. Die deutschen und lateinischen Werke. Herausgegeben im Auftrag der Deutschen Forschungsgemeinschaft. Untersuchungen. 1. Band: Neue Handschriftenfunde zur Überlieferung Meister Eckharts und seiner Schule. Ein Reisebericht von Josef Quint, Stuttgart-Berlin, 1940, S. XII). — Aber selbst wenn die Autorschaft Eckharts zweifelhaft wäre, ist der Traktat so typisch für diesen selbst, für seine Richtung und Schule, daß schon aus diesem Grunde der in der Studie eingenommene Standpunkt der Auslegung von Eckharts Eschatologie hinreichend gedeckt wäre. Wieder können wir Quint zitieren: „Denn, selbst zugegeben, daß die Mehrzahl der deutschen Traktate, die Pfeiffer edierte, in dieser Form nicht von Eckhart stammen werden, so wird man kaum ernstlich bezweifeln, daß sie im wesentlichen Eckhartisches Gedankengut enthalten" (Ebda. Die deutschen Werke. 1 Bd. 1936, S. XIII).

Eine textkritische Bereinigung der Pfeifferschen Ausgabe, wie sie jetzt auf Grund der oben erwähnten, im Auftrage der Deutschen Forschungsgemeinschaft herausgegebenen Ausgabe der deutschen und lateinischen Werke Meister Eckarts nötig und auch möglich wäre, habe ich, als Nicht-Germanist, nicht durchführen können und wollen.

In der Zeit, als die vorliegende Studie zur vergleichenden Eschatologie entstand und ich im besonderen die Übereinstimmungen zwischen Meister Eckhart und dem Vedânta entdeckte, nämlich im Juli 1939, verwehrten die mich beherrschenden Umstände der Konzentrationshaft auch die Benützung dieser Ausgabe, von der damals einige Bände bzw. Lieferungen bereits vorlagen.

Die diesbezügliche Nachsicht dem Nichtfachmanne gegenüber wird auch für die Übersetzungen erbeten; für diese schuldet der Verfasser Frau Professor Erika Spann-Rheinsch, Werkschloß bei Mariasdorf, und Herrn Dr. Oskar Müllern, Graz, Dank für ihre gütige Mithilfe.

Hadersfeld, im Februar 1957.

Walter Heinrich

A. ZUR EINFÜHRUNG

1. Von der Abgeschiedenheit und der Gottnatur der Seele

Was im Vedânta das Brahmanwissen und bei Schelling die Kontemplation Gottes, das ist bei Meister Eckhart die Abgeschiedenheit: Zugleich Gottesschau und Einung mit der Gottheit. In der Abgeschiedenheit geht der Mensch in den Grund seiner Seele ein und damit — zur Gottheit. Denn diese ist der Seelengrund. Die „Grundgleichung" des Vedânta: Turîyam (Joga) — Âtman — Brahman heißt bei Eckhart: Abgeschiedenheit — Seelengrund — Gottheit. „Got gêt hie în die sêle mit dem sînem allem, niht mit dem sînem teile. Got gêt hie în die sêle in dem grunde" (5,3). „Nû wizzent, alliu unser volkomenheit und alliu unser sêlikeit lît dar an, daz der mensche durchgange und übergange alle geschaffenheit und alle zîtlichkeit und allez wesen unde gange in den grunt, der gruntlôs ist." (258, 28)

Auf dieser Ebene des Seins ist zwischen Gott und Mensch kein Unterschied mehr: Dar umbe sag ich,

---

Gott geht da in die Seele mit allem, was er ist, nicht mit einem Teile. Gott geht in den Grund der Seele ein (5,3).

Nun wisset, all unsere Vollkommenheit und all unsere Seligkeit liegt daran, daß der Mensch durch alle Geschaffenheit und alle Zeitlichkeit und alle Dinglichkeit hindurchdränge und darüber hinausginge bis in den Grund hinein, der grundlos ist (258, 28).

Darum sage ich, daß auf dieser Erkenntnisstufe

daz in disem sinne kein gelîch ist noch kein underscheit, mêr: ân allen underscheit werden wir daz selbe wesen unde substancie unde nâtûre, diû er selber ist" (40, 7). „Unde dar umbe, als sich der mensche ze gote blôz füegende ist, sô wirt er enbildet und înbildet und überbildet in der götlîchen einformikeit, in der er mit gote ein ist" (199, 9). Wie aus den Upanischaden fast tönt es uns entgegen: „dâ wirt diu sêle vereinet in der blôzen gotheit, daz si nimmer mêr müge funden werden, als vil als ein tropfe wînes mitten in dem mer" (467, 6).

Dem Abgeschiedenen sind die Quellen alles Erkennens aufgetan, denn Gott ist an die Stelle getreten, die die „wirkende Vernunft im natürlichen Menschen" innehatte (19, 29) und „was er schaut, das ist wahr und was er begehrt, das ist ihm ge-

---

kein Gleich ist noch Unterschied, mehr: o h n e allen Unterschied werden wir dieselbe Wesenheit und Substanz und Natur, die er selber ist (40, 7).

Und darum, so weit der Mensch sich völlig Gott hingibt, so wird er seines irdischen Wesens entkleidet und hineingebildet und erhöht in die göttliche Einförmigkeit, in der er mit Gott Einer ist (199, 9).[1]

Da wird die Seele vereint in der lauteren Gottheit, daß sie nimmermehr könnte gefunden werden — nicht anders als ein Tropfen Weines mitten in dem Meere (467, 6).

---

[1] Unübersetzbar: Auch Lener übersetzt „einformikeit" = Ganzheit nicht.

währt, und was er gebietet, dessen muß man ihm gehorsam sein" (486, 21).

Daher erfolgen die tiefsten Belehrungen — vor allem jene über die Letzten Dinge — nach Erlangung des Standes der „Bewährung", d. h. der Abgeschiedenheit; mit Ergriffenheit stellt Eckhart die Übereinstimmung der Gesichte der Schwester Katrei, seiner geistlichen Tochter, mit den tiefsten Weisheiten fest: „Dâ ret si mit im alsô wunderlîche und alsô tiefe sprüche von der blôzen bevindunge götlîcher wârheit, daz er sprichet 'wizzist, diz ist allen menschen fremde, unde wêre ich niht ein solich pfaffe, daz ich ez selber gelesen hête von götlîcher kunst, sô wêre ez mir ouch fremde'. Si sprichet '... ich wolde, daz irz befunden hêtet mit lebenne'" (464, 30). Schließlich erlangt er selbst durch ihren Bericht die Kraft, den höchsten Stand der Ekstase zu verwirklichen.

In dem wunderbaren Traktate „Daz ist Swester Katrei Meister Ekehartes Tohter von Strâzburg" (448 f.), der auch den eschatologischen Haupttext enthält, heißt es: „... Ich hête aller mîner sêle krefte

---

Da redet sie mit ihm also wundersame und also tiefe Worte von der bloßen Erfahrung göttlicher Wahrheit, daß er spricht „Du weißt, dies ist allen Menschen unbekannt und wäre ich nicht ein solcher Gelehrter, daß ich es nicht selber durch Gottes Erleuchtung erfaßt hätte, so wäre es auch mir unbekannt". Sie spricht ..., ich wollte, daß (auch) Ihr es aus eigenem erfahren hättet (464, 30).

...Ich hatte über all meiner Seele Kräfte Gewalt

gezemt. Wenne ich in mich sach, sô sach ich got in mir und allez daz got ie geschuof in himelrîche und in ertrîche... Ir wizzet wol, wer in got gekêret ist und in den spiegel der wârheit, der siht allez daz, daz in den spiegel geriht ist, daz sint alliu dinc. Diz was mîn inre üebunge, ê ich bewêret wart'. — Er sprach, ,ist dîn üebunge nû niht alsô?' Si sprach ,nein. Ich hân mit engeln noch mit heiligen niht ze schaffende noch mit allen crêatûren noch mit allem dem, daz ie geschaffen wart; prüevet selber vil ebene: niht alleine daz ie geschaffen wart, mê: daz ie gewortiget wart, dâ hân ich niht ze schaffende'..., Ich bin bewêret in der blôzen gotheit, dâ nie bilde noch forme inne wart.' Er sprach ,bistû dâ allez stêtêclîche?' Si sprach ,Jâ

---

gewonnen. Wenn ich in mich sah, so sah ich Gott in mir und alles, was Gott je im Himmelreich und im Erdenreiche schuf... Ihr wisset wohl, wer in Gott gekehrt ist und in die höchste Wahrheit, der sieht alles das, was in diesem Wahrheitsspiegel geordnet ist, nämlich alle Dinge. Dies war mein innerer Brauch (Stufe), ehe ich bewährt war. — Er sprach, ,,ist deine Übung nun nicht also?" Sie sprach, ,,nein. Ich habe nichts zu schaffen weder mit Engeln noch mit Heiligen noch mit allen menschlichen Geschöpfen noch mit allem dem, was je geschaffen ward; prüfet selber ganz genau: Nicht alleine was je geschaffen ward, mehr: was je nur als Wort ausgesprochen ward — damit hab' ich nichts zu schaffen"... Ich bin bewährt in der bloßen Gottheit, da nie Bild noch Form darinnen war. Er sprach, ,,Bist du das alles stetiglich (d. h. kannst Du

...dâ ich stân dar mac kein crêatûre komen in crêatûrlîcher wîse... ich bin dâ, dâ ich was, ê ich geschaffen wurde, daz ist blôz got unde got. Dâ ist weder engel noch heilige noch koere noch himel. Manige liute sagent von aht himeln unde von niun koeren; der enist dâ niht, dâ ich bin. Ir sult wizzen, allez daz man alsus wortiget unde den liuten für leit mit bilde, daz ist niht dan ein reizen ze gote. Wizzet, daz in got niht ist dan got; wizzit, daz kein sêle in got komen mac, si werde ê got alsô, als si got was, ê si geschaffen wurde.' Er sprach ‚liebe tohter, dû seist wâr. Nû tuo ez durch got unde rât mir dînen nêhesten rât, wie ich her zuo kome, daz ich diz guot besitze.' Si sprach ‚ich gib iu einen

---

immer in diesem Zustand sein?)." Sie sprach, „ja,... dort, wo ich da bin, dahin kann keine Kreatur in kreatürlicher Weise kommen... ich bin dort, wo ich war, ehe ich geschaffen wurde — da ist bloß Gott und nichts als Gott. Da sind weder Engel noch Heilige noch Chöre noch Himmel. Manche Leute sagen von acht Himmeln und von neun Chören — dort, wo ich bin, ihrer ist dort nicht. Ihr sollt wissen, alles, was man so in Worte bringt und den Leuten in Bildern vorlegt, das ist nichts als ein Hinreizen (Hinlocken) zu Gott. Wisset, daß in Gott nichts ist denn Gott; wisset, daß keine Seele in Gott kommen kann, ehe sie also Gott werde, wie sie Gott war, bevor sie geschaffen wurde." Er sprach, „liebe Tochter, du hast recht. Nun tu es um Gotteswillen und rate mir deinen genauesten Rat, wie ich dazu kommen kann, daß ich diese Stufe erreiche." Sie sprach, „ich gebe Euch einen

getriwen rât. Ir wizzet wol, daz alle crêatûren sint von nihte geschaffen unde müezen wider ze nihte werden, ê sie in iren ursprunc koment... Sô ist iu gnûoc geseit. Prüevet, waz ist niht?' Er sprach ‚ich weiz, waz niht ist unde weiz wol, waz minner ist dan niht... Niht ist niht. Wer dem nihte dienet, der ist minner denne niht.' Si sprach ‚daz ist wâr. Har nâch rihtet iuch, ob ir zuo iwerme guote komen welt, unde sult iuch vernihten under iuch selber und under alle crêatûre, alsô daz ir niht enpfindet, daz ir mê ze tuonne habet, daz got in iu wirken müge.' Er sprach ‚dû seist wâr. Ein meister sprichet: wer got minnet für sînen got unde got an betet für sînen got und im dâ mite lâzet genüegen, daz ist mir als ein ungeloubic mensche.'

---

getreuen Rat. Ihr wisset wohl, daß alle Kreaturen aus Nichts geschaffen sind und wieder zu Nichts werden müssen, wenn sie in ihren Ursprung zurückkommen... Damit habe ich Euch genug gesagt. Prüfet, was ist dies Nichts?" Er sprach, „ich weiß, was Nichts ist und weiß wohl, was minder ist denn Nichts... Nicht ist Nichts. Wer dem Nichts dient, der ist minder denn Nichts." Sie sprach, „das ist wahr. Darnach richtet Euch, wenn Ihr zu solcher Erleuchtung kommen wollt; und Ihr sollt Euch zu Nichts machen und Eurer Selbstheit und Kreatürlichkeit begeben, also daß Ihr nichts empfindet, was Ihr noch zu tun hättet, als was Gott in Euch wirken möchte." Er sprach, „Du sollst recht haben. Ein Meister spricht: Wer Gott minnet als seinen Gott und Gott anbetet als seinen Gott und läßt sich's damit genügen — der gilt mir für einen un-

Si sprach ‚sêlic sî der meister, der diz ie gesprach: er bekante die wârheit. Ir sult wizzen, wer im dâ mite lâzet genüegen, mit dem daz man gewortigen mac: got ist ein wort, himelrîche ist ein wort, der niht für baz wil komen mit der sêle kreften, mit bekenntnisse unde mit minne denn ie gewortiget wart, der sol billîche ungloubic heizen. Waz man wortiget daz begrîfent die nidersten sinne oder krefte der sêle. Dâ mite genüeget den obersten kreften der sêle niht: sie dringent immer für baz, biz sie koment in den ursprinc, dâ diu sêle ûz gevlozzen ist" (468, 26).

Mit diesem bedeutsamen Gespräche stehen wir im Kern der Eckhartischen Lehre. Der Weg der Versenkung führt zur Schau des Schöpfers und alles dessen, was Gott im Geisterreiche und in der Natur schuf. Schwester Katrei berichtet, sobald sie in sich schaute, erschaute sie Gott in sich und alles, was er jemals im Himmel und auf Erden geschaf-

---

gläubigen Menschen." Sie sprach, „Selig sei der Meister, der dies gesagt: er wußte um die Wahrheit. Ihr sollt wissen: wer sich mit dem genügen läßt, was man mit Worten sagen kann — Gott ist ein Wort, Himmelreich ist ein Wort — wer nicht weiter kommen will mit der Seele Kräften, mit Erkenntnis und mit Gottesliebe, als eben je in Worte gebracht ward; der soll billig ungläubig heißen. Was man in Worte faßt, das begreifen die niedersten Sinne oder Kräfte der Seele. Damit ist den obersten Kräften der Seele nicht genug getan; sie dringen immer weiter, bis sie in den Ursprung kommen, aus dem die Seele geflossen ist" (468, 26).

GOTT UND GOTTHEIT

fen. Aber diese Stufe — wir wissen schon aus der indischen Metaphysik, daß es die zeugerische Ebene des Seins, das Ideenreich, ist — ist nicht die letzte: „Dies war meine Übung, bevor ich bewähret war." Dem ist jetzt in der Abgeschiedenheit nicht mehr so. Diese hat nichts mehr zu schaffen mit dem, was manifestiert ist. Nicht mehr Gott, der Schöpfer, sondern die lautere Gottheit, das schlechthin Transzendente ist der Seinsstand der Seele in der Abgeschiedenheit, in der Ekstase.

Hier tritt uns die grundlegende Unterscheidung zwischen Gott und Gottheit entgegen, die wir schon im Vedânta finden: dort als die zwischen attributhaftem, niederem Brahmiçvara) und attributlosem, höchstem. Ihm gegenüber sind alle Bilder, alles in Worte Faßbare lediglich „ein Reizen zu Gott hin", nicht aber Gott selbst.[1] „In Gott ist nichts denn er selbst und keine Seele vermag zu ihm zu kommen, sie werde denn Gott, so wie sie Gott war, ehe sie geschaffen wurde."

Und auf die Frage Eckharts, wie er dieses köstliche Gut erlangen könne, kommt die an die „negative Theologie" der Upanischaden, an deren „neti neti" — „Es ist nicht so, es ist nicht so!" — erinnernde Antwort: „Ihr wisset wohl, daß alle Kreaturen aus dem Nichts geschaffen sind und wieder zu nichts werden müssen, sollen sie in ihren Ursprung kommen. So ist euch genug gesagt." Und einem „Schüler" wie Meister Eckhart ist auch genug gesagt damit; das zeigt seine Kennzeichnung des höchsten und tiefsten Seinsstandes: „Wer dem Nichts dient,

---

[1] Vgl. Anmerkung [1] auf S. 104: Über die mystischen Bilder!

der ist weniger als das Nichts." Gemessen an diesem überreligiös-magischen „Sichselbst-Vernichten und nur die Gottheit in sich Wirken-Lassen" ist jedes andere Verhältnis zu Gott Unglauben, der den obersten Kräften der Seele nicht genügt: „Got, der dich von nihte geschuof, der sol selbe dîn stat sîn an sîme undürftigen nihte und an siner unbewegelicheit. Dâ soltû unbewegelîcher werden denne niht" (510, 25), „dâ daz entploezete unde diu blôzheit ein sint, dâ endent alle krefte des geistes" (527, 6). Wo das Lautere und Deine Lauterkeit eins werden — in der Einung mit der Gottheit, der Abgeschiedenheit.

Gott, der dich aus Nichts erschuf, der soll selber deine Stätte sein in seinem unbedürftigen Nichts und in seiner Unbewegtheit. Da sollst du unbewegter werden denn Nichts (510, 25), wo das Entblößte und die Bloßheit eins sind — da enden alle Kräfte des Geistes (527, 6).

2. Zur Begründung der Magie.

Die Folgerungen aus diesem Eckhartischen „Turîyam", der Abgeschiedenheit, führen zu allen jenen metaphysischen Lehrstücken, denen wir im Vedânta schon begegneten und bei Schelling begegnen werden.

Augenfällig ist es, daß es sich hier um eine Sicht handelt, die ebenfalls als Lehre von den Tiefenschichten des Seins angesprochen werden könnte. Die höchst- und tiefste Schicht ist das Transzendente, die bloße Gottheit, identisch mit dem Seelengrunde der individuellen Seele.

Die nächste Ebene ist das zeugerische Sein, die Gottheit in Gestalt Gottes des Schöpfers. Die erwähnte Unterscheidung zwischen Gottheit und Gott ist also eine solche von Seinsschichten. Die schöpferische Ebene ist das Ideenreich.

Auch Hinweise auf das, was für die Inder das feine Sein ist, fehlen nicht gänzlich, wenigstens scheinen uns in der Verklärungslehre und in der Lehre von den magischen Fähigkeiten in der Ekstase Hinweise auf den feinen Leib enthalten zu sein. So heißt es einmal: „Ich spriche daz ûf mînen lîp unde sprich ez sicherlîche, daz ein mensche von gerunge möhte dar zuo komen, daz er füere durch eine stehelîne mûre, als wir lesen von sancte Pêter, dô er Jêsum sach, daz er von girde ûf dem

---

Ich spreche das wahrlich und spreche es mit Gewißheit, daß ein Mensch, der darnach Sehnsucht empfindet, dazu kommen könnte, daß er durch eine stählerne Mauer führe, wie wir von Sankt Peter lesen, daß er aus Verlangen, als er Jesum sah, auf wazzere hine gienc" (168, 31).

Die oberflächlichste Seinsschichte ist jene der „gropheit", die dadurch zustande kommt, „daz alle die nidersten krefte der sêle alsô verre als sie berüeret habent zît oder stat, alsô vil habent sie verlorn ir juncvröwelîche reinekeit" (70, 35). Es ist dies der „natürliche Mensch" der „wirkenden Vernunft", von dem es als von seiner besten Erscheinungsform heißt: „ez koment vil liute ze klârem verstantnüsse und ze vernünftigem underscheide bilde unde forme, aber der ist wênic, die dâ koment über verstantlîchez schouwen und über vernünftige begrîfunge bilde unde forme, und wêre doch gote ein mensche lieber, der dâ stüende âne alle begrîfunge formlîcher bildunge, denne hundert tûzent, die ir selbes gebrûchent in vernünftiger wîse. Wan got der enmac in sie niht komen noch sînes

---

dem Wasser zu ihm hinging (168, 31).

Grobheit: Daß alle die niedersten Kräfte der Seele, insofern sie Zeit oder Stätte (Raum und Zeit) berührt haben, ebensosehr die jungfräuliche Reinheit verloren haben (70, 35).

Es kommen viele Leute zu klarem Verständnis und zu vernünftiger Unterscheidung von Gestalten und Formen; aber derer sind wenige, die da über verstandesmäßiges Schauen und über vernünftiges Begreifen der Gestalten und Formen hinauskommen; und doch wäre Gott ein einziger Mensch lieber, der ohne alles Verständnis formhafter Bildung wäre, als hunderttausend, welche (die Kräfte) ihres Selbstes in vernünftiger Weise gebrauchen. Denn Gott kann nicht in sie kommen noch sein Werk

werkes gewürken von der unlidikeit ir vernünftiger bildunge" (475, 35).

Wir haben hier den deutlichen Hinweis auf jene höheren Geisteszustände, die über das normale Wachbewußtsein des Verstandes, des rationalen oder diskursiven Begreifens von Bildern und Formen, in den schöpferischen Bereich des noch nicht Individuierten, vielmehr Individuierenden hinausreichen.

Für diese zeugerische Seinsschichte werden Eckharts Darlegungen zur I d e e n l e h r e. Das Ideenreich ist aber demgemäß in der Seele selbst angelegt und zu verwirklichen, sobald sie aus ihrem Oberflächenleben in sich selbst, in ihre Tiefe zurückgeht: „Swer dâ sprichet, daz er zuo sîner nâtûre komen sî, der sol alliu dinc in ime gebildet vinden in der lûterkeit, als sie in gote sint, niht als sie sint in ir nâtûre, mêr: als sie sint in gote. Noch geist noch engel enrüeret den grunt der sêle niht noch die nâtûre der sêle. In dem kumt sie in daz êrste, in den begin, dâ got ûzbrichet mit güeti in alle crêatûre. Dâ minnet si alliu dînc in gote,

---

in ihnen wirken wegen ihrer Unempfänglichkeit, die das nicht leidet (475, 35).

Wer da sagt, daß er zu seinem Wesen gekommen sei, der soll alle Dinge in sich gebildet finden in der Lauterkeit, wie sie in Gott sind; nicht wie sie ihrer Art nach sind; wahrlich: wie sie in Gott sind! Denn weder Geist noch Engel rühren den Grund der Seele noch die Natur der Seele an. Auf diese Weise kommt sie in das Erste, in den Beginn, von wo Gott hervorbricht als die Güte in alle Kreatur. Da

niht in der lûterkeit als sie in ir nâtiurlîcher lûterkeit sint, mêr: in der lûteren einvaltikeit, als sie sint in gote. Got hât gemachet alle dise welt als in eime kol. Daz bilde, daz in golde ist, daz ist vester denne daz in dem kol ist. Alsô sint alliu dinc in der sêle lûterer und edeler denne sie sîn in der welte. Diu materie, dâ got alliu dinc ûz gemachet hât, daz ist snoeder denne ein kol wider dem golde... Hie meine ich, daz alliu dinc unzallich edeler sint in der vernüftiger welt, daz die sêle ist, denne sie sîn in dirre welte; reht als daz bilde, daz in golt gehouwen unde durgraben ist, alsô sint aller dinge bilde einvaltig in der sêle. Ein meister sprichet: diu sêle hat ein mügelicheit in ir, daz aller dinge bilde in sî gedrüket wirt" (90, 15).

---

minnt sie alle Dinge in Gott, nicht in jener Lauterkeit, wie sie in ihrer natürlichen Lauterkeit sind, mehr: in der lauteren Unausgegliedertheit, mit der sie in Gott sind. Gott hat diese ganze Welt gleichsam aus Kohle gemacht; das Bild, das aus Gold ist, das ist beständiger denn jenes, das aus Kohle ist. Also sind alle Dinge in der Seele lauterer und edler, als sie in der Welt sind. Die Materie, aus der Gott alle Dinge gemacht hat, die ist noch schnöder (geringer) denn die Kohle gegen das Gold. Damit meine ich, daß alle Dinge unendlich edler sind in der geistigen Welt, nämlich in der Seele, als sie in dieser (materiellen) Welt sind; ganz so, wie das Bild, das in Gold gestaltet und ziseliert ist, so sind aller Dinge Bilder unentfaltet (einfältig) in der Seele. Ein Meister sagt: Die Seele hat eine Möglichkeit (eine Fähigkeit) in sich, vermöge der aller Dinge Bild

DIE „VORGEHENDEN BILDER IN GOTT" 193

Hier ist die Ideenwelt die „vernünftige Welt, die die Seele ist", selbst und die „Dinge in ihr", nämlich die Ideen, sind in ihrer Einfaltigkeit, d. h. Nichtauseinandergefaltetheit in die vielheitliche Welt der materiellen Dinge so viel edler denn diese als Gold vor der Kohle. Aus den eigenen Voraussetzungen seines mystischen Weges der Versenkung heraus entwickelt hier Eckhart seine Ideenlehre, denn es heißt ausdrücklich, daß der Seelengrund jene Erstigkeit sei, aus der Gott mit Güte, d. h. als die Idee des Guten, als reine Wesenheit, ausbricht in Schöpfung; der Mensch aber, der in der Verzückung jenen Grund der Seele erreicht, hat teil am Seinsstande des Ideenreiches, ja noch mehr: er aktuiert seine Wesenheit als Ideenführer.

Wir betonen den Zusammenhang der Ideenlehre mit dem ekstatischen Grunderlebnisse deshalb, weil Eckhart ja als Philosoph und Theologe auf dem Gipfel der Dogmatik seiner Zeit stand und zwar mehr in deren platonisch-plotinischer Tradition als in der aristotelischen und deshalb auch von dieser rein lehrgeschichtlichen Seite her zur Ideenlehre kommen konnte und wohl auch gekommen ist. Eckhart nennt die Ideen die „vorgehenden Bilder in Gott" und beruft sich auf Meister Thomas, der sagt, „daz man von nôt daz setzen müeze, daz in göttlichem wesenne gewesen sîn aller crêatûre vorgêndiu bilde (324 f.)".

---

ihr aufgedrückt wird (90, 15). (Aus der Seele und in ihr geschaffen wird),

daß man notwendig behaupten müsse, daß im göttlichen Wesen die aller Kreatur vorangehenden Bilder gewesen seien (324—328).

Sowohl das mystische Erlebnis Eckharts wie die Folgerungen daraus in den Lehrstücken von den Tiefenschichten des Seins und von den Ideen führen zu einer Lehre, die dem Advaitismus (All-Einheits- oder Unzweiheitslehre) des Vedânta ebenso ähnelt wie dem Schellingischen Idealismus. Immer von neuem wird die Einheit aller Dinge und Geschöpfe in ihrer Erstigkeit, also ihrem Wesen nach, gelehrt: „Alsô sprechent alle crêatûren von gote ... — ... Allez daz, daz in der gotheit ist, daz ist ein, unde dâ von ist niht ze sprechenne. Got wirket, diû gotheit wirket niht, si enhât niht ze wirkenne, in ir ist kein werc... Got unde gotheit hât underscheit an würken und an nihtwürken. Swenne ich kume wider in got, bilde ich dâ niht, sô ist mîn durbrechen vil edeler danne mîn ûzfluz. Ich alleine bringe alle crêatûren ûz ir vernunft in mîn vernunft, daz sie in mir eine sint. Swenne ich kume in den grunt, in den bodem, in den river und in die

---

Also sprechen alle Kreaturen von Gott. Alles das, was in der Gottheit ist, das ist Eines, und davon ist nicht zu sprechen (gibt es kein Sprechen). Gott wirkt, die Gottheit wirkt nicht, sie hat nichts zu wirken, in ihr ist kein Werk... Gott und Gottheit ist unterschieden nach Wirken und Nichtwirken. Und wenn ich wieder in Gott zurückkomme, so bilde ich dort nichts; darum ist mein Durchbrechen viel edler als mein Ausfluß. Ich alleine bringe alle Kreaturen aus ihrer Vernunft in meine Vernunft, auf daß sie in mir Eines sind. Ja, wenn ich komme in den Grund, in das Flußbett (in das Unterste), in den Strom und in die Quelle der Gottheit, so fragt

quelle der gotheit, sô fragêt mich nieman, wannen ich kome oder wâ ich sî gewesen. Dâ vermiste mîn nieman, daz entwirt." (181,7).

Auch hier finden wir, wie schon bei den Indern, daß das Nichtwirken, jenes Handeln ohne zu handeln, das Größere, das der Gottheit Angemessene sei, daß das „Durchbrechen", d. h. die Verunmittelbarung, die Rückkehr edler sei als das „Ausfließen", d. h. die Vermittelbarung, die Manifestation. Es ist das Verharren in dem Alles-tun-Können und Nichts-Tun, das wir als Grundhaltung der Schellingischen Philosophie wiederfinden werden.

Immer wieder wird auch betont, daß die Dinge und Geschöpfe zu dieser Lauterkeit ihres wahren Wesens zurückzugelangen trachten: Das Korn will Weizen werden, das Weizenkorn gibt sich in der Nahrung des Menschen den Tod, um alle Dinge zu werden; das Kupfer will Gold werden und das Holz lechzet nach dem Feuer, um, in des Feuers Natur verwandelt, mit dem All-Einen sich zu vereinigen. „Jâ holz unde stein unde bein und alliu greselîn diu hânt alle sament dâ ein gewesen in der êrstekeit. Und tuot disiu nâtûre daz, waz tuot danne diu nâtûre, diu dâ sô blôz ist in ir selber, diu dâ niht

---

mich niemand, von wannen ich komme oder wo ich gewesen sei. Da vermißte mich niemand, der vergeht (181, 7).

Ja Holz und Stein und Bein und alle Gräslein, die wurzeln dort alle zusammen im Anfang der Dinge. Und wenn solcher Natur das zukommt — was kommt dann der Natur zu, die da rein in sich selber ist, die da nicht sucht, weder dies noch das,

suochet weder diz noch daz, sunder si entwahset allem andern unde loufet alleine zuo der êrsten lûterkeit." (334, 7).

Eckhart spricht hier das Mysterium von der Erlösungssehnsucht der ganzen Natur aus: Schon die außermenschliche Natur ist erfüllt vom Verlangen nach Rückkehr zu Gott, wie mächtig wird dieses erst in der von der Last des äußeren Welttreibens befreiten, in sich gekehrten Seele.

Zahllos sind daher die Hinweise Eckharts, daß der Weg der Vertiefung zur Einheit führe, welche die „êrste Lauterkeit" ist. So heißt es zur Kennzeichnung dieses Vertiefungsweges im Anschlusse an ein Zitat, das da lautet: „Dâ hôrt ich sunder lût, dâ sach ich sunder lieht, dâ rouch ich sunder bewegen, dâ smaht ich des dâ nicht onwas, dâ empfant ich des dâ niht enbleib. Har nâch wart mîn herze grundelôs, mîn sêle minnelôs, mîn geist formelôs unde mîn natûre weselôs." — Die Minnelosigkeit der Seele: „daz ist diu entploezunge aller mîner krefte unde mîner sinne"; die Formlosigkeit des Geistes: „daz ist diu indrükunge des geistes in die

---

sondern sie entwächst allem anderen und läuft allein zur ersten Lauterkeit (334, 7).

Da hört' ich sonder Laut, da sah ich sonder Licht, da roch ich sonder Regung, da schmeckte ich das, wovon nichts da war, da empfand ich das, was hier nicht weilte. Darnach ward mein Herz grundlos, meine Seele minnelos, mein Geist formlos und meine Natur wesenlos.

Das ist das Bloßwerden (Lauterwerden) aller meiner Kräfte und meiner Sinne.

ungeformete forme unde bilde, daz got ist"; und die Wesenlosigkeit meiner Natur: „das ist, daz mînâtûre ir wesen entsinket alsô, daz dâ niht entblîbet dan ein einic ist. Diss istes wesen ist diu einekeit, diu irs selbes wesen ist und aller Dinge" (507, 21). Die Seele wird angewiesen, sie „sol sich verloufen in daz apgründe âne materie unde forme. Materie, forme, verstentnisse unde wesen hât si verlorn in der einekeit, wand si ist ze nihte worden an ir selben: got würket alliu ir werc, er haltet sî in sînem wesene unde fueret sî in sîner kraft in die blôze gotheit." (515, 32)

Wir sehen hier den Anstieg aus dem Bereiche der „Einigkeit", der Ideenwelt, in die lautere Gottheit, die nicht die Leere ist, ebensowenig wie Nirvâna, sondern die Fülle der All-Einheit: Seligkeit in sich einschließend: „diu begriffenlicheit der einekeit, daz die seligen geiste hânt, daz lît an der enpfint-

---

Das ist das Eingedrücktwerden des Geistes in die ungeformte Form und (das ungeformte) Bild, das Gott ist.

Das ist, daß meiner Natur ihr Wesen so entsinkt, daß da nichts übrigbleibt, als ein einiges (einziges) Ist. Dieses Istes Wesen ist die Einheit, die ihrer selber und aller Dinge Wesen ist (507, 21).

Sie soll sich verlaufen in den Abgrund ohne Materie noch Form. Materie, Form, Verständnis und Wesen hat sie verloren in der Einheit, denn ihr Eigenes ist zunichte:

Gott wirkt nun all ihr Werk; er hält sie in seinem Wesen und führt sie dank seiner Kraft in die bloße Gottheit (515, 32).

Das Begreifen der Einheit, das die seligen Geister

licheit mit aller welde eins andern denne daz sie selber sîn." (518, 35)

Und das Tat tvam asi (Das bist du) der Upanischaden übersteigernd, lehrt Eckhart in einem Überschwange der Folgerichtigkeit von der Ideenführerschaft des Menschen: „... got hât alliu dinc gemachet durch mich, dô ich stuont in dem unergründeten grunde gotes, dô machte got alliu dinc durch mich und ich stuont in ime ledic. Dô der vater sîn werc worhte von eigenschaft sîner nâtûre, dô bleib ich in dem blôzen ûzbruche, dâ alliu dinc blôz unde ledic wider în gefüeret werdent ûf ir obrôste sêlikeit." (581, 1)

Folgerichtig entwickelt Meister Eckhart aus dem Erlebnis der Versenkung, sowie aus Tiefenschichten-, Ideen- und All-Einheitslehre eine **Lehre von der Magie und den mystisch-magischen Machtvollkommenheiten**. Die Magie erfährt hier eine der großartigsten Begründungen, die es im christlich-abendländischen Kulturkreis gibt und die andererseits — manchmal bis

---

haben, das liegt daran, daß sie die ganze Welt des anderen, die sie nicht selber sind, (als sich selber) empfinden (518, 35).

Gott hat alle Dinge durch mich gemacht; als ich in dem unergründlichen Grunde Gottes stund, da machte Gott alle Dinge durch mich und ich stund in ihm — allein. Als der Vater ein Werk wirkte aus der Eigenschaft (der Macht) seiner Natur — da blieb ich im wesenlosen Ursprung, wo alle Dinge bloß und ledig wieder hineingeführt werden in ihre oberste Seligkeit (581, 1).

in den Wortlaut — mit jenen des Vedânta und der Yogarichtungen übereinstimmt. Die Seele tritt in der Vertiefung in jene Seinsschichte ein, die den zeugerischen Grund der Dinge bildet — das „Samesein" oder der „Ursachleib" der Inder — und sie vermag durch diesen Grund hindurch auch seine Gebilde, die Dinge der Oberflächenwelt, zu bewegen. Deshalb knüpft die Eckhartische Begründung der Magie an die Ideenlehre an, denn der Zeugegrund der Dinge ist ja die Welt der Ideen und der „immateriellen Wurzeln der Materie", wie die Ganzheitslehre Othmar Spanns das Vorstoffliche und Vorräumliche alles Stofflichen und Räumlichen bezeichnet. „Ich spriche, daz der mensche hât ein vermügen in der sêle, daz er aller crêatûre wesen hât mit den steinen, mit den boumen unde für baz mit allen andern crêatûren, unde mit derselben vermügenden kraft hât er aller crêatûren bilde enpfangen in sîner vernunft mit underscheidenlîcher wise" (589, 17). „Dar umbe der mensche, der über zît erhaben ist in êwikeit, der würket mit gote daz got vor tûsent unde nâch tûsent jâren geworht

---

Ich sage, daß der Mensch ein Vermögen in der Seele hat, daß er aller Kreaturen Wesen hat, der Steine, die Bäume und weiter aller anderen Kreaturen; und zugleich mit derselben vermögenden Kraft hat er aller Kreaturen Bild in seiner Vernunft in unterschiedlicher Weise empfangen (589, 17).

Darum der Mensch, der über Zeit erhaben ist in Ewigkeit, der wirkt mit Gott, was Gott vor tausend und nach tausend Jahren gewirkt hat und wirkt.

3 Meister Eckhart

hât. Und daz ist wîsen liuten ze wizzene unde groben ze gloubenne" (190, 37). „Der êwic lieht ie enpfienc, der vermac waz er bekennet" (667, 37). „Daz unmüglich ist der undern nâtûre, daz ist gewonlich unt nâtiurlich der obren nâtûre" (437, 12).

Jene Kräfte der Seele, die in der Vertiefung freigelegt werden, die oberen Seelenvermögen, „der Geist, der Mann in der Seele," sind nicht nach dem Maßstabe der gewöhnlichen, der Oberflächenkräfte zu messen. Daher ist nur noch ein Schritt weiter zu tun zur eigentlichen Begründung der Magie: „Man neme einen brinnenden koln unde lege in ûf mîne hant. Sprêche ich, daz der kol mîne hant brande, sô têt ich ime gar unreht. Sol aber ich sprechen eigenlich, waz mich brenne, daz tuot daz niht, wan der kol etwas in ime hât, das mîn hant niht enhât. Sehent, daz selbe niht brennet mich. Hête aber mîn hant allez daz in ir, daz

---

Und das ist weisen Leuten zu wissen und ungelehrten zu glauben (190, 37).

Wer das ewige Licht empfing, der k a n n, was er erkennt (667, 37).

Was der unteren Natur unmöglich ist, das ist der oberen Natur gewöhnlich und natürlich (437, 12).

Man nehme eine brennende Kohle und lege sie auf meine Hand. Spräche ich, daß die Kohle meine Hand brennte, so täte ich ihr gar unrecht. Soll ich aber die Wahrheit sagen: was auch brennte, das brennte mich nicht, wenn nicht die Kohle etwas in sich hat, was meine Hand n i c h t hat. Seht, eben dieses N i c h t brennt mich. Hätte aber meine Hand alles das in sich, was die Kohle ist und lei-

der kol ist unde geleisten mac, so hête si fiures nâtûre zemâle. Der danne nême allez daz fiur, daz ie gebrante, und schuttez ûf mîne hant, daz möhte mich niht gepînegen" (65, 22).

Der von mir gesperrte Satz enthält die Begründung der Magie: Erreicht nämlich der Geist in der Versenkung jene Seinsebene, wo er mit der Wesenheit der Dinge eins wird, so wird er zum Herrn der erscheinenden Dinge. Vom Tantra-Yoga, der oft als System der magischen Unterwerfung der Erscheinungswelt auch Mâja-Joga genannt wird, lehrt Evola: „Wahrhaft frei vom Feuer ist jener, der Besitz von der Natur des Feuers genommen hat und diese verhindert, die Wirkung hervorzubringen, die es gewöhnlich hervorbringt".[1] Dieses Besitznehmen von der Natur geschieht aber im unmittelbaren Rapport der Versenkung.

Sehr eindrucksvoll enthüllt Eckhart dieses Geheimnis in einer anderen Predigt: „Wan dô diu sêle nâch der art ires vermügens unde nâch der eigen-

---

sten kann, so hätte sie zugleich des Feuers Natur. Wer dann alles das Feuer nähme, das je gebrannt hat, und schüttete es auf meine Hand — das könnte mich nicht peinigen (65, 22).

Wenn da die Seele nach der Art ihres Vermögens und nach der Eigenschaft ihres Wesens vernünf-

---

[1] J. Evola, L'Uomo come potenza. J. Tantri nella loro metafisica e nei loro metodi di autorealizzazione magica. Todi-Roma, o. J., p. 155. Die zweite Auflage dieses Werkes erschien unter dem Titel: Lo Yoga della Potenza (Saggio auf Tantra). Frat. Bocca, Mailand 1949.

schaft irs wesennes vernünfteclîche in gote ruowet, sô werdent ir alliu dinc als eigen, als obe sie durch keines andern dinges willen beschaffen wêren, dan alleine durch ir willen. Wan in dem teile lîdent sî alle crêatûre unde sint ir undertân, als obe sie von ir beschaffen wêren. Wan in dér kraft wâren die vogele Franciscô undertân unde hôrten sîne predie. Ez was ouch in dér kraft Daniel begâbet unde hielt sich gotes, dô er under den lewen saz. In dér kraft ist ouch der heiligen üebunge gewesen, die ir lîden alsô hie getragen und ûf genomen habent, daz ez in von grôzer liebe wegen kein lîden was" (351, 20).

Diese Liebe ist allerdings keine gewöhnliche Minne Gottes, sondern sie ist jener überschreitende Zustand der „Zerstörung des Todes", den Giacomo di Baisieux kennzeichnen will, wenn er „a-mor" von „non-morte" herzuleiten versucht. (A. Ricolfi,

---

tig in Gott ruht, so werden ihr alle Dinge so eigen, als ob sie um keines andern Dinges willen geschaffen wären, denn allein um **ihretwillen**. Denn alle Geschöpfe erfahren sie (die Seele) als Teile (Glieder des Ganzen), und sind ihr untertan als ob sie von ihr geschaffen wären. Denn so waren die Vögel (dem) Franziskus untertan und hörten seine Predigt an. Es war auch Daniel begabt in **der** Kraft und hielt sich an Gott fest (Gott geeinigt), als er unter den Löwen saß. In **der** Kraft ist auch der Heiligen Übung gewesen, die ihr Leiden also hier getragen und aufgenommen haben, daß es ihnen ihres großen Glückes wegen kein Leiden war (351, 20).

Studi sui Fedeli d'Amore, Milano 1933). Eckhart nennt jene Liebe „Ur": „Ur bediutet die brinnende minne, diu sterker ist danne der tôt und unmüglichiu dinc müglich machet ze ze tuon" (358, 17). Eckhart entwickelt eine großartige magische Liebeslehre, die in dem Augustinischen „reht als dû minnest, alsô bist dû" (86, 29) gipfelt und — ähnlich wie das platonische Gastmahl — eine Lehre vom Liebesaufstiege enthält: „Daz wir alsô ûf klimmen von einer minne in die andern unde geeiniget werden in got unt dar inne êweclîche sêlic belîben" (275, 24).

Auch entwirft der Meister eine Lehre von den Machtvollkommenheiten, als da sind: „wîsheit, kunst (d. i.: „dâ ein mensche sîniu werc bringen kan zuo einer solhen sache, dâ mit er sich mit got vereinet" (369, 19), „grôzer geloube, reden mit manigerleie zunge, verstendekeit der geschrift, künftigiu dinc ze sagen unde sô man daz înspre-

---

Ur bedeutet eine brennende Minne, die stärker ist denn der Tod und unmögliche Dinge zu tun möglich macht (358, 17).

Recht als du minnest, also bist du (85, 29).

Daß wir also aufklimmen von einer Minne in die andere, und mit Gott geeinigt werden und in ihm ewig selig bleiben (275, 24).

Womit ein Mensch seine Werke soweit bringen kann, daß er sich mit Gott vereinigt (369, 19).

Großer Glaube, Reden mit mancherlei Zungen, Verständnis der (heiligen) Schrift, Weissagen künftiger Dinge, und daß man das Einsprechen des Heiligen Geistes merken kann (365, 39).

chen des heiligen geistes merken kan" (365, 39). Über diesen stehen noch höhere „Gaben des heiligen Geistes"; und unter ihnen fehlt auch die Verklärung des Leibes nicht (vgl. auch oben S. 19 das Zitat 168, 31 und unten S. 56 f. jenes 366, 40).

Aus alle dem ergibt sich auch Eckharts Auffassung **vom Sinn der Welt und vom diesseitigen Leben**. Welt und Leben sind der Schauplatz jener Liebe, welche die Rückkehr zu Gott will. Ja die ganze Schöpfung ist auf dem Wege, dessen Ende die Einung mit der Gottheit ist: „War umbe würken wir al unser werc?... durch daz, daz got in unser sêlen geborn werde. Alles kornes nâtûre meinet weizen, alles schatzes nâtûre golt, alliu geberunge meinet mensche" (104, 28). Fast tönt uns hier vorwegnehmend ein Anklang an jene Lehre Schellings entgegen, nach der die Offenbarung Gottes im ursprünglichen Menschen, im Menschen vor dem Falle, ihre Krönung erlangt.[1]

Über den Sinn des Erdenlebens lehrt Eckhart: „Ein meister sprichet: diu sêle ist dar umbe dem lîbe gegeben, daz si geliutert werde... Dar an lît

---

Warum wirken wir unser Werk? Um deswillen, daß Gott in unserer Seele geboren werde. Alles Kornes Natur meint Weizen, alles Schatzes Natur Gold, alle Schöpfung meint Mensch (104,28).

Ein Meister spricht: die Seele ist darum dem Leibe gegeben, damit sie geläutert werde... Darin

---

[1] Vgl. die Anmerkung auf S. 84: Zur Lehre vom Ewigen Menschen!

der sêle lûterkeit, daz si geliutert ist von eime leben, daz geteilt ist, unde tritet in ein leben ‚daz vereinet ist" (264, 14); und an anderer Stelle heißt es: „Möhte diu sêle got genzlîche bekennen als die engele, si enwêre nie in den lichamen komen. Möhte si got bekennen âne die werlt, diu werlt enwêre nie dur sî geschaffen. Dar umbe ist diu werlt durch sî gemachet, daz der sêle ouge geüebet unde gesterket werde, daz ez gotlich lieht lîden mac. Alse der sunne schîn der sich niht enwirfet ûf daz ertrîche, er enwerde bewunden in der luft unde gebreitet ûf andern dingen, sone möhtes des menschen ouge niht erliden. Alsô ist daz götliche lieht alsô überkreftic unde klâr, daz der sêle ouge niht gelîden enmöhte, ez enwerde gestêtiget und ûf getragen

---

liegt der Seele Lauterkeit, daß sie geläutert wird von einem Leben, das geteilt ist, und in ein Leben tritt, das vereint ist (264, 14).

Könnte die Seele Gott, gleich den Engeln, vollkommen erkennen, so wäre sie nie in den Körper gekommen. Könnte sie Gott erkennen ohne die Welt — so wäre die Welt ihretwegen nie geschaffen worden. Denn darum ist die Welt ihretwegen gemacht, damit das Auge der Seele geübt und gestärkt werde, daß es das göttliche Licht ertragen kann. Wie der Sonne Schein, der nicht auf das Erdreich fällt, er durchdringe denn erst die Luft und breite sich auf andern Dingen aus — so könnte es auch das Menschenauge nicht ertragen. Und genau so ist das göttliche Licht, also überkräftig und klar, daß das Seelenauge es nicht erfahren könnte, es werde denn erst gefestigt und emporgetragen durch

bî materie unde bî glîchnüsse unde werde alsô geleitet unde gewenet in daz götliche lieht" (170, 14).

So ist das Leben in dieser Welt ein Gleichnis u n d ein Vorspiel des wahren Lebens, mag es der Mensch dazu gestalten oder mag er dies nicht tun.

3. Vom Wege der Abgeschiedenheit und vom Zustande des Leibes in der Verzückung

Nach dieser Betrachtung der Grundlagen der Eckhartischen Eschatologie, die uns — wie wir sehen werden — schon tief in diese selbst hineingeführt hat, erhebt sich die Frage: Wie ist der Weg beschaffen, der zur Abgeschiedenheit führt? Eckhart stand in einer lebendigen Tradition und brauchte wohl schon deshalb keine weitergehenden Anweisungen für die Praxis der Mystik zu geben; etwa ebensowenig, wie die Upanischaden. Außerdem aber liegt es der Mystik noch weniger als den rein magischen Richtungen, klares methodisches Lehrgut über die Wege und Übungen der Versenkung zu entwickeln. Und so nachdrücklichst Eckhart immer wieder die Notwendigkeit der Übung betont, so lehnt er es doch ausdrücklich ab, bestimmte Wege und Übungsverfahren zu lehren: „ ‚wes habent denne unser

---

die Materie und ihre Gleichnisse, und werde also geleitet in und gewöhnt an das göttliche Licht (170, 14).

KEINE BESONDERE WEISE 207

vorvaren unde vil heiligen getân?' Sô gedenke unser herre hât in die wîse gegeben unde gab in ouch die maht, daz ze uonne, daz sie der wîse mohten gevolgen und im, daz von ime geviel, unt dar inne solten sie ir bestez bekomen, wan got enhât des menschen heil niht gebunden ze keiner sunderlîchen wîse" (562, 3). „Daz merket. In welher wîse ir gotes aller meist bevindent und aller dickest gewar werdent, der wîse folgent... Diz wêre das edeliste unde daz beste, der in dirre gelîcheit kême zuo alsô getâner ruowe unde sicherheit, daz er got kunde genemen und möhte gebrûchen in aller wîse und in allen dingen noch niht enhête harren noch jagen nâch ihte" (686, 9).

An der Hauptstelle über die Abgeschiedenheit im Traktate über Schwester Katrei zeigt unser Meister

---

Was haben denn unsere Vorfahren und die vielen Heiligen getan? So denke, unser Herr hat ihnen die Weise gegeben und gab ihnen auch die Kraft, das zu tun, daß sie der Weise folgen konnten — und dem, was (ihnen) von ihm zuteil wurde; und damit sollten sie ihr Bestes bekommen, denn Gott hat des Menschen Heil an keine besondere Weise gebunden (562, 3).

Das merket: Die Weise, auf welche Ihr Gott allermeist erfahrt und seiner am kräftigsten gewahr werdet, der Weise folget!... Dies wäre das Edelste und Beste, wenn einer in diesem Gleichmut in Gott zu einer solchen Ruhe und Sicherheit käme, daß er Gott empfangen und sein in aller Weise und in allen Dingen gebrauchen könnte; und kein Harren und Jagen nach irgend etwas ihm bliebe (686, 9).

die Bedeutung einer mithelfenden Führung für die Erlangung der höheren Zustände, enthüllt aber auch die Gefahren des „höchsten Ganges" und läßt die Notwendigkeit eines stufenweisen Vorgehens betonen. Es heißt dort: „Diu tohter seite im als vil ... von der fürsihtikeit gotes, daz er von allen sînen ûzeren sinnen kam unde daz man in in ein heimliche celle muoste tragen unde lac dâ inne eine lange wîle, ê er wider in sich selber kême. Dô er wider in sich selber kam, dô hât er begirde, daz diu tohter zuo im kême. Diu tohter kam für den bihter unde sprach, ‚wie gêt ez iu nû?' Er sprach ‚von herzen wol. Gelobet sî got, daz er dich ie geschuof zuo einem menschen! dû hâst mich gewîset zuo mîner êwigen sêlicheit, ich bin gezogen in ein gotlîche beschöude unde mir ist gegeben ein wâr wizzen alles des, daz ich von dînem munde gehoeret

---

Die Tochter sagte ihm so vieles von der (Größe Gottes und von der Macht Gottes und von der) Vorsehung Gottes, daß er von allen seinen äußeren Sinnen kam und daß man ihn in eine heimliche Zelle tragen mußte; da lag er darinnen lange Zeit, ehe er wieder zu sich selber kam. Als er wieder zu sich gekommen war, da hatte er das Verlangen, daß die Tochter zu ihm käme. Die Tochter kam also vor ihren Beichtiger und sprach: Wie geht es Euch nun? Er sprach: Von Herzen wohl. Gelobt sei Gott, daß er dich je zu einem Menschen schuf! Du hast mir die Anweisung zu meiner ewigen Seligkeit gegeben, ich bin in göttliche Beschauung hineingezogen worden und ein wahres Wissen alles dessen, was ich von deinem Munde gehört habe, ist mir gegeben worden. Eia, liebe Tochter, ich ermahne

hân. Eyâ, liebe tohter, ich man dich der minne, die
dû von gote hâst, daz dû mir helfest mit worten
und mit werken, daz ich ein blîben dâ gewinne, dâ
ich nû bin.' Si sprach: ‚wizzet, dez enmac niht sîn.
Ir sît ungetempert dar zuo. Wenne iwer sêle und
iwer krefte gewonlich den wec ûf unde nider gênt
als ein gesinde gêt ûz und în in eim hove und ir
daz himelische gesinde als wol bekennet in underscheit und allez daz got ie geschuof und iu des niht
gebristet, ir wizzet ez als ein man sîn gesinde weiz,
danne sult ir prüeven underscheit gotes unde der
gotheit. Nû sult ir ouch prüeven underscheit zwischen dem geiste unde der geistlicheit. Danne sult
ir alrêrst dar nâch stân, daz ir bewêret werdent.
Ir sult iuch niht vergêhen, ir sult kurzewîle suo-

---

dich bei der Minne, die du von Gott hast, daß du
mir helfest mit Worten und mit Werken, damit ich
ein Bleiben dort gewinne, wo ich nun bin. Sie
sprach: Wisset, das kann nicht sein. Ihr seid nicht
geschaffen dazu. Wenn Eure Seele und Eure Kräfte
den Weg auf und nieder gehen, als wäre es ein ge-
wöhnter Weg — so wie das Gesinde in einem
Hofe aus- und eingeht — und Ihr das himmlische
Gesinde so wohl erkannt und unterscheidet wie
alles, was Gott jemals schuf und es Euch nicht
daran fehlt — und ihr kennt es so gut, als ein Mann
sein Gesinde kennt — dann sollt Ihr erst prüfen den
Unterschied: Gottes und der Gottheit! Dann sollt
Ihr auch prüfen den Unterschied zwischen dem
Geiste und der Geistigkeit. Dann sollt Ihr zualler-
erst darnach trachten, daß Ihr b e w ä h r e t werdet. Ihr sollt Euch nicht vergehen, Ihr sollt Um-

chen mit crêatûren, daz ir sîn âne schaden blîbent und ouch sie iwer âne schaden blîben in in selber. Hie mite sult ir iwer krefte ûf ziehen, daz ir niht râsende werdent. Diz sult ir alsô dike tuon biz die krefte der sêle gereizet werdent, biz ir dar zuo koment in daz wizzen, dâ von wir dâ vor geret hân" (475, 5).

Der gefahrvolle, ja den größten Gefahren des Wahnsinns und des Todes ausgesetzte Weg der Versenkung ist als Weg in das eigne Selbst ein solcher der Selbsterkenntnis; es ist allerdings nicht die Selbsterkenntnis der Selbstzergliederung, sondern jene der Versenkung. „Ich spriche daz, daz nieman got bekennen mac, er bekenne sich selber mit dem êrsten. Nû merket, wie ir iuch selber bekennen sult. Der mensche, der sich selber bekennen wil, der sol alle wege ein însehen haben in sich selber unde sol in sich ziehen sîne ûzern krefte unde sol sie zemen alsô lange mit starker üebunge, daz sie

---

gang suchen mit Kreaturen, damit Ihr unbeschädigt bleibet, und auch sie in sich selber von Euch unbeschädigt bleiben. Damit sollt Ihr Eure Kräfte erziehen, damit Ihr kein Rasender werdet. Das alles sollt Ihr so weiter tun, bis die Kräfte der Seele hervorgelockt werden; bis Ihr in jenes Wissen hineinkommt, von dem wir zuvor geredet haben (475, 5).

Ich sage das, daß niemand Gott erkennen kann, er kenne zuerst sich selber. Nun merket, wie Ihr euch selber erkennen sollt. Der Mensch, der sich selber erkennen will, der soll allewege in sich selbst hineinschauen und seine äußeren Kräfte in sich ziehen und soll sie alsolang mit starker Übung zähmen,

gehôrsam werden den obersten kreften der sêle, unde sol die üebunge hân alsô lange, biz er die stat besitzet einer lûtern samwizzigkeit, daz in dich niht bilden müge, daz minner sî dan got. Dâ lernest dû dich bekennen unde got bekennen" (459, 25).

Diese Selbsterkenntnis der Versenkung, die die Forderung der Jahrtausende ist, bedeutet zugleich die Erkenntnis des Alls, der gesamten Schöpfung, denn sie lotet eine überkreatürliche Tiefe aus: „Ich weiz wol, bekante ich mich selber als ich solte ûf daz nêheste, sô kante ich alle crêatûren ûf daz aller hôheste" (463, 20).

In den Sprüchen gibt Meister Eckhart eine Aufstiegslehre von den „sieben Graden des schauenden Lebens", die der Meditation und der Kontemplation immer höhere Objekte — bis zur verwirklichten Einung mit der Gottheit — zuweist. Als Gegenstände der sich vertiefenden Betrachtung führt der Meister an: Den Adel der Gott entstammten Seele — die Liebe Gottes, der die Seele nach dem Bilde der Dreifaltigkeit, also des innergöttlichen Lebens selbst geschaffen, so daß sie durch Gnade das zu werden vermag, was Gott von Natur ist — das ewige Sein des Menschen in der Drei-

---

bis sie den obersten Kräften der Seele gehorsam werden; und er soll so lang bei der Übung bleiben, bis er zu einer lauteren Einsicht gelangt — so daß sich nichts in dir gestalten könne, was minder sei denn Gott. Da lernest du dich erkennen und Gott erkennen (459, 25).

Ich weiß wohl, erkennte ich mich selber, wie ich sollte, auf das näheste, so erkennte ich alle Kreaturen auf das höheste (463, 20).

faltigkeit, im innergöttlichen Leben — des Menschen ewige Bestimmung, an Gottes Leben teilzuhaben — daß Gott selbst sich gegeben mit seinem Wesen in des Menschen Wesen — daß ich ewig Gott in Gott bin — endlich: Die Wesenheit Gottes selbst. (Der Text dieser wunderbaren Meditationslehre findet sich 618 f.)

Der Anfang alles schauenden Lebens, dessen Ausgangspunkt und Grundlage, ist die Abtrennung (separatio) von der äußeren Welt der Sinneseindrücke, Vorstellungen und Gedanken, die Abkehr vom Wachbewußtsein und die Einkehr ins Innere, in das übernormale Bewußtsein. Dies in immer neuen Wendungen zu betonen, wird Eckhart nicht müde: „sich von den Kreaturen trennen", „unwissend werden", „in die Wüste gehen", „zunichtewerden", „Stille herbeiführen", „Bloßsein", „Abgeschiedensein", „ohne Bilder sein", „wahrhaft minnen", „Sterben" und wie immer die Ausdrücke heißen mögen, sie meinen alle dasselbe.

Wir bringen einige der schönsten Stellen aus der Unzahl der vorhandenen: „Gotes geburt in der sêle ist niht anders denne ein sunderlîchez götelîchez berüeren in einer sunderlîchen himelischen wîse, dâ got dem geiste locket ûz dem gestürme crêatûrlîcher unruowe in sîne stille einekeit, dâ sich got dem geiste gemeinen mac nâch sîner götlî-

---

Gottes Geburt in der Seele ist nichts anderes denn ein sonderliches göttliches Berühren in einer sonderlichen himmlischen Weise, da Gott den Geist aus dem Gestürme kreatürlicher Unruhe in eine stille Einigkeit lockt, wo sich Gott dem Geiste nach seiner göttlichen Eigenschaft vereinen kann (479,10).

chen eigenschaft" (479, 10). „Swenne sich der mensche bekêret von ime selben unde von allen geschaffen dingen, als vil dû daz tuost, als vil wirst dû geineget unde gesêliget in dem fünkelîn der sêle, daz zît noch stat nie beruorte" (193, 30). „Wie sol der mensche sîn, der got schowen sol? Er sol tôt sîn... der ist tôt, der der werlte tôt ist" (106, 37); „er sterbe aller nâtûrlicher dinge" (465, 23).

Im Anschluß an den Bericht über das vierzigtägige Fasten des Moses auf dem Berge sagt der Meister: „Und alsô solde der mensche entwîchen allen sinnen und înkêren alle sîne krefte unde komen in ein vergezzen aller dinge unde sîn selbes" (7, 23). „Ez muoz ein enziehen sîn von allen dingen" (8, 5). „Swer niht enlât alle ûzewendikeit der crêa-

---

Wann immer sich der Mensch von sich selber und von allen geschaffenen Dingen abkehrt, — so sehr du das tust, so sehr wirst du geeint und selig in dem Fünklein der Seele, das Zeit noch Raum nie berührte (195, 30).

Wie soll der Mensch sein, der Gott schauen soll? Er soll abgestorben sein... der ist tot, welcher der Welt tot ist (106, 37).

Er sterbe allen natürlichen Dingen (465, 23).

Und also sollte der Mensch entweichen allen seinen Sinnen und einwärts kehren alle seine Kräfte und kommen in ein Vergessen aller Dinge und seiner selbst (7, 23).

Es muß ein Entziehen von allen Dingen sein (8, 5).

Wer nicht entläßt alle Auswendigkeit der Kreaturen, der kann in diese göttliche Geburt weder

tûren, der enmag in dise götlîche geburt weder enpfangen noch geborn werden, mêr: daz dû dich dîn selbes beroubest und alles des, daz ûzerlich ist, daz gît dirz in der wârheit" (10, 11). „In unserm innigisten dâ wil got bî uns sîn, ob er uns dâ heime vindet und niht diu sêle ist ûz gegangen sponzieren mit den fünf sinnen" (102, 15). „Du muost komen in ein unwizzen, soltû diz vinden (nämlich den inneren Schatz; 13, 38). „Lâ dich alzemâle unde lâz got dir würken und in dir swie er wil... Lâ dise êwige stimme in dir ruofen als ez ir wol behaget, unde sîst dîns selbes unde aller dinge wüeste" (22, 10); „aller stillest stân und aller lêrest ist dâ dîn allerbestez" (27, 15). „Und daz sprichet unser meister, daz nieman hie zuo komen mac, die wîle er von

---

empfangen noch geboren werden; mehr: daß du dich deiner selber beraubst und alles dessen, was äußerlich ist — dadurch wird es dir in der Wahrheit gegeben (10, 11).

In unserm Innerlichsten, da will Gott bei uns sein, (und erkunden), ob er uns daheim findet, und die Seele nicht ausgegangen ist, tändeln mit den fünf Sinnen (102, 15).

Du mußt in ein Unwissen kommen, sollst du dies finden (nämlich den inneren Schatz) (13, 38).

L a ß dich ganz und gar und laß Gott für dich wirken und in dir, wie er will;... Laß diese ewige Stimme in dir rufen, wie es ihr wohlbehagt, und sei deiner selbst und aller Dinge leer (22, 10).

Allerstillest steh'n und allerleerest — ist da dein Allerbestes (27, 15).

Und das spricht unser Meister, daß niemand hin-

nideren dingen als vil anhaftunge hât, als einer nâdelen spitze getragen mac. In die blôzen gotheit mac nieman komen, er ensî denne als blôz, als er was, dô er ûze gote gefloezet wart" (77, 22). „Ouch enmachet kein dinc einen wâren menschen âne daz ûfgeben des willen" (555, 13). „Dar umbe, sol diû sêle got erkennen, sô muoz si in erkennen oben zît und oben stat; want got enist weder diz noch daz, als disiu manicvaltiu dinc: want got ist ein" (222, 26).

Aber Eckhart geht noch weiter in der Durchführung der „separatio": Nicht nur die Dinge und die Welt muß die Seele lassen, sondern auch Gott selbst und das Verlangen nach ihm; so heißt es in dem Traktate „Das ist Schwester Katrei": „Si sprach ‚mîn sêle hât einen ûfganc an allez hindernisse; si hât niht ein stête blîben. Wizzet, der wille benüeget mir niht, weste ich, waz ich tuon solte dar umbe, daz

---

zukoṃmen kann, solange er von niederen Dingen so viel an sich haften hat, als eine Nadelspitze tragen mag. In die bloße Gottheit kann niemand kommen, er sei denn so bloß, als er war, da ihn Gott aus sich fließen ließ (77, 22).

Auch hilft einem nichts, ein wahrer Mensch zu werden, ohne daß Aufgeben des Willens (555, 13).

Darum, soll die Seele Gott erkennen, so muß sie ihn über Zeit und Raum erkennen; denn Gott ist weder dies noch das gleich diesen mannigfaltigen Dingen; denn Gott ist E i n s (222, 26).

Sie sprach: Meine Seele hat einen Aufgang ohne alles Hindernis; aber ein stetes Bleiben hat sie nicht. Wisset, der Wille tut [sich] mir nicht genug;

ich bestêtet würde in der stêten êwikeit.' Er sprach ‚hâst dû sîn alsô grôz begirde?' Si sprach ‚jâ'. Er sprach ‚des selben muostû blôz sîn, ob dû immer bewert wirst'" (464, 16).

Hat der Mensch diesen Stand des Ledigseins seiner selbst und aller Dinge erreicht, dann m u ß Gott in der so bereiteten Seele wirken: „... wenne dich got bereit vindet, sô muoz er wirken unde sich in dich ergiezen... Sicherlîche, ez wêre ein sêre grôz gebreste an gote, ob er niht grôziu werc in dich würkete unde grôzez guot in dich güzze, sô er dich alsô lidig und alsô blôz vindet... Ez ist ein blic, ze bereitenne unde în ze giezenne" (27, 26). „Ich spriche bî gotes êwiger wârheit, daz sich got in einen ieclîchen menschen, der sich zuo grunde gelâzen hât, muoz alzemâle ergiezen in fruhtberlîcher art

---

wüßte ich nur, was ich tun sollte, damit ich dauernden Aufenthalt finde in der steten Ewigkeit! Er sprach: Hast du darnach eine also große Begierde? Sie sprach: Ja. Er sprach: Davon mußt du dich frei machen, wenn du jemals bewähret sein willst! (464, 16).

Wenn dich Gott bereit findet, so m u ß er wirken und sich in dich ergießen... Sicherlich, es wäre ein sehr großer Mangel an Gott, wenn er nicht großes Werk in dir wirkte und großes Gut in dich gösse, wenn er dich also ledig und also bloß findet... Es ist ein Blitz, zu bereiten (aufzuschließen) und [sich] einzugießen (27, 26).

Ich spreche bei Gottes ewiger Wahrheit, daß Gott sich in einen jeglichen Menschen, der sich zu Grunde gelassen hat, allzumal ergießen muß in frucht-

in den menschen, der sich gote gelâzen" (192, 23).
„Man sol ouch wizzen, swenne der frîe geist in rehter abgescheidenheit stêt von allen dingen, sô twinget er got zuo sîme wesen, unde möhte ez formelîche âne zuoval bestên, sô nême er gotes eigenschaft ganz an sich" (399, 3).

Wie bestimmte Fassungen des Gnadenbegriffes dem esoterischen Standpunkte des Vedânta fremd sind und, wo sie vorkommen, mit Içvara verbunden werden, dem Gotte der esoterischen Verehrung, so finden sich in ähnlicher Weise im esoterischen Teile der Eckhartischen Lehre eine Einschränkung und Abwandlung des Gnadenbegriffes; wir hörten hier von einem Wirken-Müssen und von einem Herabzwingen Gottes. Doch liegt der Gnade Wirken in dem „Sich zu Gott Lassen", in dem „Ledigwerden aller Dinge" auch!

Vom höchsten Stadium der Versenkung, das den Eintritt in die Abgeschiedenheit bedeutet, lehrt Meister Eckhart, daß es ein Außersichsein des Menschen mit sich bringe, während der Leib sich im Zustande des Scheintodes befindet: „wie sich der lîp dar zuo halte? Diz merkent. Er ist in einer

---

barer Art — in den Menschen, der sich Gott überlassen (192, 23).

Man soll auch wissen, wenn erst der freie Geist in rechter Abgeschiedenheit von allen Dingen steht, so zwingt er Gott zu seinem Wesen; und bestünde er der Form nach ohne Accidens (wäre er von fremder Anhaftung frei), so nähme er Gottes Eigenschaft ganz an (399, 3).

Wie sich der Leib dabei verhalte? Merket dies:

stillen ruowe, daz er keine bewegunge mac haben aller sîner gelider, wan die obristen krefte habent die nidristen in geholt unde daz wesen der sêle hât die obristen krefte în geføeret unde daz stât allez in eime stillen ruowen unde dâ wirt daz êwig wort geborn glîchlîchen in dem geiste und in dem lîbe" (481, 8).

Und über Schwester Katrei wird berichtet: „Dâ kam si dar zuo, daz si allez des vergaz, daz ie namen gewan, unde wart also verre gezogen ûzer ir selber und ûzer allen geschafnen dingen, daz man sî ûz der kirchen muoste tragen, unde lac biz an den dritten tac unde heten sî sicher für tôt... Wizzet, wêre der bîhter niht gewesen, man hête sî begraben... An dem dritten tage kam diu tohter wider. Si sprach ‚ach, mich arme, bin ich aber hie?'

Er ist in einer stillen Ruhe, daß er keine Bewegung aller seiner Glieder haben kann; denn die obersten Kräfte haben die niedersten eingeholt und das Wesen der Seele hat die obersten Kräfte einwärts geführt; und das steht alles in einer stillen Ruhe und da wird das ewige Wort geboren, gleicherweise im Geiste und im Leibe (461, 8).

Da kam sie dazu, daß sie alles vergaß, was je Namen gewann, und ward so sehr außer sich gezogen und außer alle geschaffenen Dinge, daß man sie aus der Kirche tragen mußte; und sie lag bis an den dritten Tag und sie hielten sie sicher für tot... Wisset, wäre der Beichtiger nicht gewesen, man hätte sie begraben... Am dritten Tage kam die Tochter wieder (zu sich). Sie sprach: Ach, ich Arme,

Der bîhter was gereite dâ und rette zuo ir und sprach: ‚lâ mich geniezen götlîcher triwen und offenbâr mir dîner bevindunge.' Si sprach ‚got weiz wol, ich enmac. Daz ich befunden hân, daz mac nieman gewortigen.' Er sprach ‚hâstû nû allez daz dû wilt?' Si sprach: ‚jâ ich bin bewêret'" (465, 4). Ganz Ähnliches wird dann am Schlusse desselben Traktates von Eckhart selbst berichtet (475, 5), worüber wir den Text schon brachten.

Die Einung der Seele mit dem Höchsten veredelt also nach diesen — allen mystischen und magischen Lehren gemeinsamen — Erfahrungen zugleich auch den Leib so, daß er den Stand des normalen Lebens ohne Gefährde verlassen und sich über dessen irdische Bedürfnisse und Bedürftigkeit erheben kann. „Swan dîu sêle dar zuo kumt, sô ist der lîchame in der edelkeit, daz er aller crêatûren gebrûchen mac zuo gotes êren, wan zwischen gote unde der sêle ist dan kein underscheit noch

---

bin ich wieder hier? Der Beichtiger war richtig da (in Bereitschaft) und redete zu ihr und sprach: Laß mich göttlicher Wahrheit genießen und offenbare mir, was du erlebt hast! Sie sprach: Gott weiß wohl, ich kann es nicht. Was ich erlebt habe, das kann niemand in Worte bringen. Er sprach: Hast du nun alles, was du willst? Sie sprach: Ja, ich bin bewähret (465, 4).

Wenn die Seele dieses erlangt, so ist auch der Körper in solche Edelheit aufgenommen, daß er alle Kreaturen zu Gottes Ehre gebrauchen kann; denn zwischen Gott und der Seele ist dann kein

hindernisse. Als verre als diu sêle dan gevolget hât gote in die wueste der gotheit, als verre volget der lîcham unserme herren Jêsû Kristô in die wüeste gewilliges armuotes unde wirt ein mit gote." (503, 8)

Die Folge und Voraussetzung zugleich dieser „separatio" sowie auch aller höheren Stufen der Übung ist jene Haltung in der Welt, die wir schon bei den indischen Weisen kennenlernten und die die Griechen als Ataraxia, d. h. Unerschütterlichkeit, bezeichneten. „Bî dieser rede spriche ich ouch, daz ist eines kranken herzen zeichen: sô ein mensche frô oder leidîc wirt umbe zerganclîchiu dinc diser welte." (446, 34) „Die dâ enpfân wellent âne mitel, die sulent stête an dirre gelîcheit blîben. War an lît disiu glîcheit? Glîcheit des obersten guotes lît an unberüerlicheit des innern unde des ûzern menschen daz ist an unwandellicheit von allen nidern dingen,

---

Unterschied noch Hindernis. So gut die Seele dann Gott nachgefolgt ist in die Wüste der Gottheit, so gut folgt der Körper dann unserm Herrn Jesu Christo in die Wüste williger Armut nach und wird mit Gott Eins (503, 6).

Bei dieser Rede will ich auch sagen: Das ist eines kranken Herzens Zeichen, ob ein Mensch froh oder ob ihm leid wird um die vergänglichen Dinge dieser Welt (446, 34).

Die da empfangen wollen ohne Vermittlung, die sollen mit Stetigkeit in dieser Ebenbildlichkeit verharren. Woran liegt diese Gleichheit? Gleichheit des obersten Gutes bedeutet Unberührlichkeit des innern und äußeren Menschen. das ist Unwandelbarkeit allen niederen Dingen gegenüber, also daß der

also daz der ûzer mensche dâ von niht gewandelt werde, und ouch von aller bewegunge des geistes der inre mensche niht vermenget werde, ern belîbe stête in eime gegenwertigen nû. Diz sî in allen dingen!" (681, 2) „Nu sullen wir merken, daz ruowe des innern menschen in dem wunder götlîcher nâtûre mit schouwen unde mit götlîcher minne diu übergêt an adel und an süezekeit alliu werc des ûzern menschen..." (328, 37)

In einer großartigen Zusammenfassung der Voraussetzungen und der Folgen des höchst- und tiefsten Seinsstandes, die zugleich Wesen und Bestimmung des Menschen umreißt, heißt es: „Ez sol ein mensche vier dinc hân, dar inne er verstât, daz er gesant ist von gote. Daz êrste, daz er sî in zît über zît und über alle zîtlicheit. Daz ander, daz er sî in dem abegescheiden von allen crêatûren. Daz drit-

---

äußere Mensch von ihnen nicht gewandelt werde, und auch von aller geistigen Bewegung der innere Mensch nicht vermengt (nicht zerstreut) werde, sondern fest bleibe in einem gegenwärtigen Nu. Und so sei es in allen Dingen (681, 2).

Nun sollen wir merken: Die Ruhe des innern Menschen, in dem Wunder göttlicher Natur mit Schauen und mit göttlicher Minne, — die übertrifft an Adel und an Süßigkeit alle Werke des äußeren Menschen (328, 37).

Es soll ein Mensch vier Dinge haben, in denen er versteht, daß er von Gott gesandt ist: Das erste, daß er in der Zeit über der Zeit und über aller Zeitlichkeit sei; das andere, daß er in Abgeschiedenheit von allen Kreaturen sei; das dritte ist,

te ist, daz er sî in einem müezigen oder stillen geiste. Daz vierde ist, daz er sî in der nâtûre unbewegelich. Dar umbe sprach Kristus: ‚ich bin der ich bin'. Unde wer diu dinc an im hât, der mensche verstât sich, daz er ist gesant von gote, und sîn name ist Johannes, wan er ist selbe diu genâde gotes." (585, 10) Darum gilt: „Wan tuot der mensche grôziu werc und ist sîn herze unstête, ez hilfet wênic oder niht." (200, 25)

---

daß er in einem müßigen oder stillen Geiste sei; das vierte ist, daß er seinem Wesen nach unbewegt sei. Darum sprach Christus: Ich bin, der ich bin. Und wer diese Dinge in sich hat, der Mensch versteht sich selbst (und weiß), daß er von Gott gesandt ist, und sein Name ist Johannes, denn er ist selber die Gnade Gottes (585, 10).

Wenn der Mensch große Werke tut, aber sein Herz unstet ist, das hilft wenig oder nichts (200, 25).

ogenplatz im
... in Mailand?

e gibt es schon ab:

0 DM   c) 300,00 DM

830 (0,12 DM/Min.)

rei Tagen anrufen, verlosen wir
inklusive einer Opernaufführung in
uona fortuna!

B. DIE ESCHATOLOGIE MEISTER ECKHARTS

1. Der Haupttext.

Wir bringen zunächst die Hauptstelle über die Eschatologie, die sich in dem schon so oft erwähnten Traktate „Daz ist Swester Katrei" findet und entwickeln im Anschlusse an diesen Text die wichtigsten Lehrstücke.

Nachdem Schwester Katrei „bewähret" ist „in der bloßen Gottheit" und vom Quell der höchsten Erkenntnis getrunken hat, legt sie auf die Fragen Eckharts ihre Gesichte über die Letzten Dinge dar:

„Eyâ, liebe tohter, nû berihte mich. Man seit von helle unde von vegefiure unde von himelrîche unde dâ von lesen wir gar vil. Nû lesen wir ouch, **daz got ist in allen dingen und alliu dinc sint in gote.'** ‚Si sprach: ‚daz ist wâr.' Er sprach ‚nû berihte mich durch got, wie ich diz sülle verstân ûf der nêhsten wârheit.' Si sprach ‚daz tuon ich gerne, als verre ichz gewortigen mac. Helle ist niht dan ein wesen. Waz hie der liute wesen ist, daz blîbet êwiclîche ir

---

Eia, liebe Tochter, nun berichte mir. Man spricht von der Hölle und vom Fegefeuer und vom Himmelreich und wir lesen davon gar viel. Nun lesen wir aber auch, daß Gott in allen Dingen ist und alle Dinge sind in Gott. Sie sprach: Das ist wahr. Er sprach: Nun berichte mir um Gott willen, wie ich dies in der genauesten Wahrheit verstehen soll! Sie sprach: Das tu ich gerne, so gut ich es in Worte fassen kann. Hölle ist nichts, denn ein Wesen (= Seinsart des Menschen). Was hier der Leute

wesen, alsô ob sie drinne funden werden. Menge liute wênent hie haben ein wesen der crêatûre unde wênent dort besitzen ein götlich wesen. Des enmac niht sîn. Wizzet, daz vil liute dâ inne wirt betrogen. Daz vegefiur ist ein angenomen dinc als ein buoze, daz nimt ende. Daz sult ir alsô verstân. Etelîche liute êrent got alsô sêre unde die friunde gotes, daz sich got dur nôt über die erbarmen muoz, wêr ez doch niht ê dan an irm ende, daz in werde ein rehte riwe in minne und in bekantnisse, daz sie sich habent ûzer in selber und ûzer allen geschaffnen dingen. Dâ wirt rehte minne ir wesen, alsô ob sie langer solten leben, daz sie nimmer gebresten solten

---

Wesen ist, das bleibt ewiglich ihr Wesen, so wie sie darinnen befunden werden. Viele Leute wähnen, hier (auf Erden) haben sie ein Wesen der Kreatur, und glauben, dort besitzen sie ein göttliches Wesen. Das kann nicht sein. Wisset, das viel Volks darin betrogen wird. Das Fegefeuer ist ein angenommenes Ding (also kein Wesen) als eine Buße;[1] es nimmt ein Ende. Das sollt Ihr so verstehen: Etliche Leute ehren Gott und Gottes Freunde so sehr, daß sich Gott notwendig über sie erbarmen muß, und wäre es auch nicht früher als an ihrem Ende, so daß ihnen (dann) eine rechte Reue in Minne und Glauben zuteil wird, wodurch sie sich über sich selber befinden und über allen geschaffenen Dingen. Da wird rechte Minne ihr Wesen, so daß sie, wenn sie länger leben [würden], keine Fehler mehr begehen würden und alles das aus

---

[1] In der Übersetzung steht: „als eine Feuerstätte" (WH).

DIE HÖLLE 225

geüeben und allez daz wolten lîden von rehter minne, daz unser herre Jêsus Kristus geliten hât und alle sîne geminten friunde. Dise liute koment ûf, daz in gnâden geschiht. Mêr: die liute, die in ir wesen hinnân varnt der crêatûrlicheit, die müezen êwiclîche blîben mit ir wesen, daz dâ heizet helle. Alsus blîbet ouch den ir wesen, die dâ niht in in blîben lâzent denne got alleine; dâ wirt got ir wesen unde blîbet êwicliche ir wesen.

Diz sult ir alsô verstân. Man seit von dem jungesten tage, daz got sol urteil geben. Daz ist wâr. Ez ist aber niht als die liute wênent. Jeclîch mensche urteilt sich selber alsô: als er dâ erschînet in sînem wesen, alsô sol er êwiclîche blîben. Nû sprechent menge liute: der lîcham sülle erstân mit der

---

rechter Minne leiden wollten, was unser Herr Jesus gelitten hat und alle seine geminnten Freunde gelitten haben. Diese Leute steigen aufwärts, die begnadigt werden. Weiter: die Leute, deren Wesen die Kreatürlichkeit ist und die so hinwegfahren, die müssen ewiglich in ihrem Wesen bleiben, das da heißt: Hölle. Also bleibt auch denen ihr Wesen, die (endlich) nichts in sich bleiben lassen als Gott allein; da wird Gott ihr Wesen und bleibt ihr Wesen ewiglich.

Dies sollt Ihr also verstehen: Man sagt vom Jüngsten Tage, daß Gott dann sein Urteil gäbe. Das ist wahr. Es ist aber nicht so, wie die Leute wähnen. Jeglicher Mensch spricht sich sein Urteil selbst: nämlich so, wie er da in seinem Wesen erscheint, so wird er ewiglich bleiben. Nun sagen manche Leute: Der Leichnam soll mit der Seele erstehen. Das

sêle. Daz ist wâr. Ez ist aber niht als die liute verstênt. Daz wesen des lîbes kumt zuo dem wesen der sêle und wirt dâ ein wesen. Die sêlen, die ir zît in gote verzert hânt alle ir tage unde got ir wesen ist gewesen, dâ blîbet got ir wesen lîbes und sêle êwiclîche.

Alsus geschiht niht den boesen, die ir zît mit geschêfte vertân hânt der crêatûre, unde daz ir wesen ist gewesen, daz blîbet dâ ir wesen unde sinkent êwiclîche von gote und von allen sînen friunden, unde daz heizet man helle...

Daz vegefiur sult ir alsô verstân: daz ist nâch der zît unde nâch reden. Swenne die sêle von dem lîbe scheidet alsô, als ich dâ vor geret hân, in triwen unde minnen unde willen alliu dinc ze tuon

---

ist wahr. Es ist aber nicht so, wie es die Leute verstehen. Das Wesen des Leibes kommt zu dem Wesen der Seele und wird da Ein Wesen. Die Seelen, die ihr irdisches Leben in Gott verzehrt haben, alle ihre Tage lang, und Gott ist ihr Wesen gewesen, — da bleibt Gott ihr Wesen des Leibes und der Seele ewiglich.

Aber so geschieht es nicht den Bösen, die ihre Zeit mit den Geschäften der Kreatur vertan haben; und was ihr Wesen gewesen ist, das bleibt ihr Wesen, und sie scheiden sich ewiglich von Gott und von allen seinen Freunden und das heißt man Hölle...

Das Fegefeuer sollt ihr also verstehen: das ist nach dem zeitlichen Leben und gemäß dem Gericht. Wenn nämlich die Seele von dem Leibe scheidet, wie ich vorher gesagt habe, in Treue und Minne

durch got und allen gebresten abe ze lâzen
durch gott, sô wizzet, daz diu sêle stêt in grôzem
jâmer, wan si niht mê enmac unde si des
wartet, wenne sich got über sî erbarmen
welle. Unde wêr ez doch niht ê dan an dem jungesten tage, diu hoffenunge ist ir wesen. Ir sult wizzen, daz diz allez abe gêt nâch dem jungesten tage.
Aber diu liute, die in götlîcher weslichheit stênt, die
blîbent unberueret alsô: wenne diu sêle scheidet von
dem lîbe, sô blîbet si in dem wesen götlîcher weslichkeit als verre, als si got bekannt unde gemin-
net hât, unde nach dem jungesten tage daz wesen
des lîbes mit dem wesen der sêle wirt ein wesen in
der götlîcher weslichkeit. Und alsô sult ir verstân,
nâch dem besten meisterspruche endürfent ir iuch

---

und mit dem Willen, alle Dinge um Gott zu tun
und von allen Fehlern um Gott abzulassen, so wisset,
daß sie nun in großem Jammer steht, weil sie nichts
mehr vermag und warten [muß], wann sich Gott
ihrer erbarmen wolle. Und wäre es auch nicht eher
als am Jüngsten Tage, die Hoffnung ist dann ihr
Wesen! Ihr sollt wissen, daß dies alles wegfällt
nach dem Jüngsten Tage.

Aber die Leute, die in göttlicher Wesenheit stehen, die bleiben unberührt: Wenn nämlich die Seele von dem Leibe scheidet, so bleibt sie in dem
Wesen göttlicher Wesenheit so sehr, als sie Gott
erkannt und geminnt hat, und nach dem Jüngsten
Tage wird das Wesen des Leibes mit dem Wesen
der Seele E i n Wesen in der göttlichen Wesenheit.
So müßt ihr es verstehen, und auch nach dem besten Meisterspruche dürft ihr euch nicht richten,

niht rihten, daz si sagent von dem geschefede, daz Johannes sî mit lîbe unde mit sêle ze dem himelrîche und ander die friunde unsers herren, von den man sprichet, daz si in gote sîn mit lîbe unde mit sêle obwendic zît in êwikeit. Des enmac niht sîn. In gote enmac niht gesîn dan got: dâ ist munt noch nase noch hant noch fuoz noch kein geschefede, daz zuo dem lîchamen gehoeret. Dâ von mac diz niht bestân, daz sie mit lîbe dar sîn komen. Welt ir den sin niht verstân, dô diu zît kam, daz Johannes hin solte, dô liez im got geschehen, daz im an dem jungesten tage geschehen solte. Daz tet er im von rether minne, wann er als reine was. Des nam daz wesen der sêle daz wesen des lîbes mit ime mit einer götlîcher hilfe unde wart ûf gezogen. Daz sult

---

wenn sie die Begebenheit erzählen, daß Johannes mit Leib und Seele ins Himmelreich kam, oder wie man von andern Freunden unseres Herrn spricht, daß sie mit Leib und Seele in Gott seien, jenseits der Zeitlichkeit versetzt in Ewigkeit. Das kann nicht sein. In Gott kann nichts sein als Gott; da ist weder Mund noch Nase, noch Hand noch Fuß noch irgend ein Gestaltliches, das zum Körper gehört. Daher kann es nicht sein, daß sie mit dem Leibe dorthin gekommen. Wollt ihr den Sinn nicht verstehen? Als die Zeit kam, da Johannes hinwegmußte, da ließ ihm Gott das geschehen, was ihm am Jüngsten Tage geschehen sollte. Das tat er an ihm aus rechter Minne, weil Johannes so rein war. Daher, mit göttlicher Hilfe, nahm das Wesen der Seele das Wesen des Leibes mit sich, und ward emporgezogen. So müßt ihr das also verstehen. Und

ir alsô verstân. Der lîp, der in der erden solte verworden sîn, der wart verzert in dem lufte, daz niht mê in got kam denne daz wesen des lîbes, daz doch der sêle gevolget hête an dem jungesten tage. Alsus geschah Mrîen und allen den, von den man sprichet, daz sie mit dem lîbe ze gote sîn komen.'

,Die meister sprechent: tûsent sêlen sitzent in dem himel ûf einer nâdelspitze. Sage mir, wie ich das verstân sulle'. Si sprach ,die meister sagent wâr, unde daz sult ir alsô verstân. Welch sêle in got kumet, diu hât weder stat noch stunde noch kein namhaft dinc, daz man ze worte bringen mac. Mêr: ich wil iu sagen von rede, solte man die stat prüeven, diu einer sêle ze teile wirt, diu ist vil mêre denne himelrîche und ertrîche und allez daz got ie geschuof. Ich spri-

---

der Leib, der in der Erde hätte verwesen sollen, ward in den Lüften verzehrt, sodaß in Gott nichts anderes mehr kam als das Wesen des Leibes, welches ja ohnehin am Jüngsten Tage der Seele gefolgt wäre. Ebenso geschah es Marien und allen denen, von denen es heißt, daß sie mit dem Leibe zu Gott hin kamen.

... Die Meister sprechen: Tausend Seelen sitzen im Himmel auf Einer Nadelspitze. Sage mir, wie ich das verstehen solle? Sie sprach: Die Meister sagen die Wahrheit; das sollt ihr also verstehen: welche Seele immer in Gott kommt, die hat weder Statt noch Stunde, noch irgend ein Ding, das mit Namen zu nennen noch in Worte zu fassen ist. Mehr: ich will es Euch deutlich sagen — könnte man die Stätte prüfen, die einer Seele zuteil wird, die ist viel mehr denn Himmelreich und Erdreich

che mê: daz got als manig himelrîch und ertrîch hête geschaffen und als menge welt und als manige crêatûre ie geschuof, daz wêre noch allez minre denne einer nâdeln spitze wider der stat, diu einer sêle ze teile wirt, diu in gote vereinet wirt'. —" (470—475).

---

und alles, was Gott je erschuf. Ich sage noch mehr: daß, so viele Himmel und Erden Gott geschaffen hat, und so mannigfaltige Welten und so vielfache Kreaturen er je erschuf, das noch immer weniger denn eine Nadelspitze im Vergleich mit der Stätte wäre, die einer Seele zuteil wird, die mit Gott vereinigt ist... (470—475).[1]

---

[1] Wenn man den Vermutungen folgte, der Traktat „Das ist Schwester Katrei", sei aus dem Lateinischen rückübersetzt, wofür viele Wendungen sprechen, so sollte man „stat" vielleicht nicht mit „Stätte", sondern könnte es als „status" mit „Seinsstand" übersetzen (WH).

2. Die Lehre von der Forterhaltung

Wenn wir uns in diese Schauungen Schwester Katreis vertiefen und die Eröffnungen prüfen, die sie gewissermaßen aus dem Jenseits herüberbringt, so stehen wir voll Erstaunen vor der Übereinstimmung mit dem, was die indischen Weisen uns über die Letzten Dinge lehrten, nachdem sie aus dem Turîyam zurückgekehrt.

Da ist zunächst die Grundlage der gesamten Eckhartischen Eschatologie, die hier gestreift wird mit den Worten, daß Gott in allen Dingen ist und alle Dinge in Gott sind. Es ist die Lehre vom Sein der Seele in Gott von Ewigkeit her, von ihrer persönlichen Unsterblichkeit und Unvernichtbarkeit. Sie ist schon aus allem Vorangegangenen, besonders aber aus der Lehre von den „vorgehenden Bildern in Gott" oder den Ideen einsichtig. Auch heißt es ausdrücklich: „Alliu dinc sint in got in dem, alse sie êwiklîch in gote gewesen sint, niht alsô, daz wir in gote wâren in der gropheit, als wir nû sîn: wir wâren in gote êwiklîche, als diu kunst in dem meister" (502, 22). Diese Lehre wird dann vertieft: „sô spriche ich, daz in der sêle ein kraft ist, diu ist ruowende in einem niuwen nû in dem veterlîchen

---

Alle Dinge sind in Gott in solcher Weise, wie sie ewiglich in Gott gewesen sind; nicht also, daß wir in Gott waren in der Grobheit, wie wir nun sind: sondern wie die Kunst in dem Meister — so waren wir ewiglich in Gott (502, 22).

So spreche ich, daß in der Seele eine Kraft ist, die ruht in jedem Augenblick in dem väterlichen

herzen und ûf der nâtûre gotes; dâ von enhât si niht underscheides von dem nâtiurlîchen wesenne gotes, dan alleine daz si ein geschaffen bilde gotes ist, als ein heilig sprichet: waz diu sêle von nâtûre niht mac enpfâhen, daz mac ir von genâden niemer werden" (581, 22). Ihren klarsten Ausdruck und Gipfel erreicht sie wohl in folgenden Worten: „Und hier umbe sô bin ich geborn unde nach mîner gebürte wîse, diu êwic ist, sô enmac ich niemer ersterben. Nâch mîner êwigen gebürte wîse sô bin ich êweclich gewesen unde bin nû unde sol êweclîche belîben. Daz ich bin nâch der zît, daz sol sterben unde sol ze nihte werden, wan ez ist tegelich; hier umbe sô muoz ez mit der zît verderben" (284, 2).

Nun erhellt sich die Frage, ob dieses ewige Sein der Seele in Gott auch für die Verdammten gelte. Auch ihre Seele ist ewig und unvernichtbar, denn

---

Herzen und auf der Natur Gottes; so daß sie keinen andern Unterschied von dem göttlichen Wesen hat, als allein den, daß sie ein geschaffenes Bild Gottes ist; wie ein heiliger Meister spricht: was die Seele nicht nach ihrer Natur empfangen kann, das kann ihr auch nicht aus Gnade werden (581, 22).

Und darum, so bin ich geboren und nach der Weise meiner Natur, die ewig ist, kann ich nimmer sterben. Nach meiner ewigen Geburt Weise, so bin ich ewiglich gewesen und bin nun, und soll ewiglich bleiben. Was ich nach der Z e i t bin, das soll sterben und zunichte werden, denn es ist dem Tage verhaftet; und darum muß es mit der Zeit verderben (284, 2).

ausdrücklich heißt es in unserem eschatologischen Texte: „Ihr sollt wissen, daß der Jammer ewig währen muß." Also — hier wenigstens — nichts von der endlichen Wiederbringung auch des Bösen. Besteht aber das Wesen der Hölle nicht gerade in der Entfernung von Gott und nicht in einem In-Gott-Sein? Darauf antwortet unser Text mit einem Gleichnisse, das wir nicht brachten und dessen Sinn ist: Die Seele des Verdammten ist wie ein treuloser Gefolgsmann, der dem Könige seinen Leib verwirkte und in den Schandturm geworfen wurde: „Auch dieser Mann ist auf des Königs Hofe, denn der Turm ist ebenso auf des Königs Hofe wie der Ehrensaal, wo der König mit seinen Freunden sich aufhält und ihr verstehet wohl, daß beider Wesen ungleich" (471, 29). So schaut der Verworfene Gott und dessen Freunde und es fehlt ihm doch die Einung mit ihm. D a r i n liegt der Hölle Pein (455, 38).

Nun wendet sich der Text jener Lehre zu, die seine eigentliche esoterische Weisheit ausmacht. Denn die Lehre von Himmel, Hölle und Fegefeuer ist ja an sich christliches Gemeingut. Aber Meister Eckhart läßt sie Schwester Katrei in einem neuen, ganz anderen Lichte zeigen. Nicht weniger als dreimal wird betont, daß es sich durchaus nicht so verhalte, wie die Leute wähnen und einmal weist die Erleuchtete sogar den „besten Meisterspruch" selbst als zum Irrtum führend zurück. Deutlicher kann der esoterische Charakter dieser Eröffnungen gar nicht unterstrichen werden. D i e s e e n t h ü l l e n d i e F o r t e r h a l t u n g d e s i m D i e s s e i t s e r l a n g t e n S e e l e n z u s t a n d e s i m J e n s e i t s ; die Kontinuität des Wesens in Diesseits und Jenseits. Immer wieder heißt es: Was hienieden der Menschen Wesen ist, das bleibt ewiglich ihr Wesen. Wer meint, das Streben um die Erlangung eines höheren Seinsstandes ins Jenseits aufschieben zu können, der betrügt sich selbst. Wer wähnt, hier Kreatürlichkeit und im jenseitigen Leben Göttlichkeit zu besitzen, befindet sich im Abgrunde des Nichtwissens. „Jezunt ist des êwigen lebendes anevanc" (302, 21).

Deshalb ist auch die oberflächliche Auffassung vom Jüngsten Gericht ein Irrtum: Jeder Mensch spricht sich selbst sein Urteil; wie er vor dem Richter erscheint, bleibt er ewig. Gottes Richterspruch schafft das Wesen nicht, sondern erkennt das vom Wesen selbst Geschaffene.

Damit enthüllt sich die ganze Bedeutung des diesseitigen Lebens von neuem: „wie wir uns hie mezzen, alsô wil uns der himelische vater wider mezzen in sînem êwigen rîche. Her ûf sprichet sant Augustînus: als verre als wir hie erkennen unde minnen, daz sulle wir êwiclîche niezen" (455, 29).

Ihren schroffsten Ausdruck findet diese Lehre von der fortdauernden Mächtigkeit des hier erlangten Seinsstandes wohl an der folgenden Stelle, die sich knapp vor dem von uns zitierten Haupttexte der Eschatologie findet: „‚Wizzet, als lange als der

---

Jetzund ist des ewigen Lebens Anfang (302, 21).

Wie wir uns hier messen, also will uns der ewige Vater in seinem ewigen Reiche wieder messen. Hierzu sagt Sankt Augustinus: soweit wir hier erkennen und minnen, so sollen wir es ewiglich genießen (455, 29).

guote mensche lebet ûf ertrîche, sô hât sîn sêle ein fürgân in der êwicheit. Her umbe hânt guote gerne daz leben.' Er sprach ‚tohter, dû hâst wâr. Ein meister sprichet: lêgen zwei menschen an irm tôde unde stüenden in glîcher minne vor den ougen gottes unde solten beide sterben, daz eine stürbe vor dem andern alsô lange, daz daz ander ein siufzen möhte getuon gên got oder einen gedanc nâch der aller minster marter, die got ie geleit oder nach dem minsten worte, daz got ie gesprach, daz hête er immer mê enpor zuo eime prîsande vor dem anderen, daz dâ vor gestorben ist, als lange als got êwic ist'" (470, 5).

Worin aber ist diese Kontinuität des hier erlangten Seins der Seele auch im jenseitigen Leben begründet? Ist es die Unerbittlichkeit eines vergeltenden und rächenden Gottes? Das kann nie und nimmer der Standpunkt des esoterischen Wissens sein. Dies

---

Wisset, solange als der gute Mensch hier auf Erden lebt, so hat seine Seele ein Fortschreiten in der Ewigkeit: Darum haben die Guten das Leben gerne. Er sprach: Tochter, du sagst die Wahrheit. Ein Meister spricht: Lägen zwei Menschen an ihrem Tode und stünden in gleicher Minne vor den Augen Gottes und sollten beide sterben; und der eine stürbe vor dem andern also lange, daß der andere noch einen Seufzer zu Gott schicken könnte, oder einen Gedanken nach der allerwinzigsten Marter, die Gott je gelitten oder nach dem kleinsten Worte, das Gott jemals sprach — damit wäre ihm eine große Gnade zuteil vor dem anderen, der v o r ihm gestorben war, so lange als Gott ewig ist (470, 5).

bringt unser Text sehr deutlich zum Ausdruck. Fast am Anfange der Hauptstelle steht ein Satz, der an der von uns zitierten Stelle schon eine Wiederholung ist und deshalb besondere Bedeutung hat: „Helle ist niht dann ein wesen" (455, 34 und 470, 22). An anderer Stelle erklärt Meister Eckhart diesen Begriff „Wesen": „Wesen ist ein erster Name, allein im Wesen liegt alles, das etwas ist. Alles Mangelhafte ist Abfall vom Wesen. All unser Leben sollte ein Wesen sein. Soweit unser Leben ein Wesen ist, insoweit ist es in Gott" (263, 10). „Die Hölle ist nichts als ein Wesen" heißt also: sie ist ein bestimmter Stand des Seins und des Geistes. Solche bestimmte, und zwar erhöhte Seinsstände sind aber auch Fegefeuer und Himmel; richtiger: die Himmel: „Ich gedâhte zuo dirre naht, daz der himelen gar vil sint" (334, 12).

Das diesseitige Leben aber ist der Schauplatz der Entscheidung, die Walstatt des Sieges oder der Niederlage der Wesenheit; die Beute und der Schatz, die wir von hier mitbringen, sind bestimmend für das eschatologische Schicksal. Daher wundert sich Schwester Katrei von dem Standpunkte des von ihr erlangten Wissens aus, das ihr ja die wahre Lage der Seele, eben diese Forterhaltung von deren Seinsstande, enthüllte, wie jemand, der dies erkannt, überhaupt noch „in Gebresten", d. h. in Sünde und Schwäche bleiben könne.

Und wir können hinsichtlich der indischen Er-

Hölle ist nichts denn ein Wesen (455, 34 u. 470, 22).

Ich gedachte daran diese Nacht, daß der Himmel gar viele sind (334, 12).

lösung bei Lebzeiten und der Eckhartischen Abgeschiedenheit wohl annehmen, daß im Stande des wahren Wissens „Sünde" unmöglich ist, denn dieser Stand ist ja eben das Abtun der Sündhaftigkeit.

Mit diesem Lehrstücke von der Forterhaltung des Seinsstandes, das den eigentlichen Kern der Eckhartischen Eschatologie ausmacht, stellt sich diese voll und ganz in den Zusammenhang der vedântischen: Dort und da ist es die Mächtigkeit des hier erlangten Seinsstandes, die — sich forterhaltend, oder sich vom gegebenen Ausgangsstande aus in bestimmten Stufen weiterentfaltend: bei den Indern sowohl als auch bei Eckhart — das jenseitige Schicksal der Seele bestimmt.

Wie bei den Indern kommt von all dem auch bei Meister Eckhart **die Bedeutung der Sterbestunde**. Der angeführte Text über die beiden Menschen, von denen dem einen beim Sterben ein Augenblick der Vertiefung gegönnt ist, unterstreicht diese innere Erfahrung in einem aufrüttelnden Bilde. An anderer Stelle heißt es: „Diu sêle, diu dâ bestêt in der edeln glîcheit und in der edeln nâtûre, die got an sî hât geleit, und ouch hât ein vortgen von einer edelkeit in die andern, ze swelher stunde si scheidet von dem lîbe, in dem

---

Die Seele, die da besteht in der edlen Gelassenheit und in der edlen Natur, die Gott ihr angelegt hat, und auch ein Fortschreiten von einer Edelheit in die andere hat — zu welcher Stunde sie von dem Leibe scheidet, in demselben Augenblick wird ihr das ewige Leben offenbar gemacht, und in eben

selben puncte wirt ir geoffent daz êwige leben und in der offenunge wirt si umbevangen mit eime götlîchen liehte und in dem bevencnisse des götlîchen liehtes wirt si gezogen unde gebildet in got" (386, 28). Wir erinnern uns an die Erlösung im Augenblick des Todes, an die indische vidêha-mukti. Noch deutlicher aber — vielleicht unter Außerachtlassung gewisser, wohl ausnahmsweiser Möglichkeiten im „Fegefeuer" (vgl. unten S. 51) — heißt es im „Liber positionum", 21: „Daz sage ich dir. Diu sêle nimet zuo in diseme lîbe und swenne si gescheidet von dem lîbe, daz ist ir jungeste tac, unde dar ûf si denne gesetzet wirt, nâher wirt si got niemer bekennende" (639, 18).

Was bedeutet für diese Welthaltung und diese eschatologische Einsicht der Tod? Eckhart entwickelt seine Auffassung vom Tode an anderen Stellen, aber ganz im Geiste unseres Hauptextes über die Letzten Dinge. Und er gibt darüber keine andere Lehre als jene, die Schelling später den Tod als eine Essentifikation bezeichnen läßt.

Wir erinnern uns an das, was Eckhart vom „Wesen" lehrte, daß es ein Sein der Dinge in ihrer Er-

---

dieser Offenbarung wird sie mit einem göttlichen Lichte umfangen, und in diesen Umkreis des göttlichen Lichtes wird sie hineingezogen und -gebildet in Gott (386, 28).

Das sage ich dir. Deine Seele nimmt in diesem Leibe zu, und wenn sie von diesem Leibe scheidet, das ist ihr Jüngster Tag, und was ihr dann zuerkannt wird — näher wird sie Gott nimmer erkennen (639, 18).

stigkeit sei, und hören nun folgendes: „Der tôt gît in ein wesen. Ez sprichet ein meister: diu nâtûre gebrichet niemer, si engebe ein bezzerz dar gegen ... Sît diz diu nâtûre tuot, vil mê tuot ez got: der gebrichet niemer, er gebe ein bezzerz. Die merterêre sint tôt unde hânt verlorn ein leben unde hânt enpfangen ein wesen... Sie hânt, spriche ich, verlorn ein nâtiurlich leben unde hânt enpfangen ein wesen... wesen ist so lûter unde so hôch, allez daz got ist, daz ist ein wesen... unde sint gesetzet in ein êwic leben, in daz leben, dâ daz leben ein wesen ist" (262, 23 und 263, 37).

Das bedeutet: daß der Tod Eingang in das Wesen, also Essentifikation sei.

Da, wie wir schon hörten, auch die Hölle ein „Wesen" ist, so gilt die Verwesentlichung durch den Tod nicht nur für die Seligen, sondern auch für die Verdammten. Darum heißt es auch kurz vor der eschatologischen Hauptstelle: „Als diu guo-

---

Der Tod gibt ihnen ihr Wesen. Es spricht ein Meister: Die Natur zerstört nichts, sie gäbe denn ein Besseres dagegen... Wenn die Natur dies tut, viel mehr tut es Gott, der nimmer nimmt, er gebe denn ein Besseres. Die Märtyrer sind tot und haben ein Leben verloren und haben ein Wesen empfangen, sie haben, sage ich, ein natürliches Leben verloren und haben ein Wesen empfangen... Wesen, das ist so lauter und so hoch, alles was Gott ist, das ist ein Wesen... — und sind in ein ewig Leben gesetzt, in das Leben, da das Leben ein Wesen ist (262, 23 und 263, 37).

Wie die Guten hinaufgehen, also gehen die Bö-

ten ûf gênt, alsô gênt die boesen nieder, die in gebresten sint" (470, 15). Im Zusammenhange mit der Schellingischen Lehre wird sich uns die Bedeutung dieses Satzes noch deutlicher zeigen: Essentifikation bedeutet eben für den Bösen, daß er in dem Sinne noch böser werde, als sein wahres Wesen erst ganz hervortritt, er in sein wahres Sein völlig eintritt, das heißt: — Hölle.

Sehr wichtig für die Auffassung vom Tode ist die Tatsache, daß das Erlebnis des Todes in der Versenkung und Übung vorweggenommen wird, also nichts völlig Neues und Schreckliches an sich hat. Eine wunderbare Stelle in der „separatio" beginnt daher mit den Worten: „Ich spriche: wer niht ze grunde tôt ist, der mac die minnesten heilikeit niht bekennen, die got sînen geminneten friunden ie offenbârete" (462, 21).

Wir kehren nun zum Haupttexte über die Eschatologie zurück. Das Entscheidende über Fegefeuer und Hölle als bestimmte jenseitige Zustände ist durch die Lehre von der Forterhaltung dargetan; diese wird ja auch im Zusammenhange mit der Lehre von Fegefeuer und Hölle entwickelt.

Zunächst zur Lehre vom Fegefeuer. Jener, „die Gott ehren und die Freunde Gottes" und daher einen hinlänglichen, über die Kreatürlichkeit hinausweisenden Geistesschatz aus diesem Leben mitbringen, erbarmt sich Gott — „wäre es auch nicht

---

sen nieder, sie, die in Gebresten sind (470, 15).

Ich spreche: Wer nicht ganz und gar tot ist, der hat die mindeste Wahrheit nicht erfaßt, die Gott seinen geminnten Freunden je offenbarte (462, 21).

eher denn an ihrem Ende" (wiederum sehen wir die Bedeutung der Todesstunde) — und setzt sie so „in Liebe und Erkenntnis, daß sie über sich selbst und alle geschaffenen Dinge hinausgelangen. Da wird die rechte Liebe ihr Wesen, so, als ob sie länger leben würden", aber dieses „Weiterleben" ist nun frei von Mängeln. Aber „die Seele steht in großem Jammer, denn ... sie harret nun, ob Gott sich ihrer weiter erbarmen wolle. Und wäre es auch nicht eher als am Jüngsten Tage ... Die Hoffnung ist ihr Wesen."

Überschauen wir diese knappen, aber tiefen Kennzeichnungen des Zustandes der Seele im Fegefeuer, das „ein angenommenes Ding als ein Buße ist, das ein Ende nimmt"; so können wir dessen Verwandtschaft mit jener Verlängerung der menschlichen Individualität — „als ob sie länger d. h. weiterleben würden" — vermuten, die nach indischer Auffassung jenen Frommen zuteil wird, die den Götterweg der Stufenerlösung gingen und bis zum Pralaya im Seelenreiche verharren müssen; auch das Eckhartische Fegefeuer ist ein bis zum Jüngsten Gerichte währender Übergangs- und Schwebezustand — „Hoffnung ist ihr Wesen" —, der wohl „ein großer Jammer" und „ängstlich in sich selbst" heißen mag, wie ja alles Warten und Harren ein großer Jammer ist. Vielleicht ist es nicht ohne Bedeutung, daß dieses Fegefeuer gar nicht einmal „Wesen" genannt wird — zum Unterschiede von der Hölle —, vielmehr nur „ein angenommenes Ding", wohl um damit anzudeuten, daß es ein Übergangs- und durchaus kein dauernder Seinszustand ist. Ob auch aus dem Fegefeuer — ähnlich wie aus dem Seelenreiche des vedântischen Götterweges — höhere Seinszustände im unmittelbaren Anstiege und vor dem Jüngsten Tage erlangt werden können, könnte angesichts gewisser Wendungen des Eckhartischen Textes vielleicht angenommen werden: „sô wizzet, daz diu sêle stêt in grôzem jâmer, wan si niht mê enmac unde sî des wartet, wenne sich got über sî erbarmen welle. Unde wêr ez doch niht ê dan an dem jungesten tage" (472, 1).

Nun zur Lehre von der Hölle. Diejenigen, die im Wesen ihrer Kreatürlichkeit von hienieden scheiden, behalten dieses ewig bei; dieses dauernde Verstricktsein in den niedrigsten Seins- und Geisteszustand ist aber im Jenseits die Hölle. Hier im diesseitigen Leben wird dieser Seinsstand nur deshalb nicht als Hölle empfunden, weil die Seele hier im natürlichen Leben ein erhöhtes Sein, ein In-Gott-Sein nur ahnt, aber nicht wahrhaft kennt — wenigstens normaler Weise. In der Essentifikation nach dem Tode aber fallen diese Schleier von ihr, sie schaut „Gott und alle seine Freunde", vermag aber infolge ihres Verhaftetseins ins Diesseitig-Kreatürliche (das „Welttreiben" des Vedânta) die Kraft des Aufschwunges nicht zu erlangen, um sich mit Gott zu einen, sie sinkt vielmehr ewig von ihm — vergleichbar dem Verräter, der wohl auch an des Königs Hofe, aber im Schandturme ist.

So müssen wir wohl annehmen, daß der Zustand der Hölle auch eine Verlängerung der Individuali-

---

So wisset, daß die Seele in großem Jammer steht, wenn sie nichts mehr vermag und darauf harrt, wann Gott sich ihrer erbarmen wolle. Und wäre es auch nicht eher als am Jüngsten Tage (472, 1).

tät oder zumindest etwas Entsprechendes bedeute, allerdings nicht die vorübergehende des Fegefeuers, vielmehr ewige Trennung vom göttlichen Sein: „wan got und alle die, die in dem angesihte gotes sint nâch rehter sêlikeite etwaz in in hânt, daz die niht hânt, die von gote gesundert sint, daz niht alleine pîneget die sêlen mê, die in der hellen sint, danne eigen wille oder kein fiur" (65, 30) Die Ermangelung, das „Nicht-Haben" (= „daz niht") jenes Seinsstandes, in dem die mit der Gottheit Geeinten stehen und dessen die Seelen nach der Verwesentlichung des Todes an sich fähig wären, das ist die Pein, die Hölle heißt. In der zuletzt zitierten Lehre wird besonders klar, daß die verdammten Wesen ihre Sonderung von Gott erkennen und damit auch ihre wahre Bestimmung der Einung mit ihm, daß ihr Wesen aber getrübt, ja zerstört bleibt: im Nicht-Sein der Trennung von dem doch als Heil Erkannten. Und das ist für den Geist wahrlich die tiefste Hölle.

Neben den Seelen, deren Geisteszuständen im Jenseits das Fegefeuer oder aber die Hölle entsprechen, gibt es noch eine dritte Gruppe, die zum „himmlischen Volke" werden: „Die Seelen, die ihre Tage in Gott verzehrt haben und deren Wesen Gott war, das bleibt er auch an ihrem Leibe und ihrer Seele

---

Denn Gott und alle die, die im Angesichte Gottes sind, haben nach rechter Seligkeit etwas in sich, was die **nicht** haben, die von Gott abgesondert sind; und dieses Nicht allein schon quält die Seelen, die in der Hölle sind, mehr, als ihr eigener Wille oder irgend ein Feuer (65, 30).

ewig". Sie, „die in göttlicher Wesenheit stehen, bleiben unberührt" auch durch die große allgemeine Krisis des Jüngsten Tages, die auch das Fegefeuer auflöst, ihnen aber, deren Seele schon seit ihrer Trennung vom Körper „in dem Wesen göttlicher Wesenheit" geblieben war, die Verklärung bringt.

Es ist schwer zu entscheiden, ob es sich auch bei den Seligen, dem „himmlischen Volke", um eine posthume Verlängerung, ein Fortwähren der Individualität handelt; jedenfalls heißt es ausdrücklich, ihre Seele stehe in göttlicher Wesenheit. Aber eine Art des Übergangszustandes ist zweifellos auch hier gegeben, denn ihre Verklärung erfolgt erst nach dem Jüngsten Tage, es sei denn, sie werde vorweggenommen, wie wir in Fällen besonderer Reinheit und Begnadung noch sehen werden. Aber gerade diese Möglichkeit der Vorwegnahme der Verklärung scheint uns den Seinsstand auch der himmlischen Seelen als einen „Übergangszustand" zu kennzeichnen. Daher heißt es auch vom Endzustande der Erhöhung selbst, diese sei viel mehr als das Himmelreich, das eben der Seinsstand der Seelen vor der endlichen Einung mit der Gottheit, aber auch vor der —diese einleitenden — Verklärung nach dem Jüngsten Gerichte ist.

Die Schellingische Lehre von der „Geisterwelt" wird hier weitere Erhellung bringen, denn diese „Geisterwelt" scheint mir das „Himmelreich" der Eckhartischen Lehre zu sein.

Eine Parallele mit der indischen Eschatologie ist hier — wo immer uns der nur äußerliche Weg der Textvergleichung eröffnet ist — nicht leicht herzustellen: Wir sahen ja, daß der Götterweg der Stufenerlösung zahlreiche Stationen, d. h. Seinszustände in sich schließt; andererseits ist vielleicht auch unser oben als Vermutung ausgesprochener Vergleich des Eckhartischen Fegefeuers mit dem Seelenreiche gar nicht zutreffend und es steht vielmehr so, daß diesem Reiche gerade der Seinsstand der Himmlischen entspreche, das Fegefeuer aber eine niedrigere Stufe darstelle, die etwa noch die Möglichkeit der Nichtbewährung und der Verdammung in sich schließt, ähnlich wie der Väterweg des Vedânta jene der Rückkehr in der Seelenwanderung. Es muß wohl überhaupt große Zurückhaltung geübt werden beim Vergleichen der höheren Seinsstände, die einerseits auf dem magischen Wege der Vedânta-Tradition, andererseits auf dem mystisch-christlichen Wege erlangt werden mögen.[1]

---

[1] Vgl. hiezu die Anmerkung 1 auf S. 96 f: Über die Grenzen jedes Vergleiches der Eschatologien und 2 auf S. 97 ff.: Die katholische Lehre von der Unvergleichbarkeit der mystischen Zustände und der Eschatologien!

3. Von der Verklärung und von der Einung mit der Gottheit

Nun geht der Text zu einem weiteren Akte im jenseitigen Geschehen über: zum Jüngsten Gericht und zur Verklärung des Leibes. Wie das Gericht Gottes am Jüngsten Tage anders aufzufassen ist, als es gewöhnlich geschieht, nämlich so, daß die Seele sich ja mit dem von ihr erlangten Seinsstande, in dem als in ihr „Kleid" gehüllt sie vor dem Richter erscheint, selbst ihr Urteil gesprochen und ihr jenseitiges Schicksal bereits gewählt hat. Ebenso gibt der Text auch eine vertiefte Auffassung von der Auferstehung der Toten: Nicht der grobe Leib, der ja in der Erde vergeht, wohl aber das „Wesen des Leibes", also das, was wir das Geistige am natürlichen Leibe nennen könnten — und was die Inder den feinen Leib nennen — „das vereinigt sich am Jüngsten Tage mit dem Wesen der Seele zu einem Wesen in der Wesenheit Gottes." „Ein ander lôn ist, den wir verdienen mit unsern guoten werken, daz ist, daz unser lîp glôrificieret wirt mit der sêle nâch dem jungesten tage." (645, 13).

Verklärung erlangen jene Wesen des „Fegefeuers", die in dieser allgemeinen Krisis des Jüngsten Tages als Bewährte befunden werden. Verklärt werden vor allem die Himmlischen, also jene Seelen, die nach dem Tode gar nicht ins Fegefeuer

---

Ein anderer Lohn ist, den wir mit unseren guten Werken verdienen, nämlich, daß unser Leib mit der Seele nach dem Jüngsten Tage verklärt wird (645, 13).

eingingen, sondern in göttliche Wesenheit. Die Zuversicht für diese Verklärung kommt uns aus dem Schicksale Christi selbst: „Dieser ließ all sein angenommenes Wesen in der Zeitlichkeit zurück und brachte nur das in den Vater zurück, was aus diesem ausgegangen war, nämlich nicht die grobe, sondern nur die edle menschliche Natur: Daz wesen Kristî sêle fuorte mit ir daz wesen der edelen menscheit unsers herren Jêsû Kristî mit götlîcher weslicheit" (472, 34). „Den gleichen Stand des Seins im Vater erhalten jene, die aus Gnade erlangen, was Christus von Natur hatte: Nicht so, daß das Leben des Leibes mit ihnen auffahre zur Zeit, da sie von hinnen gehen, dieses muß vielmehr hier bleiben bis zum Jüngsten Tage, da alle Dinge zunichte werden, dann erst wird nach allgemeiner Auffassung der Seele das Wesen ihres Leibes zuteil." (472 f.)

Anders allerdings steht es mit jenen, die einen besonderen Stand der Reinheit und Begnadung erreicht haben: **sie nehmen die Verklärung des Leibes vorweg**, die allen übrigen erst am Jüngsten Tage zuteil wird. Also geschah es Johannes, „Marien und allen denen, von denen man sagt, daß sie mit ihrem Leibe zu Gott eingingen..." Sie haben in ihrem Erdenleben einen solchen Grad der Vollendung erreicht, daß ihnen Gott widerfahren läßt, was ihnen erst am Jüngsten Tage geschehen sollte. Mit göttlicher Hilfe wird der grobe Leib, „der in der Erde verwesen sollte, in der Luft verzehrt,

---

Das Wesen von Christi Seele nährte das Wesen der edlen Menschheit unseres Herrn Jesu Christi in göttlicher Wesenheit (472, 34).

sodaß nicht mehr in Gott eingeht, als das Wesen des Leibes", nämlich der feine Leib. Wir haben hier die Erscheinung vor uns, die die Inder für einzelne bei Lebzeiten Erlöste überliefern: den übernormalen Tod mit einem Auflösen und Verschwinden des groben Leibes. Ein weniger hoher Grad der Vollendung, aber ebenfalls ein der Verklärung ähnlicher Zustand scheint vorzuliegen, wenn Eckhart von sant Merten berichtet: „dô der starp, dô wart sîn lîcham als lûter unde klâr als ein glas, zuo eime zeichen, daz sîn sêle in sîme lichamen ouch lûter unde klar gewesen ist" (366, 40).

Wie sehr die Verwirklichung höherer Seinszustände an die Verklärung des Leibes gebunden ist, das lehrt eine tiefe Bemerkung, der zufolge uns infolge der Grobheit der Leiblichkeit eine **dauernde** Verwirklichung des „Ledigseins" versagt sei: „Sêle ist behende von nâtûre, der lip ist grop von materien. Daz materielichiu gropheit alsô behende sî alsô geistlîchiu, daz enwirt eime unglorificierten lîbe niht." (668, 10).

Wie eng die gesamte Eschatologie Eckharts mit der Lehre vom „ursprünglichen Menschen" und damit auch mit jener vom „Falle" zusammenhängt,

---

Als er starb, da ward sein Leichnam so lauter und klar wie ein Glas, zum Zeichen, daß seine Seele in seinem Leibe auch lauter und klar gewesen (366, 40).

Die Seele ist fein von Natur, der Leib ist grob nach seiner Materie. Daß die materielle Grobheit so fein würde wie das Geistige, **wird einem unverklärten Leibe nicht zuteil** (668, 10).

DER URANFÄNGLICHE ZUSTAND 249

und daß die jenseitige Bestimmung eine Wiedergewinnung des uranfänglichen Zustandes des Menschen sei, zeigen die Bemerkungen über diesen „Urzustand": So heißt es von der Klarheit des Leibes, die der Herr den drei Jüngern auf dem Berge Tabor zeigte und „die er von der Einung mit der Gottheit hatte, daß auch wir sie haben sollten nâch der urstende des lîbes" (17, 24). Noch ausführlicher lehrt „Liber positionum" (104): „Uf drin punten stât der sêle unwandelkeit. Einez ist, daz sie einen wol gemâzeten lîp habe, waz diu sêle wîl, daz daz der lîp wirke sunder widersprechen. Wêre Adam bliben ûf sîme nâtiurlîchen adel, er hête geworht allez daz er wolte unde wêren ime gehôrsam gewesen alle creâtûre. Aber dô er viel, dô entweich ime gehôrsam sîn selbes lîp und alle creâtûre: sie engetrûweten ime niht mê, wan er gote was ungetriuwe worden. Daz ander punt: daz si stande sunder haft und gelust

---

... daß auch wir sie haben sollten nach der Urständ (Auferstehung) des Leibes (17, 24).

Auf dreien Punkten steht der Seele Makellosigkeit. Einer ist, daß sie einen so wohlgesitteten (und fügsamen) Leib habe: daß, was die Seele will, das der Leib ohne Widerspruch ausführe. Wäre Adam in seiner natürlichen Vollkommenheit geblieben, so hätte er alles, was er wollte, gewirkt und alle Kreatur wäre ihm gehorsam gewesen. Aber da er fiel, da entwich ihm der Gehorsam [seiner selbst], seines Leibes und aller Kreaturen: Sie waren ihm nicht mehr in Treue verbunden, weil er Gott untreu geworden war. Der andere Punkt, daß sie stünde ohne Haft und Gelüst alles dessen, was da minder ist

alles des, daz dâ minre ist denne got. Daz dritte punt: daz der mensche bestêtiget stande vor aller toetlîchi. Wêre Adam gestanden, er wêre niemer toetlich worden. Adam als in got geschuof an dem êrsten tage, alsô wêre er gestanden biz an den jungesten tac." (657, 30)

Wir haben hier also die Lehre, daß lediglich der „Fall" des ursprünglichen Menschen das gesamte Zwischenspiel der Menschheitsgeschichte, aber auch die jenseitigen Vorstadien vor dem Aufstiege nach dem Jüngsten Tage bewirkt habe. Eine Lehre, an die wir auch tiefe Anklänge bei den Indern finden und die wir Schelling in umfassendster Weise wieder aufnehmen sehen. [1]

---

denn Gott. Der dritte Punkt: daß der Mensch vor aller Sterblichkeit bewahrt stünde [toetlîche:Sterblichkeit, Zeitlichkeit; lat. mortalitas: Vergänglichkeit, Menschheit, Menschlichkeit, auch: Schöpfung, Geschöpflichkeit]. Hätte Adam bestanden, er wäre nimmer dem Tode verfallen. So wie ihn Gott am ersten Tage geschaffen, in dem Stande wäre Adam bis an den Jüngsten Tag geblieben (657, 30).

---

[1] Zur Lehre vom Ewigen Menschen. Auf die innige Verflochtenheit der Eschatologie mit der Lehre vom Ewigen Menschen, vom Gottmenschen, dem Menschensohne oder zweiten Adam (Adam Kadmon), hat die Studie vielfach ein Licht geworfen. (Vgl. oben S. 38.)

Als Gemeingut der Traditionen enthüllt diese Lehre René Guénon in seinen Werken: L'Homme et son devenir selon le Vedânta (Paris 1925, 1941²) und Le roi du Monde (Paris 1927, neuerdings dtsch.: König der Welt, München-Planegg 1956).

Nachdem die Verklärung und ihre Vorwegnahme in Fällen besonderer Vollendung behandelt sind, wendet sich der Text nach einem Zwischenge-

---

Eine Verarbeitung der Guénon'schen Lehren bringen die Werke von L. Ziegler: In „Überlieferung" (Leipzig 1936, bes. 444—467) legt Ziegler die Lehre des Vedânta — besonders in ihrer durch Çankara vollendeten Gestalt, aber stets mit Hinweisen auf die gesamte Tradition — vom Ewigen Menschen, von dessen Ursprung aus Gott und von der Entstehung der zeitlichen Menschheit aus dem Ewigen Menschen dar und kommt zu dem Ergebnis: „Gestützt... auf Buddhi, die Edelkraft seiner Erkenntnis, gestützt auf den νοῦς ποιητικός, den intellectus purus, den intuitus gnosticus (= vêda), vermag er... der zeitliche Mensch... wieder der zu werden, der er dem Ursprung nach ist, Puruscha, Ewiger Mensch: Vermag er, ‚Licht vom Licht', in des Begriffes strengster Meinung ‚den Lichtweg zu gehen, den Lichtweg zu üben' und einzutauchen ins unendliche Bewußtsein. Vermag er, mittels des Yoga sich mit Puruscha zu jochen und zu einen. Vermag er, ‚einzugehen in sein Selbst', aus welchem er hervorgegangen ist." (463)

In dem Buche „Apollons letzte Epiphanie" (Leipzig 1937, bes. 200—247) reicht Ziegler die Lehre vom Ewigen Menschen in schöner Analyse als Schlüssel zur orphischen Theologie und zu den griechischen Mysterien dar.

Zuletzt nimmt Ziegler dieses Urthema in seinem jüngsten Werke „Das Lehrgespräch vom Allgemeinen Menschen in sieben Abenden (Hamburg 1956) wieder auf.

Im Zusammenhang mit einer bestimmten Richtung des Yoga — auf die sich besonders die Arbeiten von I. Woodroffe (A. Avalon): (Tantrik Texts vols. I—XII, Calcutta-London 1913; The Serpent Power; The Great Liberation, Madras 1927 [2]), R. Guénon, J. Evola und L. Ziegler beziehen —, dem tantrischen Hatha- oder Kundalinî-Yoga (Schlangenkraft-Yoga oder Yoga der „eingerollten Schlange"), bringt Guénon die Lehre vom Ewigen Menschen auf eine prägnante Formel: 1. Steigt Kundalinî

spräche, das wir übergingen, dem höchst- und tiefsten Seinsstande selber zu: **Der Einung mit der Gottheit.**

---

bis zur Stirn, der Region entsprechend dem „dritten Auge" oder dem Stirnauge des Çiva, so erlangt der Yogin in der Versenkung den „Ewigkeitssinn" oder „virtuelle Unsterblichkeit". Es „befindet sich das Sein der geschaffenen Geistwesen, auch der leibgetrennten Seele, in einer Dauer zwischen Zeit und Ewigkeit. Die Schulsprache schuf dafür den Ausdruck ‚Aeviternitas'." (A. Mager, Mystik als seelische Wirklichkeit. Eine Psychologie der Mystik. Graz und Salzburg o. J. — 1947, 231). Dieser „Ewigkeitssinn" ist nach Guénon der status primordialis, d. h. der Urstand des (ersten) Adam vor dem Fall. 2. Erreicht Kundalinî die Krone des Hauptes (brahma-randhra = Pforte des Brahman), bedeutet dies wirkliche Erlangung der höheren Zustände des Seins (R. Guénon, Il Re del Mondo, Mailand 1927, übers. v. A. Reghini, p. 57). Für die ägyptische Tradition beleuchtet diese Zusammenhänge H. Machold. Der Sinn einer Hieroglyphe (Untersuchungen zum Mythos der Geburt der Weisheit aus dem Scheitel, Wiener Dissertation 1943). Es sei in diesem Zusammenhange an das Lehrstück vom Urstande und vom Fall, dem $\mathrm{\dot{\alpha}\mu\alpha\rho\tau\kappa\gamma\varepsilon\nu\iota}$ = manquieren = verfehlen des (ersten) Adam, in der Eschatologie u n d Christologie Schellings erinnert (Schellings Lehre von den Letzten Dingen, 1955, Bd. 78 c dieser Bibliothek, S. 82).

Es zeigt sich in dem angeführten Schrifttum wiederum: Daß Wissen und Glauben der Unsterblichkeit nicht genügen. Wir müssen nicht nur um die Entmachtung des Todes wissen, wir müssen auch um die Entmachtung gewisser jenseitiger Zustände des Fortwährens wissen. Wir müssen um die Auferstehung des Fleisches am Jüngsten Tage wissen: „Daß unser Leib am Jüngsten Tage wieder lebendig und aus dem Grabe hervorgehen werde."

Darum betrachtet auch die Vedânta-Lehre — wie übrigens auch andere Traditionen — die Eschatologie vom Standpunkte der Vereinigung mit dem Höchsten (yoga heißt ja auch Vereinigung) und nicht so sehr von jenem

Wir können nach Wortlaut und Gliederung des Textes wohl annehmen, daß diese letzte Erhöhung über die Verklärung hinausführe. „Die Seele, die

---

wie es uns Menschen möglich ist... Die Vergeistigung und Verübernatürlichung des inneren Sinnesbereiches in der geistlichen Vermählung ist nur eine Vorwegnahme der Verklärung, die am Auferstehungstag auch den äußeren Sinnen, ja dem ganzen Leib zuteil werden und selbst auf die gesamte Schöpfung überstrahlen wird. Nach diesem Offenbarwerden der Kinder Gottes seufzt ja die ganze Schöpfung und harrt auf ihn in Geburtswehen des post mortem. Denn der Tod als Aufgeben des groben Leibes spielt ja für diese Sicht keine entscheidende Rolle, weil der grobe Körper lediglich ein Seinsstand unter anderen ist. Selbst dem Erlösungsbegriffe haftet in gewissen Wendungen diese Überschätzung des grobkörperlichen Zustandes an. Andererseits ist der Leib bedeutungsvoll, denn die höheren Seinsstände schließen ja gerade an des Leibes Auferstehung, seine Verklärung an, wie im Lehrstücke vom aiçvaryam, dem Reiche der Herrlichkeit, — die Lehre vom Ewigen Menschen erweiternd — auch für die Inder zu zeigen versucht wurde. (Verklärung und Erlösung im Vedânta, 1956, Bd. 78 a dieser Bibliothek, S. 68 ff.).

A. Dempf (Selbstkritik der Philosophie und vergleichende Philosophiegeschichte im Umriß, Wien 1947, 149—154) entwirft eine vorwiegend nur-christliche Reihe der Lehren vom Ewigen Menschen: Poseidonios, Philon, Augustinus, Scotus Eriugena — ein „Zeit"genosse Çankaras, Meister Eckhart, Nikolaus von Cues, Jakob Böhme, Franz von Baader, Friedrich Schlegel, W. Solovjeff.

Bei A. Mager finden sich schöne Hinweise auf die Erhobenheit der Weltstellung des Menschen: „... nur wir Menschen als sinnlich-geistige Wesen können die verklärte Menschheit des Gottessohnes naturgemäß erfassen. Reine Geister, wie die Engel, vermögen es nicht...
... auch der erhabenste Geist kann niemals mit der verklärten menschlichen Natur Christi verbunden werden,

in Gott eingeht, hat weder Stätte noch Stunde noch irgendetwas, was mit Namen nennbar wäre. Die Stätte, die ihr zuteil wird, ist viel mehr denn Himmel und Erde und alles, was Gott jemals schuf." Und alle Himmel und Welten, die Gott jemals schaffen könnte, wären „noch weniger als eine Nadelspitze gegenüber der Stätte, die einer Seele zuteil wird, die mit der Gottheit geeinet wird;" „Die meister sprechent, daz diu sêle ist wîter denne der himel" (100, 24).

Diese Einung ist wirkliche Vergottung der Seele: „Dâ enpfâhet ein ieglîchiu kraft der sêle glîcheit götlîcher persône: der wille enpfâhet glîcheit des

---

Die Meister sprechen, daß die Seele weiter denn der Himmel ist (100, 24).

Da empfängt eine jegliche Kraft der Seele Gleich-

(Röm. 9, 19 und 22). Es ist derselbe ‚Pneumatisierungsvorgang', der für die Mystik ebenso charakteristisch wie wesentlich ist. Die Mystik ist buchstäblich anticipatio — Vorwegnahme, praelibatio — Vorgabe, praegustatio — Vorverkosten des ewigen Lebens. Die Mystik der Gegenwart ... zeigt denn auch, daß dort, wo der Zustand der geistlichen Vermählung schon viele Jahre dauert, er in einer weitergreifenden Vergeistigung der sinnlichen und leiblichen Sphäre besteht. Sie hat dafür den bezeichnenden Ausdruck ‚Feinstofflichkeit' geprägt." (384 f.) Mager meint weiter: „Der Leib mit den äußeren Sinnen kann hienieden nie so ganz und restlos vom mystischen Gnadenwirken Gottes durchdrungen werden, daß Verklärung und Unsterblichkeit die Folge wäre. Eine Art Vorahnung der Verklärung auch des Leibes haben wir allerdings in der Tatsache, daß die Leiber mancher Heiliger, wie etwa der der hl. Theresia, bis auf den heutigen Tag, allen Naturgesetzen entgegen, unversehrt erhalten sind." (391).

heiligen geistes, daz verstentnisse enpfâhet glîcheit des sunes, daz gehügnisse glîcheit des vaters unde götlîcher nâtûre unde belîbet doch ungeteilt." (386, 34).

Während der eben mitgeteilte Text sich unzweifelhaft auf die Erlösung nach dem Tode bezieht, läßt der Haupttext diese Frage offen, ja noch mehr, an seinem Schlusse wird berichtet, wie wir schon zitierten (475, 5, oben Seite 31), daß der Beichtvater über den Schauungen seiner geistlichen Tochter selbst in Verzückung gerät; nach der Rückkehr daraus bittet er Schwester Katrei zu helfen, „daß ich ein Bleiben da gewinne, da ich nun bin." Dieser auffällige Abschluß der Hauptstelle bietet zusammen mit zahlreichen Stellen eine Bestätigung dafür, daß auch nach Eckhartischer Lehre schon im Leben jener höchste Seinsstand zu verwirklichen ist.

Es gab innerhalb der mittelalterlichen Mystik einen Streit, ob der Mensch schon in diesem Leibe dazukommen könne, nicht zu sündigen, also Vollkommenheit zu erlangen: „Ez ist ein vrâge under den meistern, ob der mensche dâ zuo müge komen, daz er niht sünden müge in diesem lîbe? Die besten

---

heit mit den göttlichen Personen: der Wille empfängt Gleichheit des Heiligen Geistes, die Vernunft empfängt Gleichheit des Sohnes, die Eingebung Gleichheit des Vaters und göttliche Natur und sie bleiben doch ungeteilt (386, 34).

Es ist eine Frage unter den Meistern, ob der Mensch dazu kommen könne, nicht mehr zu sündigen in diesem Leibe? Die besten Meister spre-

meister sprechent: jâ. Daz sult ir alsô verstân. Die liute hânt sich alsô durchüebet innen und ûzen, daz sie sich zuo keime gebresten geneigen mügent" (460, 11).

Wir lernten auch Eckharts Lehre von den Machtvollkommenheiten derer kennen, die Abgeschiedenheit erlangen. Ferner scheint uns auch die Lehre von der Vorwegnahme der Verklärung, also von einer Glorifizierung des Leibes unmittelbar nach dem Tode, eine Bestätigung für die Erlangung höherer geistiger Zustände schon in diesem Leibe zu sein. Alles das läßt uns trotz der gebotenen Zurückhaltung im Vergleiche [1] zwischen Upanischaden und Mystik doch wohl als wahrscheinlich annehmen, daß auch der große mittelalterliche Meister einen der indischen Erlösung bei Lebzeiten ähnlichen Seinsstand kannte und lehrte.

---

chen: Ja. Das sollt ihr so verstehen: Diese Leute haben sich innen und außen also durchgeübt, daß sie sich keiner Schwäche mehr zuneigen können (460, 11).

---

[1] Vgl. dazu die Anmerkungen 1 auf S. 96: Über die Grenzen jedes Vergleiches der Eschatologien; und 2: Die katholische Lehre von der Unvergleichbarkeit der mystischen Zustände und der Eschatologien!

WALTER HEINRICH

SCHELLINGS LEHRE VON DEN LETZTEN DINGEN

DEN MANEN
FRIEDRICH WILHELM JOSEPH VON SCHELLINGS,
DES GRÖSSTEN DEUTSCHEN RELIGIONSPHILO-
SOPHEN, AM 20. AUGUST 1954,
DER HUNDERTSTEN WIEDERKEHR DES TODES-
TAGES

EINLEITUNG ÜBER DEN ZUSAMMENHANG DER ESCHATOLOGIE MIT DER METAPHYSIK SOWIE ÜBER JENEN DER ESCHATOLOGIEN UNTEREINANDER

Die Eschatologie oder die Lehre von den Letzten Dingen — wörtlich: von den Äußersten Dingen — handelt vom jenseitigen Schicksal des Menschen und von der Bestimmung des Menschengeschlechtes als ganzen. Diese Letzten oder Äußersten Dinge sind zukünftige Dinge: Vom Standpunkte des Diesseits des einzelnen Menschen und von jenem des jetzigen Zustandes der menschlichen Gattung. Aber diese Zukunft beginnt in Wahrheit schon hier in dieser Welt — das ist die gemeinsame Überzeugung aller Eschatologien. Ja noch mehr: Diese Zukunft des Menschen und der Menschheit ist nicht zu verstehen ohne die Erkenntnis der Vergangenheit der Seele und des Menschengeschlechtes; und zwar nicht der zeitlichen Vergangenheit in diesem Dasein, sondern der überzeitlichen Vergangenheit. Diese enthüllt die wahre Herkunft, die wahre Herkunft aber offenbart die eigentliche Bestimmung.

Die Eschatologie enthält daher immer auch — oft allerdings nur in bildlicher Form — die Lehre vom bisherigen metaphysischen Schicksal der Seele und der Menschheit, so die Lehre vom Fall und von den (großen) Zeitaltern. Damit aber gerät sie in Zusammenhang mit der Schöpfungslehre und von hier mit der Gotteslehre. Das Schicksal des Menschen ist voll Bedeutung für das Schicksal der gesamten Welt, der Natur- und der Geisterwelt, ja für Gott selbst. Daher auf dem Höhepunkte der eschatologischen Vorstellungen diese zusammenfließen mit solchen über das innergöttliche Leben selbst.

So schlägt die Eschatologie das eigentliche metaphysische Thema an. Wenn dieses aber — wie uns die Quellen immer von neuem versichern — schon hier in diesem Leben, in jeder Stunde dieses Lebens beginnt, dann ist es begreiflich, warum alle Eschatologien a n g e w a n d t e M e t a p h y s i k werden wollen, nämlich zur magisch-mystischen Praxis, zur V e r s e n k u n g s l e h r e hinführen.

Von der in der magisch-mystischen Praxis obwaltenden Überlieferung, von der aurea catena: der goldenen Kette der Tradition, aber wird ein helles Licht auf die tiefgreifende Übereinstimmung der Eschatologien, auf das Ineinsfallen der Äußersten Wahrheiten geworfen. Dies zeigen die Hinweise auf die Vorwegnahme der jenseitigen Zustände in der Versenkung. Dies zeigt auch die innere Erfahrung, daß das überzeitliche Schicksal des Menschen und der Menschheit nur e i n e s sein könne.

A. EIN BLICK AUF DIE GRUNDLAGEN

1. Die All-Einheitslehre des absoluten Idealismus

Die Eschatologie Schellings ist innig verwoben mit dem Gesamtgebäude seiner Philosophie. Besonders gilt dies von ihrer endgültigen Gestalt, die sie in der „Philosophie der Mythologie und Offenbarung" annimmt. Trotzdem soll versucht werden, mit einem kurzen Überblicke auf die Grundlagen auszukommen. Denn — dies mag wohl zunächst überraschen — durch die vorangegangene Darstellung[1] der indischen Eschatologie ist auch ein für die Schellingische gültiger Rahmen gegeben.

Schon der metaphysische Ausgangspunkt Schellings bestätigt diese Behauptung: Er ist nämlich in weitestgehender, oft wörtlicher Übereinstimmung mit dem Vedânta eine All-Einheitslehre. Schelling hat die Upanischaden gekannt, aber in jener der Lesung wirklich die größten Schwierigkeiten bereitenden Gestalt des Oupnekhat, einer sehr freien persischen Übersetzung von fünfzig Upanischaden (1656), die Anquetil Duperron Wort für Wort ins Lateinische übersetzte (1801 f.). Schelling nennt sie deshalb auch eine unerfreuliche Lektüre. Es ist jedenfalls in keiner Weise anzunehmen, daß seine Philosophie dadurch beeinflußt worden wäre.

Die Grundfrage der Metaphysik Schellings bleibt durch sein ganzes philosophisches Werk hindurch die nach dem Verhältnis zwischen Unendlichem und Endlichem. Seine Auffassung über das Wesen oder

---

[1] Siehe einleitende Bemerkung des Herausgebers der Stifterbibliothek auf Seite 4.

— fast könnte man sagen — Scheinwesen des Endlichen hat sich niemals entscheidend geändert; verändert und zwar vertieft hat sich nur die Antwort auf die Frage nach dem Grunde, dem Warum des Endlichen in Bezug auf das Unendliche, auf Gott.

Auch für Schelling ist das wahrhaft Seiende einzig und allein das Absolute. Und alles Seiende ist Eines. „Alles, was ist, ist an sich Eines ... Nichts ist dem Sein an sich nach entstanden. Denn alles, was an sich ist, ist die absolute Identität selbst ... Nichts ist an sich betrachtet endlich ... Daß vom Standpunkte der Vernunft aus keine Endlichkeit sei und daß die Dinge als endlich betrachten soviel ist, als die Dinge nicht betrachten, wie sie an sich sind. Ebenso, daß die Dinge als verschieden oder als mannigfaltig betrachten soviel heiße, als sie nicht an sich oder vom Standpunkt der Vernunft aus betrachten." („Darstellung meines Systems der Philosophie", 1801; SW I 4, 119.)[1] „Was sich absondert, sondert sich nur für sich ab, nicht in Ansehung des Absoluten. Dies ist freilich am klarsten an dem höchsten Absonderungsakt, dem Ich. Ich bin nur dadurch, daß ich von mir weiß, und unabhängig von diesem Wissen überhaupt nicht als Ich. Das Ich ist sein eignes Tun, sein eignes Handeln. Von diesem Absonderungsakt aber, der im Ich lebendig, selbsttätig ist, ist an

---

[1] Für Schelling zitieren wir aus der vom Sohne Schellings nach dessen Tode besorgten Gesamtausgabe: Fr. W. J. v. Schellings sämtliche Werke, Stuttgart und Augsburg 1856 ff. (J. G. Cotta), abgek.: SW I = erste Abteilung, II = zweite Abt. = Philosophie der Mythologie und Offenbarung; die arabischen Ziffern bedeuten Band und Seite: z. B. SW I 6, 569.

den körperlichen Dingen ein passiver Ausdruck, ein Prinzip der Individuierung, das ihnen im Absoluten selbst aufgedrückt ist, um sich, nicht in Ansehung des Absoluten, wohl aber in Ansehung ihrer selbst, abzusondern. Das Einzelne tritt in die Zeit, ohne sich in Ansehung des Absoluten aus der Ewigkeit zu verlieren" (ebda. 167).

In „Bruno oder über das göttliche und natürliche Prinzip der Dinge" (1802) heißt es: „Du wirst also nicht glauben, daß die einzelnen Dinge, die vielfältigen Gestalten der lebenden Wesen, oder was Du sonst unterscheidest, wirklich so getrennt, als Du sie erblickest, im Universum an und für sich selbst enthalten seien, vielmehr, daß sie bloß für Dich sich absondern, ihnen selbst aber und jedem Wesen die Einheit in dem Maße sich aufschließe, in welchem es sich selbst von ihr abgesondert hat; z. B. der Stein... ist in der absoluten Gleichheit mit allen Dingen, für ihn auch sondert sich nichts ab oder tritt hervor aus der verschlossenen Nacht; dagegen dem Tier, dessen Leben in ihm selbst ist, öffnet sich mehr oder weniger, je mehr oder weniger individuell sein Leben ist, das All, und schüttet endlich vor dem Menschen alle seine Schätze aus." (SW I 4, 259 f.)

Hier wird außer der All-Einheit alles Seienden gelehrt, daß jedes Wesen in der Absonderung von der Einheit — im Erblühen seiner Selbstbewußtheit, die als Vermittelbarung bezeichnet werden könnte — zugleich auch Ausgangspunkt und Grundlage für die Erkenntnis der Einheit gewinnt; damit aber auch zur Verunmittelbarung, zur Rückkehr in den Schoß der All-Einheit selbst. Es ist dies die gleiche Haltung der Welt der Erscheinung gegenüber, aus der heraus die Inder diese als Ausgangspunkt der Selbstverwirklichung betrachten.

So sagt Schelling in den „Aphorismen zur Einleitung in die Naturphilosophie" (Aus den Jahrbüchern der Medizin als Wissenschaft 1806): „Die Endlichkeit besteht nur in den Relationen der Wesenheiten aufeinander, ... Das Leben, welches die Wesenheiten des Alls relativ aufeinander haben, ist entgegengesetzt ihrem Leben in Gott, worin jede als eine freie, selbst unendliche ist; es ist insofern ihr von Gott abgefallenes und abgetrenntes Leben ... z. B.: dein wirkliches oder gegenwärtiges Leben als Mensch ist allerdings nur dein Leben in und unter Relationen, und insofern bloß E r s c h e i n u n g deines wahren und ewigen Lebens. Aber nicht nur ist dein Wesen oder deine Idee und zwar a l s deine (weil Gott nicht so arm ist, daß er nach Allgemeinbegriffen schaffte) eine ewige Wahrheit in Gott, sondern auch die Relation selbst, durch welche du wirklich bist, ist (obgleich nichts an sich, nichts Positives, weil sie nur Relation ist, doch) mit der Wesenheit zugleich, also auf ewige Weise, zeitlos in Gott" (SW I 7, 190).

Es ist naheliegend — gerade in der zuletzt gebrachten Stelle wird es deutlich —, daß mit der All-Einheitslehre dieses „absoluten Idealismus" eine I d e e n l e h r e verbunden ist. So nennt Schelling in den „Ferneren Darstellungen aus dem System der Philosophie" (1802) die Ideen „die einzige Möglichkeit, in der absoluten Einheit die absolute Fülle, das Besondere im Absoluten, aber eben damit auch das Absolute im Besonderen zu begreifen — selige Wesen, welche einige die ersten Geschöpfe nennen, die in dem unmittelbaren

Anblicke Gottes leben, von denen wir aber richtiger sagen werden, daß sie selbst Götter sind, denn jede für sich ist absolut und doch jede begriffen in der absoluten Form" (SW I 4, 405).

In dem großartigen „System der gesamten Philosophie und der Naturphilosophie insbesondere" (1804) — besonders in seinem Anfangs- und seinem Schlußteile ein der indischen Welthaltung völlig ebenbürtiger Nachweis der allein wahren Realität des Absoluten und des Nicht-Seins der Dinge der erscheinenden Welt — heißt es: „Die Abkunft aller Dinge ihrem S e i n nach ist eine ewige Abkunft." „Durch das Sein als solches hat ein jedes Ding die unmittelbare Beziehung auf Gott, mag es auch seinem Nichtsein nach oder als bloßes non-ens jederzeit von einem anderen zum Dasein oder zum Wirklichen bestimmt sein." „Die Wesenheiten, die Dinge als gegründet in der Ewigkeit Gottes = Ideen." „Das wahrhaft Reale i n allen Dingen sei nur die I d e e oder die vollkommene Idealität des Allgemeinen und Besonderen." Denn es kann „das Besondere oder das Endliche i m A l l nur sein ..., sofern es ganz aufgelöst ist in das Allgemeine; aber eben dieses ins Allgemeine, ins Unendliche aufgelöste Endliche ist die Idee und nur seine Idee ist das von ihm, was im unmittelbarem Verhältnis zu Gott steht, also auch real ist." So z. B.: „Die Pflanze ist ... als solche nichts Positives, nichts an sich, sie ist ihrer Besonderheit nach durch bloße Negation des An-sich, der Idee, welche unendlicher Begriff, Begriff des All selbst ist" (SW I 6, 182 bis 185).

2. Von den Bestimmungen des Endlichen und von den Tiefenschichten des Seins

Schon aus dem Bisherigen ergibt sich, daß das Endliche gegenüber dem Unendlichen ein eingeschränktes Sein ist; es verdankt sein Dasein einer Begrenzung der Seinsfülle des Absoluten, einer Privation.[1] Wir haben hier die Parallele zur indischen Lehre von den Bestimmtheiten (Upâdhi's). „Dieses Leben im All also, diese **Wesenheit der Dinge**, als gegründet in der Ewigkeit Gottes, ist die **Idee**, und **ihr Sein im All ist das Sein der Idee nach**. Das relative Nichtsein des Besonderen in Bezug auf das All kann als bloße **Erscheinung** im Gegensatz der Idee bezeichnet werden" (ebda. 187).

„Das relative Nichtsein des Besonderen in bezug auf das All, als relatives Nichtsein aufgefaßt, ist das konkrete, wirkliche Sein... Das, was wir als Bestimmungen des einzelnen Dings und in der Reflexion sogar als **positive** Bestimmungen desselben ansehen... (sind) wahrhaft nur Ausdrücke seines relativen Nichtseins; und daß wir daher auch in dem besonderen wirklichen Ding als dem Inbegriff jener Bestimmungen weit entfernt etwas Positives zu erkennen, vielmehr wahrhaft ein bloßes Nichtsein in bezug auf das All erkennen, das Nichtsein, die Negation, also das wahre Wesen dieses Dings ist..."; als Beispiel: „Die unendliche Realität, mit welcher die Idee des Menschen in Gott

---

[1] In der „Darstellung des philosophischen Empirismus" spricht Schelling von einem „Seienden geringerer Art" (S. W. I, 10, 236).

verknüpft ist, drückt der einzelne Mensch jederzeit nur zum Teil, d. h. mit Negation, aus. Das Konkrete ist also Vieles, eben weil es nicht das W a h r e ist." „Es gibt also keinen möglichen Grund der Vielheit als einen negativen, nämlich die Vielheit des Konkreten ist nur Ausdruck seines relativen Nichtseins in bezug auf die Idee" (ebda. 189 ff.). „... die Bestimmungen des Konkreten ... sind keine positiven Bestimmungen, sie fügen zum Wesen des Dings nichts hinzu, sondern n e h m e n vielmehr h i n - w e g, wie die P r i v a t i o n oder die Negation selbst nichts zu dem Ding hinzufügt..." (ebda. 193).

Im Schlußteil dieses Werkes heißt es an einer Stelle: „Alle Bestimmtheit des Charakters ist nichts Positives, sondern etwas lediglich Negatives. Der Fuchs ist nur schlau, weil er nicht das a l l s e i t i g e Tier ist, das die Natur will ... nicht die Unendlichkeit der Erde ist" (hier sind die Tiere gedacht als „einzelne Gestaltungen eines All-Organismus, der Erde") „das höchste oder die Harmonie i s t, und jene einseitigen Charaktere gehören bloß zur E r - s c h e i n u n g dieser e x i s t i e r e n d e n Harmonie. Jene einseitigen Charaktere kehren auch in der Menschengattung wieder und sind auch da nur die einzelnen oder einseitigen Erscheinungen der Harmonie, auch hier nichts Positives, sondern bloße Beschränkungen. Die Natur an sich gibt also immer nur das Positive zu allen Charakteren: das Beschränkende, wodurch sie besondere sind, gibt die eigne Natur des besonderen Wesens. Jene einseitigen Charaktere sollen durch die Ausbildung verschwinden und der Mensch durch Verschmelzung alles Einseitigen in sich zur Darstellung der Totalität gelangen" (ebda. 469 f.).

In vielen Stellen finden wir auch eine Art von Tiefenschichtenlehre angedeutet. (Ganz abgesehen von den vielfachen Bezügen der Schellingischen Potenzenlehre zu einer solchen, worauf wir hier nicht eingehen können.) Es ergeben sich folgende Ebenen des Seins: 1. Leib u n d Seele. 2. Ideen. 3. Das Transzendente (das Absolute). Daß aber bei Schelling auch Anklänge an die Lehre von einem feinen Sein immer wiederkehren, beweist die Anlage seiner Naturphilosophie und Schöpfungslehre überhaupt als einer Lehre von der Evolution des Bewußtlosen (Objektiven, Realen) zum Bewußtsein (Subjektiven, Idealen), also die Auffassung des Schöpfungs- und Naturprozesses als eines Verklärungsprozesses, dem zufolge etwa in der anorganischen Natur an unterster Stelle die Materie, an höchster aber das Licht steht; beweist überhaupt die Lehre vom Lichte, insofern das Licht nach Schelling „jener Impuls der Spontaneität" ist, der „noch in die Sphäre der Natur selbst fällt; es ist das L i c h t, der Sinn der Natur, mit welchem sie in ihr begrenztes Inneres sieht" (SW I 4, 103; „Über den wahren Begriff der Naturphilosophie usw." 1801). Dies beweist endlich auch die Eschatologie, die zu einer Verklärungslehre kommt.

Sehr bezeichnend ist in diesem Zusammenhange die mit der indischen wenigstens in gewissen Zügen übereinstimmende Auffassung Schellings vom Wesen des Schlafes: „Der Wachzustand ist Unterordnung des Nervensystems unter die Totalität („Totalität" bezeichnet hier als Gegensatz von „Identität" das Konkrete, Einzelne; WH), der Schlaf ist die Aufhebung der Totalität, also der Vereinzelung ... Das Tier, welches durch die Übermacht des seiner Einzelheit verbundenen ideellen Prinzipes losgerissen war von der allgemeinen Natur, kehrt jetzt in die Identität mit derselben zurück... Die Ermüdungsfähigkeit lebender Geschöpfe ist an sich schon ein Zeichen höheren Daseins. Der Schlaf ist die höchste, lebenden Naturen verliehene Versöhnung, d. h. Rückkehr ins Universum. Das Wesen der Dinge, dem nur durch Vermittlung und Refraktion des Leiblichen die Welt zu einer vielfarbigen, zerstreuten und vielgestaltigen wird, kehrt in seine Einfachheit zurück." (SW I 6, 440 f.)

Alle diese Einzelzüge aber treten zurück gegenüber der Übereinstimmung indischer und schellingischer Auffassung über das Wesen des Höchsten, des Absoluten oder Transzendenten. Wir können den wunderbaren Weg von Schellings Gotteslehre und seine Haltepunkte nicht verfolgen und schließen diesen Abschnitt mit einem einzigen Zitate aus „Bruno": „Wer daher den Ausdruck fände für eine Tätigkeit, die so ruhig wie die tiefste Ruhe, für eine Ruhe, die so tätig wie die höchste Tätigkeit, würde sich einigermaßen in Begriffen der Natur des Vollkommensten annähern" (SW I 4, 305).

3. Die intellektuale Anschauung als esoterisches Prinzip der Schellingischen Philosophie

Nach diesen Voraussetzungen wird es nicht überraschen, daß auch Schelling die — eschatologisch so bedeutsame — Scheidung von Wissen und Nichtwissen, Vidyâ und Avidyâ der Inder, kennt. Nur für den Standpunkt des Nichtwissens, der empirischen Verstandestätigkeit oder Reflexion, gibt es die Vielheit der Dinge, nicht aber für das Wissen, für die intellektuale Anschauung. „Nur sofern die Vorstellungen der Einheiten unvollständig, eingeschränkt, verworren sind, stellen sie das Universum außer Gott, und zu ihm als zu seinem Grunde sich verhaltend, sofern aber adäquat, in Gott vor." („Bruno", a. a. O. 320.) „Es kann also von der erscheinenden Welt, a l s s o l c h e r, auch insofern nicht, als ihr A n - s i c h im Absoluten ist, die Wirklichkeit, sondern vielmehr nur die absolute Nichtwirklichkeit erkannt werden." („Fernere Darstellungen aus dem System der Philosophie", 1802, SW I 4, 409.)

Noch weiter geht die „Darlegung des wahren Verhältnisses der Naturphilosophie zu der verbesserten Fichteschen Lehre" (1806), wo er den Irrtum, das Endliche als Seiendes anzuschauen, geradezu als „Schuld", als „Abwendung des Individualwillens von Gott als der Einheit und Seligkeit aller Dinge" bezeichnet, als „einen wahren platonischen Sündenfall". (SW I 7, 81 f.) Schon vorher hatte Schelling in „Philosophie und Religion" (1804) diesen Begriff der Sünde als Fehlerkenntnis, als Nichtwissen entwickelt und in dem schon erwähnten „System der gesamten Philosophie usw." (ebenfalls aus dem Jahre 1804) gelehrt: „Der Grund der Endlichkeit liegt nach unserer Ansicht einzig in einem N i c h t - in-Gott-Sein der Dinge als besonderer, welches, da sie doch ihrem W e s e n nach oder an sich nur in Gott sind, auch als ein Abfall — eine defectio — von Gott oder dem All ausgedrückt werden kann. ... Das an den Dingen, was unmittelbar durch die Idee des All selbst als das Nichts, als eine Nichtigkeit an ihnen, gesetzt ist, als Realität zu ergreifen, dieses ist die Sünde. Unser Sinnenleben ist nichts anderes als der fortwährende Ausdruck unseres Nicht-in-Gott-Seins der Besonderheit nach; die Philosophie aber ist unsere Wiedergeburt in das All, wodurch wir der Anschauung desselben und der ewigen Urbilder der Dinge wieder teilhaftig werden. Die empirische Notwendigkeit beherrscht die Welt der Nichtigkeit; dieser fällt die Seele anheim, indem sie von der absoluten Welt sich trennt, in welcher Freiheit in absoluter Identität mit der Notwendigkeit besteht. Das wahre und höchste Streben des Vernunftwesens muß dieses sein, sich der Freiheit als Selbstheit zu begeben (eben weil sie nichts anderes als die unmittelbare Verwicklung mit der empirischen Notwendigkeit ist), um der Notwendigkeit zu entgehen. Alles wahrhaft freie, d. h. göttliche Handeln ist von sich selbst in der Harmonie mit der Notwendigkeit." (SW I 6, 552 f.)

Nach dieser Lehre ist also das Nichtwissen (als Verhaftetsein an die empirische Welt beziehungsweise Anschauung dieser als des Wesenhaften) Sünde; ebenso wie im Vedânta steht ihm das Wissen gegenüber, das Schelling als die „Vernunft" bezeichnet, was allerdings weder intellektualistisch noch rationalistisch mißverstanden werden darf. Dieses Wissen ist der Weg zur Erlösung, ja es ist gleich dieser, wie sich in der Eschatologie noch erweisen wird. Daher heißt es auch in der Schrift „Philosophie und Religion" (1804), die als erste religionsphilosophische Arbeit des neunundzwanzigjährigen Schelling die Keime seiner gesamten künftigen Philosophie in sich trägt und einen Blick in die Werkstatt des Genies erlaubt wie kaum ein anderes Werk der philosophischen Literatur: „Nach unserer Vorstellung ist das Wissen eine Einbildung des Unendlichen in die Seele als Objekt oder als Endliches, welches dadurch selbständig ist... Die Seele löst sich in der Vernunft auf in die Ureinheit und wird ihr gleich. Hierdurch ist ihr die M ö g - l i c h k e i t gegeben, ganz in sich selbst zu sein, sowie die Möglichkeit, ganz im Absoluten zu sein." (SW I 6, 51.)

Damit erhebt sich die Frage nach der Art und nach den Werkzeugen dieses Wissens, die ja auch die Inder durchaus als die Schicksalsfrage behandelten und durch ihre tiefsinnigen Lehren vom Turîyam und vom Yoga beantworteten. Gibt es in der Schellingischen Philosophie ein diesen Lehrstücken entsprechendes? Gibt es überhaupt so etwas wie einen überrationalen Ausgangspunkt Schellings, an dem dieser zergliederungsmächtige Geist alle seine Analysen immer wieder anknüpft, ja noch mehr, gibt es eine Art von mystischer oder magischer Grundlage seiner Philosophie? Diese Frage mit einem unbedingten Ja zu beantworten, ermächtigen uns Schellings Leben, eigene Worte und vor allem seine Lehre von der intellektualen Anschauung. Die intellektuale Anschauung ist die Eingangspforte in das „Turîyam" der Schellingischen Philosophie.

Was er darunter versteht, mögen einige der wichtigsten Stellen über dieses mit der Entfaltung seiner Philosophie sich stets vertiefende, immer von neuem entwickelte Lehrstück zeigen: „Uns allen... wohnt ein geheimes wunderbares Vermögen bei, uns aus dem Wechsel der Zeit in unser innerstes, von allem, was von außenher hinzukam, entkleidetes Selbst zurückzuziehen und da unter der Form der Unwandelbarkeit das Ewige in uns anzuschauen. Diese Anschauung ist die innerste eigenste Erfahrung, von welcher allein alles abhängt, was wir von einer übersinnlichen Welt wissen und glauben." („Philosophische Briefe über Dogmatismus und Kritizismus", 1795; SW I 1, 318.)

„Von ‚Erfahrungen', von unmittelbaren Erfahrungen muß alles unser Wissen ausgehen ... intellektuale Anschauung tritt dann ein, wo wir für uns selbst aufhören Objekt zu sein, wo, in sich selbst zurückgezogen, das Anschauende selbst mit dem angeschauten identisch ist. In diesem Moment der Anschauung schwindet für uns Zeit und Dauer dahin. Nicht w i r sind in der Zeit, sondern die Zeit oder vielmehr nicht sie, sondern die reine absolute Ewigkeit ist in u n s. Nicht wir sind in der Anschauung der objektiven Welt, sondern sie ist in unserer Anschauung verloren" (ebda. 318 f.).

Dem Dogmatismus als dem System der absoluten Passivität stellt der zwanzigjährige Schelling den Kritizismus gegenüber: „Streben nach unveränderlicher Selbstheit, unbedingter Freiheit, uneingeschränkter Tätigkeit" — „Strebe nicht dich der Gottheit, sondern die Gottheit dir ins Unendliche anzunähern" (ebda. 335). Radikal wird also hier der Ausgang von unserem eigenen Wesen, von der Natur unseres Geistes genommen. Das aber bedeutet das Einlenken in die große Bahn der indischen Philosophie, um eine der ersten überhaupt zu nennen.

In den „Abhandlungen zur Erläuterung des Idealismus der Wissenschaftslehre" (1796/97) heißt es: „Jenseits aller Objekte aber findet der Geist nichts mehr als sich selbst. Jene Handlung selbst aber, wodurch der Geist vom Objekt sich losreißt, läßt sich nicht weiter erklären als aus einer **Selbstbestimmung** des Geistes... Es ist ein **Schwung**, den der Geist sich selbst über alles Endliche hinaus gibt. Er vernichtet gleichsam für sich selbst alles Endliche und nur in diesem schlechthin **Positiven** schaut er **sich** selbst an. Jene Selbstbestimmung des Geistes heißt **Wollen**. (SW I 1, 394 f.) „Die Quelle des Selbstbewußtsein ist das **Wollen**. Im **absoluten** Wollen aber wird der Geist seiner selbst unmittelbar inne oder er hat eine **intellektuale Anschauung seiner selbst**. **Anschauung** heißt diese Erkenntnis, weil sie **unvermittelt**, intellektual, weil sie eine **Tätigkeit** zum Objekt hat, die weit über alles Empirische hinausgeht und durch Begriffe niemals erreicht wird" (ebda. 401).

Bedeutsamerweise weist Schelling auf die Notwendigkeit hin, dieses geistige Vermögen zu entfalten und zu üben: „Eine Philosophie, deren erstes Prinzip das **Geistige** im Menschen, d. h. dasjenige, was **jenseits** des Bewußtseins liegt, zum Bewußtsein hervorrufen will, muß notwendig eine große Unverständlichkeit haben für diejenigen, welche dieses geistige Bewußtsein nicht geübt und gestärkt haben oder denen auch das Herrlichste, was sie in sich tragen, nur durch tote, anschauungslose **Begriffe** zu erscheinen pflegt" (ebda. 442 f.). Er führt in diesem Zusammenhange an, daß „in den herrlichsten Staaten der alten Welt" „die Wahrheit vor den Unwürdigen durch Mysterien verborgen wurde" und lange „der Unterschied zwischen esoterischer und exoterischer Philosophie" in den Philosophenschulen herrschte (ebda. 417 f.).

SELBSTERKENNTNIS

In „Fernere Darstellungen aus dem System der Philosophie" (1802) heißt es: Die intellektuelle Anschauung ... ist das Vermögen überhaupt, das Allgemeine im Besonderen, das Unendliche im Endlichen, beide zur lebendigen Einheit vereinigt zu sehen." „Es gibt also eine unmittelbare Erkenntnis des Absoluten (und n u r des Absoluten, weil nur bei ihm jene Bedingung der unmittelbaren Evidenz: Einheit des Wesens und der Form, möglich ist), und jene ist ... das Prinzip und der Grund der Möglichkeit aller Philosophie." (SW I 4, 362 u. 368.)

In „Philosophie und Religion" (1804) wird das Wesen der intellektualen Anschauung im Zusammenhange mit der Lehre vom Absoluten besonders klar: „Die intellektuelle Anschauung ... eine Erkenntnis ... die das An-sich der Seele selbst ausmacht, und die nur darum Anschauung heißt, weil das Wesen der Seele, welches mit dem Absoluten eins und es selbst ist, zu diesem kein anderes als unmittelbares Verhältnis haben kann." (SW I 6, 23.)

Ausdrücklich beruft sich Schelling auf Spinozas tiefen Satz, der wahre Selbsterkenntnis als Gotteserkenntnis und In-Gott-selbst-Sein bestimmt: „Mens nostra, quatenus se sub aeternitatis specie cognoscit, eatenus Dei cognitionem necessario habet, scitque se in Deo esse et per Deum concipi"; und fährt fort: „Das einzige einem solchen Gegenstand, als das Absolute, angemessene Organ ist eine ebenso absolute Erkenntnisart, die nicht erst zu der Seele hinzukommt durch Anleitung, Unterricht usw., sondern ihre wahre Substanz und das Ewige von ihr ist. Denn wie das Wesen Gottes in absoluter, nur unmittelbar zu erkennender Idealität besteht, die als solche absolute Realität ist, so das Wesen der Seele in Erkenntnis, welche mit dem schlechthin Realen, also mit Gott eins ist; daher auch die Absicht der Philosophie in bezug auf den Menschen nicht sowohl ist, ihm etwas zu geben, als ihn von dem Zufälligen, das der Leib, die Erscheinungswelt, das Sinnenleben zu ihm hinzugebracht haben, so rein wie möglich zu scheiden und auf das Ursprüngliche zurückzuführen" (ebda. 26).

Wir sehen die Vertiefung der Auffassung, die hier in „Philosophie und Religion", an der Schwelle der Schellingischen Religionsphilosophie, vor sich geht: Es wird noch klarer als bisher, daß die intellektuale Anschauung nichts anderes als die Selbstanschauung des Absoluten in uns ist, in jener Tiefe unserer Seele, wo diese absolut ist und ihre Subjektivität in das höchste objektive Prinzip selbst übergeht, ja mit ihm zusammenfällt.

Im „System der gesamten Philosophie usw." (1804) beginnt Schelling wiederum mit der Analysis des Absoluten von der intellektualen Anschauung her: „Nicht **ich** weiß, sondern nur das **All weiß** in mir, wenn das Wissen, das ich das meinige nenne, ein wirkliches, ein wahres Wissen ist." — „**Die höchste Erkenntnis ist notwendig** diejenige, worin jene Gleichheit des Subjekts und Objekts selbst erkannt wird, oder, da diese Gleichheit eben darin besteht, daß es ein und dasselbe ist, was erkennt und was erkannt wird, **diejenige Erkenntnis, in welcher jene ewige Gleichheit sich selbst erkennt**. Dieses Erkennen, in welchem die ewige Gleichheit sich selbst erkennt, ist die Vernunft" (SW I 6, 140 f.). „Die Vernunft ist dasselbe mit dem

Selbsterkennen Gottes" (ebda. 172); da aber feststeht, daß „das Erste in der Philosophie die Idee des Absoluten" ist (155), so ist die Vernunft oder das Vermögen der intellektualen Anschauung das Vermögen alles Philosophierens, „des Philosophierens, welches nichts anderes als die ruhige Kontemplation der Wesenheit des Absoluten mit ihren Folgen ist" (ebda. 165).

Und stand zu Beginn dieser Abhandlung die Lehre von der intellektualen Anschauung im unmittelbaren Zusammenhang mit der Gotteslehre, so geht sie am Schlusse folgerichtig über in die Unsterblichkeitslehre. „Die Seele soll ganz eins werden mit Gott und eben dadurch mit sich selbst ... Dies ist jene göttliche Notwendigkeit, welche, indem sie es der Seele unmöglich macht, anders als nach der Idee Gottes zu handeln, zugleich die absolute Freiheit selbst ist." „Für die Seele, welche in der Identität mit Gott ist, gibt es keine Gebote mehr, sie handelt der bloßen Notwendigkeit ihrer Natur gemäß ... es gibt nur Tugend, virtus, d. h. es gibt eine göttliche Beschaffenheit der Seele" (ebda. 556 f.). In fast wörtlicher Übereinstimmung mit Cankaras Kommentare heißt es: „Gott muß die Substanz alles Denkens und Handelns selbst, nicht bloß Gegenstand sein, es sei nun der Andacht oder eines bloßen Fürwahrhaltens oder eines falsch verstandenen Erkennens; es gibt kein Erkennen des Göttlichen, in dem es bloß Objekt wäre; Gott wird entweder überhaupt nicht erkannt oder er ist das Subjekt zugleich und das Objekt des Erkennens" (ebda. 558). „Ein göttliches Leben ist eben nur dadurch möglich, daß jener ewige Begriff unseres Wesens in Gott, d. h. dadurch, daß Gott selbst in unserem Leben, also auch in der Seele als Erscheinung offenbar, das An-sich der Seele auch die wirkliche werde. Für den, in welchem das An-sich der Seele auch die wirkliche ist, ist Gott nicht a u ß e r ihm, der wird Gott i n n e. Jeder andere verhält sich zu Gott als zu seinem Grunde; ihm offenbart er sich n u r als Schicksal, oder er liegt ihm gar in unendlicher Ferne, als ein bloßer G e g e n s t a n d — gleichviel welches Fürwahrhaltens. Für den, dessen Seele selbst vom Göttlichen ergriffen ist, ist Gott kein Außer-ihm, noch eine Aufgabe in unendlicher Ferne, Gott ist in ihm und er ist in Gott". (ebda. 562)

In den auch für seine Eschatologie so wichtigen „Stuttgarter Privatvorlesungen" (1810) gibt Schelling einen Hinweis auf die inneren geistigen Voraussetzungen der intellektualen Anschauung oder „unmittelbaren Erkenntnis", der ganz mit dem übereinstimmt, was in aller mystischen und magischen Praxis[1] am Anfange steht, nämlich das Her-

---

[1] Zur Umgrenzung des Begriffes „Magie": Im allgemeinen umfaßt der Begriff „magisch": zaubern, d. h. mit übernatürlichen Kräften eine Handlung bewirken; „mystisch" dagegen: durch Versenkung einen höheren Seelenzustand gewinnen. O. Spann hat in seinem Werke „Religionsphilosophie auf geschichtlicher Grundlage" (Wien 1947) den Gesamtbereich der Magie und der Mystik in ihrem Zusammenhange mit der Religion durchmessen. Er beschränkt Mystik auf die Rückverbindung in das höchste Seinszentrum, in die Gottheit; während Magie die rückverbindende Berührung mit allen höheren, nicht aber mit diesem höchsten Zentrum selbst umschließt. Durch diese Begriffsgebung wird der schier unüberschaubare Umkreis der religiösen Erscheinungen und Tatsachen sehr überzeugend geordnet.

In der vorliegenden Studie soll an dem ursprünglich

beiführen der „inneren Stille" (in der „separatio"): „Der Mensch, der sich nicht von seinem Sein scheiden (sich von ihm unabhängig machen, befreien) kann, der ganz verwachsen ist und eins bleibt mit seinem Sein, ist der Mensch, inwiefern er ... unfähig ist, sich in sich selbst zu steigern — moralisch und intellektuell. Wer sich von seinem Sein nicht scheidet, dem ist das S e i n das Wesentliche, nicht sein inneres, höheres, wahres Wesen." (SW I 7, 436)

Noch deutlicher aber werden diese Hinweise in der „Philosophie der Offenbarung": Es gilt: „zu sehen ... was j e n s e i t s des Seins ist. Es kommt also einmal dahin, wo der Mensch nicht etwa bloß von der Offenbarung, sondern von a l l e m Wirklichen sich frei zu machen hat, um in eine völlige Wüste alles Seins zu fliehen, wo nichts irgendwie

---

gewählten Begriffe „magische Versenkung" deswegen festgehalten werden, um damit auszudrücken: 1. daß der Leib und der diesseitige Seinszustand des Menschen den Ausgang der Versenkungspraxis u n d der Eschatologie bilde; 2. daß die Umwandlung des Leibes, also die Verklärung, ein entscheidender der höheren Zustände sei; 3. daß Verklärung nicht nur ein Versenkungs- und ein eschatologischer Zustand des Menschen, sondern auch ein Seinszustand der Schöpfung als ganzer sei. Mit dieser dritten Bedeutung leitet der Begriff der Magie wieder zurück zu jenem der Beherrschung auch der niederen Zentren, auch jener der Natur; wie ja auch die Lehre vom Ewigen Menschen jene von der Naturverklärung, der Erlösung auch der Natur, in sich schließt.

Schelling sagt in seinen „Vorlesungen über die Methode des akademischen Studiums" einmal: „Die höchste Religiosität, die sich in dem christlichen Mystizismus ausdrückte, hielt das Geheimnis der Natur und das der Menschwerdung Gottes für ein und dasselbe" (S W I 5, S. 284 ff.; zur Frage der Naturverklärung vgl. auch Schellings „Stuttgarter Privatvorlesungen", SW 1 7,

Wirkliches, sondern nur noch die unendliche Potenz alles Seins anzutreffen ist, der einzige unmittelbare Inhalt des Denkens, mit dem dieses sich nur in sich selbst, in seinem eignen Äther bewegt. An eben diesem aber hat die Vernunft auch, was ihr die völlig apriorische Stellung gegen alles Sein gibt, so daß sie von jenem aus nicht nur ein Seiendes überhaupt, sondern das gesamte Sein in allen seinen Abstufungen zu erkennen vermag. Denn in der unendlichen, d. h. noch übrigens unbestimmten, Potenz entdeckt sich unmittelbar, und zwar nicht als ein zufälliger, sondern notwendiger, jener i n n e r e O r g a n i s m u s aufeinanderfolgender Potenzen, an dem sie den Schlüssel zu allem Sein hat, und der der innere Organismus der Vernunft selbst ist. Diesen Organismus zu enthüllen, ist Sache der rationalen Philosophie" (SW II 3, 76).

S. 478—484; ferner Schellings „Clara oder über den Zusammenhang der Natur mit der Geisterwelt", SW I 4, 1—115).

Obwohl also an dem höchsten Ziel der Versenkung unverrückt festgehalten wird, sind die Wege der magischen Versenkung nicht leibverneinend, nicht rein spirituell; vielmehr betreffen sie beide, die Natur und den Menschen. Wie ja auch der Hatha- oder Kundalinî-Yoga nicht nur die Reinigung des Geistes und des Willens, sondern mit seinen Mantra-Übungen und dem Aufsteigen der Schlangenkraft zu den Zentren des Leben (cakras) auch die Elemente und die leiblichen Kräfte betrifft.

Den gleichen Weg ging der Zeitgenosse der Romantiker I. B. Kerning, von dessen zahlreichen Schriften vor allem die „Briefe über die königliche Kunst" (hrg. v. G. Buchner, Lorch 1912) genannt seien, deren Anweisungen zu Buchstaben- und Wortübungen den sich vertiefenden Phasen des Tantra-Yoga in einer der abendländischen Tradition entspringenden, schöpferischen Weise entsprechen.

Sehr bezeichnend ist in diesem Punkte eine Tagebucheintragung des Grafen August von Platen, der von 1819 bis 1826 fast gleichzeitig mit Schelling in Erlangen ist: „So sprach er von dem Subjekt der Philosophie und von der Auffindung des ersten Prinzips, die nur erreicht werden könne durch eine Zurückführung seiner selbst zum vollkommenen Nichtwissen, wobei er des Heilands Wort anführt: Wenn ihr nicht werdet wie die Kinder usw. Nicht etwa, setzt er hinzu, muß man Weib und Kinder verlassen, wie man zu sagen pflegt, um zur Wissenschaft zu gelangen, man muß schlechthin alles Seiende — ja ich scheue mich nicht es auszusprechen — man muß Gott selbst verlassen." (Hier findet die Lehre von der separatio ihren radikalsten Ausdruck) („Die Tagebücher des Grafen August von Platen", aus der Handschrift des Dichters, hsg. von G. v. Laubmann u. L. v. Scheffer, Stuttgart 1900, II. Bd., S. 440 ff.).

Unter rationaler Philosophie ist in der zitierten Stelle der „Philosophie der Offenbarung" die Analysis der Seinsweisen zu verstehen, also das, was in dem Ringen Schellings um die Scheidung von „negativer" und „positiver Philosophie" vorwiegend auf die Seite der ersten, der „negativen", gestellt wird. Wir haben hier eine sehr wichtige Enthüllung über die gesamte Schellingische Philosophie vor uns: In der Versenkung oder Kontemplation — also in der intellektualen Anschauung — wird ein Erlebnis verwirklicht, das zum Ausgange und Grundmateriale der philosophischen Analysis wird: dieses Erlebnis ist das Freiseinkönnen von allem Daseienden, das Sicherheben über alle Bestimmtheiten. „R e i n e s   A n s i c h s e i n" nennt aber Schelling das erste Moment des sich vollendenden Geistes, die erste Potenz: „Die Momente der Bewegung, in der jedes Wesen sich vollendet, also auch die Momente des Sich-Vollendens des Geistes sind: 1. reines **an sich** sein, 2. von sich hinweggehen — **außer** sich sein, 3. in sich selbst zurückkehren, sich als reines Selbst wieder gewinnen, sich selbst besitzen (SW II, 3, 25 f.).

Gerade das Erlebnis oder die Grundhaltung des Im-Stande-des-nur-Könnenden-Seins, also alles tun können und nichts tun, dieses In-der-reinen-Potenz- oder-Mächtigkeit-Verbleiben ist grundlegend für die ganze Schellingische Lehre. Es ist aber zugleich jenes Tun ohne zu tun, welches die magische Haltung in sich schließt. Wir stehen hier an der Nahtstelle zwischen Versenkung und Analysis, zwischen überrationaler Grundlage (mystisch-magischem Ausgange) und rationaler Methode, zwischen der intellektualen Anschauung und der Methode des Potenzierens. Das Grunderlebnis der ersten führt zur zweiten, zur Methode des Potenzierens, von der Schelling sagt, daß sie „bis jetzt noch immer als der **einzige** eigentliche Fund der nachkantischen Philosophie anzusehen sei" und die jedenfalls seine gesamte Philosophie von ihrem Anfange bis zu ihrer Spätform bestimmt.

Wir stehen damit auch — wenigstens in gewisser Hinsicht — an der Grenzscheide zwischen „positiver Philosophie" (die von der Erfahrung, z. T. von einer höheren Erfahrung, ausgeht und die Schelling auch „Philosophie der Offenbarung" nennt) und „negativer" oder rationaler Philosophie. Bei der Beurteilung der Mystik Jakob Böhmes, die auf Schelling von nachhaltiger Wirkung gewesen ist, spricht er von einer „Art des Empirismus", „in der das Übersinnliche zu einem Gegenstande wirklicher Erfahrung gemacht ist, dadurch, daß eine mögliche Verzückung des menschlichen Wesens in Gott und in Folge derselben ein notwendiges, unfehlbares Schauen nicht bloß in das göttliche Wesen, sondern auch in das Wesen der Schöpfung und in alle Vorgänge bei derselben angenommen wird" (ebda. 119) und fügt hinzu, daß Jakob Böhme nur die Kraft des Verstandes gefehlt habe, den in ihm vor sich gegangenen theologischen Prozeß auseinanderzulegen und so eine positive Philosophie zu schaffen (ebda. 123 f. u. 126).

Die Versenkung der intellektualen Anschauung enthüllt sich so als das irrationale Geheimnis der Schellingischen Philosophie, die Methode des Potenzierens (also die dialektische Methode in der Schelling eigentümlichen Anwendung) als ihr rationales Geheimnis. Für die innere Abhängigkeit und Gegenseitigkeit beider versuchten wir wenigstens einen Hinweis zu geben. (Hier nur noch folgende Überlegung: Ginge die philosophische Analyse noch von einer tieferen Erlebnisschichte aus, als es die in der „separatio" verwirklichte ist, so bestünde für sie die Möglichkeit, in der dialektischen Methode nicht mit der Thesis, sondern mit der Synthesis zu beginnen, also mit dem Vollkommenen; daß sich hiermit neue Möglichkeiten für die philosophische Analysis und für das Verfahren ergeben, hat die Ganzheitslehre bewiesen.)

Die Größe Schellings liegt in der Vereinigung von tiefer Versenkung und gewaltiger Zergliederungskraft. Und war die Methode des Potenzierens und die Potenzenlehre Schellings Entdeckung, so scheint es mir eine um so größere Leistung Schellings, das esoterische Prinzip der Kontemplation zum Ausgange und zur Grundlage der Philosophie gemacht zu haben, als ihm nicht mehr wie im indischen Kulturkreise und im Orient überhaupt eine Tradition der Versenkung mit ihren planvollen Anleitungen und Verfahren zu Gebote stand. Zu deren Erkenntnis wird nach der inzwischen fortgeschrittenen Erschließung der Quellen jener Geisteskulturen und des allmählichen Erwachens eines neuen Geistes der Interpretation erst heute wieder allmählich der Zugang gebahnt — ein Vorgang, der u. E. eine große Forderung für die Zukunft enthält: das Gebot eines Wiederanknüpfens des abendländischen Geistes an diese Tradition, die nur im Morgenlande noch lebendig bis an die Gegenwart heranreicht.

Überblicken wir die Reihe der angeführten Stellen über die intellektuelle Anschauung, so läßt sich darüber folgendes zusammenfassen: Die intellektuale Anschauung ist die Versenkung in das Ewige der Seele. Sie ist damit die unmittelbare Erkenntnis Gottes, denn dieser ist das Ewige der Seele und das höchste Sein. Das Absolute und seine unmittelbare Innewerdung ist das Prinzip der Philosophie, und zwar das esoterische Prinzip: „Wenn ... jemand forderte, daß man ihm die intellektuelle Anschauung mitteilen sollte, so wäre dies ebensoviel, als wenn er forderte, daß man ihm die Vernunft mitteilte. Der Mangel der intellektuellen Anschauung in ihm beweist nichts weiter, als daß in ihm die Vernunft noch nicht zur Klarheit ihrer Selbsterkenntnis gekommen ist." („System der gesamten Philosophie usw.", SW I 6, 154.)

DIE IDENTITÄT MIT GOTT

In dieser unmittelbaren Innewerdung stehen Subjekt und Objekt nicht einander gegenüber, wie das für jede andere Art der Erkenntnis gilt; sie ist vielmehr nicht ein „Erkennen", sondern ein Sein oder besser: die Einheit von Erkennen und Sein, von Subjekt und Objekt. Daher auch ihre Bezeichnung als des „absoluten Willens" (in den „Erläuterungen"). Die Philosophie erweist sich so an ihrem Ursprunge als „theoretisch unvollziehbar", sie wird praktisch: Der Geist ist daran gewiesen, sich selbst einen magischen Aufschwung über alles endliche Bewußtsein hinaus zu geben.[1] Wie sollte er auch anders über die empirische Verhaftung hinwegkommen, die ihn die vielheitliche Welt der Dinge einschließlich seines Leibes als Realität, als das Gegenüberstehende schlechthin erleben läßt; wie sollte er das Wissen um die All-Einheit anders erlangen als durch einen „Sprung" — der dem „Sprunge" oder „Abfalle" entspricht, dem zufolge das Endliche aus dem Unendlichen heraustrat; der demnach die Zurücknahme dieses „Abfalles" und damit das Wiedereintreten in den uranfänglichen Stand bedeutet.

Die intellektuale Anschauung ist daher nicht ein subjektiv-individuales, sondern ein objektiv-überindividuales Prinzip: „die intellektuelle Anschauung ist nichts Besonderes, sondern gerade das Allgemeine" („System der ges. Phil. usw., a. a. O., 154); sie ist die Selbstanschauung Gottes, daher die verwirklichte Identität mit Gott: denn in ihr geht das Wesen als in sein wahres Sein in Gott ein. Damit

---

[1] Vgl. dazu S. 30 und die Anmerkung 1 auf S. 30.

wird das Lehrstück von der intellektualen Anschauung die Brücke zur Erlösungs- und Unsterblichkeitslehre, denen wir uns nach diesen Grundlegungen zuwenden können.

B. DIE ESCHATOLOGIE SCHELLINGS AUF DER GRUNDLAGE SEINES IDENTITÄTSSYSTEMS[1]

1. Unsterblichkeitslehre

In dem für ihn so fruchtbaren Jahre 1804 entwickelt Schelling in zwei Werken auch eschatologische Gedanken: in der schon öfter erwähnten Schrift „Philosophie und Religion" und in dem „System der gesamten Philosophie und der Naturphilosophie insbesondere", das erst aus den nachgelassenen Schriften herausgegeben wurde. Die beiden Texte stimmen inhaltlich, teilweise sogar

---

[1] Schrifttum zur Eschatologie Schellings: Vor allem ist zu nennen: Von Hubert Beckers — „Schellings treuesten Schüler und Vorkämpfer" nennt ihn H. Falkenheim im Anhange über „Neuere Schelling-Literatur" zu Kuno Fischer, Geschichte der neueren Philosophie, Band 7., Schellings Leben, Werke und Lehre (Heidelberg 1923/24, Seite 841) — „Die Unsterblichkeitslehre Schellings im ganzen Zusammenhange ihrer Entwicklung" (München 1865, k. bayer. Akad. d. W.). Die Abhandlung von Beckers bringt wichtige Hinweise zur Frage der Erhaltung der Persönlichkeit, „Zur Abweisung der unbegründeten Folgerung, daß, wenn wir mit dem Göttlichen ganz eins geworden, dann alles besondere Daseyn für uns verloren sey." (78); zur Präexistenz der Seele (107 f.); endlich einen ergreifenden Brief Schellings an Georgii vom Jahre 1811: „Daß eine künftige Wiedervereinigung bei gleichgestimmten Seelen ... zu den gewissesten Sachen gehört, und namentlich von den Verheißungen des Christenthums auch nicht Eine unerfüllt bleiben wird, so schwer begreiflich sie auch einem mit bloßen abgezogenen Begriffen umgehenden Verstande seyn mögen." (93) — Auch das dreiteilige Werk von Constantin Frantz, Schellings positive Philosophie (Cöthen 1879), bringt eine umfassende Darstellung der Unsterblichkeitslehre Schellings.

wörtlich überein und zeigen einen noch verhältnismäßig unentfalteten Stand der Lehren, die allerdings die Keime der späteren enthalten.

„Philosophie und Religion" lehrt über die Unsterblichkeit folgendes:

„Die Geschichte des Universums ist die Geschichte des Geisterreiches, und die Endabsicht der ersten kann nur in der letzten erkannt werden.

Die Seele, welche sich unmittelbar auf den Leib bezieht oder das Produzierende desselben ist, unterliegt notwendig der gleichen Nichtigkeit mit diesem: ebenso auch die Seele, sofern sie das Prinzip des Verstandes ist, weil auch diese sich mittelbar durch die erste auf das Endliche bezieht. Das wahre An-sich oder Wesen der bloß erscheinenden Seele ist die I d e e, oder der ewige Begriff von ihr, der in Gott, und welcher, ihr vereinigt, das Prinzip der ewigen Erkenntnisse ist. Daß nun dieses e w i g ist, ist sogar nur ein identischer Satz. Das zeitliche Dasein ändert in dem Urbild nichts, und wie es nicht realer wird dadurch, daß das ihm entsprechende Endliche existiert, so kann es auch durch die Vernichtung desselben nicht weniger real werden oder aufhören real zu sein.

Dieses Ewige der Seele aber ist nicht ewig wegen der Anfang- oder wegen der Endlosigkeit seiner Dauer, sondern es hat überhaupt kein Verhältnis zu der Zeit. Es kann daher auch nicht unsterblich heißen in dem Sinn, in welchem dieser Begriff den einer individuellen Fortdauer in sich schließt. Denn da diese nicht ohne Beziehung auf das Endliche und den Leib gedacht werden kann, so wäre Unsterblichkeit in diesem Sinne wahrhaft nur eine fortgesetzte Sterblichkeit und keine Befreiung, sondern eine fortwährende Gefangenschaft der Seele. Der Wunsch nach Unsterblichkeit in solcher Bedeutung stammt daher unmittelbar aus der Endlichkeit ab und kann am wenigsten demjenigen entstehen, welcher schon jetzt bestrebt ist, die Seele so viel als möglich von dem Leibe zu lösen, d. h. nach Sokrates dem w a h r h a f t P h i l o s o p h i e r e n d e n" (SW I 6, 60).

Im „System der gesamten Philosophie usw." heißt es zu dem gleichen Thema ganz ähnlich:

„Jede Seele ist mit dem Teil ihrer Individualität ewig, der in Gott ist, und welcher die Affirmation Gottes ist. — Denn so viel als von der Seele Affirmation Gottes ist, gehört zu dem ewigen Begriffe der Seele in Gott... Auch unser gegenwärtiges Leben ist nicht j e t z t in Gott, denn in Gott ist keine Zeit; es ist auf ewige Weise in Gott. Das k ü n f t i g e Leben ist also in G o t t nicht von dem gegenwärtigen getrennt. Der gegenwärtige Zustand der Welt und der künftige, das gegenwärtige Leben des Menschen und das zukünftige, und wieder das zukünftige dieses künftigen ist in Gott nur E i n absolutes Leben.

Dies ist das größte Geheimnis des Universums, daß das Endliche a l s E n d l i c h e s dem Unendlichen gleich werden kann und soll; Gott gibt die Idee der Dinge, die in ihm sind, dahin in die Endlichkeit, damit sie a l s selbständige, als die, die ein Leben in sich haben, durch ewige Versöhnung ewig in Gott seien. Die Endlichkeit im eignen Sein der Dinge ist ein Abfall von Gott, aber ein Abfall, der unmittelbar zur Versöhnung wird. Diese Versöhnung ist n i c h t z e i t l i c h in Gott, sie ist ohne Zeit. Denn unmittelbar in der ewigen Schöpfung, indem Gott die Endlichkeit an den Dingen als Nichtigkeit setzt und durch seine eigne Ewigkeit das Nichtige auslöscht an den Dingen, unmittelbar damit setzt Gott auch nur das Unendliche als reell, d. h. er setzt die Welt als eine vollendete Welt. — Die Erscheinungswelt ist daher nichts anderes als das P h ä n o m e n, die sukzessive Erscheinung dessen, was an den Dingen n i c h t ist, was durch die Idee der vollendeten Welt vernichtet ist, oder sie ist die sukzessive Entwicklung jener i n G o t t e w i g e n Vollendung der Dinge, indem ja die Zeit, in der alle Erscheinunug ist, nichts anderes ist als eben die Erscheinung des Vernichtetwerdens alles dessen, was nicht an sich e w i g ist, was in der vollendeten Idee der Welt nicht begriffen ist, n i c h t zur Idee Gottes gehört. Die Geschichte selbst ist nichts anderes als die Entwicklung dieser V e r s ö h n u n g des Endlichen, die in Gott ewig, ohne Zeit ist" (SW I 6, 565 ff.).

Zum Texte von „Philosophie und Religion" sei noch berichtet, daß er die bedeutsame Unterscheidung von verschiedenen Seinsschichten der Seele bringt: Eine ist dem Leibesleben, eine dem Verstande, eine ist Gott zugeordnet. Das jenseitige Schicksal der ersten beiden, der oberflächlicheren, wird vernachlässigt. Die Unsterblichkeitslehre erschöpft sich in dem identischen Satze, daß das Ewige der Seele ewig ist. Daher auch die Ablehnung einer individuellen Fortdauer — die entsprechend dem Zustande der wandernden Seele des Vedânta „nur eine fortgesetzte Sterblichkeit und keine Befreiung" wäre —, da jener Teil der Seele, der allein betrachtet wird, „welcher die Affirmation Gottes ist", überindividuell ist.

Ferner wird hier mit dem großartigen Gedanken der Entmachtung des Todes Ernst gemacht: dieser führt ja lediglich zu einer Änderung der das Ewige der Seele nicht wesenhaft berührenden Umstände und Bestimmungen; es liegt darin eine folgerichtige Weiterführunug der Lehre von der Nichtigkeit der erscheinenden Welt, eine Haltung, die — ebenso erhaben über Weltflucht und Pessimismus wie die der großen Inder — trotzdem in der Welt den Schauplatz der Bereitung einer Rückkehr zu Gott sieht; der Abfall wird zur Versöhnung, die Vermittelbarung zur Verunmittelbarung: Gott gibt die Wesenheiten dahin in die Endlichkeit, damit sie als selbständig-lebendige zu ihm zurückkehren.

2. Erlösungslehre

Die Gedanken, die Schelling in dieser Epoche der Identitätsphilosophie über die Erlösung äußert, erinnern stark an die Vedânta-Lehre von der Erlösung bei Lebzeiten. So heißt es im „System der gesamten Philosophie usw.":

„Das höchste Ziel für alle Vernunftwesen ist die Identität mit Gott. — Denn das höchste Ziel alles wahren Handelns ist: Identität der Freiheit und der Notwendigkeit, und da diese nur in Gott ist, G o t t durch sein Handeln auszudrücken, d. h. mit Gott identisch zu sein.

Die Identität mit Gott ist selbst nur dem E w i g e n der Seele möglich. Da nun dieses absolut, also z e i t l o s ewig ist, so ist jene Identität mit Gott selbst eine ewige, d. h. sie ist auf keine natürliche oder empirische Weise begreiflich. Sie vernichtet alle Zeit und setzt mitten in der Zeit die absolute Ewigkeit: Frieden mit Gott, Verschwinden der Vergangenheit, Vergebung der Sünden. Die Unbegreiflichkeit eines solchen in der Zeit geschehenden Überganges zu einem völlig zeitlosen Zustande ist von jeher gefühlt worden. Das plötzliche Gewahrwerden nach langem Umhergreifen, daß man die Ewigkeit in sich selbst habe, gleicht einer plötzlichen Aufhellung und Erleuchtung des Bewußtseins, die man nur aus dem Ewigen, d. h. Gott selbst, erklären konnte. Das Ergreifen der in sich erkannten Ewigkeit kann auf dem Standpunkt des Handelns wiederum nur als die Wirkung einer Gnade, eines besonderen Glückes erscheinen. Wenn auch nur wenige dazu gelangen, in der Zeit noch die Ewigkeit auszudrücken, so erhellt doch aus dem Bisherigen, daß jeder für sich des Höchsten teilhaftig werden und mit Gott wahrhaft eins werden kann, und daß er hiezu der andern Menschen nur bis zu einem gewissen Grad bedarf.[1] Das Individuum kann also der Gattung, deren Schicksal in die endlose Zeit ausgedehnt ist, zuvoreilen und das Höchste für sich zum voraus nehmen. Der wahre Weg, auf welchem doch zuletzt allein die möglichste Vollkommenheit des Ganzen erreicht wird, ist, daß jeder für sich das Höchste in sich darzustellen suche. Nichts ist entfernter von dieser

---

[1] Es heißt hier im „System der gesamten Philosophie" (1804) in Bezug auf die intellektuelle Anschauung: „Jede unmittelbare Erkenntnis ist überhaupt = Anschauung, und insofern ist auch alle Kontemplation Anschauung" (SW I 6, 153). Und in bezug auf das „Philosophieren, daß es nichts anderes als die ruhige Kontemplation der Wesenheit des Absoluten mit ihren Folgen ist" (165).

Gesinnung als das unruhige Streben, andere unmittelbar bessern oder weiterbringen zu wollen..."

„Die Weisheit der Alten hat uns einen bedeutenden Wink hinterlassen, indem sie das goldene Zeitalter hinter uns verlegt, gleichsam um dadurch anzudeuten, daß wir es nicht durch ein endloses und unruhiges **Fortschreiten** und **Wirken nach außen**, vielmehr durch eine Rückkehr zu dem Punkt, von dem jeder ausgegangen ist, zu der inneren Identität mit dem Absoluten, zu suchen haben." (SW I 6, 562 ff.)

3. Über die Beziehungen zwischen diesseitigem und jenseitigem Zustand der Seele

Auch Schelling gibt eine tiefe Lehre der Forterhaltung, wie sie auch im Vedânta und bei Eckhart vorliegt. Hören wir den Philosophen selbst, was er in „Philosophie und Religion" im Anschluß an die oben zitierten Gedanken über Unsterblichkeit sagt:

„Wenn die Verwicklung der Seele mit dem Leib (welche eigentlich Individualität heißt) die Folge von einer Negation in der Seele selbst und eine Strafe ist, so wird die Seele notwendig in dem Verhältnis ewig, d. h. wahrhaft unsterblich sein, in welchem sie sich von jener Negation befreit hat; dagegen ist es notwendig, daß die, deren Seelen fast bloß von zeitlichen und vergänglichen Dingen erfüllt und aufgeblasen waren, in einen dem Nichts ähnlichen Zustand übergehen und am meisten im wahren Sinne sterblich seien: daher ihre notwendige und unwillkürliche Furcht vor der Vernichtung, während dagegen in denjenigen, welche schon hier von dem Ewigen erfüllt gewesen sind und den Dämon in sich am meisten befreit haben, Gewißheit der Ewigkeit und nicht nur die Verachtung, sondern die Liebe des Todes entsteht.

Die Endlichkeit ist an sich selbst die Strafe, die nicht durch ein freies, sondern durch ein notwendiges Verhängnis dem Abfall folgt: derjenigen also, deren Leben nur eine fortwährende Entfernung von dem Urbilde war, wartet notwendig der negierteste Zustand, diejenigen im Gegenteil, welche es als eine Rückkehr zu jenem betrachten, werden durch viel wenigere Zwischenstufen zu dem Punkt gelangen, wo sie sich ganz wieder mit ihrer Idee vereinigen, und wo sie aufhören, sterblich zu sein; wie es Platon bildlicher im Phädon beschreibt, daß die ersten in den Schlamm der Materie versenkt in der unteren Welt verborgen werden, von den anderen aber die, welche vorzüglich fromm gelebt haben, von diesem Ort der Erde befreit und wie aus einem Kerker losgelassen, aufwärts in die reinere Region gelangen und über der Erde wohnen, diejenigen aber, welche durch Liebe zur Weisheit hinlänglich gereinigt sind, g a n z u n d g a r o h n e L e i b e r die ganze Zukunft leben und zu noch schöneren Wohnsitzen als jene gelangen werden.

Diese Stufenfolge möchte sich durch folgende Betrachtungen bewähren. Das Endliche ist nichts Positives, es ist nur die Seite der Selbstheit der Ideen, die ihnen in der Trennung von ihrem Urbild zur Negation wird. Das höchste Ziel aller Geister ist nicht, daß sie absolut aufhören, in sich selbst zu sein, sondern daß dieses In-sich-selbst-Sein aufhöre, Negation für sie zu sein und sich in das Entgegengesetzte zu verwandeln, **daß sie also ganz vom Leibe** und von aller Beziehung auf die Materie befreit werden.[1] Was ist daher die Natur, dies verworrene Scheinbild gefallener Geister, anders als ein Durchgeborenwerden der Ideen durch alle Stufen der Endlichkeit, bis die Selbstheit an ihnen, nach Ablegung aller Differenz, zur Identität mit dem Unendlichen sich läutert, und alle a l s reale zugleich in ihre höchste Idealität eingehet? Da die Selbstheit selber das Produzierende des Leibes ist, so schaut jede Seele in dem Maße, in welchem sie, mit jener behaftet, den gegenwärtigen Zustand verläßt, sich aufs neue im Scheinbild an, und bestimmt sich selbst den Ort ihrer Palingenesis, indem sie entweder in den höheren Sphären und auf besseren Sternen ein zweites, weniger der Materie untergeordnetes Leben beginnt oder an noch tiefere Orte verstoßen wird; so wie, wenn sie im vorhergehenden Zustand ganz von dem Idol sich gelöst und alles, was bloß auf den Leib sich bezieht, von sich abgesondert hat, sie unmittelbar in das Geschlecht der Ideen zurückkehrt, und rein für sich, ohne eine andere Seite, in der Intellektualwelt ewig lebt.

Besteht die Sinnenwelt nur in der Anschauung der Geister, so ist jenes Zurückgehen der Seele in ihren Ursprung und ihre Scheidung vom Konkreten zugleich die Auflösung der Sinnenwelt selbst, die zuletzt in der Geisterwelt verschwindet. In gleichem Verhältnis, wie diese sich ihrem Zentrum annähert, schreitet auch jene zu ihrem Ziele fort, denn auch

---

[1] Gerade diese Stellen zeigen, daß Schellings Lehre durchaus nicht pantheistisch im gewöhnlich befürchteten Sinne ist!

den Gestirnen sind ihre Verwandlungen bestimmt und ihre allmähliche Auflösung aus der tieferen Stufe in die höhere." (SW I 6, 61 ff.)

Ähnlich heißt es im „System der gesamten Philosophie..." (1804):

„Aus unserer ganzen Ansicht erhellt, daß gerade diejenigen, die sich am wenigsten fürchten, sterblich zu sein, d. h. diejenigen, in deren Seelen das meiste ewig ist, am unsterblichsten sind. Dagegen ist es notwendig, daß die, deren Seelen fast bloß von zeitlichen Dingen erfüllt sind, den Tod am meisten fürchten, denn sie verlangen nicht nach der Unsterblichkeit des Unsterblichen, sondern nach der Unsterblichkeit des Sterblichen, sie wollen ein künftiges Dasein, nur um das gegenwärtige fortzusetzen und ihre empirischen Zwecke in der ganzen Unendlichkeit zu verfolgen. Daher ihr besonderer Wunsch, ja sich aller Kleinigkeiten zu erinnern, da ein ordentlicher Mann schon in diesem Leben vieles gebe, das meiste zu vergessen. Wieviel edler die Alten, welche die Seligen Vergessenheit im Lethe trinken ließen! Ebenso wollen sie das Persönliche mit allen Relationen retten, als ob in der Anschauung des Göttlichen zu leben nicht herrlicher. Für empirische Zwecke aber gibt es keine Ewigkeit; man sieht nicht ein, warum es so in alle Ewigkeit fortgehen solle... Die Anhänglichkeit an das Endliche hat notwendig die Furcht vor der Vernichtung, wie die Beschäftigung der Seele mit dem Ewigen die Gewißheit der Ewigkeit zur Folge. Denn freilich werden die Seelen derer, die ganz von zeitlichen Dingen erfüllt sind, gar sehr zusammengehen und sich dem Zustand der Vernichtung nähern; diejenigen aber, welche schon in diesem Leben von dem Bleibenden, dem Ewigen und Göttlichen erfüllt gewesen, werden auch mit dem größten Teil ihres Wesens ewig sein.

Die Ewigkeit fängt also hier schon an, und für den, der schon in der Zeit ewig ist, ist die Ewigkeit gegenwärtig, so wie sie dem, der in der Zeit nur zeitlich ist, notwendig n u r künftig und zugleich der Gegenstand eines zweifelhaften Glaubens oder der Furcht ist." (SW I 6, 567 f.)

Wir glaubten, die Wiederholungen nicht scheuen zu sollen, um einen Eindruck dieser schönen Texte zu vermitteln. Es ist die tiefe Lehre von der Forterhaltung des hier im Diesseits erlangten Geistes- und Seinsstandes über den Tod hinaus und von seiner prägenden Mächtigkeit im jenseitigen Schicksale der Seele. Es ist die Lehre, daß Wissen oder Nichtwissen, Ablösung vom Welttreiben oder Verstrickung in dieses, daß der Grad der in Meditation und Kontemplation erlangten Reife den Zustand nach dem Tode bedinge; jene Lehre, die ja die Grundlage auch der Vedânta- und der Eckhartischen Eschatologie bildet. Ja Schellings Übereinstimmung mit der ersten geht so weit, daß auch er — von seinen Voraussetzungen her — davon spricht: die Seele, die mit der Selbstheit behaftet, das Diesseits verlasse, bestimme sich den Ort ihrer Palingenesis (Wiedergeburt) selbst.

Folgerichtig wird hier kein einheitliches jenseitiges Schicksal angenommen, sondern — im Anschluß an Platon — eine Stufenfolge jenseitiger Zustände. Großartig ist der Hinweis, daß denjenigen, die schon hier vom Ewigen erfüllt sind, Gewißheit der Ewigkeit und nicht nur Verachtung, sondern Liebe des Todes zuteil werde; er zeigt, daß wahres Heldentum immer nur aus echter metaphysischer Gesinnung entsprossen und die am tiefsten metaphysischen Völker in der Geschichte auch Tapferkeit erwiesen.

C. DIE LEHRE VON DEN LETZTEN DINGEN AUF DER GRUNDLAGE DER FREIHEITSLEHRE

Einen entscheidenden Fortschritt der Schellingschen Religionsphilosophie bedeuteten seine „Untersuchungen über das Wesen der menschlichen Freiheit und die damit zusammenhängenden Gegenstände" aus dem Jahre 1809, in denen die Lehre von der Andertheit in Gott, die in immer neuen Fassungen ja Schellings Potenzenlehre und damit die gesamte Religionsphilosophie bestimmte, weiter ausgeführt wurde.

Schelling nennt diese Andertheit in Gott die „Natur" in Gott oder „den Grund seiner Existenz". (Grund nicht als „Ursache", sondern als Tiefe, Basis.) Darin, in diesem anderen Sein in Gott, wird zugleich die M ö g l i c h k e i t des Endlichen überhaupt gefunden. Während in Gott sein Wesen, sofern es existiert, und der Grund seiner Existenz, also seine „Natur", eine unzertrennliche Einheit bilden, sind diese beiden Prinzipien im Geiste des Menschen zertrennt, „und dieses ist die Möglichkeit des Guten und des Bösen", also die Freiheit des Menschen. (SW I 7, 364.)

Die Wirklichkeit des Bösen — das die zum Selbstsein erhobene Endlichkeit ist — beruht auf der Tat des Menschen, der frei ist und der sich seinen Charakter durch eine von Ewigkeit her erfolgte Entscheidung für das Gute oder für das Böse selbst gewählt und festgelegt hat. Hier wird also eine Prädestination gelehrt, aber nicht eine Vorherbestimmtheit auf Grund eines göttlichen Ratschlusses, sondern auf Grund einer über und außer aller Zeitlichkeit liegenden freien intelligiblen Tat des

Menschen, auf Grund deren dieser seine Selbstheit entweder zum Gliedhaften oder zum Selbstherrschenden gemacht, sich also zum Guten oder zum Bösen entschieden hat. Auf Grund dieser metaphysischen Freiheitslehre entwirft nun Schelling in den „Stuttgarter Privatvorlesungen", die im Jahre 1810 gehalten, aber erst aus dem handschriftlichen Nachlaß veröffentlicht wurden, eine Eschatologie.

1. Der Tod als Essentifikation
Die Lehre von der Geisterwelt

Wir bringen wiederum zunächst den Text selbst: „Die Notwendigkeit des Todes setzt zwei absolut **unverträgliche** Prinzipien voraus, deren Scheidung der Tod ist. Unverträglich ist nicht das Entgegengesetzte, sondern das sich Widersprechende; z. B. Seiendes und Nichtseiendes sind nicht unverträglich, denn sie gehören ja zusammen: wohl aber wenn das Nichtseiende als solches ein Seiendes sein will und das wahrhaft Seiende zu einem Nichtseienden machen. Dies ist das Verhältnis von Gut und Bös. Der Widerstreit von Gut und Bös ist aber freilich durch Schuld des Menschen **allgemein**, also auch unabhängig vom Menschen und außer dem Menschen erregt. Diese Kontrarität in der Natur, an welcher der Mensch durch seinen Leib Teil hat, macht notwendig, daß der Geist in diesem Leben nicht ganz in seinem Esse — (= Sein = Wesenheit, W. H.) — erscheinen kann, sondern zum Teil in seinem non-Esse. Der Geist des Menschen nämlich ist notwendig ein **Entschiedenes** (mehr oder weniger entschieden freilich, inzwischen ist die Unentschiedenheit selbst wieder Entschiedenheit, nämlich das Gute doch nur bedingungsweise zu wollen) — also der Geist des Menschen ist entweder gut oder bös. Allein die Natur ist nicht entschieden, ja ihre jetzige Gestalt scheint eben auf der beständigen Gegenwirkung des Guten und Bösen zu beruhen... Freilich wäre die Natur durch diesen inneren Widerstreit schon lange auseinandergefallen, wenn er nicht späteren Ursprungs, wenn nicht die Entzweiung später wäre als die Einheit: jetzt ist sie zwar auseinander, aber immer noch zusammengehalten durch die ursprüngliche Einheit. Da also in der Natur Mischung des Guten und Bösen, so ist eine ähnliche Mischung auch in dem, was der Mensch mit der Natur gemein hat, und wodurch er in bezug mit ihr steht — in seinem Leib und seinem Gemüt (daher das Böse vor allem sein Gemüt zu morden sucht, weil in diesem noch ein Rest des Guten).

Aus diesem Grunde kann also der Mensch in diesem Leben nicht ganz erscheinen, wie er **ist**, nämlich seinem Geiste nach, und es entsteht eine Unterscheidung des äußeren und inneren Menschen, des **e r s c h e i n e n d e n** Menschen und des **s e i e n d e n** Menschen. Der seiende Mensch ist der Mensch, wie er seinem Geiste nach ist, der scheinende Mensch dagegen geht verhüllt einher durch den unwillkürlichen und unvermeidbaren Gegensatz. Sein inneres Gutes ist verdeckt durch das Böse, das ihm von der Natur her anhängt, sein inneres Böses verhüllt und noch gemildert durch das unwillkürliche Gute, was er von der Natur her hat. Einmal aber muß der Mensch in sein wahres Esse gelangen und von dem relativen non-Esse befreit werden. Dieses geschieht, indem er ganz in sein eigenes A^2 (A^2 bedeutet: die höhere Potenz, der gegenüber die niedere Potenz nur das dunkle, den Grund darstellende, im Zeichen des Realen stehende Prinzip ist...; A^2 also hier am besten durch Wesen zu verdeutlichen. WH.) versetzt, und also nicht zwar vom physischen Leben überhaupt, aber doch von d i e s e m geschieden wird, mit einem Wort durch den Tod oder durch seinen Übergang in die Geisterwelt.

Was folgt aber nun dem Menschen in die Geisterwelt? Antwort: Alles, was auch hier schon E r s e l b e r war, und nur das bleibt zurück, was nicht E r s e l b e r war. Also geht der Mensch nicht b l o ß mit seinem Geist im engern Sinn des Wortes in die Geisterwelt über, sondern auch mit dem, was in seinem Leib E r s e l b e r, was in seinem Leib Geistiges, Dämonisches war. (Daher ist es so wichtig anzuerkennen, 1 daß auch der Leib an und für sich schon ein geistiges Prinzip enthalte, 2. daß nicht der Leib den Geist, sondern der Geist den Leib infiziert; der Gute steckt den Leib mit dem Guten, der Böse mit dem Bösen seines Geistes an. Der Leib ist ein Boden, der jeden Samen annimmt, in welchen Gutes oder Böses gesäet werden kann. Also das Gute, was der Mensch in seinem Leibe erzogen hat, so wie das Böse, das er in ihn gesäet hat, folgt ihm im Tode.)

Der Tod ist daher keine absolute Trennung des Geistes von dem Leib, sondern nur eine Trennung von dem dem Geist widersprechenden Element des Leibes, also des Guten vom Bösen und des Bösen vom Guten (daher auch das Zurückbleibende nicht der L e i b genannt wird, sondern der Leichnam).

DAS DÄMONISCHE

Also nicht ein bloßer Teil des Menschen ist unsterblich, sondern der ganze Mensch seinem wahren Esse nach, der Tod eine reductio ad essentiam. Wir wollen das Wesen, das im Tode nicht zurückbleibt — denn dies ist das caput mortuum —, sondern gebildet wird, und das weder bloß geistig noch bloß physisch, sondern das Geistige vom Physischen und das Physische vom Geistigen ist, um es nie mit dem rein Geistigen zu verwechseln, das Dämonische nennen. Also das Unsterbliche des Menschen ist das Dämonische, nicht eine Negation des Physischen, sondern vielmehr das essentifizierte Physische. Dieses Dämonische ist also ein h ö c h s t - w i r k l i c h e s Wesen, ja weit wirklicher, als der Mensch in diesem Leben ist; es ist das, was wir in der Volkssprache (und hier gilt es eigentlich: vox populi, vox Dei) nicht d e n G e i s t, sondern e i n e n Geist nennen; wenn z. B. gesagt wird, es sei einem Menschen ein Geist erschienen, so wird darunter eben dieses höchst-wirkliche, essentifizierte Wesen verstanden.

Gewöhnlich stellt man sich den Menschen im Zustand nach dem Tode als ein luftähnliches Wesen vor, oder recht abstrakt als ein pures, lauteres Denken. Aber er ist vielmehr, wie gesagt, ein höchst-wirklicher, ja weit kräftiger und also auch wirklicher als hier. — Beweis: a) alle Schwäche kommt aus der Geteiltheit des Gemüts. Wäre ein einziger Mensch, in welchem sie ganz getilgt, der nur das Gute in sich hätte, er könnte Berge versetzen. Daher wir auch sehen, daß Menschen, die es schon hier bis zum Dämonischen bringen (und im Bösen wird diese Entschiedenheit häufiger erreicht als im Guten) — etwas Unwiderstehliches in sich haben; sie faszinieren gleichsam alles ihnen Entgegenstehende, besonders wenn das ihnen Entgegenstehende auch nichts Gutes, sondern ein Böses ist, das nun nicht den Mut oder die Kraft hat, sich zu zeigen. Denn in jedem möglichen Fach wird es der entschiedene Meister und Virtuos über den Stümper und Pfuscher davontragen. b) Eben auch weil hier (in diesem Leben) ein Zufälliges beigemischt ist, wird das Wesentliche geschwächt. Daher der Geist von diesem Zufälligen befreit, lauter Leben und Kraft ist, das Böse noch viel böser, das Gute noch viel guter.

... Der Gute wird nämlich über die Natur erhoben, der Böse sinkt noch unter die Natur.

Das B e s o n d e r e des innern Zustandes betreffend, so wird er bekanntlich mit dem Schlaf verglichen, wobei freilich unter Schlaf das Auslöschen des Inneren durch das Übergewicht des Äußeren verstanden wird. Vielmehr ist aber dieser Zustand als ein schlafendes Wachen und ein wachendes Schlafen zu denken — clairvoyance, wobei ein unmittelbarer Verkehr mit den Gegenständen, nicht durch Organe vermittelt.

Wird dies aber auch von den Bösen gelten? Antwort: Auch die Finsternis hat ihr Licht, wie das Seiende ein Nichtseiendes in sich hat. Übrigens ist der höchste Gegensatz der clairvoyance der W a h n s i n n. Wahnsinn also der Zustand der Hölle. — Eine Frage ist: wie wird es mit der Erinnerungskraft beschaffen sein? Diese wird sich nur nicht auf alles Mögliche erstrecken, da ein rechter Mann schon hier viel darum geben würde, zur rechten Zeit vergessen zu können. Es wird eine Vergessenheit, eine Lethe geben, aber mit ver-

SELIGKEIT UND UNSELIGKEIT

schiedener Wirkung: die Guten dort angekommen, werden Vergessenheit alles Bösen haben und darum alles Leids und alles Schmerzes, die Bösen dagegen die Vergessenheit alles Guten. — Übrigens freilich wird es auch nicht Erinnerungskraft sein wie hier; denn hier müssen wir uns erst alles i n n e r l i c h m a c h e n, dort i s t schon alles innerlich. Die Bezeichnung Erinnerung ist dazu viel zu schwach. Man sagt von einem Freund, einem Geliebten, mit denen man Ein Herz und Eine Seele war, man erinnere sich ihrer, sie leben beständig in uns, sie kommen nicht in unser Gemüt, sie sind darin, und so also wird die Erinnerung dort sein.

Durch den Tod wird Physisches (soweit es wesentlich ist) und Geistiges in eins gebracht. Also dort Physisches und Geistiges z u s a m m e n das Objektive sein — die Basis —, die Seele aber, jedoch nur bei den Seligen, wird als Subjektives eintreten, wird ihr eigentliches Subjekt, und dies bringt mit sich, daß sie zu Gott eingehen, mit Gott verbunden werden. ₁(Die Seele steht nach Schelling über dem Geiste. WH.) Die Unseligkeit besteht eben darin, daß die Seele nicht als Subjekt eintreten kann wegen der Empörung des Geistes, daher Trennung von der Seele und von Gott.

Dadurch, daß der Mensch in sein eigenes A^2 (Wesen WH.) versetzt wird, wird er also in die Geisterwelt versetzt." (Stuttgarter Privatvorlesungen 1810, SW I 7, 474 ff.)

Nun folgen Gedanken Schellings über eine Philosophie der G e i s t e r w e l t, die auch in der Schrift „Clara oder über den Zusammenhang der Natur mit der Geisterwelt" ausgeführt werden und auch für die Lehre von der Verklärung bedeutungsvoll sind.

Da aber deren umfassende Behandlung[1] allzu weit führen würde, mögen hier nur folgende Bemerkungen Platz finden: Wie in der Natur alles unter der Potenz des Realen steht, so gibt es auch einen Bereich der Schöpfung, ein Reich, in dem alles unter dem Zeichen des Idealen steht: die Geisterwelt.

Schelling nennt sie „die Poesie Gottes, die Natur dagegen seine Plastik"; „in jener Welt ist alles, was in dieser ist, nur auf poetische, d. h. geistige Weise, und kann darum viel vollkommener, auch auf geistige Art, mitgeteilt werden. (Der Geist ganz Gesicht, ganz Gefühl.) Dort sind die Urbilder hier die Abbilder."

Auch in der Geisterwelt herrscht Freiheit, daher auch dort ein Fall, daher auch dort gute und böse

---

[1] Über das Schellingische Gespräch „Clara": Der aus den „Stuttgarter Privatvorlesungen" des Jahres 1810 angeführte Ausdruck „clairvoyance" klingt wieder an in dem 1816 oder 1817 entstandenen Gespräche Schellings „Clara oder Zusammenhang der Natur mit der Geisterwelt". (SW I 9, 1—110; als Separat-Ausgabe Stuttgart 1865².) Es muß wohl begründet werden, warum in meiner Studie aus diesem Gespräche nichts gebracht wird: Dieses herrliche Gespräch ist ganz der Unsterblichkeitsfrage gewidmet und hätte nach dem Berichte von Schellings Sohne zu einer „vollständigen ins Einzelnste gehenden philosophischen Eschatologie — einem Gegenstück der kahlen Unsterblichkeitslehren seiner Zeit" ausgebaut werden sollen (Separat-Ausgabe, IV). Es wurde hier nicht behandelt: Zunächst weicht es in seiner Grundrichtung gar nicht von den behandelten Werken Schellings ab. Vor allem aber wurde so vermieden, daß einzelne Stücke aus diesem wunderbaren Dialoge herausgebrochen würden, der die poetische Entsprechung zu den philosophischen Lehren Schellings darstellt. (Jetzt aus dem Nachlaß ergänzt herausgegeben von Manfred Schröter, München 1948. Ist die jetzt beste Ausgabe!)

Geister. Die ursprüngliche unmittelbare Verbindung der Natur mit der Geisterwelt ist durch den Fall des Menschen unterbrochen, doch gibt es noch einen Bezug aus der Ferne, eine gewisse Sympathie, auf Grund deren es jedem Menschen, aber auch Menschengemeinschaften möglich sei, in Rapport entweder mit guten oder mit bösen Geistern zu treten („Völker, bei denen noch Freiheit, Unschuld, Reinheit der Sitten, Armut, d. h. eben Trennung von den Dingen dieser Welt, wohnt, sind in Rapport mit dem Himmel und der guten Geisterwelt, die, bei denen das Gegenteil, mit der Hölle" a. a. O. S. 481).

Woraus dann Schelling ein allen Traditionen gemeinsames Lehrstück entwickelt, nämlich die Lehre von den Begleitgeistern oder Schutzengeln (den fravashis der iranisch-persischen, den Genien der antiken, den Walküren der germanischen Überlieferung): „Ebenso steht jeder einzelne Mensch, je nachdem entweder das Gute oder das Böse in ihm zu höherer Reinheit gekommen ist, in bezug entweder mit der guten oder bösen Geisterwelt... Der Mensch, der in sich das Gute rein vom Bösen geschieden, wäre ohne Zweifel des Rapports mit guten Geistern fähig, welche bloß die Mischung scheuen, und welche es, wie die Bibel einmal sagt, beständig lüstet, hineinzuschauen in das Mysterium der äußeren Natur, — wo eigentlich das größte Geheimnis vorbereitet wird, nämlich die vollkommene Menschwerdung Gottes, wovon immer noch nur der Anfang geschehen ist. Ebenso wer das Böse in sich rein geschieden von allem Guten in sich hätte, würde mit bösen Geistern in Rapport sein. Es ist unbegreiflich, wie man an einem solchen

Zusammenhange je hat zweifeln können. Wir leben unter beständigen Eingebungen; wer auf sich achtgibt, der findet es. Besonders in schweren Fällen fehlen dem Menschen diese Eingebungen nie, und wenn er sie nicht hat, so ist es seine eigne Schuld. Der Mensch ist nie ganz verlassen, und bei dem vielen Traurigen, was ein jeder erfährt, kann er doch gewiß sein, daß er unsichtbare Freunde hat, ein heroischer Glaube, der fähig macht, vieles zu tun und vieles zu leiden." (SW I 7, 481 f.)

2. Das Jüngste Gericht

Nach diesen Gedanken über die Geisterwelt, mit denen Schelling allerdings schon zuviel gesagt zu haben fürchtet[1], wendet er sich zur eigentlichen Eschatologie zurück und legt die weiteren Akte des großen Dramas in der Entwicklung der letzten Dinge dar.

---

[1] Vielleicht schadet es nicht, in Bezug auf die Schellingische Lehre vom Dämonischen und von der Geisterwelt einmal zu betonen, daß all dies einschließlich der gesamten Metaphysik Schellings — ebenso übrigens wie der Vedânta – nicht das Geringste mit Okkultismus in allen seinen Spielarten zu tun hat, aber auch nichts mit Theo- oder Anthroposophismus im Sinne der späteren, sich so benennenden Bewegungen.

Ja selbst gegenüber der Theosophie seiner Zeit beziehungsweise jener vor ihm (Schelling hat vor allem Jakob Böhme vor Augen), die in keiner Weise mit den eben erwähnten Sekten verglichen werden kann, zieht Schelling eine strenge Scheidelinie. Hören wir ihn z. B. in den Münchener Vorlesungen „Zur Geschichte der neueren Philosophie": „... könnte der Mensch auch jenen transzendenten Prozeß, durch den alles geworden

Wir bringen hier wiederum den Text aus den „Stuttgarter Privatvorlesungen" selbst:

„Geisterwelt und Natur müssen doch endlich verbunden werden, die höhere Potenz des eigentlich ewigen oder absoluten Lebens noch eintreten. G r ü n d e hiefür sind: 1. Die höchste g e i s t i g e Seligkeit ist doch noch nicht die absolute. Wir wünschen e t w a s zu haben, das nicht w i r s e l b s t ist, wie Gott etwas hat, um uns darin zu beschauen als in einem Spiegel. 2. Die Natur ist ohne Schuld unter-

---

ist, in sich selbst erfahren, wie der Theosoph sich deß rühmt, so würde dies doch nicht zu wirklicher Wissenschaft führen. Denn alles Erfahren, Fühlen, Schauen ist für sich stumm und bedarf eines vermittelnden Organs, um ausgesprochen zu werden; fehlt dieses dem Schauenden, oder stößt er es absichtlich von sich, um unmittelbar aus dem Schauen zu reden, so ist er, wie gesagt, eins mit dem Gegenstand, und für jeden Dritten etwas ebenso Unverständliches wie der Gegenstand selbst. Alles, was in jenem Prinzip, das wir die eigentliche S u b - s t a n z der Seele nennen können, potentia enthalten ist, muß erst zur wirklichen Reflexion (im Verstand, oder im Geist) gebracht werden, um zur höchsten Darstellung zu gelangen. Hier geht also die Grenze zwischen Theosophie und Philosophie, welche der Wissenschaft Liebende keusch zu bewahren suchen wird, ohne sich durch die scheinbare Fülle des Stoffs in den theosophischen Systemen verleiten zu lassen. Denn freilich unterscheidet sich z. B. jene frühere Philosophie des Nichtwissens von der Theosophie hauptsächlich durch ihre absolute Substanzlosigkeit. Die beiden Formen haben sich gleichsam in die zwei Prinzipien geteilt, aus deren Zusammenwirkung allein wirkliche Wissenschaft entsteht." (SW I, 10, S. 188 f.) Schelling hat hier die rationale Philosophie z. B. Jacobis vor Augen.

Wir brachten diese Stelle, weil sie wieder zeigt, wie sehr für Schelling das Verbundensein von Anschauung und Analysis erst die wahre Philosophie ausmacht.

worfen dem jetzigen Zustand... sie sehnet sich nach der Verbindung; 3. so auch Gott wieder nach der Natur. Er wird sie nicht ewig als Ruine stehen lassen. 4. Es müssen wirklich alle Potenzen in eins gebracht werden („Potenzen" hier am besten als Bedingungen, Möglichkeiten, Mächtigkeiten des Seins; WH.).

Bisher sind nur zwei Perioden: a) die gegenwärtige, wo freilich alle Potenzen, aber untergeordnet dem Realen; b) das Geisterleben, wo auch alle Potenzen, aber untergeordnet dem Idealen. Es wird also eine dritte geben, c) wo alle der absoluten Identität untergeordnet sind — also das Geistige oder Ideale nicht das Physische und Reale ausschließt; wo beides gemeinschaftlich und als gleichgeltend dem Höheren untergeordnet ist. Diese Wiederherstellung aber ist unmöglich, bevor nicht dieselbe Scheidung in der Natur vor sich geht. Aber in dieser kommt es langsamer dazu, weil sie viel tiefere Lebenskraft hat. Der Mensch ist hierin ein Opfer für die Natur, wie sie erst für ihn ein Opfer war. Er muß mit seinem vollkommenen Dasein auf das ihrige warten. Endlich freilich muß die Krisis der Natur kommen, wodurch sich die lange Krankheit entscheidet. Jede Krisis ist mit einer Ausstoßung begleitet. Diese Krisis ist die letzte der Natur, daher ‚das letzte Gericht'. Jede Krisis auch im Physischen ist ein Gericht. Durch einen wahrhaft alchemischen Prozeß wird das Gute vom Bösen geschieden, das Böse vom Guten ganz ausgestoßen werden, aus dieser Krisis aber eine ganz gesunde, lautere, reine und unschuldige Natur hervorgehen. In diese reine Natur wird nichts eingehen als das wahrhaft S e i e n d e, das nur in seinem r i c h t ig e n Verhältnis ein Seiendes sein kann; die Natur wird also befreit sein von dem Falsch-Seienden, dem Nichtseienden. Dagegen wird nun das Nichtseiende, was sich in ihr zum Seienden erhoben hatte, i h r als Basis untergeordnet, dieses Nichtseiende oder das Böse in die allertiefste Tiefe u n t e r die Natur versetzt, und da diese schon der gemilderte göttliche Egoismus, so sinkt jenes in das verzehrende Feuer desselben, d. h. in die Hölle."

(Man muß sich hier vergegenwärtigen, daß Schelling in Gott selbst Potenzen, also ein innergöttliches Leben annimmt; wir wiesen schon auf die Lehre von der Andertheit, von der „Natur" in Gott hin, die hier als „göttlicher Egoismus" bezeichnet wird. WH.)

„Nach dieser letzten Katastrophe wäre also die Hölle das Fundament der Natur, wie die Natur das Fundament, die Basis des Himmels, d. h. der göttlichen Gegenwart. Das Böse ist dann nicht mehr vorhanden in bezug auf Gott und das Universum. Nur in sich selbst ist es noch vorhanden. Es hat jetzt, was es wollte, das gänzliche In-sich-selbst-Sein (es war ja seinem Ursprunge nach die zur Selbstheit sich erhebende Endlichkeit, die also nicht Basis sein, sondern herrschen wollte. WH), also Trennung von der allgemeinen, der göttlichen Welt. Es ist den Qualen seines eigenen Egoismus, dem Hunger der Selbstsucht überlassen.

Durch die Scheidung in der Natur erhält jedes ihrer Elemente den nächsten und unmittelbarsten Rapport zur Geisterwelt. Daher also Auferstehung der Toten. Die Geisterwelt tritt in die wirkliche ein. Die bösen Geister erhalten ihren Leib auch aus dem Element des Bösen, die guten aus dem Element des Guten — aus jenem fünften Element, der göttlichen Materie.[1]

Der höchste Endzweck der Schöpfung ist jetzt erfüllt, a) Gott ganz verwirklicht, sichtbar = leiblich..., b) das Unterste zu dem Obersten gekommen (Umlauf) — das Ende in dem Anfang — nur daß jetzt alles explicite, was zuvor implicite, (dies ist von der Auffassung Schellings her verständlich, daß die Weltschöpfung und auch der durch den Fall des Menschen in ihr eingetretene Rückschlag nur den einen Sinn haben, das göttliche Wesen desto strahlender zu offenbaren: der Schöpfungsprozeß ist in allen seinen Akten ein Offenbarungs-, ein Verklärungsprozeß. WH.), c) besonders das Geheimnis der M e n s c h h e i t. Im Menschen sind die beiden äußersten Extreme zusammengeknüpft. Darum ist er vor Gott höher geachtet als die Engel. Der Mensch ist aus dem Niedrigsten und Höchsten. Die Menschheit, die schon durch den Menschgewordenen Gott vergöttert war, ist jetzt allgemein vergöttert, und durch den Menschen und mit ihm auch die Natur.

Wollen wir konsequent sein, so müssen wir auch in der d r i t t e n Periode wieder Perioden oder Potenzen anerkennen. Allein diese sind so weit außer unserem geistigen Gesichtskreis als (um ein schwaches Bild zu gebrauchen) der fernste Nebelfleck, durch kein Fernrohr mehr auflöslich, außer unserem leiblichen. Also wenn auch hier noch Perioden, so sind sie in ein sukzessives Regiment zu setzen: a) des Menschgewordenen Gottes (vielleicht doch noch besonderes Regiment der Natur-

---

[1] Das „fünfte Element": Die quinta essentia der Alchimisten.

GOTT IST DANN ALLES IN ALLEM

und Geisterwelt, ohne Trennung jedoch). b) Regiment des Geistes. c) Endlich alles dem Vater überantwortet. Vielleicht dies dann, wenn auch die Hölle nicht mehr ist; und in diese Periode der Ewigkeit fällt also die Wiederbringung auch des Bösen noch, woran wir glauben müssen. Die Sünde ist nicht ewig, also auch ihre Folge nicht.

Diese letzte Periode in der letzten ist die der ganz vollkommenen Verwirklichung — also der völligen Menschwerdung Gottes, wo das Unendliche ganz endlich geworden ohne Nachteil seiner Unendlichkeit.

Dann ist Gott wirklich Alles in Allem, der Pantheismus wahr." (SW I 7, 482 ff.)

3. Würdigung der Übereinstimmungen mit dem Vedânta[1]

Überschauen wir die gewaltige Gedankenfülle dieses Textes der „Stuttgarter Privatvorlesungen" (1810), so springt die Ideenentfaltung ins Auge, die die Eschatologie Schellings seit den Darlegungen ihrer ersten Gestalt (1804) erfahren hat. Alle Stufen des jenseitigen Geschehens, die großen Akte des Welt- und Menschheitsdramas — das für Schelling immer mehr ein Drama im Innern der Gottheit, des innergöttlichen Lebens selbst, geworden ist — sind auseinandergelegt.

Beginnen wir, um es noch einmal vor unserem Auge abrollen zu lassen, mit dem ersten Akte, dem Tode: Er ist jene Scheidung oder erste Krisis, die

---
[1] Vgl. dazu die Darstellung der Verklärungs- und Erlösungslehre des Vedânta, also der indischen Eschatologie, in Band 76 dieser Bibliothek.

durch Befreiung von dem Verhüllenden, das den bloß „erscheinenden Menschen" bestimmt, den „seienden Menschen" selbst hervortreten läßt. Der Tod ist der Geleiter vom Non-esse zum Esse, er bringt eine Essentifikation. Daher jetzt nach dieser gereiften Lehre — der großartigen Lehre vom Tode als Essentifikation — nicht mehr die Seele sich vom Leibe schlechthin trennt und allein auszieht, sondern — um den Ausdruck zu gebrauchen, mit dem uns die Upanischaden belehren — „mit ihrem Gefolge", denn „nicht ein bloßer Teil des Menschen ist unsterblich, sondern der ganze Mensch seinem wahren Esse nach".

Schelling entwickelt hier in dem Begriffe des „essentifizierten Physischen" und in der Lehre, „daß auch der Leib an und für sich schon ein geistiges Prinzip enthalte", Gedanken, die der indischen Lehre vom Feinleibe völlig entsprechen, und schließt sich so von seinen Voraussetzungen aus einer Erfahrung an, die allen traditionellen Kulturen geläufig ist, die dem heutigen Menschen aber erstaunlich, wenn nicht gar verstiegen erscheinen mag. Aber Schelling geht — die Übereinstimmung mit den Indern vertiefend — noch weiter: In der Krisis des Todes wird wie in jeder Krisis etwas ausgestoßen: der grobe Leib mit seinen Bestimmtheiten (der nun als ausgestoßener nicht mehr Leib, sondern Leichnam ist).

Diese Ausstoßung ist zugleich die Bildung eines neuen Wesens, der Tod ist eine Geburt (wie ja einst die Geburt auch ein Tod gewesen war, nämlich in der intelligiblen Welt, in der das Wesen „starb", d. h. die es durch Herabsteigen in die grobstoffliche Ebene des Seins verließ — wiederum sehen wir die Entmachtung des Todes, seinen bloßen Übergangscharakter —): geboren wird das „Dämonische" — „ein höchst-wirkliches Wesen, ja weit wirklicher als der Mensch in diesem Leben ist". Nach der Lehre der Upanischaden und des Vedânta ist dies die Wesenheit in der posthumen Verlängerung der Individualität, auf der feinen Ebene des Seins (daher das „essentifizierte Physische" diesem Seinsstande zugeordnet ist); es ist der Mensch in der „Geisterwelt", kurz: „ein Geist" — als solcher allerdings nicht zu verwechseln mit dem rein Geistigen selbst.

Nach dem Vedânta ist das Entscheidende, weil das auf dieser jenseitigen Stufe eigentlich Individualisierende, der werkhafte Komplex der Bestimmtheiten (karma-acraya), der im Gefolge der Seele mit ausgezogen. Dieses Lehrstück wird bei Schelling in seiner Lehre vom „Dämonischen" geradezu auf die Spitze getrieben, denn im Dämonischen tritt der Charakter, der im Diesseits, im „erscheinenden Menschen", noch unentschieden, weil durch die Mischung verhüllt gewesen war, in seiner ganzen Entschiedenheit zutage, das Dämonische ist ja der „seiende Mensch". Diese Zuspitzung entspricht besonders der Schellingischen Lehre von der Prädestination durch den intelligiblen, im Überzeitlichen in freier Tat erwählten Charakter des Menschen, während nach vedântischer Auffassung diese Prädestination lediglich — oder wenigstens vorwiegend (denn Anklänge an einen intelligiblen Charakter scheinen mir auch in der Lehre von der Seelenwanderung und der Ewigkeit des Samsâra nicht zu fehlen, z. B. Mahâbhâratam XII, 226) — aus dem zuvor durchlaufenen Leben herrührt. Weil durch diese Lehre vom intelligiblen Charakter ersetzt beziehungsweise überflüssig geworden, wird jetzt einer „Palingenesis" nicht mehr Erwähnung getan, wohl aber finden sich in dem Hinweise, daß „der Böse noch unter die Natur sinke", Anklänge an die indische Lehre vom „dritten Orte" beziehungsweise an die Wiederverkörperung unter dem vorher erreichten Verkörperungsstande.

Aber es wird jetzt eine „Palingenesis auf höherer Ebene" gelehrt, nämlich in der Geisterwelt. Und da es nach Schelling eine Welt der guten Geister und eine Welt der bösen Geister gibt, entspricht es ja gerade der durch den Tod herbeigeführten Scheidung des Guten vom Bösen, jener Essentifikation oder Herausstellung des Entschiedenen, Ungemischten, daß „der Gute über die Natur erhoben wird", nämlich in die Welt der guten Geister eingeht, und daß „der Böse noch unter die Natur sinkt", nämlich in jene der bösen Geister hinabfährt.

Sehr tief kennzeichnet Schelling nun „das Besondere des inneren Zustandes" des essentifizierten Wesens, also der Seele auf dieser jenseitigen Stufe: Es ist ein Zustand der Steigerung, der Unmittelbarkeit und Geläutertheit (was alles ja lediglich Übersetzungen von „Essentifikation" sind). Für die Guten oder Seligen: 1. Hellsichtigkeit („clairvoyance") als „ein unmittelbarer Verkehr mit den Gegenständen, nicht durch Organe vermittelt" — also in wörtlicher Übereinstimmung die Kennzeichnung der in der Versenkungspraxis erreichten Zustände. Ähnlich wie im Seelenreiche Hiranyagarbha's haben wir auch hier einen gegenüber dem gewöhnlichen Traumschlafe erhöhten Zustand, indem z. B. die im Traume ausnahmsweise vorkommende Zukunftsschau zur Hellsicht als Dauerzustand wird. 2. Unmittelbarkeit der „Erinnerung" des Wesentlichen, weil diesen Stand des Seins ja Überzeitlichkeit kennzeichnet. 3. Herrschaft des obersten Geistesvermögens über die anderen: Physisches und Geistiges werden vereinigt und bilden die Grundlage, auf der sich die Führerschaft der Seele und damit die Verbindung mit Gott verwirklicht.

Die einschlägige Textstelle wird erst völlig klar im Zusammenhang mit der Seelenlehre, die Schelling unmittelbar vor den eschatologischen Lehrstücken in den „Stuttgarter Privatvorlesungen" entwickelt: Das „Physische soweit es wesentlich ist" ist das „Gemüt" („das dunkle Prinzip des Geistes, wodurch er von der realen Seite in Rapport mit der Natur, auf der idealen in Rapport mit der höheren Welt, aber nur in dunklem Rapport steht"; es hat seinerseits wiederum drei Potenzen oder Seiten: Schwermut, Begierde und Gefühl; a. a. O. 466). Das „Geistige" ist der Geist im engeren Sinne, „die eigentliche Potenz der Bewußtheit"; seine drei Potenzen sind der Eigenwille = Egoismus, der eigentliche Wille und der Verstand. (Wir erinnern uns daran, daß Schelling in „Philosophie und Religion" das erste Vermögen, das Gemüt, „die Seele, welche sich unmittelbar auf den Leib bezieht", nannte; das zweite, den Geist, als „die Seele, sofern sie das Prinzip des Verstandes ist", kennzeichnete; deren beider jenseitiges Schicksal aber vernachlässigte, sie — gemessen am „Ansich, der Idee oder dem ewigen Begriff der Seele", d. i. das, was jetzt von ihm als „Seele" schlechthin gefaßt wird, — kurzweg als sterblich bezeichnete.) Das

Höchste aber ist die Seele, „das eigentlich Göttliche im Menschen, also das Unpersönliche, das eigentlich Seiende, dem das Persönliche als ein Nichtseiendes unterworfen sein soll" (a. a. O. 468).

Die Dreiheit der Potenzen des Geistes — jetzt als Gesamtwesenheit betrachtet — sind bei den Seligen in der Geisterwelt nun in das richtige Verhältnis gebracht: „Physisches (soweit es wesentlich ist)" und „Geistiges" — „Gemüt" und „Geist im engeren Sinne" — also die beiden niederen Potenzen oder Vermögen[1] — sind die „Basis" des höchsten Vermögens, der Seele, „des inneren Himmels des Menschen". Diese Herstellung der Herrschaft der Seele, des Göttlichen, über seinen Grund, diese Zurückbringung der Potenzen in ihre wahre, spannungslose Einheit ist entweder schon die Verbindung mit Gott oder schließt deren Möglichkeit in sich. Die Wesenheit befindet sich allerdings noch in einem individualen Seinsstande. Wir haben hier die Parallele zu der auf dem Götterwege der Vedântatheologie erlangten „virtuellen Unsterblichkeit", d. h. der Möglichkeit des Aufstieges zu den höheren Zuständen, den „Himmeln".

Schelling hat nun seine Eschatologie voll entfaltet: Nicht nur die „Idee oder der ewige Begriff der Seele wird jetzt betrachtet, sondern auch —

---

[1] Schelling nennt das „Physische (soweit es wesentlich ist)": „Gemüt"; dieses „Gemüt" ist jenes Physische, das ausgestoßen wird und als ausgestoßenes „nicht mehr Leib, sondern Leichnam ist". „Geistiges" ist für Schelling hier „Geist im engeren Sinne". Über diese beiden niederen Potenzen oder Vermögen unterrichtet die Seelenlehre, die Schelling in den „Stuttgarter Privatvorlesungen" entwickelt; und die auf der vorstehenden Seite 69 gerade berührt wurde.

durch Begründung einer dem Vedânta entsprechenden Lehre vom „feinen Leib" — die niederen Schichten der Seele. Es wird erkannt, daß auch sie ein arteigenes jenseitiges Schicksal haben, daß nichts verloren ist vor Gott, der Alles auf dem ihm zugemessenen Wege seiner Vollendung entgegenreifen läßt.

Auch für den Bösen bedeutet diese jenseitige Stufe Steigerung: aber eine solche des Bösen. In einer wahrhaft abgründigen Bemerkung kennzeichnet Schelling diesen Zustand als „Wahnsinn". Was ist aber Wahnsinn anderes als Steigerung des Wachbewußtseins zur Gedankenflucht. Der „Grund" des Geistes ist jetzt überhaupt nicht mehr gehalten, sondern völlig verselbständigt. Ist der Geisteszustand der Seligen V e r t i e f u n g, d. h. Verlassen der Oberflächenschicht des Wachbewußtseins — dieses nämlich kennzeichnet den diesseitigen Zustand, nicht der grobe Leib, denn „nicht der Leib inficirt den Geist, sondern der Geist den Leib" —, so ist der Zustand der Unseligen Verflachung, d. h. Verfall in eine noch labilere Geistesverfassung als jene des Wachbewußtseins, zum Wahnsinn. Und wie viele sind schon in diesem Leben „Wahnsinnige"! Daß wir nichts Fremdes in die Worte Schellings hineintragen, beweist seine an anderer Stelle entwickelte Lehre von der Beziehung des normalen Geisteszustandes zum Wahnsinn. (Philos. der Offenbarung, SW II 3, 299 f.)

Fassen wir die Schellingischen Bemerkungen über den Seinszustand der Seele auf dieser jenseitigen Stufe und über die Geisterwelt zusammen, so gilt unzweifelhaft: Die Geisterwelt, in die und zu deren ursprünglichen Inwohnern die Seele nach dem

Tode, ein Dämon, ein Geist geworden, eingeht, hat in der Eschatologie Schellings die gleiche Stelle inne wie das Seelenreich Hiranyagarbha's, des Herrn der Welt dieses Zyklus, im Vedânta, in dem die auf dem Götterwege emporsteigenden Seelen bis zum Ende des Zyklus, zum Pralaya, verharren. Sicher gilt diese Parallele für die Welt der guten, der seligen Geister. Daher auch die Ähnlichkeit der diesen Zustand, die feine Ebene des Seins, kennzeichnenden Merkmale.

Auch die Parallelen zu Meister Eckhart bedürfen keiner weiteren Nachweise.

Es entsteht nun die Frage, ob diese Übereinstimmung auch für die folgenden Akte des jenseitigen Geschehens gilt? Der Text zeigt uns, daß dies zutrifft. Allerdings behandelt Schelling nun nicht mehr die Möglichkeit, daß „das Individuum der Gattung zuvoreilen und das Höchste für sich zum Voraus nehmen kann", also die Erlösung der Einzelseele, sondern das Schicksal der Menschheit als ganzer, aber auch das der Natur und der Welt dieses Zyklus überhaupt, die ja miteinander verbunden sind.

Der Weltzustand hält nach Schelling an dem Punkte, wo zwei „Reiche" nebeneinander bestehen, wesenswidrigerweise voneinander getrennt und daher je in sich unvollendet: Das eine „Reich" ist diese Welt des Menschen in seiner Gefallenheit und die Natur, die als Ruine dasteht; das andere ist die Geisterwelt, zu der der Mensch nach dem Tode eingeht, von der er aber während des diesseitigen Lebens abgetrennt ist oder nur die entfernteste, zufällige Verbindung hat, und umgekehrt ebenso die Geisterwelt zu Mensch und Natur. Es sind demnach — in diesem Status der Welt — nur zwei Ebenen des Seins allgemein verwirklicht: die stoffliche, „wo freilich alle Potenzen, aber untergeordnet dem Realen" und die feine („dämonische", „geisterhafte"), „wo auch alle Potenzen aber untergeordnet dem Idealen".

Dieser Zustand ist ein solcher der Unerlöstheit: bei ihm bleibt die Liebe Gottes nicht stehen, sie wird vielmehr „wirklich alle Potenzen in Eins" bringen; „es wird also eine dritte (Periode) geben, ... wo alle Potenzen der absoluten Identität untergeordnet sind — also **das Geistige oder Ideale nicht das Physische und Reale ausschließt**, wo beides gemeinschaftlich und als gleichgeltend dem Höheren untergeordnet ist".

Die von mir hervorgehobenen Worte enthalten den Hinweis auf den Zustand dieser neuen „Welt": sie wird ein Reich der Verklärung sein, denn der verklärte Stand überhöht das einseitige Geistige und das einseitige Physische, in ihm schließt das Geistige (Ideale) das Physische (Reale) nicht aus. Die allgemeine Krisis oder Scheidung, die diesen Stand des Seins einleitet, ist das Ende dieses Zyklus, das Pralaya, in christlicher Form: „das Jüngste Gericht". In ihm wird auch die Natur als ganze, zugleich mit der menschlichen Gattung als solcher, erhöht: Die geheilte, lautere Physis aber schließt das Geistige nicht mehr aus; mit ihr geht die Geisterwelt eine unmittelbare Verbindung ein.

Man könnte sich dies etwa so vorstellen, daß die physischen Elemente in ihrer Gemischtheit und Unlauterkeit, deren Hauptkennzeichen Undurchsichtigkeit und Palpabilität (Berührbarkeit, Greifbarkeit,

Undurchdringlichkeit) sind, für die Einung mit dem Geistigen, für eine „Beköperung" der Geister untauglich sind; erst die ungemischten Elemente, die die indische Lehre die feinen (tanmatra's) im Gegensatze zu den groben oder großen Elementen (mahâbhûtâni) nennt, deren Charakter Durchsichtigkeit und Durchdringlichkeit sind, sind das wahre Lichtkleid der Geister. Daher die Lehre von der „Auferstehung der Toten", von der Verklärung oder Glorifizierung der Leiber.

Auf diese Heilung der Welt als ganzer, auf die Wandlung der Natur, deren Leib die grobe Materie ist, in eine solche, deren Leib Licht sein wird, muß die Seele in der Geisterwelt (Schelling) oder im „Zwischenhimmel" und im „Fegefeuer" (Eckhart) oder in der „Brahmanwelt" Hiranyagarbha's warten, denn die Verklärung der Natur geht langsamer vonstatten, als die der Seligen vor sich gehen könnte. Deshalb sagt Schelling: „Der Mensch ist hierin ein Opfer für die Natur, wie sie erst für ihn ein Opfer war."

Mit dem Letzten Gericht wird aber auch das Böse in sich selbst zurückgestoßen, d. h. die richtige Rangordnung wiederhergestellt: Während jetzt und hier die Endlichkeit sich zum Selbstsein erhoben hat, wird sie dann dem Himmel untergeordnet, sie wird als Verklärte der Grund (die „Basis") des Himmels; ihr selbst aber wiederum wird das Böse seinerseits unterstellt und in eben dieser Unterordnung entkräftet. Die Leidenschaften an sich sind ja nötig für die Verwirklichung des Großen und Guten, nur die entfesselten, nicht mehr geleiteten, nicht mehr den Grund („das Fundament") bildenden, sondern sich zum Selbstdasein erhebenden Leidenschaften sind vom Bösen.

Wie mit dem Pralaya des Vedânta wird also auch mit dem Jüngsten Tage die Welt dieses Zyklus beendigt und ein neuer Seinsstand begründet. Und wie in der Herrlichkeit (Aicvaryam) der Inder, deren Regent Îcvara, der Herr aller Welten, ist, wiederum die Möglichkeit neuer Schöpfungen besteht, so entwickelt auch Schelling: „Wollen wir konsequent sein, so müssen wir auch in der **dritten** Periode wieder Perioden oder Potenzen anerkennen", bis „alles dem Vater überantwortet". Vielleicht dies dann, wenn auch die Hölle nicht mehr ist, und in diese Perioden der Ewigkeit fällt also die Wiederbringung auch des Bösen noch, woran wir glauben müssen." (SW I 7, 484.) Also die **allgemeine** Erlösung, in der alles Sein in die Gottheit zurückgebracht ist: „Diese letzte Periode in der letzten ist die der ganz vollkommenen Verwirklichung — also der völligen Menschwerdung Gottes, wo das Unendliche ganz endlich geworden ohne Nachteil seiner Unendlichkeit. Dann ist Gott wirklich Alles in Allem, der Pantheismus wahr."

D. DIE LETZTE GESTALT DER SCHELLINGISCHEN ESCHATOLOGIE

1. Blick auf die Spätlehre

Die Bezüge der Schellingischen Eschatologie auf die Gottes-, Schöpfungs- und Erlösungslehre und damit auf die Christologie werden im Laufe der Entfaltung seines Systems immer deutlicher. Die endgültige Gestalt seiner Lehre von den Letzten Dingen steht in unzertrennlichem Zusammenhange mit der Spätlehre, also der „Philosophie der Mythologie und Offenbarung", und in dieser wiederum mit der Christologie, deren Abschluß sie darstellt. Diese Spätlehre Schellings, die den Philosophen fast ein halbes Jahrhundert beschäftigt hat, stellt sich die übermenschliche Aufgabe, das innergöttliche Leben selbst zu erkennen und die gesamte Geschichte und Zukunft der Welt und des Menschengeschlechtes im Zusammenhang mit diesem innergöttlichen Leben, mit dieser göttlichen „Geschichte" zu sehen.

Wiederum ist der Ausgangspunkt Schellings die „Andertheit" in Gott: Im vollkommenen Geiste zeigt sich „an seinem Sein die Möglichkeit eines anderen, also nicht ewigen Seins".[1] Gott ist völlig

---

[1] In der 13. Vorlesung (SW II 3, 263 f.) heißt es: „— — Nichts verhindert aber, daß nach der Hand, post actum, d. h. so wie jener Geist da ist, also von Ewigkeit... von seiner ewigen — und aller Möglichkeit zuvorkommenden Wirklichkeit an — daß von da an ihm an seinem eignen Seyn sich die Möglichkeit eines andern, also nicht ewigen Seyns zeige und darstelle. ...und erscheint eben auch dadurch als das — nur nicht Auszuschließende, von

frei in der Annahme dieses von ihm verschiedenen Seins; in der Möglichkeit: dieses andere Sein anzunehmen oder es nicht anzunehmen, erwächst die Freiheit Gottes. Das ist die „ewige Theogonie" oder das innergöttliche Leben von Ewigkeit her.

Nimmt Gott dieses sich als Möglichkeit zeigende, von ihm verschiedene Sein an, so wird in der göttlichen Einheit eine Spannung der Potenzen oder Möglichkeiten des Seins gesetzt, es entsteht eine Spannung im innergöttlichen Leben, eine „zeitliche Theogonie", als deren Ergebnis die vorher nur potentielle Mehrheit in Gott zur wirklichen wird. Dieser innergöttliche theogonische Prozeß der Scheidung der Potenzen gipfelt in deren Zurückbringung in die Einheit als göttliche Personen: diese wiederhergestellte Einheit ist die (erste) Dreieinheit.

Die in „göttlicher Verzögerung" stufenweise, also nicht mit einem Schlage geschehende Überwindung dieser von Gott freiwillig gesetzten Spannung der Potenzen, d. h. deren Zurückbringung in die Einheit, ist der Schöpfungsprozeß als geistiger; die „natürliche Seite" der geistigen Schöpfung, deren Widerspiegelung und allmähliche Auseinanderfaltung ist der Schöpfungsprozeß als materieller. Gott bleibt also nicht bei der bloßen Erkenntnis der Möglichkeit der Schöpfung stehen, die ihm, um er selbst zu sein, um „sich in der ganzen Vollständigkeit seines Seins zu erblicken", genügt hätte, sondern schreitet zur wirklichen Schöpfung fort.

Der wirkliche Schöpfungsprozeß aber gelangt in-

---

selbst, d. h. ohne seinen Willen sich Einstellende, Einfindende, als die eigentlich N i c h t s ist, wenn e r sie nicht will, und nur Etwas ist, w e n n e r s i e w i l l."

folge des Abfalles des Menschen, der dessen freie Tat ist, nicht zu seiner Vollendung: Der Mensch erreicht seine eigentliche Bestimmung nicht, er verfällt dem Bösen, die Natur bleibt deswegen als Ruine stehen und die unmittelbare Verbindung mit der Geisterwelt wird zertrennt.

Durch den Fall wird aber zugleich die (erste) Dreieinheit im innergöttlichen Leben wiederum gestört, das die Spannung setzende Prinzip wird noch einmal in Bewegung gesetzt, die zweite Potenz, der Logos oder Sohn, aus der Einheit wieder herausgebrochen: Nun wird eine neue Spannung der Potenzen eingeleitet, ein theogonischer Prozeß innerhalb des menschlichen Bewußtseins, nämlich der mythologische Prozeß des Polytheismus, der den ersten Schöpfungsprozeß — die Naturschöpfung bis zum Menschen — auf geistiger Ebene wiederholen muß. Die Potenzen in ihrer durch den Fall des Menschen neuerlich hervorgerufenen gegenseitigen Ausschließung sind „als solche außer ihrer Gottheit gesetzte..., d. h. sie sind außer jenem $\Pi\nu\varepsilon\tilde{v}\mu\alpha$ ‚außer' jenem actus purissimus gesetzt, in welchem sie selbst = Gott sind; sie sind daher in ihrer Entgegensetzung nicht Gott, und doch auch nicht schlechthin n i c h t - G o t t, sie sind nur nicht w i r k l i c h Gott, ihre Gottheit ist eine suspendierte, aber nicht aufgehobene". Damit ist nach Schelling der Polytheismus wirklich erklärt: „Es ist hier eine Mehrheit, von deren Elementen man nicht schlechthin und in jedem Sinne sagen kann, daß sie nicht Gott sind, wo also eine M ö g l i c h k e i t allerdings vorhanden ist, diese Elemente als mehrere Götter zu denken." (SW II 3, 283.)

Durch den Fall des Menschen gegen seinen Willen neuerdings Potenz geworden, selbständige Persönlichkeit a u ß e r dem Vater, wirkt der Logos als natürliche, außergöttliche Potenz des mythologischen Prozesses im Heidentum ebenso wie im Judentum, sein Leben ist das Licht der Menschen, die es aber nicht begriffen. In diesem Prozesse ist er wiederum zum Herrn des Seins geworden.

Nun aber legt der Logos oder Sohn diese seine e i g e n e Herrlichkeit ab. „D i e s e Herrlichkeit aber, die er unabhängig von dem Vater haben konnte, verschmähte der Sohn, und d a r i n ist er Christus. D a s ist die Grundidee des Christentums." (Philosophie der Offenbarung, SW II 4, 37).

Christus konnte auch in seiner e i g e n e n, „außergöttlich-göttlichen Persönlichkeit" verharren; daß er es nicht tut, daß er diese seine a u ß e r g ö t t l i c h e Göttlichkeit, die $\mu o \varrho \varphi \acute{\eta}$ $\vartheta \varepsilon o \tilde{v}$, in deren Gestalt er die Krönung des mythologischen Prozesses ist, ablegt; daß er sich erniedrigt, daß er Mensch wird — wodurch gerade seine w a h r e Göttlichkeit enthüllt wird (das also ist der Beginn der Offenbarung im eigentlichen Sinne) —; darin besteht sein freies Opfer. Durch dieses wird er selbst in Gott zurückgebracht — und für die Welt die Möglichkeit der Zurückbringung eröffnet —, nun als s e l b s t ä n d i g e P e r s ö n l i c h k e i t: nun erwächst die eigentliche, die gesteigerte (zweite) Dreieinigkeit und es wird der Grund für das Kommen des Geistes (der dritten Potenz) und damit für die Erlösung der Schöpfung gelegt.

Mit diesen wenigen Sätzen (vgl. dazu hauptsächlich: „Philosophie der Offenbarung", SW II 3, 204—239: Ableitung der Bestimmungen des vollkommenen Geistes [Potenzen]; 236—309: Schöpfungslehre;

310—382: Christologie und Lehre vom Menschen; ferner „Philosophie der Offenbarung", 2. Teil, SW II 4, 104—118 Christologie) haben wir es gewagt, auf das ungeheure Gedankengebäude mindestens anzuspielen, das hinter der Eschatologie Schellings steht. Vielleicht vermögen sie das Folgende zu erläutern, vielleicht auch zum Werke selbst hin zu verlocken, zur „Philosophie der Offenbarung", in deren 13. und 28. Vorlesung einer der Gipfelpunkte aller Philosophie überhaupt erreicht ist.

Den Text der Eschatologie (32. Vorlesung der „Philosophie der Offenbarung", 2. Teil, SW II 4, 206—227) bringen wir nur in den Hauptstellen.

2. Die drei Zustände des Menschen: Diesseits, Geisterwelt, Verklärung

Schelling spricht zu Beginn noch einmal von der Essentifikation durch den Tod und lehrt dann unter Zugrundelegung seiner Potenzenlehre über die Wiedervereinigung des Menschen mit Gott folgendes:

„Denn nachdem der Mensch das Leben in sich von dem Leben in Gott getrennt hat, kann er nur durch drei Stufen zu der ihm bestimmten Einheit wieder gelangen. Die erste ist das gegenwärtige Leben, welches sein Leben in s i c h, und eben darum das Leben der freiesten Bewegung ist. Die andere ist das nächstkünftige Leben, das ein Leben in Unbeweglichkeit, des an s i c h Gebundenseins — wir könnten sagen, des Seinmüssens — ist, wo auf das Können das bloße S e i n folgt, das Können erloschen, unwirksam geworden, und die Nacht eintritt, wo niemand wirken kann. Hier wird es darauf

DER DRITTE MOMENT

ankommen, welchen S c h a t z der Mensch mit sich bringt, was er gesäet, wird er ernten."

Wir werden daran erinnert, daß auch für die Inder die Inkorporation in Hiranyagarbha mit dem Traumzustande verglichen wird, wenn auch einem erhöhten; entschieden ist auch hier der Hinweis, daß der hier gesammelte Geistesschatz das Jenseits prägt.

„Aber es kommt eine dritte Zeit oder Periode, wo das geistige Sein wieder zur freiesten Beweglichkeit entbunden, das Moment des Könnens, der freien Bewegung, welches das des gegenwärtigen Lebens ist, wieder aufgenommen wird. Dieser dritte Moment ist, was eben darum als künftige allgemeine Auferstehung von den Toten, und zwar als Auferstehung des Fleisches gelehrt wird."

Um also „die Fortdauer des Menschen v o l l - s t ä n d i g zu denken — eben wegen der E i n - s e i t i g k e i t und daher auch Endlichkeit beider Momente ist ein d r i t t e r notwendig zu denken (wie überhaupt zu jeder Sukzession Dreiheit gehört a) unrechter Zustand, b) Negation des unrechten, c) Erreichen des rechten, seinsollenden). Dieser dritte Zustand, der notwendig, wenn F o r t d a u e r überhaupt, dieser, wenn der erste der eines einseitig-natürlichen, der zweite der eines einseitig-geistigen Lebens ist, kann nur der eines geistig-natürlichen Lebens sein, d. h. eines Lebens, in welchem das natürliche ins geistige erhöht ist. (Da aber das jetzige, sichtbare Universum das geistige ausschließt, so kann dieser dritte Zustand nicht eintreten als in Folge einer a l l g e m e i n e n — auch zugleich moralischen — Krisis)".

Hier sehen wir die Schellingische Eschatologie im

engsten Zusammenhange mit der Lehre vom Falle des Menschen. Dieser geschieht, indem der Mensch am Ende der Schöpfung jenen Akt verfehlte, der diese vollendet hätte und der in die Freiheit des Menschen gestellt war, nämlich: „natürliches und geistiges Leben in eine fortan unauflösbare Verbindung zu bringen" und so 1. die dem Menschen selbst gesetzte höchste Vollendung zu erlangen; 2. die Naturschöpfung zu vollenden, d. h. die Natur zu verklären (im Siege des Lichthaft-Feinen über das Grob-Stoffliche) und 3. die Verbindung zwischen Natur und Geisterwelt dauernd herzustellen. Daß der Menschen jenen letzten, in seine Freiheit gestellten Akt verfehlte — Schelling sagt „manquirte", das griechische Evangelium gebraucht das Wort ἁμαρτάνειν, d. h. das Ziel verfehlen, und ist ein Bild vom Schützen, der nicht trifft —, darin besteht der Fall und in seiner Folge die Erlösungsbedürftigkeit der Schöpfung.

Durch den Fall sind „offenbar geistiges und natürliches Leben im Menschen in ein solches Verhältnis getreten, daß sie actu sich gegenseitig a u s s c h l i e ß e n", daher „die Seinsweisen, die er nicht als s i m u l t a n e vereinigen konnte, für ihn zu s u k z e s s i v e n werden, wobei es denn von selbst sich versteht, daß das natürliche Leben vorausgehe, das geistige folge".

Nur ein einseitig geistiges, „das natürliche Leben ganz absorbierendes, es zur völligen Latenz bringendes Dasein, in welchem also das natürliche Prinzip, ... die Potenz der freien Bewegung eigentlich zur Impotenz gebracht wird, nur ein solches Leben kann als Kompensation des ersten gelten, in welchem ebenso das Geistige zur relativen Impotenz gebracht war. S o bestimmt, können die beiden Zustände schlechterdings n i c h t koexistieren; soll also der folgende Zustand gesetzt, so muß der vorhergehende aufgehoben werden, d. h. der Mensch muß dem natürlichen Leben nach sterben (weit entfernt also, daß, wie in anderen Systemen oder Ansichten der Tod ein Einwurf g e g e n die Unsterblichkeit ist, ist er selbst ein notwendiges Element der Fortdauer)".

Diese Hinweise Schellings finden eine Bestätigung durch die magische und mystische Praxis: Die Versenkung in die tieferen Schichten der Seele beginnt mit einer Abtrennung (separatio) vom natürlichen Leben und schreitet fort bis zur Ekstase, dem Scheintode als einem völligen Heraustreten aus dem natürlich-leibhaften Leben, einem bewußten Abtöten alles nur Natürlichen in uns. An anderer Stelle weist Schelling auf die Tatsache hin, daß in der Mysteriensprache „Ein Wort die Bezeichnung des Todes und der Einweihung war" (Philosophie und Religion, SW I 6, 68).[1]

Nur wenn in der magischen Selbstverwirklichung jenes Natürliche so umgewandelt ist, daß die Koexistenz des natürlichen und geistigen Zustandes, deren Unvereinbarkeit im normalen Leben Schelling mit Recht betont, verwirklicht werden kann, tritt die Erlösung bei Lebzeiten oder in der Todesstunde ein. Daher der Muni nach indischer Lehre unter Überspringung des Zwischenzustandes, in dem eben das Diesseitig-Natürliche kompensiert werden muß, in die höheren oder den höchsten Seinsstand eingeht. Daher auch die Möglichkeit

---

[1] Vgl. dazu Seite 30, Anmerkung 1.

seiner Verklärung im Falle eines übernatürlichen Todes. Daher auch bei Eckhart die Lehre von der möglichen Vorwegnahme der Verklärung, die ja auch eine Befreiung vom Zwischenzustande infolge hier schon erlangter Reinheit und Erhobenheit über das Natürliche ist.

In immer neuen Formulierungen unterstreicht Schelling die Bedeutung des diesseitigen Lebens als Ausgangspunktes: „Denjenigen, welche hier ... dieses materielle Leben als eine P r i v a t i o n empfunden und so viel möglich geistig zu leben gesucht haben, denen wird das, was a n s i c h allerdings eine Beraubung ist (nämlich die im zweiten Zustande eintretende Latenz des Natürlichen WH.), keine Beraubung sein, sie werden sie nicht als solche, sie werden vielmehr diesen Zustand nur als einen ihnen vollkommen zusagenden, als ein Ruhen im Herrn empfinden." (SW II 4, 214).

„Der gegenwärtige Zustand des Menschen ist d a d u r c h geworden, daß er von dem universellen Leben, in das er geschaffen war, sich abgebrochen und in das b e s o n d e r e sich versenkt hat, für das ihm die gegenwärtige Welt jede Freiheit und jeden Spielraum gewährt. Aber in einem folgenden Zustand wird er in das universelle Leben zurückgenommen; hier ist für seine Eigenheit kein Raum zum Wirken mehr, nicht daß sie völlig aufgehoben wird, sondern nur daß sie nicht mehr w i r k e n kann. Wer sich nun in dieses besondere Leben verloren, wird sich auch in dasselbe zurücksehnen, aus dem geistigen Zustande wieder in den materiellen zu gelangen suchen, etwa wie der Wein, der auch ein Abgeschiedener, ein Geist ist, wenn er nur einen geringeren Grad von Geistigkeit erlangt hat, zu der Zeit, wo die Mutterpflanze wieder blüht, s c h w e r wird. d. h. sein geistiges Leben wieder zu materialisieren sucht — (in diesen großartigen Vergleich hat sich Schellings Hinweis auf den Mythos von der Seelenwanderung zurückgezogen WH.). — Nachdem nun aber der Mensch einmal das besondere Leben, das ihm nicht bestimmt war, an sich gerissen, und factum infectum fieri nequit, nachdem dieses natürliche (das besondere Leben) zwar das Hindurchgehen durch den Tod als Strafe erhalten, aber eben damit auch a n e r k a n n t ist so ist es notwendig, daß ein zweiter, und ebenso daß (jenen beiden entgegengesetzten Zuständen) ein d r i t t e r folge, wo auch das besondere Leben aus seiner früheren Verneinung wiederhergestellt wird, der den Menschen verstattet, das universelle Leben zugleich als ein besonderes zu besitzen, und umgekehrt als b e s o n d e r e s Wesen zugleich das allgemeine zu sein ... Es ist daher gewiß nicht umsonst, daß das Christentum jenen dritten Zustand, den wir als die dritte Potenz des menschlichen Gesamtlebens bestimmen, entschieden anerkannt durch die sogenannte Auferstehung von den Toten, welche ja nur eine Wiedererweckung des besonderen und natürlichen Lebens zu neuer und nun ewig bleibender Wirkung sein kann, indem nun natürliches und geistiges Lebens, nachdem jedem für sich zu sein verstattet wurde, erst auf absolute, unauflösliche Weise in Eins gebracht sind."

Wir sehen, daß die klassische indische Eschatologie Übereinstimmendes lehrt: als dritten Zustand (nach diesseitigem Leben und Seelenreich) die Herrlichkeit (Aicvaryam), die allgemein am Ende dieses Zyklus (Pralaya = Jüngstes Gericht) eintritt

DIE ENTMACHTUNG DES TODES

und die Seligen in einen Zustand versetzt, den wir auf Grund zahlreicher Hinweise der Quellen wohl als Glorifizierung bezeichnen durften.

Aber die letzten Sätze Schellings über die Ineinsbringung des universalen und des besonderen Lebens in diesem dritten Seinsstande, ganz aus den Voraussetzungen seiner Potenzenlehre geschöpft, scheinen uns zugleich den Schleier von einem schier unergründlichen Geheimnisse für einen Augenblick zu heben: von dem Geheimnisse, wie dieser dritte Zustand z u g l e i c h ein überindividualer (Schelling sagt: „Universaler"; die Inder: „Einssein", „Samesein") und ein solcher der Verklärung des Leibes, also ein individualer, zu sein vermag.

In einem Satze läßt Schelling noch seine Lehre von der Entmachtung des Todes aufleuchten: „Wenn die Fortdauer des Menschen nach dem Tode eine n o t w e n d i g e ist, so kann der Tod selbst nur etwas Zufälliges sein." So „beruht die Unsterblichkeit des menschlichen Wesens auf einer I n d i s s o l u b i l i t ä t, aber auf einer Indissolubilität der drei Momente: a) natürliches, b) geistiges, c) natürlichgeistiges Leben; diese sind so unaufhörlich vereinigt dargestellt, daß der Mensch, s o w i e der erste dieser Zustände gesetzt ist, notwendig auch den zweiten und den dritten leben wird und da er s i m u l t a n sie nicht leben kann, sukzessiv durch sie hindurchgeht."[1]

Nun geht die Eschatologie Schellings völlig zu-

---

[1] Im Text steht — vom Herausgeber übersehen —: „s o w i e der erste dieser Zustände gesetzt ist, notwendig auch den ersten und den zweiten leben wird." (SW II 4, 217.)

sammen mit seiner Christologie, denn Christus nimmt das künftige Schicksal der menschlichen Seele und der Menschheit vorweg:

„Auch das menschliche Leben Christi wurde also erst dadurch zu einem vollständig-menschlichen, daß es diese drei Momente durchging: 1. Erscheinung im Fleisch, 2. Verweilen in der Geisterwelt, 3. Wiederkehr in die sichtbare Welt in verklärter menschlicher Leiblichkeit."

„Dadurch, daß Christus auferstanden, d. h. daß er nicht einmal Mensch geworden, und dann aufgehört hat, Mensch zu sein, daß er fortwährend und ewig Mensch ist, — dadurch ist uns die Gabe der Rechtfertigung, die $\delta\omega\varrho\varepsilon\grave{\alpha}\ \tau\tilde{\eta}\varsigma\ \delta\iota\varkappa\alpha\iota o\sigma\acute{v}v\eta\varsigma$ (Röm. 5, 17) geworden, und also auch unser gegenwärtiger von Gott getrennter Zustand ein von Gott anerkannter, in dem wir ruhig, ja f r e u d i g uns bewegen können."

„Der M e n s c h gewordene v e r b i n d e t mit sich den h. Geist, aber im Tod, wo er erst seine Selbstheit ganz opfert (in der völligen Exspiration), wird der h. Geist zum Geist C h r i s t i s e l b s t, und ist nun das Auferweckende des Menschgewordenen, daher ist Christus i n K r a f t d e s h. G e i s t e s ebensowohl gestorben als auferstanden (Röm. 8, 11 und Hebr. 9, 14) und es ist der Geist, d. h. die g a n z e Gottheit, $\dot{\eta}\ \delta\acute{o}\xi a\ \tau o\tilde{v}\ \pi a\tau\varrho\acute{o}\varsigma$ (Röm. 6, 4), die ihn erweckt hat. Damit dies geschehe, darum mußte auch Christus im Tod uns ganz gleich, d. h. zu jenem Zustand der Exspiration aller Selbstheit gebracht werden, in dem er bloß noch abgeschiedener Geist war. Nach der Auferstehung ist der M e n s c h Christus f ü r s i c h a l l e i n d e r g a n z e n Gottheit gleich; in ihr ist zugleich der ursprüngliche Mensch, von dem gesagt ist, daß er die δόξα τοῦ θεοῦ durch den Fall verloren, in herrlicherer Weise hergestellt. Da diese δόξα im Menschen Christo wiederhergestellt, so ist sie durch ihn auch dem Menschen wiedergebracht, und eben jene Wiederannahme der menschlichen Natur in Christo vermittelt nun die künftige Wiederannahme derselben in der **allgemeinen** Auferstehung. W i r sind in ihm gestorben, so werden wir auch in ihm leben, nämlich, inwiefern wir uns w i r k l i c h in die Gemeinschaft seines Todes begeben. Denn denen, die nicht wahrhaft m i t ihm, oder, wie dies auch ausgedrückt wird, in ihm gestorben sind (Röm. 6, 5. 8. 14, 11, Tim. 2, 11. Offenb. 14, 13), denen kann die Wiederauferweckung nicht zum ewigen Leben, sondern, da sie leben, ohne wahrhaft leben zu können, nur zum ewigen Sterben gereichen, so daß der Moment des Todes für sie ein bleibender ist, sich zur Ewigkeit ausdehnt." (A. a. O., S. 219.)

Ähnliches besagen die Lehren Schwester Katreis über die Hölle bei Eckhart.

Schelling fährt dann zur Vertiefung seiner Lehre von der Verklärung fort:

„Sollten wir z. B. über die Beschaffenheit des in der Auferstehung verklärten und verherrlichten (d. h. keiner ferneren Auflösung unterworfenen) Leibes Christi etwas aussprechen, so hieße dies unserer eignen Erfahrung vorgreifen ... So viel aber ist gewiß: nachdem einmal eine äußere, außergöttliche Welt zugelassen und in Christo gebilligt ist, kann die letzte Absicht nur sein, daß die ganze Innenwelt, wie sie ursprünglich sein sollte — nach der Intention der ersten Schöpfung sollte alles i n

Gott beschlossen sein, weil aber das, was ursprünglich sein sollte, nie aufgegeben werden kann, so kann die letzte Absicht nur sein, daß die ganze Innenwelt, wie sie ursprünglich sein sollte, in der Außenwelt äußerlich sichtbar dargestellt, daß der Mensch, der innerlich rein geistiges Wesen, auch ä u ß e r l i c h ein rein geistiges Wesen werde.

... daß, nachdem die Natur sich für den Menschen getrübt hat und ihm undurchsichtig geworden, auch sie in einem künftigen Zustand ihm sich verkläre, Äußeres und Inneres einst in Einklang gesetzt, das Physische so dem Geistigen untergeordnet werde, daß der Leib die Natur eines geistigen Leibes, eines σώματος πνευματικοῦ annimmt, wie es von dem Apostel (1 Cor. 15, 44) genannt wird, womit zugleich eine weit größere und der menschlichen Natur, wie sie nun einmal ist, angemessenere Auseinandersetzung verbunden sein wird, als es in der ursprünglichen Einheit möglich gewesen wäre. Der Mensch, der die erste Prüfung bestanden, den Ort behauptet hätte, an dem er erschaffen war, wäre — verglichen mit dem, was wir jetzt Mensch nennen — übermenschlich gewesen. Nachdem er aber einmal M e n s c h in dem jetzigen Sinne geworden ist, so ist es die göttliche Absicht, daß er a l s Mensch und ohne diesem, dem Menschlichen, an das er durch so viele und unzerreißbare Bande geknüpft ist, zu entsagen, all der Wonnen und Seligkeiten teilhaftig werde, die ihm in seinem ursprünglichen Sein bestimmt waren. Nur in einer solchen Zukunft, einem solchen E n d e des menschlichen Seins kann das menschliche Bewußtsein Ruhe finden. Auch diese Hoffnung verdanken wir Christo, dessen Verheißung uns berechtigt, nach der letzten Krisis der

Welt (was gewöhnlich das jüngste Gericht heißt) eines neuen Himmels und einer neuen Erde zu warten."

Auch diese Lehre erinnert an die des Vedânta vom Reiche der Herrlichkeit, den Machtvollkommenheiten der Herrlichen und den neuen Schöpfunden, denen diese mit Icvara, dem Herrn aller möglichen Schöpfungen, entgegengehen.

3. Die Erhöhung

Wir wissen, daß nach indischer Lehre der dritte Zustand, jener der Herrlichkeit, nicht der höchste ist, sondern überhöht wird durch die endliche Einung mit dem Höchsten.

Hören wir nun Schelling weiter und halten wir dabei fest, daß Christus die jenseitigen Zustände der Menschheit vorwegnehme:

„Nach diesen Erklärungen wird es uns verstattet sein, sogleich zu dem letzten, bleibenden Zustand Christi fortzugehen, den man den Zustand der Erhöhung zu nennen gewohnt ist, nach jener Stelle in dem Brief an die Philipper, welche in dieser ganzen Untersuchung uns das erste Licht gegeben hat, ..." (es ist das: Phil. 2, 10, WH.).

„Seit der Auferstehung von den Toten ist er erklärt als wirklicher Erbe Gottes, d. h. als der, dem er alles Sein überläßt, um es fortan als eigne, von Gott noch immer unabhängige, insofern außergöttliche, wiewohl mit Gott vollkommen einige Persönlichkeit zu beherrschen ... j e t z t ist er nicht o h n e den göttlichen Willen, sondern er ist m i t dem Willen Gottes außer ihm, und i n d i e s e m

Außer-Gott-Sein mit aller Herrlichkeit bekleidet."

„Nur der, welcher eine Herrlichkeit, eine μορφὴν θεοῦ ohne (unabhängig von) Gott hatte, nur d e r war in der N o t w e n d i g k e i t, sich dieser Herrlichkeit zu begeben, sie durch Leiden und Tod zum Opfer zu bringen, um zur Herrlichkeit m i t Gott (zur Rechten Gottes) zu gelangen."

Aber immer noch gilt: „Durch die g e g e n w ä r t i g e Herrlichkeit Christi ist zwar jene Entherrlichung, jene Negation überwunden, in die er durch Schuld des Menschen gesetzt worden, aber da doch auch d i e s e (vollkommene) Herrlichkeit Christi noch immer eine v e r b o r g e n e ist, so liegt eine letzte, eine o f f e n b a r e und allgemeine Verherrlichung Christi noch immer in der Zukunft."

Uns scheinen diese Worte zugleich den Hinweis auf einen die Verklärung überschreitenden Zustand zu enthalten, den man als völlige Einung mit Gott — im Sinne des höchsten Zustandes des Vedânta — deuten darf. Dies besonders, wenn sie mit den Schlußworten des Textes der „Stuttgarter Privatvorlesungen" zusammengenommen werden. (Siehe oben S. 75.) Dort heißt es: „Wollen wir konsequent sein, so müssen wir auch in der d r i t t e n Periode wieder Perioden oder Potenzen anerkennen, bis alles dem Vater überantwortet. Vielleicht dies dann, wenn auch die Hölle nicht mehr ist... Diese letzte Periode in der letzten ist die der ganz vollkommenen Verwirklichung."

Wollte man aber auch diese Worte Schellings in seiner Christologie und jene in den „Stuttgarter Privatvorlesungen" nicht derart weitgehend deuten und demnach ausschließen: daß der durch Auferstehung des Leibes gekennzeichnete Zustand des Menschen selbst — also nicht Christi — noch durch einen höheren Seinszustand nochmals überhöht würde. Wollte man darauf verweisen, daß die Auferstehung des Leibes doch wohl schon Einigung mit Gott bedeute; daß sie aber doch etwas anderes sei als der dritte Zustand der Upanischaden, deren Reich der Herrlichkeit; endlich, daß die darin gegebene Einigung mit Gott doch etwas anderes sei als das alle Natur hintersichlassende Einssein im Grunde Gottes bei den brahmanischen Indern. Ja, wollte man trotz der eindringlichen Sprache der vielen von uns ausgebreiteten Stellen in übermäßiger Vorsicht alle diese Einschränkungen gebührend abwägen: So zeigt sich doch auch über den vierten Seinszustand, den der Erlösung oder Erhöhung, ein kaum erwarteter, wunderbarer Gleichklang aller betrachteten Texte und Lehren!

DIE ERGEBNISSE

Wir brauchen den Vergleich der drei betrachteten Eschatologien — jener des Vedânta, der klassischen indischen Lehre, der Meister Eckharts, des größten christlichen Mystikers, und der Schellings, des tiefsten deutschen Philosophen — nicht mehr durchzuführen oder auszubauen. Das grundsätzlich Übereinstimmende sprang — nachdem einmal der Rahmen der Vedânta-Eschatologie gespannt war — von selbst hervor und ergab sich schon bei der Behandlung der Texte.

Wir wollen allerdings im Eifer des Vergleichens und über die Freude des Gefundenen die Eigenart der betrachteten Lehrstücke nicht vergessen. Aber auch diese springt von selbst hervor und sie herauszuarbeiten, war ja nicht Aufgabe dieser Studie. Der Abstand der Jahrhunderte, ja Jahrtausende; die Eigenart der Kulturen, der morgen- und abendländischen; die der Völker, des indischen und des deutschen; die Verschiedenheit der beiden Religionen, des Brahmanismus und des Christentums; das Besondere der Persönlichkeiten — Çañkara's, um bei den Indern nur ihn zu nennen, den großen Erneuerer des Idealismus der Upanischaden (dem wir in vielen Punkten als einem Führer durch die Texte folgten), Meister Eckharts und Schellings — alles dies muß sich auswirken.

Umso erstaunlicher erscheint uns alles, was wir nachzeichnend fanden. Aber andererseits: Das jenseitige Schicksal des Menschen und der Menschheit kann nur Eines sein. So kann auch die wahre Erkenntnis davon nur Eine sein. Und alle Verschiedenheiten rühren dann aus der Fassung des schwer zu Fassenden in Mythen, Bilder und Worte, religiöse Dogmen und philosophische Systeme.

Alles kommt demnach auf die Quellen dieses Wissens um die Letzten Dinge an und wir sahen, daß diese die in den heiligen Schriften niedergelegten Offenbarungen **und** die höhere Erfahrung der Versenkung sind. Wie weit diese beiden Quellen Eine sind: **das** heilige Wissen — hat uns hier nicht zu beschäftigen. Es wäre vermessen anzunehmen, daß der menschliche Geist und seine Kultur — gestützt auf dieses heilige Wissen, das immer wieder aus den Tiefen, in denen es verborgen, neugeboren wird — durch die Jahrtausende hindurch in die Irre gehen sollte. Töricht wäre es auch zu meinen, daß jene Übereinstimmung in den Kernstücken, die auf **äußere**, empirisch nachweisbare Berührung, Übernahme oder dergleichen niemals zurückzuführen ist — wenigstens zwischen den Indern und den Deutschen nicht — ein Zufall wäre.

A. Die Übereinstimmung in den Grundlagen: Der magische Idealismus.

Wenn wir die Übereinstimmung in den Grundlagen der betrachteten Eschatologien noch einmal prüfen, werden wir nach allem Bisherigen auf die Einstellung und Haltung gegenüber jener höheren Erfahrung, die ihre Quelle ist, viel stärkeres Gewicht zu legen haben als auf die rein theoretischen Lehrstücke.[1]

Alle stützen sich neben der göttlichen „Offenbarung" auf die in der Versenkung erlebten Erfahrungen: Die magische Praxis der Selbstverwirklichung ist ja nach indischer Auffassung die Vorwegnahme der jenseitigen Zustände; nach der Rückkehr aus der Verzückung, dem ekstatischen Scheintode, läßt Meister Eckhart die letzten metaphysischen Geheimnisse enthüllen; „nichts anderes als die ruhige Kontemplation der Wesenheit des Absoluten mit ihren Folgen" ist nach Schelling alles Philosophieren, also die in der intellektualen Anschauung verwirklichte unmittelbare Innewerdung Gottes, die Identität mit dem Höchsten.

---

[1] Was den Vedânta betrifft, muß allerdings ausdrücklich betont werden, daß es sich hier in keiner Weise um ein philosophisches System handelt und daß die Anwendung dieses Begriffes in dem Sinne, wie es üblich ist, auf die Metaphysik der Upanischaden leicht irrtümliche Vorstellungen über diese erwecken könnte. Denn es handelt sich ja bei ihnen nicht nur um ein profanes Wissen, sondern um ein Heiliges Wissen, um das Heilige Wissen schlechthin. Und ähnlich stehen Meister Eckhart und Schelling in dem großen Strome der christlichen Lehre und schöpfen aus deren heiligen Texten.

So können wir das tiefe Wort Roger Bacons, die Magie sei angewandte, „praktische Metaphysik", unter einem gewissen Aspekte auch umwandeln und sagen: „Metaphysik ist ausgeführte Magie". Die in der magischen Selbstverwirklichung erlebten Erfahrungen bilden Ausgang und Grundlage der philosophischen Analysis, ihre Auseinanderhaltung wird zum theoretischen Systeme. Es erhellt auch von diesem Gesichtspunkte das, was man die „theoretische Unvollziehbarkeit der Philosophie" nennen könnte oder den Vorrang der „positiven" Philosophie vor der „negativen", der praktischen vor der theoretischen, der „Kontemplation" vor ihren Folgen.

Gegenüber dieser entscheidenden Gemeinsamkeit eines überrationalen, eines magisch-mystischen Ausgangspunktes treten die Unterschiede seiner Verwirklichung, die zweifellos sehr groß sind, in den Hintergrund. Es ist einleuchtend, daß jene planvollen Verfahren der magischen Praxis, die die dauernde Grundlage der vom Vedânta ausgehenden Geisteskultur Indiens bilden, von der Mystik des christlich-mittelalterlichen Deutschen unterschieden sind, ebenso wie beide von der spekulativen Kontemplation Schellings verschieden sind, des Zeitgenossen unserer Klassiker und Romantiker.[1][2]

---

[1] Über die Grenzen jedes Vergleiches der Eschatologien, der in der Versenkung erreichten und der jenseitigen Zustände: Das Ineinsfallen der äußersten Wahrheiten gilt allerdings nur von einem bestimmten Standpunkt aus: Çañkara würde ihn den esoterischen Standpunkt nennen; man könnte ihn auch als den einer „perspektivischen Verkürzung" jener Unterschiede in der Verarbeitung der Erlebnisse bezeichnen, die in allen Teiltraditionen sich ergeben. Die Quellen der Unterschiedenheit sind daher so zahlreich wie die Teiltraditionen, wie die

Die Gleichgerichtetheit in dem, was wir die im eigentlichen Sinne theoretische Grundlage der eschatologischen Lehren nennen müssen, ist wohl

---

Kulturkreise und Kulturen, deren Religionen und Philosophien selbst.

So wurde mit Recht darauf verwiesen: Die indische Tradition sei in dem Sinne unpersönlich, als die Versenkungspraxis (des Yoga) als überpersönliches Lehrgut vom Meister auf den Schüler und von diesem wiederum auf einen Schüler übertragen worden sei, wofür die den einzelnen Upanischaden angehängten Lehrerlisten eindringlich sprechen. Demgegenüber seien die beiden Abendländer Meister Eckhart und Schelling Einzelpersonen und gäben persönliche Lehrgebäude. Es gäbe jedoch auch im Abendlande eine überpersönliche Tradition, vergleichbar der indischen. Eckhart und Schelling stünden aber getrennt von dieser, wenigstens sichtbar getrennt.

Dieser Hinweis aber macht die aufgefundenen Gemeinsamkeiten zwischen der unpersönlichen Vedânta-Tradition und den — allerdings je in einem Schulzusammenhange stehenden — Lehren der Abendländer, die überdies ja verschiedenen Philosophie-Epochen angehören, umso wertvoller. Bekanntlich wurden zwar nicht die eschatologischen Lehren, wohl aber die mystischen Strömungen wiederholt verglichen: So von Rudolf Otto, Westöstliche Mystik, Vergleich und Unterscheidung zur Wesensdeutung, Gotha 1929[2]; ferner von D. Hilko W. Schomerus, Meister Eckehart, und Mānikka-Vaṣagar, Mystik auf deutschem und indischem Boden, Gütersloh 1936.

[2] Die Katholische Lehre von der Unvergleichbarkeit der mystischen Zustände und der Eschatologien: Am ausgeprägtesten klärt vom Standpunkte der katholischen Orthodoxie das Verhältnis zur vor- und nichtchristlichen Mystik A. Mager, O. S. B. (Mystik als seelische Wirklichkeit. Eine Psychologie der Mystik. Graz und Salzburg o. J.—1947). Mager unterscheidet in seinem Werke, das die klassische spanische Mystik des hl. Johannes vom Kreuz und der hl. Theresia von Avila zur Grundlage seiner auch für die Eschatologie aufschlußreichen Untersu-

7 Meister Eckhart

von nachgeordneter Bedeutung, aber immer noch hervorspringend: Wir erinnern noch einmal an die idealistische Lehre, daß die Welt der Dinge, in der

---

chungen nimmt, drei Stufen der mystischen Versenkung (96 f.):

Stand der Ruhe (Gebet der Ruhe bei der hl. Theresia): Es liegt als mystisches oder übernatürliches Gebet über allen Stufen des Reinigungsweges — via purgativa —, also des vormystischen oder natürlichen Gebetes einschließlich der Betrachtung (1).

Stand der Vereinigung mit Ekstase: Gebet der Vereinigung und ekstatisches Gebet als Übergang zu (3) (Erleuchtungen — via illuminata) (2).

Stand der geistlichen Vermählung (Einigungsweg — via unitiva) (3).

Sodann legt Mager dar: „Soviel ist philosophisch gewiß, daß, wenn es eine natürliche Mystik gibt, sie nicht über die seelische Struktur des Gebetes der Ruhe hinausgehen kann. Die natürliche — d. i. nach Mager z. B. die plotinische, die indische und islamitische Mystik (S. 212 und 329) (WH) — Mystik käme mit dem Gebet der Ruhe darin überein, daß hier wie dort die Seelenfähigkeiten nach Art der leibgetrennten Seele sich betätigen. Der Unterschied aber läge darin, daß der Gegenstand in der nichtchristlichen Mystik der natürlichen Ordnung und im Gebet der Ruhe der übernatürlichen Ordnung angehört. Das bedeutet selbstverständlich einen wesentlichen Unterschied, einen Unterschied, wie er zwischen Natur und Übernatur besteht. Nur in der Tätigkeitsweise wäre kein Unterschied." (329) „Die seelische Struktur des Gebetes der Vereinigung wäre im rein natürlichen Bereich, im Nichtchristlichen schlechthin unmöglich. Sie hat die heiligmachende Gnade als Teilnahme an der göttlichen Natur zur Voraussetzung" (338). „Ebenso... hat das ekstatische Gebet, und erst recht die geistliche Vermählung, die Erlösungsgnade Christi zur Voraussetzung, d. h. jene Gnade, die... eine Teilnahme an dem gottmenschlichen Leben Christi ist." (378). „... die Seele betätigt sich... in der mystischen Vollendung nach ‚gottmenschlicher Art', d. h. so, wie Jesus in der hypostati-

das diesseitige Leben des Menschen sich abspielt, nicht die wahrhaft wirkliche sei, daß es über dieser Welt der Erscheinungen Seinszustände von mäch-

---

schen Union sich betätigt" (94). „Durch die hypostatische Union hat das göttliche Leben nicht bloß Ähnlichkeit, sondern Naturgleichheit mit unserem menschlichen Wesen" (378).

Nach dieser Lehre gibt es also für den vor- und nichtchristlichen Bereich höhere mystische Zustände als den „Stand der Ruhe" („Gebet der Ruhe") **nicht**: Denn höhere Mystik ist nach Mager „Bewußtwerden des göttlichen Gnadenwirkens in uns" (379); dieses ist „Teilnahme am gottmenschlichen Leben des verklärten Christus", „es kann nur in der Schau der verklärten Menschheit Christi geschehen" (382).

Was die Art der Vereinigung anlangt, so gelte vom dogmatischen Standpunkte — wiederum nach Mager, „daß die Vereinigung der Seele mit Gott, die den Kern alles mystischen Erlebens bildet, nie ein Ineinanderaufgehen des Seins der Seele mit dem Wesen Gottes sein kann. Das wäre Pantheismus, in den sich alle nichtchristliche Mystik auflöste. Die mystische Vereinigung der Seele mit Gott kann nur eine Verschmelzung der seelischen und der göttlichen **Tätigkeit** bedeuten in dem Sinn, wie die Tätigkeit eines Werkzeuges mit der Tätigkeit dessen, der das Werkzeug handhabt, in eins zusammenfließt. Metaphysisch wie psychologisch ist es durchaus möglich, daß die Tätigkeiten zweier Wesen ineinander aufgehen, ohne daß ihre Wesenheiten ineinander aufgehen" (330 f.).

Von diesem Standpunkte wäre also alle vor- und nichtchristliche Mystik pantheistisch! Zumindest diese Behauptung erscheint uns als ausgesprochen falsch.

Diesen Festlegungen entsprechen philosophiegeschichtlich die Thesen von A. Dempf (Selbstkritik der Philosophie und vergleichende Philosophiegeschichte im Umriß, Wien 1947). Der subjektive und der objektive Idealismus (also z. B. Çaṅkara und Platon) müssen nach Dempf notwendigerweise nichtmonotheistisch sein und einen unpersönlichen Urgrund lehren (231 u. 282); die außer-

tigerem, tieferem Wirklichkeitsgehalte gäbe, eine Auffassung, die in der Lehre vom Wesen Gottes und von der Ideenwelt gipfelt; ferner an die Lehre, daß das Endliche als Individualisiertes sein Dasein einer Einengung durch Bestimmtheiten, also einer Negation oder Privation verdanke; an jenes Lehr-

---

christlichen Versuche (nämlich der Lehre vom Gottmenschen, W. H.) bleiben aber fast immer bei der gnostischen Freiheit stehen, postulieren nur die übermenschliche Persönlichkeit. Erst die christliche Philosophie versteht die gnadenhafte Freiheit als i n t e l l i g i b l e, weil durch ihre Offenbarung die Sendung und Verleihung des göttlichen Geistes als U m w a n d l u n g d e s H e r z e n s verkündet ist, als eine Erlösung, die nicht aus der eigenen Vollendung erwächst" (196); sie müßten aber deswegen die wahre Anthropologie verfehlen, denn, so fährt Dempf fort: „Alle Lehren vom Urstand und der Erbsünde, der Wiedergeburt und Wiederherstellung, kurz die ganze A d a m s p e k u l a t i o n und damit der Kern der intelligiblen Menschenlehre kreisen um das Geheimnis der gnadenhaften Freiheit, um die volle Wirklichkeit des Menschen in der Mehrheit der Naturen, letztlich um die Frage: warum besteht der Mensch aus Leib und Seele, warum erleidet er den Gegensatz von Fleisch und Geist, warum scheitert seine gnostische Freiheit auch in der höchsten Kraft und Mündigkeit?" (197)

Dempf kommt zum Schluß: „Nur die christliche, nichtpelagianische Philosophie hat eine vollkommene Menschenlehre, weil sie die Wandlung des Herzens... in der intelligiblen Tiefe versteht als Werk der Vergöttlichung, der Überhöhung des ganzen Menschen ins ewige und doch persönliche Leben." Er fügt allerdings hinzu: „Es ist aber wesentlich für die streng natürliche Gültigkeit dieser Philosophie aus der Offenbarung, daß auch in Indien die mündige Menschheit im Übergang zum Greisenalter der Weg das Ideal des Gottmenschen gewonnen hat, weil sonst die natürliche Anthropodizee nicht gelänge, ohne die auch die Theodizee nicht möglich ist (200; vgl. auch 207 f.). — Soll das heißen, daß Indien dann christlich geworden sei?

stück endlich, das wir die Lehre von den Tiefenschichten des Seins nannten, dem zufolge in dem an sich einheitlichen Sein mehrere Ebenen zu unterscheiden seien, auf denen das All-Eine unter verschiedenen Bedingungen sich offenbare.

In jeweils eigener Ausprägung fanden wir alle diese Lehren im Vedânta, bei Eckhart und bei Schelling wieder und sahen, daß sie ein in sich unzertrennliches Ganzes bilden; da sie ja nichts anderes als verschiedene Aspekte der **gleichen** übersinnlichen Erfahrung darstellen, die Verschiedenheiten also nicht in dieser, sondern in der daraus gefolgerten Analyse wurzeln. Man könnte dieses Gesamt von Lehren, das im Vedânta Advaitismus, Unzweiheits- oder All-Einheitslehre, bei Schelling einmal „absoluter Idealismus" genannt wird, wegen seiner Verwurzelung in einem übersinnlich-magischen Grunde mit einem Ausdrucke von Novalis etwa als: **Magischen Idealismus** bezeichnen.

Ein solcher „magischer Idealismus" ist die immer festgehaltene Metaphysik des Vedânta, Meister Eckharts und Schellings: welche Wandlungen und Vertiefungen die Philosophie des Letzten durch ihre beiden naturphilosophischen Phasen, ferner durch jene der Identitätsphilosophie, der Freiheitslehre und der Spätlehre der „Philosophie der Mythologie und Offenbarung" hindurch auch erfahren haben mag.

Zum Streite, ob die metaphysischen Ausgangslehren der Inder, Eckharts und Schellings Pantheismus seien, auf den wir hier natürlich nicht eingehen können, seien nur folgende Bemerkungen angeführt: 1. Alle oder fast alle Darstellungen der

ZUM VORWURF DES PANTHEISMUS

religiösen und philosophischen Gebäude, die diese Annahme zugrundelegen, gehen an Wesentlichem vorbei; sie haben es sich zu leicht gemacht. 2. Nirgends in der Philosophie und Theologie findet sich die Transzendenz Gottes stärker betont als bei den Indern und bei Schelling, deren Lehren wohl der Gottheits-Begriff Meister Eckharts ebenbürtig ist. 3. Dies beweist schon der systematische Ort, den die Erlösung selbst in den Eschatologien der Genannten innehat: sie ist der von allen übrigen jenseitigen und Seinsständen überhaupt abgehobene, unfaßbar hereinbrechende Aufschwung, der „Sprung" ins schlechthin Transzendente, die „rückkehrlose", d. h. die von allen Bezügen auf Schöpfung und Schöpfergott freie höchste Einung.[1][2]

---

[1] Zum Vorwurf des Pantheismus: Eine Gegenüberstellung der Vedánta-Eschatologie mit jener des Mystikers Eckhart und des Religionsphilosophen Schelling wird schwerlich dem Vorwurf des Pantheismus entgehen. Diesen Vorwurf auf die Quellen abzuwälzen, sollte wohl nicht genügen, denn es bedarf auch bezüglich dieser noch tiefschürfender kritischer Differenzierungen, des distinguendum est inter et inter.

Zunächst muß immer wieder der Auffassung entgegengetreten werden, als ob die Vergottung Auslöschen der Persönlichkeit bedeute. Vielmehr wird die persönliche Erhaltung nach dem Tode vorausgesetzt — da doch anderenfalls die Lehre vom Schicksal nach dem Tode keinen Sinn hätte und unmöglich wäre.

Es muß aber eingeräumt werden: Die Redeweise aller mystischen Quellen ist oftmals mißverständlich. Es liegt das daran, daß die Mystiker nach der Rückkehr aus der Versenkung für das dort Erschaute Bilder gebrauchen müssen. Wir kommen auf diese Uneindeutigkeit der mystischen Bilder in der nächsten Anmerkung zurück.

Es muß ferner zugegeben werden: In den Upanischaden und besonders bei Çankara ist eine pantheistische Auslegung vom Auslöschen der Persönlichkeit möglich und stellenweise sogar unvermeidlich. Doch muß auch hier wiederum sehr differenziert werden je nach den Quellen. Man denke an den Standpunkt der Chândogya Upanischad (8, 12,3): „und tritt hervor in eigener Gestalt"; andererseits an das Beispiel vom Raum im Topf (aus der Mândukya-Kârika 3,3).

Sachlich muß weiterhin unterschieden werden: Ob das Verschwimmen im Meer der Gottheit einer metaphysischen Schwäche entstammt und als wirklich pantheistisch verworfen werden muß (1); oder ob die pantheistisch zu deutenden Bilder einem noch naiven Denken durch die immer schwierige begriffliche Verarbeitung der mystischen Erlebnisse nahegelegt werden (2); ferner ob die zwiespältigen Stellen endlich jener radikalen Transzendenzlehre des Vedantismus entspringen, der zufolge der vierte Seinsstand (Turiyam, die Gottheit) ganz bewußt als überpersönlich im Sinne des Jenseits von Persönlich und Unpersönlich gefaßt wird (3); wie R. Guénon und im Anschluß an ihn L. Ziegler (Überlieferung 449 u. 268) dies darstellen; „ganz abgesehen von dem gleichfalls nicht zu leugnenden Umstand, daß nach den eingehenden Forschungen Rudolf Ottos (in seiner ‚West-östlichen Mystik') auch die starre Alleinheitslehre Shankaras eines stark theistischen Einschlags keineswegs entbehrt" (L. Ziegler, Menschwerdung I, Olten 1948, S. 295).

Zur Frage des Pantheismus bei Meister Eckhart vgl. auch: Othmar Spann, Meister Eckharts mystische Erkenntnislehre, in Zeitschrift für Philosophische Forschung, III/3, Juliheft 1949, 339—355 (Wurzach/Württ.); und das ungedruckte Nachlaßwerk, Meister Eckharts Philosophie im Zusammenhang ihrer Lehrbegriffe dargestellt (Bd. XVIII der in Erscheinung begriffenen Gesamtausgabe).

Wäre nämlich das höchste Sein nicht die Fülle aller Möglichkeiten, sondern vielmehr Leere, dann ließe auch die Identitätsphilosophie Schellings keine persönliche Unsterblichkeit zu, da in der reinen „Indifferenz" kein Platz für die Persönlichkeit sein könnte.

Trotz aller Bedenken wegen pantheistischer Abgleitflächen der herangezogenen Quellen gilt doch von dem

Vergleich der Eschatologien, daß dieser Schwankende zum Metaphysischen zurück und damit zum Christentum, daß er aber keinen Christen zum Hinduismus hinführen werde.

[2] Über die mystischen Bilder: A. Mager sagt: „Wie alle Mystiker ohne Ausnahme, empfand auch Johannes vom Kreuz das Unmögliche, das innere mystische Geschehen in die Enge sprachlichen Ausdruckes zu bannen." (a. a. O., 54 f.). Infolge dieser Unbestimmtheit der vom Yogin oder Mystiker gebrauchten Bilder dürfen aus dem sprachlichen Ausdruck nicht ohne weiteres philosophisch-begriffliche Folgerungen abgeleitet werden. So heißt es bei der hl. Theresia von Avila von der geistlichen Vermählung: „Hier aber ist so, wie wenn Wasser vom Himmel fällt in einen Bach oder Brunnen. Da bleibt alles Wasser, so daß es nicht mehr geschieden oder getrennt werden kann, das Wasser des Baches und das vom Himmel gefallene Wasser. Oder es ist so, wie wenn ein kleiner Bach ins Meer fließt. Da ist keine Möglichkeit mehr, beides zu trennen. Oder es ist so, wie wenn in einem Zimmer zwei Fenster sind, durch die das Licht einströmt. Obwohl es getrennt einströmt, ist doch nur ein Licht." (Angef. bei Mager, 202 aus El castillo interior o las moradas, Seelenburg oder Seelenmahnungen). Der hl. Johannes vom Kreuz sagt: „Und die Seele, die gänzlich dem göttlichen Willen gleichförmig und angeglichen ist, ist auch übernatürlich gänzlich mit Gott vereinigt und in ihn umgewandelt." (Mager, 98 aus S C II 4 = Aufstieg zum Berge Karmel).

Auch hier also jene Bilder, die uns in den Upanischaden begegneten.

B. Zum Vergleich der Eschatologien

1. Der Sinn des Lebens.
Die Entmachtung des Todes

Erinnern wir uns zunächst an die Einstellung zum diesseitigen Leben und zum Tode: Der Sinn dieses Lebens und dieser Welt ist Bereitung für die Rückkehr zum Absoluten — durch die Schöpfung hindurch, Läuterung durch das Welttreiben, Abstreifen der Endlichkeit durch Erlangung des wahren Wissens über deren Wesen, bzw. Nichtwesen, Verunmittelbarung durch alle Vermittelbarung hindurch.

Daher die Bedeutung des wahren Wissens — mit allen erwähnten theoretischen Grundlagen enge verknüpft — als eines esoterischen Prinzips des Bewußtseins u n d des Seins, von dessen Verwirklichung allein das jenseitige Schicksal abhängt; das aber auch hier schon zu einer Scheidung hinsichtlich des religiösen Lebens selbst führt: Die exoterische Haltung Gott gegenüber als das Verhältnis des Menschen zu einem Gegenüberstehenden: sei es Objekt des Wünschens, Ahnens, Glaubens, Verehrens, Preisens oder Anbetens. Auf der anderen Seite das esoterische Verhältnis der Identität, der Einung, das wir — in Ermangelung eines anderen prägnanten Ausdruckes — als überreligiöses bezeichnen. Also einerseits das noch Verstricktsein in den mythologischen Prozeß, andererseits die Befreiung aus diesem, wie sie nach Schelling in der antiken Mysterienreligion und durch die Offenbarung Christi geschieht, nach Eckhart in der mystischen Versenkung, bei den Indern durch die magische Selbstverwirklichung im Yoga.

Gemeinsam ist weiterhin allen betrachteten Eschatologien die tiefste Überzeugung, daß der hier im diesseitigen Leben erreichte Geisteszustand in seinem Kerne unverändert über den Tod hinaus forterhalten bleibt. Eine Gewißheit, die den nachdrücklichen Hinweis auf Meditation, Kontemplation und magische Praxis in sich schließt. Eine Gewißheit, die der Welt gegenüber die Haltung des Freiseins vom Welttreiben, „des Habens als hätte man nicht" hervorbringt, die — über den Gegensatz von Lebensverneinung und -bejahung oder gar von Pessimismus und Optimismus weit erhaben — eine tiefe, ja die tiefste Begründung des Sinnes der Welt und des Lebens ist. Jene Haltung, aus der die unerschütterliche Seelenruhe, Ataraxia, die liebevolle Duldsamkeit und die Heiterkeit des wahrhaft Wissenden entspringt.

Schelling sagt: „Dies muß die Frucht einer universellen, den Menschen zur Natur zurückführenden Philosophie sein, daß sie die heitere Betrachtung der Welt und der Menschen lehrt; daß sie lehrt, Handlungen und Dinge nicht in Bezug auf das Subjekt, sondern an sich selbst und in Bezug auf die Ordnung der Natur zu betrachten, in welcher nichts an sich selbst unvollkommen ist, sondern, wenngleich in verschiedenen Graden, alles die unendliche Realität ausdrückt." („System der gesamten Philosophie usw.", SW I 6, 454); er verweist öfter auf das bedeutsame Mysterienwort: „οὐδεὶς μυούμενος ὀδύρεται", d. h. „Kein Eingeweihter ist betrübt."

Und großartig heißt es in den Upanischaden:

„Darum, nachdem der Brahmane von sich abgetan die Gelahrtheit, so verharre er in Kindlichkeit, nachdem er abgetan die Kindlichkeit und die Gelahrtheit, so wird er ein Schweiger (Muni); nachdem er abgetan das Nichtschweigen und das Schweigen, so wird er ein Brâhmana. — Worin lebt dieser Brâhmana? — Darin, worin er lebet, wie es eben kommt." (Brih. 3, 5, 1.) Wozu Mând.-Kâr. 3, 37 erklärt:

„In allem, was da lebt, heimisch,
Lebt er so, ‚wie es eben kommt'."

Diese Lehre von der Forterhaltung führt weiter zur Erkenntnis der Bedeutung der Sterbestunde, vor allem aber zu jener Auffassung, die die Entmachtung des Todes genannt werden kann: diese ist die Folge der Gewißheit, daß das Wesen unzerstörbar ist; sie ist ihrerseits der Grund des Nicht-Angst-Habens in der Welt, sie ist die tiefste Grundlage alles kriegerischen Heldentums, wie im großen Heldenepos der Inder, dem Mahâbhâratam, in unübertroffener Schönheit immer von neuem erwiesen wird. Der Tod ist ein Übergang, eine Geburt, ja noch mehr: eine Befreiung, eine „Essentifikation", was Schelling so großartig lehrt. Warum sollte der Weise den fürchten, den er in der magischen Selbstverwirklichung selbst sich gab, hier schon kennenlernte?

2. Die posthume Verlängerung der menschlichen Individualität

Schreiten wir weiter zur zweiten, jenseitigen Stufe des Seins, so finden wir übereinstimmend die Kennzeichnung eines „Fortwährens", einer Verlängerung der Individualität: das dem Traumzustande entsprechende Reich Hiranyagarbhas bei den Indern (Brahmaloka); das Fegefeuer, aber auch der Zustand der Himmlischen vor dem Jüngsten Tage bei Meister Eckhart; die Geisterwelt Schellings. Allen gemeinsam ist ferner — wenn auch bei Eckhart nur angedeutet und erschließbar, dagegen auch entfaltet bei dem Abendländer Schelling — die Lehre vom feinen Leibe, dessen Seinsbedingungen diesem zweiten Zustande in besonderer Weise zugeordnet sind; verbunden damit die Gewißheit der Unsterblichkeit des ganzen Menschen, also auch dessen, was wesenhaft oder geistartig im Physischen ist.

3. Der Stand der Verklärung.

Nun zum dritten Akte des eschatologischen Dramas. Es ist jener der Verklärung. Auffälligerweise entspricht ihm in der Tiefenschichtenlehre die zeugerische Ebene des Seins, das Reich der Ideen, die Schelling ja einmal „selige Götter" nennt! Hier steht zunächst die Lehre von der Zurücknahme: Vom Pralaya d. h. der völligen Auflösung der Welt dieses Zyklus und ihrer Zurücknahme in Içvara, den Herrn aller Welten; vom Jüngsten Tage oder Gerichte bei Eckhart und Schelling. Dieses Ereignis ist das für diese Schöpfung als ganze, was der Tod für den einzelnen Menschen ist: es ist die allgemeine „Essentifikation".

Wie in der Krisis des Todes das Einzelwesen die Ausstoßung der Stofflichkeit des Leibes und die Bildung eines neuen Wesens erlebt, so widerfährt in der Krisis dieses „Weltendes" der Natur überhaupt die Ausstoßung der Stofflichkeit, des groben Seins, und die Geburt eines allgemeinen neuen Seinsstandes. Daher ist die Ausstoßung Verwesentlichung („Essentifikation"). Die Lehre von der Naturverklärung ist bei den Indern aus dem Sachgehalte des Pralayabegriffes sowie aus anderen Hinweisen und Schriftstellen zu erschließen; sie leuchtet uns aus der Eckhartischen Lehre immer wieder entgegen; am großartigsten aber erblüht dieses Mysterium nicht nur in der Schellingischen Eschatologie, sondern in seiner gesamten Philosophie überhaupt: Es ist in dieser die schönste Frucht der Methode der Evolution und des Potenzierens, die selbst gewissermaßen wieder ihre „Verklärung" in der christologischen Eschatologie der Spätlehre finden: Erhärtet doch nach der tiefen Auffassung Schellings Christus seine menschliche Natur erst dadurch, daß er „wiederkehrt in die sichtbare Welt in verklärter menschlicher Leiblichkeit", so ebenfalls in seinem Schicksale das jenseitige des Menschen, der Menschheit und der Schöpfung als ganzer vorwegnehmend.

Im übrigen zeigten sich ja tiefe Ähnlichkeiten zwischen: den indischen Lehren vom Reiche der Herrlichkeit (Aiçvaryam), den Machtvollkommenheiten der Herrlichen, von der „Verklärungsinsel" Çvetadvîpa, der Möglichkeit eines übernatürlichen, also Verklärungstodes des bei Lebzeiten Erlösten; der Lehre Meister Eckharts vom glorifizierten Leibe, von der Verklärung am Jüngsten Tage und von der Vorwegnahme der Verklärung im Falle besonderer Begnadung und Vollendung; endlich der Schellingischen Lehre vom dritten Zustande, der dritten Potenz, des „natürlich-geistigen Lebens" und der „Wiederannahme der Menschennatur in der allgemeinen Auferstehung", jener Auferstehung des Fleisches zur Verklärung.

4. Die Erlösung

Wir gelangen endlich zur Betrachtung des vierten Seinsstandes, zum letzten Akte oder zu den letzten Akten der Eschatologie: Sowohl bezüglich der individuellen Erlösung, die „ein Zuvoreilen des Einzelnen vor der Gattung" ist, wie hinsichtlich der allgemeinen Erlösung, die eine Zurückbringung der gesamten Schöpfung in die Gottheit ist, sahen wir weitgehende Übereinstimmungen obwalten. Denn auch in Çañkara's Kommentaren heißt es, daß einst auch Içvara, der Herr aller Welten, also auch der neuen nach dem Pralaya, als das niedere Brahman eingehen werde in das höhere Brahman, in die höchste Identität.

Die Vielfalt der Ausdrücke, die den höchsten Seinsstand bezeichnen: Brahman = Atman = Turīyam; Abgeschiedenheit = Vergottung des Menschen; Erhöhung Christi, die die „notwendige Gottwerdung des Menschen" vorwegnimmt; diese Vielheit darf uns nicht über die wesentliche Einhelligkeit der Lehren bezüglich dieses Seinsstandes hinwegtäuschen: Erlösung ist Entäußerung von allen Beschränkungen und Herstellung der Einheit mit der Gottheit.

So zeigte sich, daß alle von uns betrachteten Lehren von den Letzten Dingen vier Zustände kennen. Wieder werden wir an die Tiefenschichtenlehre erinnert, die uns in klassischer Gestalt in der Mândûkya Upanischad entgegentrat:

1. Das diesseitige Leben einschließlich der Sterbestunde.
2. Einen Zwischenzustand des „Fortwährens": Das Seelenreich Hiranyagarbhas, Brahmaloka (und die Wiederverkörperung) im Vedânta; der Zwischenhimmel, in dem die Seligen des Jüngsten Tages harren, und das Fegefeuer bei Meister Eckhart; die Geisterwelt bei Schelling.
3. Die allgemeine Krisis des Pralaya oder Jüngsten Tages. Nach ihr hebt das Reich der Herrlichkeit (Aiçvaryam) nach dem Vedânta, die Verklärung nach Eckhart und Schelling an.
4. Die Erlösung oder Erhöhung.

Alle betrachteten Eschatologien kennen die Möglichkeit der Vorwegnahme von Verklärung und Erlösung: der Yogin (Muni); der „Bewährte", der begnadet wurde; sie brauchen die allgemeine Krisis nicht abzuwarten; sie überspringen die Zwischenzustände.

Es enthüllt sich uns nach einer langen geistigen Wanderung ein eigentümliches Bild: Am Anfange der menschlichen Geistesgeschichte oder — seien wir vorsichtig — fast an deren Anfange: bei den Indern; und — seien wir bescheiden — schier an ihrem vorläufigen Ende, bei dem großen Vollender der Philosophie des deutschen Idealismus Schelling, finden wir die Lehre von der Verklärung und von der Erlösung als der letzten Bestimmung des Menschen und der menschlichen Gattung. Nicht als Lehre nur begrenzter und persönlicher philosophischer Spekulation, sondern als letzte unumstößliche Gewißheit: geschöpft aus den heiligen Schriften, der Offenbarung, aber ebenso begründet in der unmittelbaren Schau, in der sich der Mensch mit der Gottheit eint und ihres Lebens teilhaftig wird.

Und sollten nur die Endglieder der Kette jener heiligen Tradition des Menschengeschlechtes, die wir voll Staunen und Ehrfurcht für einige Augenblicke in den Händen hielten, von Golde sein! Fanden wir nicht auch fast am Ende des Mittelalters einen Kronzeugen! Ist es nicht überhaupt eine Aurea Catena, eine goldene Kette! Wurden nicht immer die Menschen von deren Glanze gestärkt: Vom Glanze besonders jener ihrer Glieder, die im höchsten überirdischen Licht erstrahlten; vor allem in dunklen Tagen, die in der blutigen Geschichte der Menschheit so dicht gesät sind; ist der Glanz dieser Aurea Catena der Tradition nicht auch uns eine Quelle unzerstörbarer Zuversicht!

*Das letzte Vermächtnis
aus einer versunkenen Epoche*

Julius Evola
REVOLTE
GEGEN DIE MODERNE WELT

Julius Evola (1898–1974) möchte in diesem Werk Zeugnis ablegen für eine weitestgehend verschüttete Überlieferung transzendenten Ursprungs, und für einen Menschen, dessen Heimat weder die Gegenwart noch die Zukunft ist, sondern die Ewigkeit.

Für Evola gibt es Zeitalter, in denen sich das, was überzeitlich ist und immer gilt, deutlicher widerspiegelt als in anderen; und als solche haben sie einen höheren Rang, weil sie der Wirklichkeit des Ewigen näher stehen, weil sie „heiliger", reicher an metaphysischer Substanz sind als Perioden des Verfalls, der Auflösung und der Gleichmacherei – kurz: als in unserer heutigen modernen Welt. Der Doktrin vom Fortschritt setzt Evola die uralte Lehre von den absteigenden Zyklen entgegen, wie sie sich in verschiedener Ausprägung in den Lehren von den vier Weltzeitaltern bei den Hindus, Germanen und Griechen findet.

Im ersten Teil des Buches finden wir Evola „Metaphysik der Geschichte und der Kulturen". Im Zentrum seiner faszinierenden Darlegungen steht die traditionale Welt, die ihren Ursprung in den solaren und hyperboräischen Überlieferungen hat. Einige Kapitel befassen sich mit den grundlegendsten Ausdrucksformen des vorantiken Geisteslebens wie Initiation, Ritus, Askese, Treue, Kontemplation und Mystik, aber auch mit so kontroversen Themen wie Priesterkönigtum, Hierarchie, Monarchie, Aristokratie – in einer Welt von „vorgeschichtlicher Reinheit", in der die Ausrichtung nach oben noch die erste, sakrale Bedeutung besaß.

Der im zweiten Teil des Buches kristallklar und aufrüttelnd geschilderte Niedergang, dessen Beginn Evola schon einige Jahrhunderte vor unserer Zeitrechnung ansetzt, ist heute dem tiefsten Punkt, der „Verdunkelung der Götter" (kali-yuga), schon sehr nah, wo uns in der schwärzesten Zeit der Menschheitsgeschichte ein entseelter Kollektivismus droht, wie er sich im Bolschewismus *und* Amerikanismus ausdrückt.

Den Abschluß dieses kühnen Vermächtnisses aus einer (fast) versunkenen Epoche bilden die kaum bekannten, aber doch zutreffenden Prophezeiungen des altindischen Vishnu-Purana zur Jetztzeit. Sie werden jeden Leser nachdenklich stimmen.

424 Seiten, gebunden 49.80
ISBN 3-7157-0056-4

Initiatische Lehren erlebbar gemacht

Julius Evola / Gruppe von UR
MAGIE ALS WISSENSCHAFT VOM ICH
Praktische Grundlegung der Initiation

Mit dieser Veröffentlichung wird das wohl wichtigste magische Werk des 20. Jahrhundert in deutscher Übertragung vorliegen. Er faßt die wesentlichsten Arbeitsergebnisse der Gruppe von UR zusammen. Diese Gruppe arbeitete von 1927 bis 1929 unter der Leitung von Julius Evola in Rom und hatte sich zum Ziele gesetzt, Initiation wieder zu einer tatsächlich *erlebbaren Erfahrung* zu machen. Alle Mitglieder brachten tiefgehende Kenntnisse auf den verschiedensten esoterischen Gebieten mit und konnten vor allem auch auf eigene praktische Erfahrungen zurückgreifen, das Gemeinsame aus den westlichen und östlichen Traditionen herausarbeiten und einen klar gangbaren Weg zur Initiation aufzeigen.

Voraussetzung ist ein höheres Wissen jenseits des Intellekts und aller Paradigmen. Die „göttlichen Techniken" der Selbstumwandlung faßten sie unter dem Begriff *Magie* zusammen. Erste Schritte hierzu sind die Erfahrungen des bewußten Denkens sowie die Bewußtmachung der Bereiche „jenseits der Schwellen des Schlafes" als erster Zugang zur feinstofflichen Welt.

Genaue Instruktionen zur Zeremonialmagie mit entsprechenden Erfahrungsberichten erlauben den direkten Kontakt mit den anderen Welten. Tiefempfundene Invokations- und Weihetexte verleihen den notwendigen Schutz. Unterweisungen über das „Gesetz der geistigen Wesenheiten", über die magischen Düfte, die geheimen „Namen der Macht" sowie über das gemeinschaftliche Arbeiten in magischen Ketten ergänzen diesen Teil des Werkes.

Es folgen sorgfältig editierte und kommentierte Originaltexte ganz seltener Art. Hier werden vor allem Texte des Tantrismus, der tibetischen Lehre vom „Diamantenblitz", des Taoismus, des Urbuddhismus, der Mantrik und der Alchemie gebracht. Besonders hervorzuheben ist die neue Übersetzung des Mithrasrituals als ein noch heute nachvollziehbares Einweihungsritual.

Alle wahren esoterischen Traditionen arbeiten auf eine im eigenen Sein verlebendigte Erkenntnis der Göttlichkeit des Menschen hin, sowie auf eine durch initiatische Arbeit entstehende Schaffung des „unsterblichen, glorreichen Körpers".

Das in diesem Werk vorliegende Material ist stufenmäßig aufgebaut und ergänzt sich gegenseitig. Kaum anderswo findet sich eine ebenbürtige, gleich erntereife, so präzise und klargehaltene Sammlung westlicher und östlicher initiatischer Lehren.

372 Seiten, Ganzleinenband 48.–
ISBN 3-7157-0072-6